Winterbloesem

Corina Bomann bij Boekerij:

Het vlindereiland
De maneschijnsonate
De jasmijnzussen
De stormroos
Een wonderlijke winterreis
Het klaprozenjaar
Winterbloesem
De rozentuin

De vrouwen van de Leeuwenhof
Agneta's erfenis
Mathilda's geheim

boekerij.nl

CORINA BOMANN

Winterbloesem

Een oud gebruik geeft twee jonge vrouwen onverwacht hoop op een nieuwe toekomst

BOEKERIJ

Eerste druk 2017
Vierde druk 2020

ISBN 978-90-225-8209-1
ISBN 978-94-023-0979-9 (e-book)
NUR 302

Oorspronkelijke titel: *Winterblüte*
Vertaling: Lilian Caris
Omslagontwerp: Johannes Wiebel | punchdesign, München
Omslagbeeld: Shutterstock
Zetwerk: CeevanWee, Amsterdam

DEEL 1

Het meisje

1

Donderdag 4 december 1902

Grijs en dicht hing de mist boven de zee. De witte sluiers slokten de majestueuze pier bijna helemaal op. De badkoetsen rustten nu in de schuur. Over bleef een verlaten strand, omzoomd met mosselen en zeewier.

Op de boulevard voor de hotels vertoonden zich hoogstens een paar dienstmeisjes die iets te doen hadden. Gehuld in donkere mantels snelden ze in elkaar gedoken voorbij, zonder hun blik naar zee te richten, want er stond een gure zeewind en het ruisen van de golven klonk in deze tijd van het jaar dreigend.

Johanna slaakte een diepe zucht. De trieste aanblik maakte haar somber. Waar was de zomer gebleven? De tijd waarin de zee blauw was en het op de boulevard wemelde van de vakantiegangers. De tijd waarin elegante dames in witte japonnen met parasols naast hun cavaliers kuierden, kinderen op de promenade ronddartelden en limonadeverkopers hun fleurige wagentjes tussen de flanerende mensen door duwden.

Ze dacht terug aan de zomer. Toen was haar hart nog licht geweest. Zeker, het onderwerp huwelijk was door haar ouders al aan de orde gesteld, maar daar had ze nog niets bij gedacht. Toen het nog warm was, had ze nog afleiding kunnen vinden.

In de winter kwam ze het huis haast niet uit. En zo wel, dan werd ze altijd vergezeld door haar moeder. Heimelijke ontmoetingen met haar geliefde waren uitgesloten. En bovendien kwam Kerstmis steeds dichterbij.

Eigenlijk zou de gedachte aan de feestelijk versierde boom en de geur van kruidkoek haar vrolijk moeten stemmen. Als kind was ze dol op de tijd voor de jaarwisseling en was ze in die weken vreselijk opgewonden geweest. Maar dit jaar verwachtten haar ouders een beslissing van haar die haar hele leven zou veranderen.

Verlangend keek Johanna naar de meeuwen die zich boven de boulevard door de wind lieten meevoeren. Jullie kunnen vliegen waarheen jullie willen, dacht ze en ze wenste dat ze ook vleugels had, zodat ze de verplichtingen kon ontvluchten.

'Johanna?' Een vrouwenstem verdreef haar gedachten. Johanna had niet gemerkt dat achter haar de deur open was gegaan.

In de deuropening stond haar moeder.

In haar crèmekleurige middagjapon en met haar opgestoken rossige haar was Augusta Baabe ondanks haar vijftig jaar nog steeds een schoonheid. Op momenten als deze werd het Johanna duidelijk waarom haar vader halsoverkop op haar moeder verliefd was geworden.

'Is alles met je in orde, kind?' vroeg Augusta toen ze Johanna's sombere gezicht zag.

'Natuurlijk, mama.'

Ze kon niet beweren dat het geweldig met haar ging, maar haar moeder mocht de reden voor haar somberheid niet weten.

'Waarom kom je niet even naar beneden?' stelde Augusta voor. 'Emma heeft taart gebakken. Ik ben bezig plannen voor Kerstmis te maken. Misschien kunnen we ook eens praten over voornemens voor het nieuwe jaar.'

Ineens had Johanna er spijt van dat ze tegen haar moeder had gezegd dat alles in orde was. Als ze hoofdpijn had kunnen voorwenden, had haar dat een uur in moeders salon kunnen besparen. Ze wist wat haar daar te wachten stond. Haar moeder zou haar eindeloos aan haar hoofd zeuren met vragen over de huwelijkskandidaten en hoe ze de bruiloft wilde hebben.

Maar ze had geen keus.

Beneden kwam net Johanna's broer de foyer binnenlopen. Christian was met hun vader naar Doberan gereden om met een zakenvriend de balans van het afgelopen jaar op te maken. Ze waren de hele ochtend weggebleven, en het leek een geslaagde ontmoeting te zijn geweest.

Johanna benijdde haar broer, want hij kon gaan en staan waar hij wilde. Bij hem was van trouwen nog absoluut geen sprake, terwijl hij toch al vijfentwintig was. Het enige wat zijn ouders van hem wilden was dat hij ooit het hotel zou gaan leiden. En waarschijnlijk mocht hij trouwen met het meisje van wie hij hield.

'Wat een vreselijk weer!' zei Christian terwijl hij zijn bruine mantel uittrok, waarvan de zoom vol modderspatten zat. Zijn rijlaarzen zagen er niet veel beter uit. 'Het is zo'n dichte mist dat je het idee hebt water in te ademen.'

Er parelden druppels in zijn haar. Zijn ogen waren een beetje rood van de koude lucht, net als zijn wangen. Toch was hij met zijn blonde krullen en blauwe ogen een aantrekkelijke verschijning. Geen meisje uit Heiligendamm of Bad Doberan zou hem versmaden,

Christian verging het lachen toen hij het mismoedige gezicht van zijn zus zag. 'Wat is er met jou aan de hand, Johanna? Is er iets niet in orde? Heeft er soms een aanbidder afgezegd?'

Johanna kromp in elkaar. Zonder het te weten had Christian min of meer in de roos geschoten. Ze had wel brieven van haar aanbidders gekregen – maar er had er geen van Peter bij gezeten. Zou haar moeder hem hebben onderschept? Hij schreef haar weliswaar onder een vrouwennaam – maar stel dat Augusta de truc door had gekregen?

'Hou op met dat gespot,' antwoordde haar moeder voor Johanna iets kon terugzeggen. 'Voor jou wordt het ook tijd om een geschikte bruid te gaan zoeken.'

Christian begon te lachen. 'Ach, moeder, ik ben nog veel te jong om te trouwen!'

'Je bent vier jaar ouder dan je zus,' zei Augusta. 'Je vader was op die leeftijd al verloofd. Het zou je sieren als je een bruid zou kiezen.'

'Mama!' protesteerde hij. 'Ik ben daar nog niet aan toe. Voor Johanna ligt dat anders, ze is een meisje, en net als ieder meisje droomt ze dat de prins op het witte paard langs komt rijden.' Hij grijnsde naar zijn zus en oogstte een duistere blik.

Jij hebt makkelijk praten, dacht Johanna. Jij bent de oudste en de stamhouder. Voor mij blijft alleen het kinderen krijgen over. Niet dat ze dat niet wilde, maar met de juiste man en niet een die haar ouders voor haar uitkozen.

'Kleed je om en kom daarna naar de salon,' gebood Augusta haar zoon. 'En zeg tegen je vader dat hij zich ook moet laten zien. Nu er geen gasten zijn, kan hij zichzelf tussendoor wel een pauze gunnen.'

'Ja, moeder,' antwoordde Christian knipogend naar Johanna. Die had veel zin hem iets na te roepen, maar vanwege haar moeder hield ze zich in.

De salon lag in de westelijke vleugel van het huis, die door een gang van de hotelkamers werd gescheiden. Daar ontving haar moeder, en soms ook haar vader, vrienden, kennissen en zakenrelaties. Hoge spijlenramen lieten veel licht binnen in het vertrek, dat naar de mode van die tijd vol stond met exotische planten. De zitgroep, bestaande uit twee brede banken en een fauteuil, was bekleed met rood fluweel. Op het tafeltje in het midden, waarvan het blad door drie olifanten werd gedragen, stond een witporseleinen theeservies met gouden rand. Emma, de kokkin, had een taart gebakken, waarvan het hemelse aroma zich vermengde met de geur van het haardvuur. Het was weldadig warm in de salon.

'Welnu, m'n kind,' begon Augusta nadat ze in de zitgroep hadden plaatsgenomen. 'Kerstavond nadert. Wat denk je ervan als we op die dag je uitverkorene uitnodigen?'

Johanna's maag verkrampte. Voor die vraag was ze juist zo bang geweest.

'Ik... ik weet niet of dat zo'n goed idee is,' stamelde ze.

'Waarom niet?' vroeg Augusta.

'Nou, hij zal zelf vast familieverplichtingen hebben. Bovendien heb ik van geen van tweeën een officieel aanzoek gekregen.'

'Dat is slechts een kwestie van tijd.'

'Maar ik weet niet wie ik moet kiezen!' Het liefst geen van beiden, maar dat kon ze niet tegen haar moeder zeggen zonder een donderpreek te riskeren.

'Die twee maken je toch al sinds drie maanden het hof,' zei Augusta terwijl ze de thee inschonk. 'Hoe lang wil je ze dan nog laten wachten?'

'Ik... ik weet het niet,' antwoordde Johanna. 'Het moet een doordachte beslissing zijn.' Ze dacht aan de stapel brieven die ze in haar ladekast verborgen hield – onder de brieven van de andere aanbidders. Peter had daar grapjes over gemaakt, maar ook hem leek het beter voorzichtig te zijn.

Haar moeder trok haar volmaakt gevormde wenkbrauwen op. 'Dat ben ik met je eens. Maar toch, je moet er niet te lang over doen, anders verliezen ze nog hun interesse.'

Daar hoopte Johanna al weken tevergeefs op.

Op dat moment kwam haar vader de salon binnenstormen, wat haar moeder belette door te vragen. Hij had een brief in zijn hand, waarop een ouderwets aandoend zegel zat. 'Jullie zullen niet geloven wat er zojuist is binnengekomen!'

Ludwig Baabe was niet bijzonder lang, maar hij wekte een krachtige indruk. Zijn donkerblonde haar was met talloze zilveren draden doortrokken en zijn lichte ogen leken op die van Christian.

Augusta wierp een wrevelige blik op de rijlaarzen van haar

man, die het kleurige Perzische tapijt bevuilden.

Maar voor ze hem daarvoor kon berispen, riep hij uit: 'De groothertog komt naar Heiligendamm! En wij zijn uitgenodigd voor het kerstbal op het kasteel! Is het niet geweldig?'

Johanna liet bijna haar theekopje uit haar hand vallen. Wilde de groothertog van Mecklenburg-Strelitz een bezoek brengen aan Heiligendamm? Op elk ander moment zou dat voor haar reden tot gejuich zijn geweest, maar nu vergalde het kiezen van een bruidegom zelfs dat.

'Echt waar?' vroeg Augusta beduusd, ze stond op en liep naar haar man toe. 'Heeft de hertog ons uitgenodigd?'

'De groothertog,' verbeterde Ludwig Baabe zijn vrouw en hij overhandigde haar de brief. Met een schittering in zijn ogen en een brede glimlach op zijn gezicht keek hij toe terwijl Augusta door de brief heen vloog.

Johanna meende wel te kunnen raden wat haar moeder op dat moment dacht.

'Het is echt geweldig,' klonk Augusta's stem nadat ze de brief meermalen gelezen had. 'Wat een eer! Waar hebben we dat aan te danken? We hebben immers maar een klein, bescheiden hotel!'

Net als altijd overdreef Augusta. Bescheiden was het hotel van de Baabes absoluut niet. Het gebouw van drie verdiepingen leek van een afstand op een klein paleis met zijn hoge ramen, het sierpleisterwerk op de muren en de binnenplaats die ruimte bood voor meerdere koetsen.

Het was een van de weinige gebouwen die niet in het bezit waren van ridder Von Kahlden, en na het kuuroord het grootste. Bovendien was het net als alle gebouwen van de 'Parelketting' – zo werd de reeks hotels aan de boulevard genoemd – zeer geliefd vanwege het uitzicht op zee. Er kwamen zowel kooplieden, advocaten en fabriekseigenaren als leden van de adel. Er hadden zelfs een paar schrijvers gelogeerd.

'Blijkbaar heeft ons hotel bij zijn laatste bezoek indruk gemaakt op Zijne Doorluchtigheid.' Ludwig trok veelzeggend zijn wenkbrauwen op, wat alleen maar kon betekenen dat er ook nog iemand een goed woordje voor hen had gedaan.

Johanna was goed op de hoogte van de verhoudingen tussen de families in de badplaats. De geschiedenis van Heiligendamm was haar met de paplepel ingegeven.

De overgrootvader van de huidige groothertog, Frederik Frans I, had in het jaar 1793 de eerste steen van het eerste hotel gelegd en daarmee was de badplaats geboren. In de daaropvolgende jaren waren er nog veel meer hotels gebouwd, er volgden woonhuizen, winkels, theehuizen en cafés en restaurants. 'De witte stad aan zee' werd de plaats genoemd.

Vooraanstaande families als de Von Witzlebens bezaten niet alleen aandelen in de hotels, maar ook privévilla's, waarvoor de Von Kahldens hun de grond hadden verpacht – en hadden rechtstreekse contacten met het Mecklenburgse vorstenhuis. Zij hadden vast een goed woordje voor de Baabes gedaan.

'En weet je wat het mooiste is, lieve?' vroeg Ludwig betekenisvol.

Augusta's ogen werden groot. 'Vertel het me alsjeblieft!'

'We zullen een aantal van de eerbiedwaardige gasten in ons hotel herbergen, is dat niet geweldig! Zulke goede zaken hebben we in de winter nog nooit gedaan!'

Augusta juichte en viel haar man om de hals. Vergeten was het vuil aan zijn laarzen waarmee hij het tapijt ruïneerde.

Ludwig werd rood tot achter zijn oren – in aanwezigheid van de kinderen wisselden ze normaal gesproken geen tederheden uit. Dat leek Augusta het volgende moment ook te binnen te schieten, want ze liet hem weer los.

'Het is echt fantastisch,' antwoordde ze terwijl ze haar japon gladstreek. 'En bovendien een goede gelegenheid om iets belangrijks aan te kondigen.'

'Iets belangrijks?' Ludwig schudde niet-begrijpend zijn hoofd.

'De verloving van onze dochter!' bracht Augusta hem in herinnering.

'Ach, heeft ze eindelijk een beslissing genomen?'

Hij keek naar Johanna, die erbij zat alsof ze in een zoutpilaar was veranderd. Haar hart klopte in haar keel, en inwendig vervloekte ze haar lot. Het was blijkbaar niet genoeg dat haar moeder al die vragen en voorstellen op haar had afgevuurd. Nu kwam die onzalige uitnodiging er ook nog bij!

'Nee, nog niet, papa,' antwoordde ze gekweld.

'Denk je dat je tegen die tijd je keuze zal hebben gemaakt?' vroeg hij door. 'Het zou een prachtige gelegenheid zijn! De hele badplaats zal ons erom benijden.'

Natuurlijk was een kerstbal een geweldige gelegenheid. Waarschijnlijk zagen haar ouders al voor zich hoe de groothertog het toekomstige echtpaar gelukwenste.

Maar Johanna was nu het liefst in tranen uitgebarsten.

'Ik hoop het,' antwoordde ze terwijl ze probeerde niets te laten merken.

'Dan doen we dat! Ik ben ervan overtuigd dat het het hoogtepunt van de avond wordt.'

'Dat wordt het zeker,' viel Augusta hem bij en ze wees naar de laarzen van haar man. 'Zou je niet je laarzen uittrekken en bij ons komen zitten?'

'Zoals je wilt, lieve! Ik ben helemaal verkleumd van de rit. Waarschijnlijk gaat het de komende dagen sneeuwen!'

'En breng onze zoon ook mee,' riep Augusta hem na. 'Hij zou ook naar de salon komen, maar blijkbaar is hij dat weer vergeten.'

Ludwig lachte en verdween.

2

’s Avonds trok er een storm over Heiligendamm die de zee tekeer deed gaan. Het gebulder van de golven hield Johanna uit haar slaap. Haar zenuwen waren vanwege de uitnodiging van de hertog toch al tot het uiterste gespannen.

Wat moest ze doen? Hoe kon ze eraan ontkomen een man te moeten kiezen die ze helemaal niet wilde?

Met haar ogen wijd open lag ze naar het onweer te luisteren. Ergens moest er een luik loszitten, want er klapperde iets mee op het ritme van de windstoten.

Eigenlijk had ze gehoopt dat de slaap haar vergetelheid zou brengen. Maar nu werd ze door gedachten overvallen. Vooral de gezichten van haar aanbidders drongen zich op.

Albert Vormstein was de zoon van de beheerder van Huize Anker. Zijn familie was niet bepaald in beteren doen dan die van haar, maar zijn vader beschikte over uitgebreide contacten met vooraanstaande families en er werd gefluisterd dat hij Huize Anker wilde kopen van de heer Von Kahlden, die de badplaats van de hertogelijke familie had gekregen. Met een van de mooiste hotels van de Parelketting zou zijn invloed, en ook zijn rijkdom, verder toenemen.

De blonde Albert zelf leek Johanna een beetje saai. Misschien had hij een uitgesproken zakelijk inzicht, maar hij was zo verlegen dat hij haar niet eens in zijn eentje durfde aan te spreken.

Hij kwam telkens met zijn moeder of vader op bezoek, zei nauwelijks iets en keek haar ook slechts zelden aan.

Johanna was ervan overtuigd dat niet hij, maar zijn moeder degene was die wilde dat ze met hem trouwde. Zij zag in haar een goede partij.

Berthold von Kahlden, een neef van de man aan wie praktisch heel Heiligendamm toebehoorde, was haar echter niet liever, hoewel hij juist het tegendeel van Albert Vormstein was – ijdel en narcistisch als hij was, dacht hij dat de wereld om hem draaide. Johanna wist zeker dat hij haar alleen vanwege het hotel het hof maakte, want zijn oom had tevergeefs moeite gedaan het perceel in handen te krijgen.

Met geen van beiden zou ze gelukkig kunnen zijn. Ze wilde alleen Peter. De verboden geliefde. Als haar ouders erachter kwamen, zou het huis te klein zijn.

Ze werd door angst bevangen – en dat kwam niet alleen van het razen van de storm. Om zichzelf wat af te leiden ging ze overeind zitten, stak de olielamp op haar nachtkastje aan en haalde de brieven tevoorschijn die ze van haar ware liefde had gekregen.

Die waren onder de naam Norma von Bredow aan haar gestuurd. Het pseudoniem was noodzakelijk, want als haar moeder de ware naam van haar geliefde te horen kreeg, zou de hel losbarsten. 'Norma' was voor haar moeder een correspondentievriendin uit Schwerin. Johanna was er niet zeker van geweest of Augusta de post niet inkeek, vooral als het om een nieuwe naam ging. Maar haar plan werkte. Haar moeder las de brieven niet.

Zo onderhielden ze al een paar maanden een briefwisseling en zagen ze elkaar heimelijk wanneer het maar mogelijk was, op de plaats waar ze elkaar hadden leren kennen. Het kleine bos naast het kasteel was veilig omdat er nauwelijks iemand kwam. Peter bracht elke keer een bloem of een klein boeketje voor haar mee. Trefpunten in het stadje waren riskant, maar daar buiten in het bos was niemand die hen kon gadeslaan. Haar hele lichaam tintelde wanneer ze naar een rendez-vous ging, van opwinding, van verwachting en wanneer ze hem dan eindelijk zag, begon haar hart hevig te bonzen en verlangden haar lippen haast smartelijk naar zijn kussen. Bij de herinnering eraan moest Johanna glimlachen. Liefdevol streelde ze de enveloppen, de brieven zagen er door het vele lezen beduimeld uit. Maar somberheid overviel haar.

Met de brieven in haar handen werd haar onrust alleen maar sterker. Haar laatste brief aan Peter was onbeantwoord gebleven. Omdat hij in Schwerin bezig was het advocatenkantoor op te bouwen waarvan hij altijd had gedroomd, had hij waarschijnlijk weinig vrije tijd. Hij stond onder grote druk, want hij was de jongste zoon van de familie en zijn twee oudere broers hadden de taak de zaak voort te zetten. Hij daarentegen moest zich eerst maar eens op een ander gebied bewijzen. Dat vond Johanna juist prettig. Eigenlijk was hij een goede partij, en als hij niet die achternaam had gehad, zou haar moeder vast verrukt zijn geweest. Maar nu...

Johanna hield het niet meer uit. Ze borg de brieven weer op in de la, deed een dikke wollen omslagdoek om en sloop haar kamer uit. Er was in dit huis maar één mens die haar begreep en tegen wie ze eerlijk kon zijn.

Op haar tenen liep ze naar de kamer van haar broer.

Johanna klopte eerst zachtjes, toen een beetje harder.

'Christian?' vroeg ze, waarop er gestommel klonk.

'Christian, mag ik binnenkomen?' vroeg ze, iets luider. Even later ging de deur open. Haar broer keek haar met kleine oogjes aan.

'Wat is er?' Slaperig wreef hij in zijn gezicht. 'Ben je bang voor de storm?' Zijn stem klonk verwijtend. 'Je bent toch geen kind meer!'

Dat wist Johanna zelf ook wel. Toch vroeg ze: 'Mag ik een poosje bij jou blijven? In mijn kamer hoor je het harder dan bij jou.'

'Wat een onzin,' antwoordde Christian en hij gaapte hartgrondig. 'Hier bij mij hoor je het net zo erg.'

'Dat is niet waar,' zei Johanna. 'Jouw kamer ligt niet aan de zeezijde. Bij mij gaat het tekeer als tijdens de Grote Vloed.'

De Grote Vloed, waardoor de legendarische 'Heilige Dam' was ontstaan, kenden ze alleen van verhalen, maar iedereen hier vergeleek daar zo nu en dan een onweersbui mee.

'Nou, kom dan maar binnen.' Zuchtend deed Christian de deur verder open. Hij had zo'n vermoeden dat zijn zus niet alleen vanwege de storm naar hem toe was gekomen.

'Wat heb je op je hart?' Christian zakte neer op een stoel waar zijn kleren slordig overheen hingen. Johanna nam plaats op de rand van het bed. Bij de herinnering dat ze weleens in haar broers bed was gekropen omdat het daar zo lekker warm was, gleed er even een lachje over haar gezicht. Maar meteen kwamen de gedachten aan haar aanbidders weer terug.

Johanna zuchtte diep. 'Dat weet je toch. Dat gedoe over trouwen.'

Christian knikte.

'Het is niet dat ik er geen zin in heb.' Johanna plukte als een klein meisje aan haar nachtjapon. 'Het is alleen... ik wil geen van de mannen die onze ouders voor me hebben uitgekozen.'

'Maar?'

Johanna werd rood. Alleen wanneer ze in haar eentje was, stond ze het zichzelf toe te denken aan Peter Vandenboom, uit vrees dat iemand haar gevoelens van haar gezicht zou kunnen aflezen.

Hij zou haar maar wat graag officieel het hof hebben gemaakt, maar er was een belangrijk obstakel. Er heerste al tientallen jaren een vete tussen beide families.

'Nou? Wil je me niet vertellen op wie je verliefd bent?' vroeg Christian door.

Johanna schudde haar hoofd. 'Dat kan ik niet.'

'Waarom niet?'

‘Je gaat het vast en zeker verklappen.’

‘Hoor eens even, wat denk je wel van je broer!’ Christian trok een beledigd gezicht.

‘Het kan niet, het is… te riskant,’ antwoordde Johanna haperend. ‘En het duurt nog maar drie weken tot het kerstbal. Daar willen ze mijn verloving bekendmaken!’

Christian pakte haar hand. Zijn zus trilde als een espenblad.

‘Maak je niet druk, daar krijg je maar rimpels van.’

Johanna wilde haar hand wegtrekken, maar hij hield hem vast.

‘Hoor eens,’ zei hij kalmerend terwijl hij een haarlok uit haar gezicht streek. ‘Ik wil je nergens toe dwingen. Zeg het voor mijn part pas vlak voor je naar het altaar gaat.’

‘Dat zal nooit gebeuren.’ Johanna raakte in tranen. ‘Ze zullen het niet toestaan.’

‘Waarom niet? Is het misschien een bediende? Of een boerenknecht?’ Christian wist zelf maar al te goed dat de liefde soms geen rekening hield met rangen en standen.

Johanna schudde haar hoofd. ‘Nee, dat is het niet. Hij is niet arm, mocht je dat denken. Maar ik weet zeker dat hij in de ogen van onze ouders niet geschikt is.’

‘En als ik een goed woordje voor jullie doe?’ stelde Christian voor. ‘Mogelijk laat vader zich dan wel vermurwen.’

Johanna veegde de tranen van haar wangen. ‘Nee, dat werkt niet, dat weet ik. En moeder… die ziet maar wat graag een adellijke titel aan mijn naam hangen. Ik vraag me af waarom ik eigenlijk zou moeten trouwen!’

Christian perste zijn lippen op elkaar. ‘Ze willen alleen maar zekerheid voor je. Dat je iemand hebt die op je let.’

‘Er hoeft niemand op mij te letten!’ zei Johanna koppig, toen boog ze zich naar hem toe. ‘Jij hebt het makkelijk. Jij kunt gaan en staan waar je wilt. En je zult kunnen trouwen met wie je maar wilt.’

‘Waarschijnlijk zal moeder zich de kans niet laten ontnemen

me op het kerstbal met geschikte kandidates kennis te laten maken. Je kent haar. Er komen daar vast een paar hoogwelgeboren jongedames die geen zin hebben het klooster in te gaan.'

Johanna begon te proesten. Maar haar stemming was niet echt opgeklaard.

'Maakt het je wat uit als ik hier blijf?' vroeg ze. 'Ik... ik slaap niet graag alleen, dan lig ik alleen maar te piekeren over wat er allemaal gaat komen, en dat ik er niets aan kan veranderen.'

'Nee, geen punt, je kunt rustig hier slapen, ik neem de fauteuil wel,' zei Christian en hij liet zich erop neervallen. 'Welterusten, zusjelief.'

'Welterusten,' antwoordde Johanna en ze kroop onder het dekbed.

3

Vrijdag 5 december 1902

De frisse ochtendlucht rook naar algen en vis toen Christian op zijn appelschimmel Bruno langs de promenade reed en ten slotte afsloeg naar de strandopgang.

De nachtelijke storm had het water ver over het strand heen gestuwd, en daarmee lange strengen zeewier en mosselen. De hemel hing loodgrijs boven de zee, maar hij had vrij zicht. Hij kon zelfs nog in de verte de schuimkoppen op de golven zien.

Zwermen meeuwen cirkelden boven het water. Hun gekrijs wedijverde met het geruis van de golven.

Toen hij de badplaats achter zich had gelaten, vertraagde hij ineens zijn tempo en hield zijn paard in.

Op het eerste gezicht leek het een stuk zeildoek te zijn dat was aangespoeld.

'Hu!' dreef hij zijn paard ernaartoe. Toen zag hij dat het een mens was. De persoon in kwestie droeg een lang hemd, en om een van de benen zat iets gewikkeld wat op zeildoek leek. Hij sprong uit het zadel, mosselschelpen kraakten onder zijn voeten.

Toen hij het lichaam omdraaide, keek hij in het gezicht van een jonge vrouw, die ongeveer achttien of negentien was. Haar lange zwarte haar kleefde aan het zand en er zaten algen in verstrengeld.

'In godsnaam!' ontsnapte hem toen hij haar voorzichtig optilde. Haar huid was krijtwit en haar lippen zagen een beetje blauw. Er zat opgedroogd zout en zand op haar wangen en haar voorhoofd. In eerste instantie dacht Christian dat ze dood was.

Hij schudde haar een beetje. 'Hoor je me?'

Ze verroerde zich niet. Christian legde haar op haar zij, zodat het water dat ze moest hebben binnengekregen uit haar kon lopen. Voorzichtig masseerde hij haar rug.

Omdat ze ook daardoor niet begon te hoesten of op een andere manier probeerde het water kwijt te raken, draaide hij haar om. Christian wist dat het niet hoorde, maar toch legde hij zijn hoofd op haar borst en luisterde naar haar hartslag. Eerst hoorde hij alleen het ruisen van de golven, maar toen, heel zwak, hoorde hij iets kloppen.

Ze leefde!

Christian bevrijdde haar van het zeildoek en streek over haar gezicht, maar ze verroerde zich niet. Hulpzoekend keek hij om zich heen, maar er was geen mens in de buurt.

Toen merkte hij een tak op in haar hand. In eerste instantie dacht hij dat die in haar hand verstrengeld was geraakt. Maar toen zag hij dat ze haar hand zo stevig om de tak had geklemd dat die niet los te krijgen was. Wat had dat te betekenen? Was het toeval? Het stuk zeildoek wees misschien op een scheepsongeluk. Mogelijk had de razende storm ook een paar takken van het vasteland naar de zee meegevoerd en had ze een ervan onbewust vastgepakt...

Christian liet de tak voor wat hij was en wikkelde haar in zijn mantel. De ijzige zeelucht begon meteen aan zijn overhemd te trekken en drong door tot op zijn huid, maar dat negeerde hij. Hij droeg het meisje naar zijn paard en even later reed hij met haar weg.

Bij het hotel kwam Friedrich, de loopjongen, hem tegemoet. 'Meneer Baabe, wat is er gebeurd?'

'Haast je, zeg tegen mijn ouders dat ik een schipbreukeling heb gevonden!'

Terwijl Friedrich wegrende, reed Christian door de zijpoort de binnenplaats op, liet zijn paard halt houden en steeg af. Voorzichtig tilde hij de jonge vrouw in zijn armen en hij droeg haar rechtstreeks naar een hotelkamer. Net als vrijwel alle hotelkamers had ook deze een bloemennaam: de Viooltjeskamer.

Kou kwam hem tegemoet toen hij haar op het bed legde. Vuur, dacht Christian, ik moet eerst vuur maken.

'Christian?' galmde Augusta's stem door de gang, begeleid door haastig klakkende hakken.

'Hier zijn we, moeder!'

'Ach, hemeltjelief!' Augusta hapte naar adem toen ze het meisje op het bed zag liggen. Haar huidskleur verschilde nauwelijks van het witte laken. Haar donkere haar lag als een in de war geraakt vissersnet over het kussen uitgespreid. Op het schone beddengoed zaten modderstrepen en watervlekken. Nog steeds klemde haar hand zich om de tak.

'We hebben warm water nodig!' verklaarde Christian. 'En stuur alstublieft Friedrich naar dokter Winter, hij moet zo snel mogelijk langskomen!'

'Wie is dat?' vroeg Augusta.

'Ik heb haar op het strand gevonden, ze is bijna bevroren. Ik zal vuur maken.'

Christian stapelde hout op in de haard en stak een lucifer aan. De zwavelgeur ervan verspreidde zich door de kamer.

Augusta stak haar hand naar haar uit, maar trok hem meteen weer terug. Christian merkte dat ze trilde. Er verscheen een bijna angstige uitdrukking in haar ogen. Toen leek ze te verstarren.

'Moeder!' riep Christian, waarop Augusta weer tot zichzelf kwam.

'Goed, ik zorg wel voor haar. Ga jij maar en zeg het tegen Friedrich.'

Christian knikte, en nadat hij nog een blik op het meisje had geworpen, liep hij de kamer uit.

Bij de aanblik van de jonge vrouw verkrampte er iets in Augusta. Er kwam een herinnering terug die ze jarenlang had verdrongen.

Ze brengt ongeluk, fluisterde een stemmetje in haar hoofd. Toen zag ze in het gezicht van het meisje opeens een ander gezicht. Ook dat was een jonge, knappe vrouw geweest, ook zij had volkomen hulpeloos geschenen. Het huis dat indertijd Augusta's thuis was geweest, had haar opgenomen. En als dank had ze Augusta's familie hel en verdoemenis gebracht.

Was het haar lot dat opnieuw te beleven? Net nu alles zo geweldig ging?

Augusta worstelde nog een tijdje met haar onbehaaglijke gevoel, toen schelde ze om Elsa.

Even later verscheen deze met Martha, een ander dienstmeisje. Allebei hadden ze rode wangen van opwinding. Blijkbaar had Friedrich iedereen al op de hoogte gebracht.

'Elsa, trek haar dat nachthemd uit,' droeg Augusta haar op. 'En Martha, ga jij schoon linnengoed halen...'

Augusta ging op een stoel bij het raam zitten. Ze voelde zich zwak. Maar voordat ze weer in haar herinneringen kon opgaan, verscheen Martha met het nachthemd.

'Is dit goed? Ik heb het gepakt van het linnengoed voor de gasten.'

'Ja, dat is prima,' antwoordde Augusta afwezig.

Toen de meisjes de onbekende vrouw begonnen om te draaien, deinsde Martha ineens terug. 'Mevrouw Baabe, ik weet het niet... ze is zo koud, leeft ze nog wel?'

'Mijn zoon had haar niet hier gebracht als dat niet zo was,' antwoordde Augusta. 'De dokter zal vast dadelijk hier zijn, dan weten we meer.'

Aarzelend gingen de dienstmeisjes verder.

Augusta keek uit het raam.

Zo vlug kan het tij dus keren, schoot het door haar heen. De ene dag krijg je een uitnodiging van de hertog, de andere duikt er een vreemde op die misschien een gevaar vormt.'

'Wat moet ik met die tak doen?' haalde Elsa haar uit haar gedachten.

'Welke tak?'

'Deze hier!' De tak was niet veel langer dan een onderarm. Het was niet goed te zien van welke boom hij afkomstig was.

'Gooi maar weg,' droeg ze het dienstmeisje op.

'Nee!' riep Christian, die weer bij de deur was verschenen. 'Laat haar die tak alstublieft houden. Ze hield hem zo stevig vast, wie weet is hij belangrijk voor haar.'

Augusta keek haar zoon niet-begrijpend aan. 'Wat doe jij hier? Het is niet gepast door de deur te gluren!'

Christian werd rood. 'Ik kwam toevallig net hier langs en hoorde jullie erover praten.'

'Maar het is gewoon een tak!' repliceerde Augusta. 'Waarschijnlijk is hij aan haar kleding blijven hangen.'

'Ze hield hem stevig in haar hand vast. Mogelijk heeft ze die tak om een bepaalde reden meegenomen. Houd hem alstublieft hier tot ze weer is bijgekomen.'

Augusta schudde verbaasd haar hoofd, toen zei ze: 'Goed dan. Elsa, zet de tak in een kruik. Hoe staat het met dokter Winter?'

'Friedrich is terug, hij zegt dat de dokter eraan komt.'

Christian keek bezorgd naar het meisje. Ze was nog steeds zo wit als een doek, maar het vuile nachthemd had plaatsgemaakt voor een schoon. Elsa en Martha raapten het bemodderde beddengoed bij elkaar en brachten het langs hem heen naar buiten.

'Goed, ik zal hier zolang wachten,' antwoordde Augusta. Toen haar zoon niet wegging, trok ze vragend haar wenkbrauwen op. 'Ja?'

‘Is ze wakker geworden?’

‘Nee,’ antwoordde Augusta. ‘We moeten maar afwachten wat dokter Winter zegt.’

Christian knikte en verliet de kamer.

4

Johanna schrok wakker. Ze besefte dat ze de nacht in Christians kamer had doorgebracht. Hijzelf was al weg. Waarom had hij haar niet gewekt? En hoe laat was het?

Ze sloeg het dekbed van zich af en liep naar het raam. Daar zag ze hoe dokter Winter, de arts van het kuuroord, met zijn dokterstas haastig over de boulevard kwam aanlopen.

Was er iets gebeurd? Met haar vader misschien?

Ze werd ongerust. Ze sloeg haar omslagdoek om haar schouders en glipte de kamer uit. Beneden klonken stemmen. Vader praatte met Christian.

'Zoals ik zeg, op het strand!' zei haar broer. 'Ik heb geen idee wie ze is.'

'Misschien heeft ze geprobeerd zich van het leven te beroven,' veronderstelde vader.

Wat bedoelde hij?

'Maar ik heb haar hier nog nooit gezien.'

'Ze zou uit Doberan kunnen komen.'

'Om haar been zat een stuk zeildoek gewikkeld,' bracht Christian daartegen in. 'Iemand die zich van het leven wil beroven, neemt geen zeildoek mee. Mogelijk is ze van een schip in nood gevallen.'

'Is er een schip vergaan?' vroeg Johanna toen ze de trap af was gelopen. 'Waarom is dokter Winter hier?'

‘Lieve help, Johanna, waarom heb je alleen maar een nachtjapon aan?’ vroeg Ludwig Baabe ontsteld. ‘Ga naar boven en trek er iets over aan, wat moet de dokter daar wel niet van denken?’

‘De dokter heeft me al diverse keren in nachtjapon gezien,’ antwoordde ze. ‘Wat is er aan de hand?’

‘Ik heb een schipbreukeling op het strand gevonden, een jonge vrouw,’ verklaarde Christian. ‘Moeder en de meisjes verzorgen haar.’

Zolang Johanna het zich kon heugen, was hier in Heiligendamm nog nooit een schipbreukeling aangespoeld.

Ze strekte haar nek in de richting van de hotelkamers. Uit een ervan viel licht op de gang.

‘Misschien moet ik hen helpen.’

‘Jij gaat eerst iets aantrekken!’ Ludwig Baabe wees naar boven, de trap op.

‘Ja, natuurlijk, vader!’

Met bonzend hart glipte Johanna weer naar boven. Een schipbreukeling! Wat opwindend!

Het kriebelde in haar buik. Ze liep haar kamer in en ging voor de klerenkast staan. Het was eigenlijk geen bijzondere dag maar toch besloot ze haar blauwe jurk met het gehaakte kraagje aan te trekken. Daarna stak ze haar haar op en bekeek zichzelf in de spiegel.

Deze jurk had ze in de herfst gedragen toen ze een afspraakje met Peter had. De herinnering daaraan riep verlangen in haar op.

Toen ze weer beneden kwam, was Christian noch haar vader te bekennen. In plaats daarvan hoorde ze de stem van de dokter in een van de hotelkamers. Ze verstond niet goed wat hij zei, maar durfde ook niet naar binnen te gaan.

Zo zachtjes mogelijk liep ze door de gang. Ter hoogte van de Viooltjeskamer waagde ze een blik door de deur, die op een kier stond, maar ze kon alleen haar moeder zien, die toekeek terwijl de dokter zich over het bed boog.

Toen Augusta haar hoofd omdraaide, liep Johanna vlug door.

‘Helemaal doorweekt was ze,’ hoorde ze Martha fluisteren toen ze bij de keuken kwam. ‘Met zeewier in haar haar, als een zeemeermin!’

‘Ik heb geen idee hoe ze het overleefd heeft,’ viel Elsa haar bij.

‘Ze had vast een beschermengel,’ meende Trude.

‘Nee, ze heeft gewoon geluk gehad,’ bromde Hilda. ‘Dat gebeurt soms. Ik heb ook weleens over matrozen gelezen die ergens op het strand waren aangespoeld.’

‘Denk je dan dat ze een schipbreukeling is?’ vroeg Trude.

‘Dat zei de jongeheer Baabe toch tegen de oude meneer,’ snibde Hilda. ‘Ik weet zeker dat hij zich niet vergist.’

‘Blijft de vraag over van welk schip ze gevallen is,’ peinsde Martha.

Gekriebel in haar neus deed Johanna niezen. De dienstmeisjes stoven uit elkaar. Alleen Martha bleef als aan de grond genageld staan en staarde Johanna aan, die ze nu in de deuropening ontdekte.

‘O, juffrouw Johanna!’ riep Martha betrapt. ‘Goedemorgen, ik...’

Johanna glimlachte, om haar te laten merken dat ze het haar niet kwalijk nam dat ze een beetje hadden staan kletsen.

‘Al goed, Martha, is er misschien nog iets over van het ontbijt? Ik ben vanmorgen een beetje laat...’

‘Het ontbijt staat er nog,’ antwoordde Elsa. ‘Ik geloof dat uw vader en uw broer net in de eetkamer zijn.’

‘Goed, dan ga ik naar hen toe.’ Johanna draaide zich om en betrapte zichzelf erop dat ze stiekem glimlachte. Nieuwsgierigheid fladderde in haar buik als een gevangen vogel – een moment lang zo sterk dat ze vergat te denken over wat er van haar liefde voor Peter moest worden.

Christian en haar vader waren levendig in gesprek toen ze de eetkamer in kwam. Natuurlijk over de onbekende vrouw.

‘Kijk eens aan, je hebt ook nog fatsoenlijke jurken,’ merkte haar vader op toen ze ging zitten.

‘Vanzelfsprekend, vader!’ antwoordde Johanna terwijl ze een broodje pakte. Ze had van opwinding eigenlijk geen honger, maar ze moest een reden hebben om aan tafel te kunnen zitten. Haar vader hield er niet van als iemand tijdens een maaltijd niets at.

‘En, hoe zit het met die jonge vrouw? Waar heb je haar gevonden?’ vroeg ze, terwijl ze het gevoel had dat haar hart als een bal in haar borst stuiterde.

‘In oostelijke richting op het strand.’ Christian nam een slokje koffie.

‘En het schip? Heb je iets gezien?’

‘Nee, niets. Maar op dat moment had ik alleen maar oog voor haar.’

‘Ach, is ze mooi?’

‘Vraag je broer toch niet zo schaamteloos uit,’ vermaande haar vader. ‘We komen zo wel te weten wat er aan de hand is. Als je moeder eenmaal hier is, horen we meer.’

Christian glimlachte naar Johanna. ‘Ja, ze is beeldschoon. En van jouw leeftijd,’ antwoordde hij, de vermaning van zijn vader negerend.

‘Het lijkt me verschrikkelijk om overboord te vallen,’ zei Johanna zuchtend, toen voegde ze eraan toe: ‘Was ze bij bewustzijn? Heeft ze gezegd hoe ze heet?’

‘Johanna!’ waarschuwde haar vader.

‘Wat is er nou erg aan die vraag?’ protesteerde Johanna. ‘Christian heeft u alles al verteld! Dat ik een vrouw ben, betekent toch niet dat ik het niet ook zou mogen weten!’

Ludwig Baabe snoof, maar gaf zich toen gewonnen en verdween achter zijn krant.

‘Nee, ze heeft geen naam genoemd,’ antwoordde Christian zacht. ‘Ze was meer dood dan levend. Ik hoop vurig dat dokter Winter iets voor haar kan doen. Het zou anders heel zonde zijn.’

‘Dat hoop ik ook.’

Toen Christian zijn koffiekopje naar zijn lippen bracht, verzonk Johanna even in gedachten. Haar hart stuiterde nog steeds, en de nieuwsgierigheid bleef haar kwellen. Eindelijk gebeurde er iets wat niets met de huwelijksplannen van haar moeder te maken had. Ze kon niet wachten om zelf met het meisje te praten.

5

Toen er scheuren in de donkere sluiers verschenen en het weer licht werd, dacht ze even dat ze in de hemel was. Ze voelde zich eigenaardig licht, alsof ze haar stoffelijk omhulsel achter zich had gelaten.

Maar toen kwam haar gevoel terug. Ze bespeurde een vleug warmte in haar gezicht en merkte dat er iets in haar borst pulseerde. Haar voeten leken ijsklompen en in haar romp brandde het alsof ze koorts had. Het lichte gevoel vervloog en week voor een krachteloze zwaarte.

Toen ze diep inademde, rook ze brandend hout en zeep. Haar borst deed pijn.

Toen zag ze een gezicht boven zich.

De bebaarde man droeg een brilletje met ronde glazen en zijn grijze haar was met pommade strak op zijn hoofd geplakt. Een gouden horlogeketting bungelde aan zijn groene vest.

'Hoort u mij, juffrouw?' vroeg hij. 'Verstaat u mij?'

Ja, ze verstond hem, maar het viel haar zwaar een woord uit te brengen. Haar keel voelde rauw, en de woorden wilden er niet goed doorheen.

Ze probeerde het nog eens, en uiteindelijk kwam er iets haar mond uit, maar het klonk als schor gekras.

De man fronste zijn voorhoofd. 'Mijn naam is Ambrosius Winter, ik ben de arts van het kuuroord van Heiligendamm.

U bent vanochtend op het strand aangetroffen.'

'Op het strand?' Hoe was ze op het strand terechtgekomen? En Heiligendamm? Waar lag dat? Het meisje trok haar wenkbrauwen op.

'Weet u hoe u heet?' vroeg de dokter zachtjes.

'Ik...' Dat klonk al iets duidelijker, maar er kwam nog steeds gekras uit haar keel. 'Ik weet het niet.'

'En kunt u zich herinneren waar u woont of waar u vandaan komt?'

Ze schudde haar hoofd. Ze kon het zich echt niet herinneren. Ze kon ook niet zeggen waarom ze het zo koud had. En de man die dat allemaal vroeg, kende ze al helemaal niet. Het was alsof ze opnieuw geboren was.

Ambrosius Winters gezicht versomberde. Hij richtte zich op en zei toen tegen iemand anders in de kamer: 'Dat is niet ongewoon. Ook zeelui die lang in het water hebben gelegen ontwikkelen vaak amnesie.'

'Hebt u iets gehoord van een scheepsramp?' vroeg een vrouwenstem ergens in het vertrek.

'Nee, tot nog toe niet, maar bij de storm van gisteren is het heel goed mogelijk dat er zoiets is gebeurd,' antwoordde dokter Winter. 'Gezien de toestand van haar huid ga ik ervan uit dat ze een tijd in het water heeft gelegen. Dan ligt een scheepsramp voor de hand. Bovendien vertoont ze verder geen verwondingen.'

Het meisje hief voorzichtig haar hoofd op. Een vrouw met opgestoken rossig haar in een donkere, hooggesloten japon zat een beetje opzij bij het raam.

'Kunt u niet iets aan die amnesie doen?' vroeg deze.

Het viel haar nu op dat ze ook de kamer waarin ze zich bevond, niet herkende.

'Het spijt me,' zei de dokter. 'Soms duurt geheugenverlies slechts een paar uur of een paar dagen, maar het kan ook weken, maanden of zelfs jaren duren.'

'Jaren!' riep de vrouw ontzet. 'Kan ze dan niet op een andere manier geïdentificeerd worden?'

'Ik stel voor dat u de hoofdcommissaris van politie in Bad Doberan inlicht,' antwoordde de dokter. 'Zijn mensen zullen er wel vlug achter kunnen komen wie onze schipbreukelinge is.'

'Goed, ik zal dat mijn man laten weten,' zei de rossige vrouw.

Bad Doberan? Die plaats kende ze niet. Maar op haar geheugen kon ze zich toch al niet verlaten. En wat de dokter over vermisten zei... Hoe wilde hij erachter komen waar ze vandaan kwam als zij het zelf niet eens meer wist?

Maar iets schoot haar opeens te binnen.

De tak! Waar was haar tak gebleven? Ze keek naar haar handen, maar daar zat niets in. Ze wist echter zeker dat ze hem had vastgehouden.

'Hebt u mijn tak gezien?' flapte ze er uit voor de onbekende vrouw kon reageren op wat de dokter had gezegd.

De dokter wendde zich weer tot haar.

'Wat bedoel je?'

'Mijn tak. Ik had een tak in mijn hand en nu is hij weg!'

Paniek overviel haar. Ze wist niet meer waarom, maar die tak was voor haar van levensbelang.

De rossige vrouw stond op en kwam naar haar toe.

'U hebt hem toch niet weggegooid?'

'Nee, nee, hij is er nog,' zei de vrouw met het rode haar.

'Mag ik hem zien? Alstublieft!'

De vrouw keek naar de dokter. Die knikte.

'Maar natuurlijk.' De vrouw keek zoekend rond, toen leek ze iets te ontdekken en wees op een kleine aarden kruik die op de vensterbank stond. Door de witte vitrage viel fel daglicht naar binnen. 'We hebben hem in het water gezet.'

Ze haalde opgelucht adem en zakte weer terug in de kussens. Rust verspreidde zich in haar lichaam en ze werd heel moe.

'Dank u wel,' zei ze zachtjes, toen vervaagde de wereld voor haar ogen en werd het weer donker.

‘Ze is in slaap gevallen,’ constateerde dokter Winter en hij deed zijn stethoscoop af.

‘Is dat een goed teken?’ vroeg Augusta, die haar ogen niet van het meisje afhield. Ze voelde zich onrustig. Als Christian vanmorgen niet uit rijden was gegaan, hadden we ons dit probleem niet op de hals gehaald, schoot het door haar heen.

‘Dat weet ik niet. Ze is behoorlijk zwak en sterk onderkoeld. We moeten in de gaten houden of het geen longontsteking wordt.’

‘Longontsteking?’ Dat was wel het laatste wat ze hier konden gebruiken, zo vlak voor Kerstmis.

‘Zou het dan niet beter zijn haar naar een ziekenhuis over te brengen?’ vroeg Augusta.

‘Als ze tekenen van longontsteking vertoont, is dat zeker beter. Maar ik raad aan haar een paar dagen hier te laten. Wat er ook is gebeurd, het heeft haar sterk aangegrepen. Het zou voor haar psychische herstel niet bevorderlijk zijn als ze naar een ziekenhuis met allemaal zieken zou worden gebracht.’

‘Als het haar zo heeft aangegrepen, zou een psychiatrische instelling dan niet de juiste plaats zijn? Er is hier in de buurt toch vast wel een...’ Gekkenhuis wilde ze zeggen, maar de blik van de dokter bracht haar tot zwijgen.

‘Mevrouw Baabe, ik begrijp het wel,’ zei hij zacht. ‘Niemand wil graag met zo’n probleem worden belast. Maar stelt u zich eens voor hoe het zou zijn als het om uw dochter ging...’

Mijn dochter zou beslist niet in een nachthemd op het strand worden aangetroffen, had Augusta er bijna uitgeflapt, maar de dokter voegde eraan toe: ‘Zou u in dat geval niet ook wensen dat er een aardige familie was die haar opnam? Die haar hielp haar herinneringen terug te vinden?’

Augusta perste haar lippen op elkaar. Ze wenste dat haar zoon niet was uitgereden. Maar dat was wel gebeurd. En dokter Winter was een invloedrijk man. Stel dat hij ging rondvertellen dat de familie Baabe een schipbreukelinge de deur had gewezen

– hoewel ze toch de mogelijkheid hadden om haar een tijdje bij zich op te nemen?

'Mevrouw Baabe, ik kan u verzekeren dat deze daad van gastvrijheid gunstig zal zijn voor de goede naam van uw familie. Bovendien is het weldra Kerstmis. Mocht de jongedame ernstig ziek worden, dan zorg ik ervoor dat ze naar een ziekenhuis wordt overgebracht. Maar zo niet... Geeft u haar alstublieft de tijd om te herstellen. Mogelijk keert haar herinnering al binnen een paar dagen terug. Dan wordt het allemaal duidelijk, en de ouders van het meisje zullen u zeer dankbaar zijn voor alle moeite.'

Als ze nog ouders heeft, dacht Augusta, maar ze knikte.

'Goed, dokter Winter. We zullen alles voor haar doen wat we kunnen.'

De dokter leek opgelucht. 'Dat is heel nobel van u. Ik zal regelmatig naar de jongedame komen kijken. Laat het me weten als er iets aan haar toestand verandert. En omdat het om een speciaal geval gaat, zal ik u ook geen rekening sturen.'

De dokter pakte zijn tas en stapte naar de deur.

Er kwam ineens een gedachte bij Augusta op, die wat ze eigenlijk had willen zeggen verdrong.

'Dokter Winter,' begon ze, want ze wist niet goed hoe ze het moest formuleren.

'Ja?'

'Hoe zit het als ze... als ze in gezegende omstandigheden verkeert? Is dat op een of andere manier vast te stellen?'

Het gezicht van de dokter verstrakte. 'Uiteraard kan een zwangerschap worden vastgesteld. Maar daarvoor zijn geen aanwijzingen. Laat haar slapen, en geef haar warme soep wanneer ze wakker wordt.'

'Ik begrijp het,' zei Augusta, en nadat ze nog een blik op het meisje had geworpen, begeleidde ze de dokter naar de voordeur.

6

'Daar hebben we ons wat op de hals gehaald,' mompelde Augusta; ze merkte niet dat Johanna achter haar was verschenen.

'Wat is er met haar?' vroeg ze.

Haar moeder pakte haar bij haar arm en trok haar mee de bibliotheek in, die in het achterste gedeelte van het ruime hotel lag.

'Ze herinnert zich niets,' antwoordde Augusta. 'De dokter zei dat dat kan voorkomen als je lang in het water hebt gelegen. En god behoede ons voor de mogelijke gevolgen. Misschien is ze zwakzinnig, of krijgt ze longontsteking.'

'Weet ze dan niet eens hoe ze heet of wat er is gebeurd?' Johanna vroeg zich af hoe dat zou zijn. Herinneringen waren toch geen kleuren op een aquarel die je simpelweg met een beetje water kon uitwissen!

Augusta schudde haar hoofd. 'Nee. En als je het mij vraagt: ik heb geen goed gevoel over haar.'

'Hoezo?'

'Ze kan wel een misdadigster zijn,' brieste Augusta toen ze de deur van de bibliotheek achter zich dicht had gedaan. Haar wangen gloeiden nu dieprood. 'Misschien is ze zwanger en wilde ze wel het water in lopen.'

'Moeder!' protesteerde Johanna, die barstte van ongeduld om kennis met het onbekende meisje te maken. 'Zoiets vreselijks kun je toch niet zomaar beweren!'

Augusta perste haar lippen op elkaar.

Johanna wist dat haar moeder maar al te vlug het slechte in mensen zag. Vooral wanneer ze hen niet kende.

Maar hoe kon iemand die haar geheugen had verloren haar van het tegendeel overtuigen?

'Heeft ze dan helemaal niets gezegd?' vroeg Johanna toen ze dacht dat haar moeder wat gekalmeerd was. 'Ze is toch wakker geweest? Spreekt ze onze taal?'

'Ja, maar er kwam niets bruikbaars uit,' antwoordde Augusta, die zich weer leek op te winden. 'Ze vroeg naar de tak die ze bij zich had! Ik wilde hem eigenlijk weggooien, maar je broer zei dat ik dat niet moest doen. Wie weet wat daarmee is.'

Augusta piekerde even, toen zei ze tegen Johanna: 'Blijf bij haar uit de buurt tot we weten wat er met haar aan de hand is, hoor je?'

'Is ze dan ziek?' vroeg Johanna.

'Nee, maar wat niet is, kan nog komen.'

'Maar ze...'

'Geen tegenspraak, m'n kind! Jij kunt je beter op je uitzet concentreren en nadenken over het kerstbal. Daarvoor heb je een nieuwe jurk nodig, je moet bedenken welk kapsel je wilt, en dan is er nog die andere beslissing. Denk maar niet dat ik vergeet wat er echt belangrijk is in jouw leven!'

Daarop verdween haar moeder uit de bibliotheek.

Johanna keek haar even na, toen viel haar blik op de grote oude wereldbol, het pronkstuk in de hoge zaal, waarin boekenkasten en vitrines langs de muren stonden en comfortabele stoelen gelegenheid boden te gaan zitten.

Waar zou de vreemdelinge vandaan komen? Dat ze onze taal beheerst, wil nog niet zeggen dat ze niet uit een ver land komt, zei Johanna tegen zichzelf. Misschien was haar vader koopman ergens in den vreemde – en misschien is hij op het schip achtergebleven en verdronken en is zij nu helemaal alleen op de wereld.

Bij die gedachte verkrampte haar hart. Ze kon het zich niet voorstellen moederziel alleen te zijn – hoewel ze dat vanwege het aanstaande huwelijk wel zou willen.

Zuchtend richtte ze haar blik op het raam. Waarom zou er niet een wonder kunnen gebeuren dat alles weer rechtzette?

Ludwig Baabe was met zijn gedachten bij de jaarinventaris toen zijn vrouw de deur opengooide en met grote passen zijn kantoor binnenliep.

'We moeten praten!' zei ze.

'Maar natuurlijk, lieve,' antwoordde Ludwig terwijl hij zijn knijpbrilletje afzette. 'Wat heb je op je hart?' vroeg hij terwijl zijn echtgenote voor zijn bureau liep te ijsberen. 'En wil je niet gaan zitten?'

'Voor zitten ben ik niet in de stemming.' Augusta wierp hem een strenge blik toe die hem ervan weerhield zijn voorstel te herhalen.

Zuchtend stond hij op, liep naar de deur, deed hem dicht en keerde toen naar zijn plaats terug. Even wachtte hij af of zijn vrouw kalmeerde. Toen ze dat niet deed, raadde hij maar: 'Is het vanwege onze gast? Ik zag dokter Winter weer weggaan.'

'Gast?' voer Augusta tegen hem uit. 'Deze persoon kun je onmogelijk als gast aanduiden.'

'Wat is ze dan wel?' vroeg Ludwig op verzoenende toon.

'Nou, wat ze is, weet ik niet, maar in elk geval niets goeds.'

'Wat zei de dokter dan?'

'Dat ze haar geheugen is verloren. En dat ze longontsteking zou kunnen krijgen. Misschien is ze wel zwanger... Ik was ervoor haar naar een ziekenhuis over te laten brengen.' Ze zweeg even, toen kruiste ze haar armen over haar borst. 'Waarom heeft hij eigenlijk niet met jou gepraat? Jij bent de heer des huizes!'

'En jij de vrouw des huizes. Augusta, denk je echt dat de dokter met vrouwenzaken naar mij toe zou komen? En wat ons privéhuishouden betreft ben jij de baas, niet ik.'

Augusta haalde diep adem. 'Wat moeten we doen, Ludwig? Het is me natuurlijk duidelijk dat we niet harteloos moeten zijn en haar eruit gooien. Maar is het niet gevaarlijk om haar hier te houden? Er kan van alles met haar aan de hand zijn, misschien is ze waanzinnig, een zelfmoordenares, buitenechtelijk zwanger, een misdadigster...' Ineens hield Augusta in. Een gedachte leek zich aan haar op te dringen. 'Of misschien heeft Christian er iets mee te maken.'

'Wat bedoel je daarmee, lieve?'

'Nou ja,' begon ze voorzichtig. 'Stel dat hij in de zaak verwikkeld is? Dat het geen toeval was dat juist hij dat meisje heeft gevonden?'

'Wat wil je daarmee zeggen? Hij is vanmorgen uit rijden gegaan, dat doet hij wel vaker. Je wilt toch niet beweren dat hij het meisje iets heeft aangedaan?'

'Nee, zeker niet direct. Maar stel dat hij...'

De woorden bleven haar in de keel steken.

'Wat zou hij dan gedaan moeten hebben?'

'Je bent toch zeker niet vergeten wat er indertijd is gebeurd...'

Ludwig snoof. 'Augusta, alsjeblieft, hou op! Onze zoon is misschien een keer lichtzinnig geweest, maar ik ben ervan overtuigd dat hij zich in dit geval nergens schuldig aan heeft gemaakt.'

Een meisje verleiden, zwanger maken en bijna de dood in drijven, daartoe achtte hij zijn zoon absoluut niet in staat. Maar de liaison die hun grote narigheid had gebracht, was hij natuurlijk niet vergeten.

'Goed, als je wilt, praat ik met hem.'

Augusta ontspande nu een beetje. Ludwig stond op en nam haar in zijn armen.

'Maak je geen zorgen, het komt allemaal goed.'

Ludwig wist dat zijn vrouw zich niet zo gemakkelijk liet geruststellen, maar hij hoopte dat het haar duidelijk was dat ze op dit moment niet veel meer konden doen.

'Dokter Winter zei dat het goed zou zijn de hoofdcommissaris van de politie in te lichten,' zei Augusta terwijl ze zich uit zijn omarming losmaakte.

'Ik ben al lang niet meer bij Martin Wagner geweest,' antwoordde Ludwig. 'Daar zal ik eens iets aan gaan doen.'

'Breng zijn vrouw dan de groeten van me over en zeg dat ik hoop haar gauw weer bij ons te mogen verwelkomen.'

Ludwig knikte en gaf haar een kus op haar wang.

Onrustig liep Christian in zijn kamer heen en weer. Zijn hart ging wild tekeer. Het beeld van de jonge vrouw op het strand liet hem maar niet los. Hoe zou het met haar gaan? Nog nooit was hij zo bezorgd over iemand geweest als bij haar. Hoewel hij geen tijd had gehad langer naar haar te kijken, zag hij haar gezicht wanneer hij zijn ogen dichtdeed. Ze was zo beeldschoon. Als een zeemeermin uit een sprookje van Hans Christian Andersen. Hij wist dat dat allemaal onzin was, maar stel dat er een rijk onder zee bestond? Een rijk vol beeldschone vrouwen die bereid waren hun staart en hun onsterfelijkheid op te offeren voor een paar momenten van liefde?

De drenkelinge zag er in elk geval uit als De Kleine Zeemeermin. Hoe zou haar stem klinken? Of had ze die misschien verloren nu ze zo lang in het water had gelegen?

Ineens voelde hij de drang om naar beneden te gaan en bij haar te gaan kijken. Welke taal zou ze spreken? Was ze een Zweedse of een Russin? Hopelijk was ze weer wakker...

Halverwege de deur bleef hij staan. Was dokter Winter eigenlijk al weg? En zijn moeder? Die had allesbehalve enthousiast geleken. Maar wanneer was ze dat eigenlijk wel?

Geklop haalde hem uit zijn gedachten.

'Binnen!'

Toen zijn vader binnenkwam, bedacht Christian dat hij

eigenlijk allang in het kantoor had moeten zijn.

'Papa, ik kom meteen! Ik wilde alleen...'

'Ik wil met je praten,' antwoordde Ludwig terwijl hij de deur achter zich sloot.

'Eh... ja, goed.' Christian vroeg zich af wat er aan de hand was.

Bij de gedachte die volgde werd hij gloeiend heet van schrik. Was het meisje gestorven?

'Het moet nogal een schok voor je zijn geweest dat je die jonge vrouw op het strand vond.'

'Het gaat wel. Wat is er met haar? Leeft ze nog?'

Ludwig knikte. 'Ja, ze leeft nog. Je moeder begon alleen ergens over.'

Christian trok zijn wenkbrauwen op. Wat zou zijn moeder hebben gezegd? En waarom keek zijn vader zo bezorgd?

'Waar wilde je eigenlijk zo vroeg op de ochtend naartoe?'

'Ik had slecht geslapen en wilde gewoon mijn vermoeidheid verdrijven.'

'En waar lag ze precies?'

'Ter hoogte van het bos, waar het strand rotsachtig wordt.'

'En er zat een stuk zeildoek om haar been gewikkeld?'

'Ja, precies.' Christian keek zijn vader afwachtend aan. Dit had hij hem toch al verteld!

'En je kent haar niet?' vroeg Ludwig Baabe door.

'Vader, ik zag haar vandaag voor het eerst.' Christian schudde zijn hoofd. Wat betekende dit allemaal?

'Je moeder zei dat het goed zou zijn de politie in te schakelen,' vervolgde zijn vader. 'We moeten tenslotte uitvinden wie ze is en wat er met haar is gebeurd.'

'Is dokter Winter dan al bij haar geweest? Hoe gaat het met haar?'

'Dokter Winter heeft geheugenverlies bij haar geconstateerd,' antwoordde Ludwig. 'Als het om een misdrijf gaat...'

'Denkt moeder dat?' vroeg Christian. Uitgaan van een misdrijf leek hem overdreven.

Ludwig Baabe keek hem onderzoekend aan. 'Jij hebt niets met de zaak te maken?'

Christian sperde geschrokken zijn ogen open. 'Vader, alstublieft! Ik heb haar alleen maar gevonden, anders niet!'

Hij kon het niet geloven. Maakten zijn ouders van een goede daad nu echt een misdrijf?

'Vader, ik heb het je toch gezegd, ik ken dat meisje niet. En afgezien van die korte affaire van jaren geleden heb ik er geen meer gehad. Denk je nu echt dat ik een vrouw zou laten zitten of haar ertoe zou brengen het water in te lopen als ik wist dat ze zwanger van me was?'

'Dat meisje van zes jaar geleden was doodongelukkig,' antwoordde zijn vader. 'Haar ouders zeiden dat ze wekenlang weigerde te eten. En dat alleen omdat jij valse verwachtingen had gewekt.'

'Wie is er niet ongelukkig na een verbroken relatie?' mompelde Christian. 'Maar ik heb geen valse verwachtingen gewekt, daar blijf ik bij. En ze was ook niet zwanger, want ik heb haar niet aangeraakt.'

Hij kreeg kramp in zijn maag. Hij dacht niet graag terug aan Louise.

Zij was de dochter van een boer in de buurt. Haar ouders hadden er beslist niets op tegen gehad haar met hem te laten trouwen. Maar toen zijn ouders erachter kwamen, brak de hel los, temeer daar hij toen pas achttien was. Daarop had hij de relatie verbroken.

'Vader, ik zweer dat ik deze vrouw niet ken. De politie moet naar een verdwenen schip zoeken. Het zou uit Zweden of Denemarken kunnen zijn gekomen. Of uit Oost-Pruisen!'

'Ik zal het met mijn oude vriend Wagner in Bad Doberan bespreken,' verzekerde zijn vader. 'Maar eerst moet ik me ervan vergewissen dat jij absoluut niet in de zaak verwikkeld bent.'

'Nee, vader, ik zweer het!' antwoordde Christian gekweld.

'Goed, ik geloof je,' zei Ludwig Baabe.

Christian verademde opgelucht. ‘Dank u, vader.’

Ludwig knikte, toen vroeg hij: ‘En, kom je nu naar het kantoor? Of moet ik het soms allemaal alleen doen?’

7

Zaterdag 6 december 1902

Nog voor het huis tot leven kwam, sloop Johanna op haar tenen de trap af naar de hotelkamer waarin de schipbreukeling lag. Haar buik kriebelde van opwinding. De vorige dag had ze geen gelegenheid meer gehad bij haar te gaan kijken.

Voor de deur hield ze even stil. Toen klopte ze.

'Binnen,' klonk het zwakjes vanuit de kamer.

Johanna deed de deur open. Natuurlijk was hier alles nog donker.

'Mijn verontschuldigingen, ik hoop dat ik je niet wakker heb gemaakt.'

'Ik ben al een tijdje wakker,' antwoordde het meisje.

'Ik wilde eens kijken hoe het met je gaat,' zei Johanna zachtjes. 'Mag ik binnenkomen?'

'Natuurlijk, kom maar.'

Johanna zocht op de tast naar de lamp en stak hem aan. Het licht verspreidde zich door de kamer en viel op de jonge vrouw in het bed. Ze zag er bleek uit, maar haar ogen waren open, ze glansden koortsig.

'Ik ben Johanna Baabe, de dochter des huizes.'

De vreemdelinge glimlachte. 'Aangenaam kennis te maken.'

Johanna moest erkennen dat ze heel mooi was. Op het kussen

leek ze heel breekbaar, als een porseleinen pop. Dat ontroerde Johanna erg, bijna alsof ze in haar een jonger zusje zag.

Behoedzaam kwam ze dichterbij. 'Gaat het goed met je?'

'Het gaat vooruit,' antwoordde ze. 'Af en toe heb ik het nog koud en waarschijnlijk heb ik veel te lang geslapen...'

'Dat geeft niets,' zei Johanna. 'Je hebt niets gemist.'

'Welke dag is het vandaag?' vroeg het meisje terwijl ze dieper onder haar dekbed kroop.

Johanna moest even nadenken. '6 december, de dag van Sint-Nicolaas.'

Ze knikte. 'Bedankt. Het spijt me dat ik je mijn naam niet kan zeggen. Ik... ik kan me hem niet herinneren...'

Johanna knikte. 'Mijn moeder zei al zoiets.'

Ineens voelde Johanna zich onprettig. Wat moest ze zeggen? Iets opbeurends? Of kon ze haar maar beter weer met rust laten?

Toen viel haar blik op de tak in de kruik bij het raam. 'Dat is een mooie tak.'

'Laat hem in de kruik alsjeblieft. Hij heeft water nodig.'

Johanna draaide zich om. 'Natuurlijk. Ik wilde hem er ook helemaal niet uit halen.'

Ze glimlachte onzeker, toen vroeg ze: 'Heb je liever dat ik weer wegga?'

'Nee, blijf gerust,' antwoordde het meisje. 'Het is zo eenzaam, en al mijn gedachten leiden nergens toe. Het doet me goed met iemand te praten.'

Johanna trok een stoel naar het bed en ging zitten. Daarbij merkte ze de donkere kringen onder de ogen van de jonge vrouw op en de korstjes in haar ooghoeken. Had ze gehuild? Of waren haar ogen geïrriteerd door het zoute water?

'Die tak lijkt erg belangrijk voor je te zijn,' zei Johanna. 'Kun je je herinneren wat ermee is?'

'Hij... hij moet in het water staan,' antwoordde ze. Haar stem werd een beetje zwakker. Was ze toch nog moe en wilde ze slapen? 'Dat moet, omdat hij moet gaan bloeien.'

Dat klonk een beetje vreemd. Had haar moeder gelijk, en had het meisje in het water haar verstand verloren? Dat was geen wonder als ze urenlang door de stroom was meegevoerd.

'Bloeien?' vroeg Johanna verwonderd. 'Waarom moet die tak gaan bloeien? Het is december! Mijn grootmoeder heeft ooit gezegd dat het ongeluk brengt als fruitbomen in december bloeien.'

'Dat kan kloppen, maar bij een tak ligt het iets... anders...'

Er volgde een lichte zucht op haar woorden. Toen Johanna opkeek, zag ze dat de jonge vrouw weer in slaap was gevallen.

Wat moest ze nu doen? Haar wakker maken? Het interesseerde haar wat er aan een bloeiende tak anders zou zijn dan aan een bloeiende boom. Een bloeiende boom voorspelde voor een familie de dood. En een bloeiende tak? Bracht die geluk? Johanna kon zich niet herinneren dat ze dat ooit had gehoord. Voor ze kon beslissen, hoorde ze voetstappen de gang in komen. Waarschijnlijk was het een van de dienstmeisjes. Meteen stond ze op en sloop naar de deur, maar het was al te laat om de kamer ongezien te verlaten.

Ze drukte zich tegen de muur naast de deur.

Toen de voetstappen heel dichtbij waren, klopte haar hart in haar keel. Waarom verstopte ze zich eigenlijk? Dit was toch haar ouderlijk huis! En waarom verbood haar moeder haar het contact met de jonge vrouw? Ze leek heel aardig. Al die boosaardige beschuldigingen die Augusta had geuit... Johanna kon zich niet voorstellen dat de schipbreukelinge iets ergs had gedaan.

Toen de voetstappen zich weer verwijderden, haalde ze opgelucht adem. De dag in huize Baabe was begonnen, en het werd tijd dat ze naar haar kamer terugging.

De gedachte aan de tak hield Johanna ook uren later nog bezig, toen ze in haar kamer zat en, zoals haar moeder had verordonneerd, haar uitzet nakeek. Telkens opnieuw liep ze het gesprek met de vreemdelinge door en ze merkte dat ze geen zin had om het linnengoed te tellen.

Haar moeder had er al vroeg voor gezorgd dat haar bruidskist tot de rand gevuld was met alles wat een welgestelde jonge vrouw behoorde te hebben. Wat kon er dan nog ontbreken?

Zuchtend klapte ze het deksel dicht. Veel liever zou ze weer met hun gast praten! Rond deze tijd was haar moeder bezig de boodschappenlijst voor de komende week te maken. En de dienstmeisjes waren aan het werk in de kamers of in de keuken. Misschien was dit een goed moment.

Ze was nog niet beneden of er werd aangebeld. Omdat noch Elsa, noch een van de andere dienstmeisjes zich vertoonde, liep ze naar de deur en deed open.

Even later had ze daar enorme spijt van.

Voor de deur stond Berthold von Kahlden.

'Een wonderschone dag, juffrouw Johanna,' zei hij met een bijna onbeschaamd lachje. 'Wat verschaft mij de eer dat u vandaag de deur voor me opendoet? Voelde u dat ik naar u op weg was?'

Hij nam zijn hoed af en streek over zijn dikke bruine haar. Johanna kende vele jonge vrouwen die smolten bij zijn aanblik. Zij daarentegen kreeg kippenvel wanneer ze hem zag – en bepaald niet van louter gelukzaligheid.

'Onze meisjes zijn bezig en ik was net in de buurt,' antwoordde Johanna zo koel als ze maar kon. Ze zou waarschijnlijk nooit begrijpen wat hij aan haar vond. En waarom hij haar het hof maakte. 'Wilt u naar mijn moeder?'

'Eigenlijk wilde ik eerder naar u,' zei hij en hij haalde iets uit zijn zak. Meteen schoot haar polsslag omhoog. 'Vandaag is het de dag van Sint-Nicolaas, ik wilde u een klein cadeautje komen brengen.'

'Eigenlijk krijgen toch alleen kinderen cadeautjes. Ik kan maar beter mijn moeder gaan halen,' zei Johanna zonder het pakje aan te nemen.

Toen ze zich omdraaide, kwam Augusta net uit de salon. Haar gezicht, dat eerst nog een beetje bezorgd had geleken, klaarde bij de aanblik van Johanna's aanbidder zichtbaar op.

'Meneer Von Kahlden!' riep ze en ze spreidde haar armen.

Johanna vroeg zich af wat haar moeder in haar plaats zou hebben gedaan. Zou Augusta blij zijn geweest met het bezoek van een man die ze niet wilde? Beslist niet.

'Hilda!' riep ze tegen het dienstmeisje dat even later verscheen. 'Neem de hoed en mantel van meneer Von Kahlden even aan!'

'Johanna, wat zeg je daarvan, dat meneer Von Kahlden ons komt opzoeken.' Augusta wierp Johanna een veelzeggende blik toe, maar die had geen zin om te huichelen dat ze blij was.

'Dat is... heel aardig,' antwoordde ze. Toen viel haar iets in. 'Excuseer me, ik ga me even omkleden, dan kom ik zo naar u toe.'

Haar moeder fronste haar wenkbrauwen, maar knikte. De jurk die Johanna droeg was inderdaad niet geschikt om een huwelijkskandidaat in te ontvangen.

'Ja, ga maar, kind. Meneer Von Kahlden en ik zijn in de salon. Maar neem eerst toch eens het cadeau van meneer Von Kahlden aan.'

Johanna maakte het pakje voorzichtig open en zag een prachtige gouden ring. De bloem van edelstenen schitterde in alle kleuren van de regenboog. Waren dat soms diamanten? De ring moest een vermogen hebben gekost!

Ze kreeg geen lucht meer. Tegelijkertijd had ze het gevoel dat er een steen in haar maag zat. Ze slikte en knikte even naar haar aanbidder. Het lukte haar nog net waardig de trap op te lopen, maar toen ze buiten het gezichtsveld van meneer Von Kahlden en haar moeder was, rende ze weg. Ze was niet van plan zich op te frissen of voor dat opdringerige haantje een mooie japon aan te trekken. Ze wilde zich alleen maar verstoppen – en waar zou dat beter gaan dan in de kamer van haar broer?

'Christian, ben je daar?' fluisterde Johanna en ze klopte op de deur. Rond deze tijd wist je het nooit. Zomaar bij hem binnenwaaien wilde ze niet.

'Ja, kom binnen!'

Opgelucht duwde Johanna de openslaande deuren open.

'Godzijdank!'

'Wat is er aan de hand, zusjelief?' vroeg Christian. Er speelde een geamuseerd lachje om zijn lippen. 'Heeft moeder je misschien belaagd met de vraag of je iets met onze nieuwe gast te maken hebt?'

'Wát?' Johanna fronste haar voorhoofd. 'Nee, natuurlijk niet! Von Kahlden is er en ik vroeg me af of je je zus wilt verstoppen!'

'In geen geval,' antwoordde hij. 'Moeder heeft het toch al op me voorzien.'

'Waarom dan?'

Johanna herinnerde zich dat Christian de vorige avond heel zwijgzaam was geweest. Hij was vroeg naar zijn kamer gegaan en had zich niet meer laten zien. Zelfs de schipbreukelinge leek hem niet te interesseren.

'Klopt, dat heb ik je nog helemaal niet verteld,' begon Christian. 'Vader kwam naar me toe nadat moeder hem gek had gemaakt. Hij vroeg me in alle ernst of ik misschien iets met haar te maken had.'

'Nee!'

'Ik zeg het je toch! Moeder denkt inderdaad dat ik haar met valse beloften tot zelfmoord heb gedreven.'

Johanna sperde haar ogen open. 'Maar waarom dan? Je hebt haar gevonden, meer niet!'

'Louise,' zei Christian.

Ze kon zich het boerenmeisje herinneren. Na de grote uitbarsting was de affaire nooit meer ter sprake gekomen. Maar de komst van de onbekende was genoeg geweest om die geschiedenis weer op te rakelen.

'Ongelofelijk dat ze je dat nog steeds verwijten!'

Christian veegde over zijn gezicht. 'Ja, inderdaad. Maar daarmee zal ik moeten leven zolang ik vreemde meisjes van het strand pluk.'

Hij perste zijn lippen op elkaar en ze zag teleurstelling in zijn ogen.

'Dus Von Kahlden is er?' veranderde hij uiteindelijk van onderwerp.

'Ja, en hij heeft me een cadeau gebracht vanwege Sint-Nicolaas.'

'Als je het niet wilt, geef het dan maar aan mij. Het zijn vast bonbons, daar houd ik ook van.'

'Nee, het is een ring!' Johanna zuchtte. 'Het lijkt wel alsof ik op een paardenmarkt word verhandeld.'

Christian grijnsde breed. 'Nou, dan moet je een paar tanden laten trekken en de andere geel maken. Misschien verliest hij dan zijn interesse.'

Johanna lachte even, maar haar stemming verbeterde niet door het grapje.

'En wil je me echt niet zeggen aan wie je hart toebehoort?'

Johanna boog haar hoofd en zuchtte.

'Je kunt me toch niet helpen. En waarschijnlijk zijn zijn ouders ook al op zoek naar een bruid voor hem.'

'Maar misschien helpt het als je me zijn naam zegt.'

Christian pakte haar hand.

'Kom nou, Hanni,' zei hij.

Johanna keek hem aan. Het koosnaampje uit hun kindertijd had hij lang niet meer gebruikt.

'Het is Peter Vandenboom.'

Christian sperde geschrokken zijn ogen open. 'Een Vandenboom? Hij is de jongste, nietwaar?'

'Ja, de jongste.'

Peter Vandenboom was van dezelfde leeftijd als Johanna en had bij hen op school gezeten. Al vroeg hadden hun ouders hun al ingeprent dat ze zich niet met hem en zijn broers moesten inlaten. De redenen waren uiterst vaag, er werd gezegd dat de Vandenbooms de familie Baabe aanzienlijk hadden geschaad. Meer hadden ze niet uit hun vader weten los te krijgen.

Dat hun ouders hen daarmee om de oren hadden geslagen had effect gehad: in hun schooltijd was Johanna totaal niet in Peter geïnteresseerd geweest. Toen hij een jaar geleden bij zijn ouders op bezoek was, had ze hem eerst slechts vluchtig ontmoet op het zomerfeest van het kuuroord. Hij was haar naar de tuin gevolgd en had het, eigenlijk heel onbetekenend, over de rozen gehad die het prieel opsierden. Maar toen ze hem kort daarop in de stad weer tegenkwam, besefte Johanna dat die eerste ontmoeting geen toeval en het gesprek over de rozen geenszins zonder betekenis waren geweest. Peter had toen ook toegegeven dat zij hem was opgevallen en dat ze hem fascineerde. Toen ze hem in de ogen keek, was ze verkocht, en ze had nachtenlang niet kunnen slapen omdat ze hun ontmoetingen in gedachten telkens weer opnieuw beleefde.

Christian zei eerst niets. Hij wreef weer in zijn gezicht, alsof hij iets onaangenaams wilde wegvegen.

'Christian, zeg toch iets!' riep Johanna toen haar broer nog een poosje gezwegen had.

'Onze ouders zullen heel kwaad zijn als ze het te weten komen.'

'Je zult het toch niet verraden, hè?' vroeg Johanna angstig.

'Natuurlijk niet, ik ben je broer! Maar weet je wat dat betekent?'

'Dat weet ik, ja,' antwoordde Johanna. 'En dat is ook de reden waarom ik het tegen niemand heb willen zeggen.'

'Peter Vandenboom,' mompelde Christian, alsof hij het nog steeds niet kon geloven. 'Je bent echt gestoord, zusjelief.'

'Ik ben niet gestoord,' protesteerde Johanna. 'Zo is het nu eenmaal. En hij is echt geweldig, weet je. Zo lief, zo knap, zo...'

Christian hief zijn hand op. 'Dat is wel genoeg. Je hoeft mij niet lekker te maken.'

'Maar zo is het gewoon. Hij zou de ideale man voor me zijn!'

'Als die gebeurtenis waarover hier in huis niemand praat er niet was geweest.' Christian haalde diep adem, toen nam hij haar in zijn armen.

Johanna knikte en legde haar hoofd tegen zijn borst.

'Weet Peter wat de oorsprong van de vete is? Misschien zijn de Vandenbooms de zaak al vergeten.'

Johanna schudde haar hoofd. 'Geen idee. Ik zal het hem vragen wanneer ik hem weer zie.'

'En de vete weerhoudt hem niet?'

'Tot nog toe niet,' antwoordde Johanna, maar ze voelde weer een kleine steek toen ze aan de uitblijvende post dacht.

Dat, en het idee dat Peters ouders misschien een bruid voor hem zochten, zou eigenlijk voldoende voor haar zijn geweest om zich in haar kamer terug te trekken en er de hele dag niet meer uit te komen. Maar toen bedacht ze dat beneden haar moeder met Berthold von Kahlden in de salon zat.

'Ik moet ervandoor,' zei ze en ze draaide zich spoorslags om. 'Beloof dat je niemand iets vertelt, ja?'

Christian knikte. 'Beloofd.'

Toen Johanna Christians kamer verliet, stond ineens Hilda voor de deur. Die had handdoeken op haar arm en schrok toen ze de dochter des huizes zag.

'Juffrouw Johanna! Pardon, ik...'

'Al goed, Hilda, ga maar verder.'

Johanna glimlachte naar haar, maar die glimlach verstarde toen ze naar haar eigen kamer liep. Had Hilda staan luisteren? Ze moest er niet aan denken dat ze het aan haar moeder zou doorvertellen!

Met pijn in haar buik en bonzend hart verdween ze in haar kamer en trok haar jurk uit.

Ze koos een crèmekleurige middagjapon uit, wierp een kritische blik in de spiegel en ging naar de salon.

8

Zondag 7 december 1902

Al een paar uur lag Christian wakker. Hij piekerde. Sinds de komst van de schipbreukelinge leek de stemming in huis te zijn veranderd. Zijn moeder was mopperig, zijn vader zwijgzaam. Johanna had haar eigen zorgen vanwege die Vandenboom. En hij had nog steeds last van het wantrouwen waarmee zijn ouders hem hadden bejegend.

En dat alleen maar omdat hij een jonge vrouw op het strand had gevonden die zich niets kon herinneren. Wat was er toch met haar gebeurd, dat ze niet eens meer haar naam wist?

Ineens kwam het verlangen in hem op haar te zien. Hoogstwaarschijnlijk had ze alleen bezoek gekregen van de dienstmeisjes die haar eten brachten.

Toen hij aangekleed was, sloop hij zijn kamer uit. De laatste keer dat hij op zijn tenen de gang door was geslopen, was al een hele tijd geleden. Toen was hij nog een kleine jongen geweest, die 's nachts stiekem naar de keuken was gegaan om een stukje taart of wafels te bietsen.

Hij kwam langs Johanna's kamer en luisterde even. Sliep ze of lag ze onrustig te woelen? Bestond er een kans dat ze weer naar zijn kamer zou gaan?

Blijkbaar niet, want achter de deur was alles stil.

Zachtjes liep Christian door naar de trap en hij probeerde de treden zo weinig mogelijk te laten kraken. Het kon zijn dat een van de dienstmeisjes rondliep en hij wilde niet de aandacht op zich vestigen.

Beneden aangekomen sloop hij naar de hotelkamers. Zijn hart bonsde van opwinding zo hard dat hij dacht dat het geluid door de muren werd weerkaatst. Hij verkeerde in gewetensstrijd.

Het was niet passend dat hij hier was. In de kamer van een dame had een man niets te zoeken. Dat had zijn moeder hem al vroeg bijgebracht. En tot welke misverstanden zou het wel niet leiden als hij hier werd aangetroffen! Nu de zaak met Louise weer ter sprake was gekomen, moest hij voorzichtig zijn.

Hij hurkte dus maar neer bij de deurpost, deed zijn ogen dicht en stelde zich voor hoe de vreemdelinge in de kamer lag te slapen en misschien iets droomde waardoor ze zich iets kon herinneren.

Toen ze wakker schrok, was het nog donker. De verwarrende droom die ze had gehad, trok weg.

Ineens besefte ze dat ze zich in het hotel bevond, en ze dacht weer aan de tak. Ze kon zich niet meer herinneren wanneer ze hem had geplukt. En of ze hem eigenlijk wel geplukt had en hoe hij in haar hand was beland. Ja, ze had hem in haar hand gehouden, dat wist ze nog. Maar al het andere ging op in duisternis.

Ze kreeg behoefte hem aan te raken.

Ze sloeg het dekbed terug en stapte uit bed. Haar benen voelden nog een beetje wankel, maar het tapijt onder haar voeten was zacht, en toen ze zich nog een poosje aan het bed had vastgehouden, ging het. Ze oriënteerde zich even in het maanlicht en vond de tak in een hoekje van een vensterbank. Hij stond nog steeds in de aarden kruik. Het dienstmeisje moest hem hebben verplaatst zodat hij meer licht kreeg. Ze raakte de tak zachtjes aan. Ineens begon alles om haar heen te draaien. Ze probeerde nog ergens houvast te vinden, maar tevergeefs, en even later viel ze neer op de vloer.

Ik had niet moeten opstaan, dacht ze vaag. Toen zag ze in het maanlicht een gedaante in de deuropening verschijnen.

Tot haar grote verrassing was het geen dienstmeisje en ook niet de dochter des huizes.

'Gaat het?' vroeg de jongeman terwijl hij haar voorzichtig van de vloer tilde.

Ze kon geen antwoord geven. Het duizelde haar nog steeds.

De man legde haar weer in bed en maakte licht. Nu pas kwam de wereld om haar heen tot rust.

Zijn blonde haar zag er wat warrig uit, alsof hij net uit bed was gestapt. Hij droeg een wit overhemd en een bruine broek, hij had blote voeten.

Wat haar blik het meest gevangenhield, was zijn gezicht. Hij had een lange, smalle neus, een energieke kin en helderblauwe ogen. En een lichte stoppelbaard.

Hij maakte een wat onzekere indruk.

'Moet ik dokter Winter halen?' vroeg hij bezorgd terwijl hij een paar haarlokken uit haar gezicht streek.

'Eh... het gaat wel goed,' zei ze zachtjes. 'Ik wilde alleen naar de tak kijken, maar dat was geen goed idee.'

De jongeman glimlachte. 'Weet je zeker dat het goed gaat?'

'Ja, heel zeker.'

Even ontmoetten hun blikken elkaar, toen zei hij: 'Ik ben Christian. Christian Baabe.'

'Aangenaam kennis te maken,' antwoordde ze. 'Gisterochtend vroeg is je zus me komen opzoeken. Ik neem tenminste aan dat Johanna je zus is?'

Christians glimlach werd breder. 'Jazeker.'

'Het spijt me dat ik je mijn naam niet kan zeggen, en dat terwijl je me nu voor de tweede keer hebt gered.' Ze keek verlegen naar het dekbed, dat Christian weer over haar heen had gelegd.

'Kun je je dat herinneren?'

'Nee, maar ik heb gehoord wat de dienstmeisjes zeiden. Ze denken dat ik een schipbreukeling ben... Heb ik iets gezegd? Ik bedoel... het zou toch kunnen dat ik iets gezegd heb wat ik me niet meer kan herinneren.'

'Nee. Je hebt niets gezegd. Je was volkomen onderkoeld.' Christian keek haar een poosje aan, toen sloeg hij zijn ogen neer. 'Het spijt me, ik wilde je niet aanstaren.'

'Dat deed je helemaal niet,' antwoordde ze.

Christian leek even niet te weten waarover hij het nu moest hebben.

'Ik wilde dat ik je kon helpen,' zei hij toen. 'Dat je je niets kunt herinneren doet me verdriet.'

'Aardig van je om dat te zeggen.' Ze glimlachte een beetje onzeker naar hem. 'Heb je op het strand misschien iets gevonden wat ik verloren zou kunnen hebben?'

'Nee, helaas niet. Maar als je wilt, rijd ik er nog eens heen en ga kijken.'

'Nou je hoeft niet speciaal voor mij te gaan.'

'Ik ga toch al vaak rijden.' Christians wangen werden een beetje rood. 'Het zou helemaal geen moeite zijn.'

'Hartelijk dank. Misschien is er op het strand echt nog iets te vinden. Een aanwijzing. Papieren of zoiets.'

Dat hij daar niet aan had gedacht! Daar ergerde Christian zich een beetje over, maar toen besefte hij weer dat hij er op dat moment alleen aan had kunnen denken dat ze het moest overleven.

'Goed, ik zal gaan kijken.' Hij glimlachte. 'Maar nu is het beter dat ik je weer laat slapen. Laat het me weten als ik iets voor je kan doen. Ik voel me verantwoordelijk voor je, weet je.'

Die woorden vervulden haar als warme thee met honing en gaven haar een geborgen gevoel.

'Ik dank je met heel mijn hart.'

'Niets te danken. Ga nog een beetje slapen tot de meisjes met het ontbijt komen.'

Daarop trok hij zich uit de kamer terug. Pas nu merkte ze hoe vlug haar hart sloeg. Niet alleen omdat hij in haar kamer was verschenen. Het was nog iets anders.

Ze was niet alleen. Er waren in haar leven vast mensen geweest die zich verantwoordelijk voor haar voelden. Die haar wilden beschermen en helpen. Ze moest ouders hebben gehad en vrienden. Geen van hen kon ze zich herinneren – helaas. Maar het was fijn te weten dat hier iemand was die zich zorgen om haar maakte. Eerst Johanna en nu Christian. Op een of andere manier – ze kon niet zeggen waar dat precies door kwam – was hij haar vertrouwd. En dat gaf haar een zo rustgevend gevoel dat ze even later weer insliep.

9

Bij het ontwaken vroeg Johanna zich af hoe de inkt op haar vingers was gekomen. Toen viel haar blik op de schrijftafel. Er lag een kleine envelop naast de pennenhouder en het vloeipapier, dat vol kleine blauwe spikkeltjes zat.

Er gleed een glimlach over haar gezicht. Ze had Peter geschreven. En daarmee ook een reden om naar het centrum te gaan!

Nadat ze zich had gewassen en aangekleed, liep ze naar beneden naar de eetkamer, waar de rest van het gezin al voor het ontbijt bijeen was gekomen. Omdat ze vandaag naar de kerk gingen, vond dat wat eerder plaats.

Het viel haar op dat Christian er wat onuitgeslapen uitzag. Hij had donkere schaduwen onder zijn ogen. Toch leek hij niet ongelukkig. Hij zag eruit alsof iets heel aangenaams hem wakker had gehouden.

'Moeder, hebt u er bezwaar tegen als ik vandaag na de dienst even naar het centrum ga?' vroeg Johanna nadat ze was gaan zitten en een broodje op haar bord had gelegd.

Augusta bracht het koffiekopje naar haar mond. 'Wat heb je dan te doen?'

'Ik heb een brief aan Norma geschreven, die wilde ik graag op de bus doen.'

'Je hebt al een tijdje geen post meer van haar gekregen.'

Augusta hield alles goed in de gaten. Dat ze gemerkt had dat er al lang geen brief van 'Norma' was gekomen, verraste Johanna desondanks. Maar vlug vermande ze zich.

'Ja, daarom wilde ik ook vragen hoe het met haar gaat.'

'Goed, ga gerust. Vanmiddag komen mijn vriendinnen voor ons zondagskransje. We hebben zo het een en ander te bespreken.'

Johanna wist zeker dat het cadeau van Berthold von Kahlden boven aan de lijst zou staan.

'Zal ik met je meegaan?' vroeg Christian, maar Johanna schudde haar hoofd.

'Niet nodig, ik ga alleen maar naar de brievenbus en ik wil mijn gedachten een beetje ordenen. Ik heb wel het een en ander om over na te denken.'

'Nou en of!' zei Augusta. 'De ring van meneer Von Kahlden was overweldigend.'

Johanna voelde dat de blik van haar moeder op haar bleef rusten. Ze keek niet van haar broodje op, in de hoop dat ze er dan niets over hoefde te zeggen.

'En wat een wonderbaarlijk toeval dat hij ook voor het bal is uitgenodigd!'

'Dat verbaast me niets,' bromde Ludwig van achter zijn krant. 'Ze zijn vertrouwelingen van de hertog. Zonder hen zou het moderne Heiligendamm niet bestaan.'

Augusta's blik rustte nog steeds op haar dochter. Die wenste dat ze onzichtbaar was. Moeder kon gewoon niet wachten tot ze haar besluit bekendmaakte. En blijkbaar hoopte ze bijzonder op Von Kahlden. Zag ze dan niet hoe hij echt was? Brachten haar vriendinnen geen roddels over hem mee? Of had ze alleen oog voor geld en invloed?

'Ik weet zeker dat ik op het bal een keer met hem zal dansen,' zei ze en ze nam een grote hap.

'Dansen? Lieve kind, ik ga ervan uit dat hij je een aanzoek zal doen. En om eerlijk te zijn, heb ik hem het liefst.'

'Laat dat meisje toch met rust,' mengde Ludwig zich in het gesprek. 'Johanna zal ons heus wel tijdig zeggen op wie haar keuze valt.'

'Maar het bal is al over twee weken!' wierp Augusta tegen.

Johanna werd warm en koud tegelijk. Ze wilde nu niet beslissen. Ze wilde Peter. Als die haar tenminste nog wilde...

'Twee weken is nog een hele tijd,' kwam Christian ertussen en hij wierp Johanna een geamuseerde blik toe. 'In twee weken kan er veel gebeuren.'

Johanna's gezicht versomberde. Ze had hem dan wel ingewijd, maar dat gaf hem nog niet het recht de spot met haar te drijven!

'Wat de jongen zegt is waar,' nam Ludwig Baabe weer het woord terwijl hij zijn krant opzijlegde. 'We moeten Johanna nog niet tot een beslissing dwingen. We moeten haar laten beslissen wanneer de jongeheren haar een aanzoek hebben gedaan.'

Johanna had haar vader daarvoor het liefst omhelsd. Ze had echter nog steeds maar twee weken voor een beslissing. Dat ze geen aanzoek zou krijgen was uitermate onwaarschijnlijk...

Augusta roerde nors in haar koffiekopje.

'Wees nou niet boos, lieve! Je weet dat ik gelijk heb. En iemand die niet op het bal zou worden uitgenodigd, komt voor jou als schoonzoon toch al niet in aanmerking, nietwaar?'

Augusta reageerde daar niet op, dus leek het een uitgemaakte zaak.

Johanna wierp haar vader een dankbare blik toe, maar hij was alweer achter zijn krant verdwenen.

Na de kerkdienst en het ommetje naar de brievenbus haastte Johanna zich naar huis. Omdat haar ouders nog met bekenden aan het praten waren, besloot ze hun nieuwe gast een bezoek te brengen.

Toen Johanna binnenkwam leek de jonge vrouw al wat sterker. 'Ik hoop dat ik niet stoor.'

'Nee, je stoort niet,' antwoordde ze. 'Ik ben blij wanneer iemand me gezelschap komt houden. Je komt zeker net uit de kerk?'

Johanna trok verbaasd haar wenkbrauwen op.

'De dienstmeisjes hadden het erover. En ik heb de klokken horen luiden.'

'Hoe gaat het vandaag met je?' vroeg Johanna terwijl ze op de stoel naast het bed ging zitten.

'Al wat beter. Af en toe word ik duizelig, maar dat is alleen wanneer ik probeer op te staan.'

'Voel je je dan sterk genoeg?'

'Nee, maar ik word ook niet sterker wanneer ik in bed lig, toch?'

Johanna lachte. 'Daar heb je gelijk in. Je moet echter niet in je nachtjapon rondlopen. Ik zal later een van mijn japonnen brengen voor het geval dat je een rondje door het huis wilt maken.'

Het meisje glimlachte. 'Dank je wel, dat is heel aardig van je. Het spijt me als ik jou en je ouders last bezorg.'

Johanna schudde haar hoofd. 'Maak je geen zorgen, het is geen last. Het is hier een hotel, we zijn gewend gasten te herbergen.'

'Maar ik kan er niets voor betalen, Ik weet zelfs niet eens of ik geld heb en wie er voor me zou kunnen instaan.'

Johanna ging naast haar op de rand van het bed zitten en legde kalmerend haar hand op de arm van de jonge vrouw. 'Denk daar maar niet aan. Het is een erezaak om iemand in nood te helpen. En als je iets wenst, zeg het me dan alsjeblieft, ja?'

'Dat zal ik doen,' antwoordde ze een beetje verlegen. 'Misschien kan ik de komende dagen echt al opstaan en een beetje rondlopen.'

'Dat hoop ik ook!' antwoordde Johanna. 'Ik zou je graag het park van het kuuroord laten zien en het kasteel en de Heilige Dam. Daar is een prachtig verhaal over. En niet te vergeten het strand! In de zomer is hier wel meer te doen, maar ook de winter heeft zijn mooie momenten...'

Toen het meisje haar hoofd boog, besefte Johanna dat ze een fout had gemaakt. 'Ach, natuurlijk, het strand. Dat wil je vast niet zo graag terugzien...'

De jonge vrouw schudde haar hoofd. 'Nee, dat is het niet. Om precies te zijn heb ik het strand helemaal niet gezien, of beter gezegd, ik kan het me niet herinneren.'

'Nou, misschien zou een wandeling daar helpen een herinnering te vinden.'

'Misschien...'

Even staarde ze naar het dekbed, toen dwaalde haar blik naar de kruik op de vensterbank.

'Hoe doet je tak het? Gaat het daar goed mee?' vroeg Johanna om de stilte te doorbreken.

'Ik hoop het.'

'Je... je zei dat er iets bijzonders mee was,' begon Johanna. 'Ik bedoel, ik... ik vraag me af wat...'

'Ze moeten op 4 december worden afgesneden,' antwoordde de gast. 'Er wordt gezegd dat het geluk brengt als het je lukt ze op kerstavond te laten bloeien.' Ze dacht even na en fronste haar voorhoofd. Het was alsof ze tevergeefs een gedachte probeerde te pakken. 'Welke datum is het vandaag?' vroeg ze toen.

'7 december.'

Ineens leek ze opgelucht.

'Heeft dat betekenis?' vroeg Johanna.

'Nee, alleen... op 7 december kunnen de knoppen nog helemaal niet opengaan.'

'En wanneer wordt er een verandering zichtbaar?'

'Ik... ik weet het niet. Ik weet alleen dat het geluk brengt als er op de vierentwintigste december bloesems aan de tak te zien zijn.'

Ze viel stil en verzonk even in gedachten. Haar blik zweefde naar de verte.

‘Barbara,’ zei ze toen.

‘Barbara?’ vroeg Johanna verwonderd. ‘Is dat jouw naam? Zo ja, dan zou dat een aanzienlijke vooruitgang zijn.’

De jonge vrouw keek haar verward aan, toen schudde ze haar hoofd. ‘Nee, dat is niet mijn naam. Het is de naam van de tak.’

‘Van de tak?’

‘Ja, zo worden ze genoemd. Barbaratakken.’ Blijkbaar moest ze even in haar herinnering zoeken, maar toen leek haar nog iets te binnen te schieten. ‘Omdat ze gewijd zijn aan de Heilige Barbara.’

‘En wie is die Heilige Barbara?’

‘Ik... ik weet het niet...’ antwoordde ze, en haar lichaam werd slap. Dat ze niet wist wie die Barbara was, leek haar erg verdrietig te maken.

‘En je leeftijd, kun je je die herinneren?’ vroeg Johanna na een tijdje, waarop de vreemdelinge haar armen opstak en ernaar keek alsof het de jaarringen van een boom waren.

‘Nee, dat kan ik niet. Maar ik denk dat ik nog niet heel oud ben.’

‘Ik zou zeggen dat je iets jonger bent dan ik.’

Johanna bekeek haar wat preciezer. Ze zag er niet meer uit als een schoolmeisje, maar ze had nog kinderlijke trekken. Met haar donkere haar deed ze Johanna denken aan een personage uit een sprookje waar Johanna als kind graag naar had geluisterd: Sneeuwwitje.

‘En je naam... is die je nog niet te binnen geschoten?’

Het meisje schudde haar hoofd. ‘Nee.’

‘Mag ik... mag ik je zolang Barbara noemen?’ Het volgende moment vond Johanna dat voorstel een beetje pijnlijk. Als het meisje al een naam moest hebben, wilde ze die misschien zelf uitzoeken. Maar ze glimlachte.

‘Barbara is een mooie naam,’ antwoordde ze. ‘En ik zou eerlijk gezegd geen andere weten die me beter bevalt. Dus ja, noem me gerust Barbara.’

'Goed dan,' zei Johanna opgelucht. 'En zodra je je echte naam weet, vertel je die mij, toch?'

'Natuurlijk.' Het meisje richtte haar blik weer op de tak.

'En je weet niet van welke boom je die tak hebt?' vroeg Johanna na een poosje.

Barbara boog haar hoofd. 'Nee, helaas niet. Als ik dat wist, zou ik ook weten waar ik thuishoor, nietwaar?'

'Vermoedelijk,' antwoordde Johanna verdrietig.

'De tak zou overigens ook een teken zijn of in het nieuwe jaar de ware liefde komt.'

'Hoe dan?'

Barbara fronste haar wenkbrauwen. Ze had de woorden er zomaar uitgeflapt, alsof er een zonnestraal op een stukje van haar herinnering was gevallen. Toen mompelde ze: 'Als je de tak aan een man wijdt en hij bloeit met Kerstmis, dan trouw je in het nieuwe jaar met hem.'

'Echt?' vroeg Johanna. Ineens begon haar hart te bonzen. Als dat klopte...

Ach nee, het was natuurlijk maar bijgeloof. Maar de gedachte dat de tak een teken was van ware liefde, van de man met wie je zou trouwen, beviel haar.

'Heeft je moeder je dat verteld?' vroeg Johanna.

'Dat zou kunnen. Ik neem aan van wel,' antwoordde Barbara. 'Ik weet het niet, het is zo... alles is zo duister. Het is alsof ik voor een muur sta en de deur niet kan vinden.'

'Dokter Winter zegt dat het weer overgaat.'

Barbara keek haar aan en Johanna zag tranen in haar ogen glinsteren. 'Maar wat als dat niet zo is? Als ik nooit te weten kom wie ik ben?'

Voor Johanna daar iets op kon zeggen, werd er op de deur geklopt.

Meteen schoot ze overeind. Gelukkig was het Elsa maar die binnenkwam, met een dienblad voor zich. 'O, excuseer me, juffrouw Johanna, ik wilde u niet storen. Ik wilde onze gast alleen het middageten brengen. Uw moeder is overigens al in de eetkamer.'

'Goed, Elsa, ik kom eraan.'

Het dienstmeisje zette het dienblad neer en ging weer weg.

'Je moeder is echt heel vriendelijk,' zei Barbara daarop een beetje verlegen. 'Ik vind het gênant dat ik hier zo passief in bed lig.'

'Dat hoef je niet gênant te vinden,' zei Johanna vlug. 'Eet smakelijk. Misschien kan ik later nog eens bij je komen kijken.'

Toen liep ze de kamer uit.

Toen het dienstmeisje het dienblad weer had weggehaald, keek de jonge vrouw uit het raam.

'Barbara,' mompelde ze. Dat klonk goed, maar op een of andere manier ook een beetje droevig. Zou ze eraan kunnen wennen?

En de tak... Wie had haar daarover verteld?

Ze deed haar ogen dicht en probeerde het zich te herinneren. Maar weer stuitte ze op de muur zonder deur.

Geklop zorgde ervoor dat ze haar ogen weer opendeed.

'Binnen!' riep ze, en even later verscheen Christian in de deuropening. Hij droeg rijlaarzen en een mantel.

'Mag ik binnenkomen?' vroeg hij.

'Maar natuurlijk,' antwoordde ze, terwijl ze het dekbed tot haar kin optrok. Ze vond het pijnlijk hem alweer in nachtkleding te ontmoeten.

Zijn verschijning was bij daglicht nog mooier dan in de nacht. Zijn haar was vlasblond en zijn ogen schitterden als de zomerhemel. Hij werd vast door vele meisjes hier geadoreerd. En waarschijnlijk had hij al een bruid, bedacht ze.

'Hoe gaat het met je?' vroeg hij. 'Word je goed verzorgd?'

'Ja, uitstekend, dank je wel.'

Christian knikte en verzonk even in gedachten.

'Ik ga zo een beetje langs het strand rijden,' zei hij toen.

'Ik vrees dat ik je geen gezelschap kan houden,' antwoordde ze.

Christian glimlachte. 'Nee, natuurlijk niet. Maar wanneer dokter Winter je gezond verklaart, zou ik je graag de omgeving laten zien en er een paar verhalen over vertellen.'

'Dat zou geweldig zijn!' antwoordde ze. Haar wangen begonnen te gloeien. 'Ik ben dol op verhalen. Vooral nu ik het gevoel heb dat ik mijn eigen verhaal op het strand ben verloren.'

'Daar kan ik voor je naar zoeken als je wilt.'

Ze lachte. 'Dat zou geweldig zijn. Maar ik neem aan dat het daar niet meer is.' Onmiddellijk verdween de stralende uitdrukking van haar gezicht.

'Ik houd mijn ogen open,' antwoordde Christian, en het leek bijna of hij daar nog iets aan wilde toevoegen. Hij zweeg echter en keek haar alleen maar aan. 'Nou, dan ga ik maar eens,' zei hij ten slotte.

'Pas goed op jezelf,' antwoordde ze, waarop hij knikte en uit de kamer verdween.

Ze staarde nog een ogenblik lang naar de plaats waar hij had gestaan.

'Barbara,' mompelde ze toen weer. Misschien had ik hem moeten zeggen dat dat voorlopig mijn naam is...

Maar ze was ervan overtuigd dat hij terug zou komen en dat ze daarvoor nog wel de gelegenheid zou krijgen.

10

Een beetje besluiteloos stond Johanna in de tuin van het kuuroord, die niet alleen voor de patiënten toegankelijk was, maar ook voor de bewoners van Heiligendamm. Als een van de weinige gebouwen hier had het kuuroord het hele jaar door gasten – vooral omdat steeds meer artsen besloten hun patiënten met long- en huidaandoeningen naar de Oostzeekust te sturen.

Het park was ook nu, terwijl de bomen kaal waren, prachtig. Sommige borders waren groenblijvend, en nu de bloemenpracht de aandacht niet afleidde, kon je ook de dunne klimopranken ontwaren die zich om de boomstammen slingerden. Tussen de banken stonden torso's en kleine standbeelden. De rozenpriëlen waren in de bloeitijd wel mooier, maar zo leken ze net de bewakers van het slot van Doornroosje. Zodra de eerste sneeuw viel, zou het park definitief in een sprookjeswereld veranderen.

Iets verder van het kuuroord af gelegen en daardoor niet direct waarneembaar bevond zich de boomgaard. Bezoekers en patiënten mochten in de zomer en herfst het heerlijke fruit oogsten. Het kuuroord had speciaal een tuinman voor de verzorging van de bomen in dienst genomen.

Toen ze zich onbespied waande, glipte Johanna door de poort. De struiken waren in de herfst gesnoeid en rondom de bomen was stro gelegd om de wortels tegen de kou te beschermen. In de takken zaten een paar mussen, die aan de knoppen pikten. Hier en daar waren nog resten van een vogelnestje zichtbaar.

Wat voor boom had je nodig voor een Barbaratak?

Johanna keek een beetje hulpeloos van de ene boom naar de andere. Ze wist wat een perenboom was, een appelboom of een kersenboom. Haarzelf was de kersenboom het liefst, ze hield van de witte bloesem en de vruchten, waarvan sommige eruitzagen als kleine hartjes.

Dat was de juiste tak voor haar!

Ze liep naar de kersenbomen, die kleiner waren dan de appelbomen. Aan een ervan hing het enorme web van een kruisspin. De bewoonster was echter allang vertrokken. De tere draden trilden onder het gewicht van de rijp.

'Wie je hier niet allemaal tegenkomt,' zei plotseling een warme mannenstem achter haar.

Johanna verstijfde. Toen draaide ze zich met een ruk om.

'Peter!'

Door het bonzen van haar hart verslikte ze zich bijna in zijn naam. Toen kwam ze weer tot zichzelf. Het was inderdaad haar geliefde, Peter Vandenboom, de man die haar ouders hartgrondig haatten en aan wie zij haar hart had verloren.

En hij zag er gewoonweg fantastisch uit. Donker haar golfde rond zijn hoofd en zijn ogen glansden zonnig goudbruin. Op het eerste gezicht kon je hem voor een reiziger uit Italië houden, een graaf wellicht die hier afwisseling kwam zoeken voor het warme klimaat in zijn vaderland.

Maar het was Peter, haar Peter! En net als altijd wanneer ze hem zag, huppelden haar hart en haar ziel om het hardst.

Dat leek hem onverschillig te laten, want hij liep op haar af en nam haar in zijn armen.

Kijk uit, iemand zou ons kunnen zien, schoot het door haar heen. Maar toen herinnerde ze zich dat ze in de boomgaard stonden, die door een hoge houten schutting werd omgeven.

Dus beantwoordde ze zijn omhelzing en liet toe dat hij haar kuste.

Het was een lange, intense en haast vertwijfelde kus. Johanna's hart brandde van verlangen naar hem, en deze kus kon haar verlangen niet in het minst bevredigen. Ze wilde hem zien, elke dag, elk uur, ze wilde in zijn armen liggen, urenlang naar hem kijken, hem kussen of gewoon bij hem zijn.

Maar dat was allemaal onmogelijk. Die gedachte trof haar zo dat de tranen haar in de ogen sprongen.

'Waarom huil je nou?' vroeg hij verbaasd. 'Heb ik je pijn gedaan?'

Johanna veegde over haar ooghoeken. 'Nee, maar je hebt zo lang niet van je laten horen.'

'Vergeef het me alsjeblieft. Ik had een belangrijke afspraak in Zuid-Duitsland. Mijn cliënt heeft me ruim twee weken vastgehouden en nam me voortdurend in beslag. Ik ben pas een paar dagen geleden weer in Schwerin aangekomen en meteen hiernaartoe gereisd. En nu tref ik jou voor ik je kan schrijven – dat noem ik lotsbestemming.'

Johanna glimlachte terwijl er nog een paar tranen over haar wangen rolden. 'Nou, als ik had geweten dat ik je zou tegenkomen, had ik je de brief die ik je heb geschreven persoonlijk overhandigd...'

'Heb je me geschreven?'

Johanna knikte. 'Ik miste je.'

'En ik jou! En daarom zou ik je graag weer vaker zien. Schrijven is leuk en aardig, maar ik mis je stem en je aanwezigheid. Zo tegenover elkaar staan is toch veel fijner dan een brief lezen, vind je niet?'

Johanna knikte. Het was haar echter een raadsel hoe ze dat voor elkaar moest krijgen.

'Maar het is geen zomer meer.'

'Hebben we de zomer dan nodig om elkaar te zien?'

'Nee, maar mijn moeder houdt me nu meer dan ooit in de gaten...' Johanna zuchtte. 'Goed, ik zal het proberen.'

'Ik ook. Misschien kunnen we een andere ontmoetingsplaats zoeken. Een in de buurt van jouw huis.'

'En als mijn ouders je zien?'

'Ik let goed op. Bovendien zullen ze met het oog op het bal niet veel tijd hebben om zich bezig te houden met mensen op straat, toch?'

'Dat is waar.' Johanna vlijde zich tegen hem aan en probeerde de bedroefdheid die haar hart vervulde niet te laten merken. 'Ik zou je echt graag vaker zien.'

'Dan gaan we het proberen.' Peter sloeg zijn armen om haar heen en kuste haar hoofd.

Een hele tijd hielden ze elkaar zo vast, tot Johanna zich zachtjes uit zijn omarming losmaakte. Maar al te graag was ze urenlang zo in zijn armen blijven staan. Maar dat ging niet. En eigenlijk wilde ze ook terug zijn voor de vriendinnen van haar moeder weg waren en Augusta haar weer aan haar hoofd kon zeuren over Berthold von Kahlden.

'Wat wil je gaan doen?' vroeg hij toen ze naar de bomen keek.

'Ik wil een Barbaratak afsnijden,' antwoordde ze. 'Maar ik weet niet welke fruitboom ik daarvoor moet nemen.'

'Barbaratakken?' Peter trok verbaasd zijn wenkbrauwen op. 'Dat klinkt als een katholiek gebruik.'

'Mogelijk is het dat ook. Maar het schijnt een mooi gebruik te zijn.'

'En hoe kom je daarop?'

Johanna aarzelde even. Kon ze hem het verhaal vertellen? Het geroddel erover zou zeker ook haar moeder ter ore komen.

Onzin, foeterde ze tegen zichzelf. Je houdt van Peter! En als je hem vraagt te beloven om te zwijgen, zal hij zich daaraan houden.

'Ik weet niet of je het al hebt gehoord,' begon ze een beetje verlegen.

'Wat dan? Je weet toch dat mijn ouders nieuws uit huize Baabe niet toelaten. Zelfs als ze iets zouden hebben gehoord, zouden ze het me niet hebben verteld.'

Op dat punt waren de Baabes en de Vandenbooms het tenminste met elkaar eens.

'Christian heeft vrijdag op het strand een jonge vrouw gevonden. Het schijnt een schipbreukelinge te zijn. Maar dat weten we niet precies. Mijn broer zegt dat er een stuk zeildoek om haar heen zat.'

'Dat klinkt avontuurlijk,' zei Peter.

'Dat is het ook. Ze heeft haar geheugen verloren, en moeder denkt dat ze ongeluk brengt. Maar ik vind haar heel aardig. Toen ze gevonden werd, had ze een tak bij zich. Ze heeft me pas verteld dat het een Barbaratak was, die de eigenaar geluk brengt als hij op kerstavond bloeit. Geluk en...' Ze sloeg haar ogen neer en vervolgde: 'Geluk en ware liefde.'

Peter keek haar even aan, toen sloeg hij weer zijn armen om haar heen en gaf haar een kus op haar hoofd. 'O, liefste, dat is een prachtig gebruik. Dan hoop ik vurig dat de tak zal gaan bloeien.'

'Dat hoop ik ook,' zei Johanna, en ze verzweeg dat ze de tak eigenlijk al iets te laat afsneed. Maar ze had iets nodig wat haar houvast kon bieden. Iets wat haar hoop gaf.

Peter leek te merken dat ze iets op het hart had.

'Wat is er? Daarnet had je het nog over die fantastische takken en ware liefde, en nu trek je een gezicht als een oorwurm.'

'Ach, er is een reden waarom ik die tak ga plukken,' begon ze aarzelend. 'Ik... ik wil zekerheid. En ik heb geluk nodig.'

'Waarom?' Peter trok verbaasd zijn wenkbrauwen op.

Johanna zuchtte. 'Helaas zit het zo dat mijn moeder me aan een ander wil koppelen. En wel nog dit jaar.'

'Wat?' Peters gezicht versomberde. Verbijsterd schudde hij zijn hoofd. 'Maar... ik dacht...'

'Ze heeft al twee kandidaten.'

'Twee?' Nu werd Peter bleek. Hij wist net zo goed als Johanna hoe het dan stond met zijn kansen. De Baabes zouden nooit toelaten dat hij om haar hand dong.

'Ja, en het ziet ernaar uit dat ze Berthold von Kahlden het meest in haar hart heeft gesloten.'

'Die losbol?' Peter liet haar los en maaide toen hulpeloos met zijn armen in de lucht. 'Maar dat kan niet! Ze kan jou niet aan hem uithuwelijken. Dat is gewoon niet goed. Tenzij...'

Johanna begreep meteen wat hij bedoelde. 'Nee, in geen geval. Ik hou van geen van beiden!'

'Dan moet ik er maar voor zorgen dat hij zijn belangstelling voor jou verliest!'

'Nee, Peter, alsjeblieft, maak me niet ongelukkig! De Von Kahldens bezitten bijna heel Heiligendamm! Ze kunnen jouw familie ruïneren als je hem te lijf gaat! Bovendien zou je goede naam erdoor worden aangetast. Je bent advocaat, vergeet dat alsjeblieft niet!'

'Goed dan, maar toch... het zijn niet de juiste mannen voor jou.'

'Je weet nog niet eens wie de andere kandidaat is!'

'Ongeacht de naam die hij draagt, hij is niet goed genoeg voor jou!'

Johanna glimlachte stilletjes. Peter was jaloers. Dat was een goed teken. Hoe had ze kunnen denken dat hij zijn interesse in haar was verloren? Hij wilde zelfs het risico nemen samen met haar gezien te worden!

'Ik beloof je dat ik niet de vrouw van een ander word,' zei ze. 'Ik zal een manier vinden. Hoe dan ook.'

Peter knikte, maar hij leek afwezig. Vreesde hij misschien nog dat ze bij hem weg zou gaan?

'Zeg, geldt dat alleen voor vrouwen of kunnen ook mannen zo'n tak plukken?' vroeg hij toen.

'Ze heeft niet gezegd dat mannen geen tak zouden kunnen plukken.'

'Dan zal ik er ook een afsnijden. We zouden de tak op het bal van de hertog kunnen dragen, wat denk je daarvan?'

'Zijn jullie ook uitgenodigd?'

'Ja, en ik weet zeker dat het onze ouders niet zal bevallen als ze elkaar tegenkomen.'

'Ach, de balzaal is groot...' zei Johanna, maar ze wist dat met dat geluk van haar haar ouders de Vandenbooms meteen tegen het lijf zouden lopen.

'Niet groot genoeg voor de Baabes en de Vandenbooms.' Peter legde zijn handen zachtjes op haar bovenarmen en keek haar aan. 'Ik weet dat ik heel veel van je vraag. Maar als er geen andere mogelijkheid is, zullen we allebei met onze familie moeten breken.'

'Wat zeg je me daar?' Johanna schudde haar hoofd. 'Nee. Nee, dat kunnen we niet maken!'

'Waarom niet? Misschien zien ze dan in dat het tijd wordt een einde te maken aan die onzinnige vete.'

'Ik vrees dat mijn ouders dat anders zien. Ze zullen er nooit mee ophouden, ook al weet ik nog altijd niet waarom die vete bestaat. Hoe zit dat met jou? Weet jij wat er indertijd is gebeurd?'

Peter schudde zijn hoofd. 'Nee. Bovendien weet ik zeker dat mijn ouders en die van jou veel gemeen hebben. Maar... er zit niets anders op als we samen willen zijn.'

Johanna zweeg. Ze hield van haar ouders en ook van haar broer en ze kon zich niet voorstellen dat ze met geen van hen nooit meer zou kunnen praten. Goed, Christian zou misschien achter haar blijven staan. Maar ze zou het hart van haar ouders breken. En dan brak misschien ook haar eigen hart, omdat ze niet met het schuldgevoel zou kunnen leven.

'Johanna?' Peter pakte haar handen vast. 'Ik weet het, we kennen elkaar al meer dan de helft van ons leven, en bijna even lang hebben we niet met elkaar gesproken. Nu staan we elkaar sinds een half jaar na, en ik weet niet of je het gepast vindt, maar... ik wil dat je weet dat ik je graag iets wil vragen. Op het bal.'

'Een vraag. Op het bal,' echode Johanna. Toen besefte ze welke vraag dat zou kunnen zijn. Maar in plaats van zich blij te voelen werd ze ineens bang.

'Je weet dat er voor mij geen andere vrouw bestaat dan jij. Ik wil met jou het leven delen. Maar zoals ik zojuist al zei: als onze ouders zich niet ineens met elkaar verzoenen, betekent dat dat we hun desnoods de rug moeten toekeren. Ik wil dat je erover nadenkt of je je dat kunt voorstellen. Nee, je hoeft niet meteen antwoord te geven, denk er maar eens goed over na. Het is een grote stap om alles achter je te laten.'

Johanna knikte. Dat was het inderdaad. Zou ze daar echt toe bereid zijn? Haar hart klopte voor Peter, en ze wist ook dat ze geen andere man wilde dan hem.

Johanna kon zich voorstellen dat haar vader een hartverlamming zou krijgen. Maar ze knikte. 'Prima, vraag me op het bal.'

Peter glimlachte en leek haast opgelucht. 'Goed. En dan dragen we allebei onze tak, ja?'

'Ja, die dragen we.'

'Dan hoop ik dat het heel gauw Kerstmis wordt. Ik ben, sinds ik klein was, niet meer zo opgewonden geweest.'

'Dat kan ik begrijpen, het is met mij net zo,' antwoordde Johanna.

Voor de laatste keer nam hij haar in zijn armen en kuste haar.

'Pas goed op jezelf, liefste. We zien elkaar gauw weer.'

Met die woorden draaide hij zich om en brak in het voorbijgaan een takje van een kersenboom af. Toen keek hij nog eenmaal lachend om naar haar.

'Je moet het in het water zetten, vergeet dat niet, alsjeblieft!' riep Johanna hem na en ze zwaaide.

'Ik zal het niet vergeten!' riep hij terug en hij glipte de poort door.

Johanna keek hem even na, toen richtte ze haar blik op de kersenboom. De tak die ze aan Peter wilde wijden vond ze al vlug. Met het mesje dat ze uit de keuken had meegenomen, sneed ze hem af en daarna verliet ze de tuin.

11

Er stond een gure wind, maar Christian merkte daar weinig van toen hij met zijn paard over het strand jakkerde. De hele weg zag hij het gezicht van het naamloze meisje voor zich en dacht hij aan haar verzoek om op het strand naar aanwijzingen te zoeken.

Het was echt heel oneerlijk van het lot om haar het geheugen te laten verliezen. Wie zou ze toch zijn? Haar manier van uitdrukken wees erop dat ze onderwijs had genoten. Ze was noch een boerendochter, noch een misdadigster, dat stond voor hem vast.

Met de zekerheid van een slaapwandelaar vond hij de plek terug waar hij het meisje had gevonden. Wind en water hadden zijn en haar sporen uitgewist, het zeildoek was weggewaaid. En toch wist hij precies dat dit de plek was. Hij steeg af en hurkte neer op de met mosselen bedekte bodem.

Had ze papieren bij zich gehad? Of een medaillon? Maar ze had alleen een nachthemd aangehad...

Zijn handen gingen zoekend over de mosselen, schoven ze opzij en wroetten in het natte zand.

Algauw besefte hij dat hij aan zijn handen niet genoeg had. En was er eigenlijk wel iets achtergebleven? Hij kon in de verre omtrek geen planken van een schip of sporen van lading ontdekken. En hij zag ook geen papier, sieraden of andere spullen.

Hij steeg op en liet zijn paard langzaam door het zand stappen.

Daarbij gleed zijn blik over de mosselen, stenen en aangespoelde takken. Na een tijdje vond hij restanten van een kist. Maar zoals die uit het zand staken, moesten ze al meerdere stormen hebben meegemaakt.

Een kwartier later kwam hij bij een vervallen vissershut. Toen hij besefte aan wie die ooit had toebehoord, hield hij halt en steeg af.

Hinning heette de oude visser die hier ver van de badplaats had gewoond. Al toen hij nog leefde deden er wilde geruchten over hem de ronde. Vroeger had Christian hem weleens opgezocht en naar zijn verhalen geluisterd.

Dat was na Hinnings dood voorbij geweest. En sindsdien was hij er ook niet meer heen gegaan.

De hut verkeerde in deplorabele staat. De stormen van de afgelopen maanden hadden flinke schade aan het dak aangericht. De muren stonden scheef. Van het vissersnet dat de oude man vlak voor zijn dood nog had opgehangen waren nog maar een paar flarden overgebleven.

Een schel gekrijs achter hem deed hem snel omdraaien. In de duisternis achter de openstaande deur flonkerden twee gele ogen.

Christian liep naar de hut. De herinnering riep een verlangen naar de goede oude kindertijd op. De poes zat op de oude keukentafel. Ze was pikzwart, op haar ogen na, die geelgroene edelstenen leken. Blijkbaar had ze honger, want toen ze hem zag, begon ze luid te mauwen.

Hinning had ook een kat gehad. Een bruingestreept beest dat tegen iedereen blies. Toen Hinning stierf, verdween de kat van de ene dag op de andere. Of hij leefde nog ergens in het bos, óf hij was allang dood. Christian betwijfelde of hij bij een ander mens toenadering had gezocht.

En nu was daar deze poes die in elkaar gedoken op de tafel

zat. Met trillende spieren, waarschijnlijk klaar om elk moment op de vlucht te slaan.

'Hallo daar,' sprak hij het dier aan, dat daarop opnieuw miauwde. De poes zag er niet verwilderd en ook niet onverzorgd uit.

Het zou een mooi cadeau voor onze gast zijn, dacht Christian. Maar die gedachte schudde hij vlug van zich af. Zijn moeder had er al iets op tegen gehad dat hij een mens mee naar huis bracht. Wat zou ze dan niet van een vreemde kat zeggen?

Nee, het zou beter zijn als de poes hier bleef en muizen ving.

'Pas goed op de hut,' zei hij; hij keek nog eens glimlachend naar het dier en draaide zich om. Hij zou het strand verder afzoeken, maar hoop iets te vinden wat een aanwijzing was voor de herkomst van de schipbreukelinge of voor wat er in de nacht van de storm gebeurd was, had hij nauwelijks meer.

12

Johanna was nog niet de foyer binnengekomen of haar moeder kwam haar al tegemoet. Het leek alsof ze iets had willen zeggen, maar toen ze de tak in haar hand zag, verstijfde ze.

'Wat is dat?' vroeg ze.

Ik had hem in een zakje moeten doen, bedacht Johanna. Maar zodra haar moeder hem in de vensterbank had zien staan, zouden er vragen zijn gekomen.

'Een tak van een kersenboom,' antwoordde Johanna. 'Barbara vertelde dat...'

'Barbara?' zei haar moeder verbaasd. 'Welke Barbara?'

'Ik noem haar Barbara,' antwoordde Johanna. 'De jonge vrouw in de Viooltjeskamer. Ze moet toch een naam hebben?'

'Heb je met haar gepraat? Wanneer dan?' Er gleed een schaduw over Augusta's gezicht.

'Eerder op de dag. Ze lijkt aardig. En ze vertelde me dat de tak die ze bij zich had een Barbaratak is. Die snijd je op 4 december af, en als hij met Kerstmis bloeit, brengt hij geluk. Hij is naar de Heilige Barbara genoemd. Daardoor ben ik op het idee gekomen haar Barbara te noemen. Vanwege de tak.'

Haar moeder volgde haar uiteenzetting met een strenge blik. 'Heb je je niet aan mijn instructies gehouden?'

Johanna kon het niet volgen. Waarom koesterde haar moeder zo'n wrok tegen het meisje?

'Maar moeder,' begon Johanna kalm, hoewel ze vanbinnen kookte. 'Waarom mogen we niet met haar praten? Ze beheerst onze taal, en voor zover ik kan constateren heeft ze niet haar verstand verloren, alleen haar geheugen. Denkt u nou echt dat dat terugkomt als niemand met haar praat? En waarom denkt u dat ze problemen zal veroorzaken? Ze is heel aardig en waardeert wat we voor haar doen!'

'Ik heb je duidelijke instructies gegeven en die heb je niet opgevolgd!' foeterde Augusta zonder op haar bezwaren in te gaan. Dat maakte Johanna woedend.

'Ja, omdat het onzin was!' flapte ze er uit. 'Bovendien ben ik bijna eenentwintig! Denkt u dat ik me op deze leeftijd nog laat verbieden met iemand te praten?'

Het volgende ogenblik verstijfde ze. Had ze dat echt gezegd?

Augusta's mond werd een smalle streep. 'Ga naar je kamer,' zei ze en ze draaide zich om.

Johanna keek haar moeder na die met opgestoken zeilen de werkkamer van haar vader instormde. Het was weliswaar zondag, maar wanneer de vriendinnen van zijn vrouw er waren, trok hij zich daar terug.

Johanna zuchtte en keek naar de tak in haar hand. Ze had een bijzonder mooie meegenomen. Ze kon wel wat geluk gebruiken – en ze wilde weten of Peter en zij zouden trouwen.

Christian schrok op toen zijn moeder de werkkamer binnenkwam. Ook Ludwig leek verrast. Op het verschijnen van Augusta hadden ze niet gerekend.

In de veronderstelling dat de vriendinnen er nog waren, hadden ze onder het genot van een kopje koffie over Christians rit gepraat.

'Ludwig, ik...'

Toen ze Christian zag, stokte Augusta even, toen vervolgde ze: 'Ludwig, ik moet met je praten! Het gaat over Johanna. En dat onbekende meisje.'

Ze keek naar Christian. 'Wil je ons even alleen laten?'

Christian wilde al opstaan, maar zijn vader hield hem tegen. 'Waarom moet hij gaan? Vertel alsjeblieft wat er gebeurd is.'

'Johanna heeft met haar gepraat! En dat terwijl ik het haar verboden had. Ze heeft haar zelfs een naam gegeven.'

'Wie heeft ze een naam gegeven?' vroeg Ludwig een beetje traag van begrip.

'Dat kind in de hotelkamer.'

'Zo? Welke naam dan?' vroeg Christian. 'Hopelijk geen onfatsoenlijke...'

'Bespaar me je grapjes, jongeman!' voer Augusta tegen hem uit. 'Ik heb Johanna verboden om met haar te praten, en ze heeft het toch gedaan. En toen werd ze brutaal tegen me en zei dat ik haar niet mocht verbieden met iemand te praten!'

Ludwig Baabe keek zijn vrouw niet-begrijpend aan. 'En daarover wind jij je op?'

'Heb je me niet gehoord?' vroeg Augusta, en ze leek te zijn vergeten dat haar zoon er ook bij was. 'Ze heeft me naar het hoofd geslingerd dat ik haar niets heb voor te schrijven. Maar ze woont nog altijd in ons huis!'

Ludwig nam zijn bril van zijn neus en leunde achterover op zijn stoel.

'Augusta, Johanna wordt komend voorjaar eenentwintig. Ze is volwassen.'

'En dat betekent dat ze zich niets hoeft aan te trekken van onze beslissingen? Dan ontbreekt het er nog maar aan dat ze zich met de Vanden...' Ze brak af, maar Ludwig raadde wat ze bedoelde.

'De Vandenbooms bedoel je?' vroeg Ludwig duister. 'Ik geloof niet dat Johanna met een van hen zou praten. Hoe kom je daar nou bij? Tussen de Vandenbooms en onze gast zit een groot verschil. Of weet jij soms iets wat ik niet weet?'

Christian was blij dat de aandacht van zijn ouders op dat moment niet hem gold. Zijn maag verkrampte toen hij eraan dacht dat zijn zus verliefd was op Peter Vandenboom.

Ludwig stond op en omhelsde zijn vrouw. Die verstijfde een beetje, maar schudde hem niet af. 'Augusta, die jonge vrouw zal onze familie heus niet ruïneren. Waarom ben je zo bang voor haar?'

'Ik ben niet bang voor haar,' antwoordde Augusta, maar haar gezicht zei iets anders.

'Nou, zie je wel. Laat dan toch toe dat onze gast een beetje gezelschap krijgt. Jij en ik hebben daar geen tijd voor, en Christian al helemaal niet. Het zal Johanna goeddoen met een meisje te praten nu ze nauwelijks het huis uit komt.'

'Een meisje dat niet van haar stand is.'

'Weet je dat dan?' vroeg Ludwig. 'We kennen haar naam niet en we weten ook niet waar ze vandaan komt. Hou op met die wilde speculaties en kalmeer een beetje.'

Christian lachte heimelijk. Op momenten als deze was hij erg op zijn vader gesteld.

'Over een paar dagen ga ik nog eens naar Martin Wagner om naar de stand van zaken te vragen, ja?' voegde Ludwig er verzoenend aan toe. 'Maak jezelf niet gek, het komt allemaal goed.'

Augusta knikte, maar het was haar aan te zien dat ze daar niet tevreden mee was.

'En wat doen we met Johanna's brutale gedrag?'

'Daar hebben we het bij het avondeten nog wel over.' Ludwig gaf haar een kus op haar voorhoofd. 'Ontspan je nu maar een beetje. Zijn je vriendinnen weg?'

'Ja, die zijn al een tijdje geleden vertrokken.'

'Goed, dan kom ik zo bij je zitten. Gun me nog even tijd met mijn zoon.'

Augusta knikte weer en verliet de werkkamer.

Ludwig haalde diep adem. 'Vrouwen, onbegrijpelijk.'

Christian wist niet zeker of het een goed moment was, maar als hij het nu niet vroeg, zouden de Vandenbooms nooit ter sprake komen.

'Vader, hoe zit dat eigenlijk met de Vandenbooms?' vroeg hij toen de voetstappen van zijn moeder waren weggestorven. 'Ik weet dat u er niet graag over praat en ik ben ook niet van plan tegen de regels van dit huis in te gaan. Maar ik ben uw erfgenaam en ik zou graag weten waarom die regel er is, zodat ik later mijn kinderen niet het antwoord schuldig hoef te blijven.'

Ludwig Baabe keek hem aan alsof hij dringend zijn maagdruppels moest innemen, toen wreef hij met beide handen over zijn gezicht en plofte neer op zijn stoel.

'Verdorie, Augusta, waarom moest je daar nu over beginnen?' mompelde hij. Hij keek zijn zoon aan. Een poosje leek hij in gevecht met zichzelf, toen zei hij: 'Je hebt gelijk, daar praat ik niet graag over. Eigenlijk had ik het je pas willen zeggen wanneer ik de zaak aan je overdraag, maar...' Hij zweeg even, toen vervolgde hij: 'Die vete bestaat al heel lang, moet je weten. Al sinds de tijd van je grootvader. Blijkbaar was een Vandenboom er schuldig aan dat mijn moeder – jouw grootmoeder – is gestorven.'

Christian keek zijn vader geschrokken aan. 'Heeft de oude Vandenboom grootmoeder vermoord? Maar waarom is hij dan niet gestraft?'

'Nou, je hebt moord en je hebt zielenmoord. Voor dat laatste kan niemand verantwoordelijk worden gesteld.'

'Zielenmoord? Heeft hij haar ziel beschadigd?'

'Ben je ooit bij het graf van je grootmoeder geweest?' vroeg Ludwig, terwijl zijn blik door het raam zweefde. Blijkbaar verzonk hij in de aanblik van de wolken boven de zee.

'Nee,' antwoordde Christian. 'U hebt het ons nooit laten zien.'

'En op goede gronden. Het ligt tegen de muur van het kerkhof van Bad Doberan en heeft ook geen grafsteen. Alleen een houten kruis, dat inmiddels wel verweerd zal zijn.'

'Een houten kruis?' Na even nadenken vielen Christian de schellen van de ogen. 'Heeft ze zich...'

Ludwig Baabe leunde een stukje naar voren. Hij trilde over zijn hele lichaam. 'Dat mag je niemand vertellen, ja? Zelfs niet aan je zus! Het is al erg genoeg dat die vete bestaat. Het is erg genoeg dat je grootmoeder die stap heeft gezet. Ze was getrouwd! En Vandenboom heeft haar het hoofd op hol gebracht. Hij heeft haar het hoofd op hol gebracht en haar toen in de steek gelaten. Hij heeft verwachtingen bij haar gewekt dat haar leven beter zou worden wanneer ze haar man en zoon zou verlaten en voor hem koos. En toen hij haar zover had gekregen, kwam het bij hem op weer terug naar zijn vrouw te gaan. En mijn moeder, mijn geweldige moeder, liep de zee in.'

Christian verstijfde. Een tijdlang was hij niet in staat iets te denken of te zeggen.

Toen dacht hij aan Johanna.

Het liefst was hij meteen naar haar toe gegaan om te vertellen wat hun vader gezegd had. Maar hij kon zich niet verroeren.

'We moesten je moeder maar eens gezelschap gaan houden,' zei Ludwig toen hij weer een beetje gekalmeerd was.

Christian knikte als verdoofd. Een graf bij de muur... Zeker, dat was een schandvlek voor de familie. Maar had dan niemand begrip gehad voor zijn grootmoeder? Voor haar verdriet, haar teleurstelling?

En waarom had het geen gevolgen voor de Baabes gehad? Hun reputatie was niet aangetast. Een zelfmoordenares in de familie had ertoe kunnen leiden dat alles in duigen viel. Maar op de een of andere manier moest het grootvader zijn gelukt de familie-eer te redden en zijn nazaten voor schade te behoeden.

In elk geval kon hij nu begrijpen waarom de Baabes de Vandenbooms haatten. En omgekeerd? Wat was er gebeurd?

Christian wilde er graag meer over weten.

En hij wilde ook dat Johanna het te weten kwam. Maar kon hij het haar wel vertellen?

Niet alleen kon hij dat, maar het moest zelfs. Hoewel ze van Peter Vandenboom hield, moest Johanna voorzichtig zijn, want je kon nooit weten wat er bij de andere partij uit de haat voortsproot...

13

'Waar hebt u die pot voor nodig?' Emma, de kokkin, keek Johanna verbaasd aan. Het was bepaald ongewoon dat de dochter des huizes keukengerei kwam lenen.

'Voor de tak,' verklaarde Johanna. 'Ik heb zojuist een Barbaratak gehaald.'

'Ah, een Barbaratak! Ik wist niet dat ze dat hier ook kenden.' Emma stamde uit Zuid-Duitsland, de liefde had haar naar het noorden gebracht. Toen de man ervandoor ging, was ze gebleven en bij de Baabes in dienst gekomen. 'In mijn dorp sneden veel vrouwen op de dag van Sint-Barbara een tak af. Maar is het daar niet een beetje laat voor? Het is tenslotte al 7 december. De knoppen zullen niet genoeg tijd hebben om open te gaan.'

'Desondanks wil ik het proberen. Wellicht bloeit hij toch nog op kerstavond.'

De kokkin glimlachte veelbetekenend naar haar. 'U wilt er dus achter komen of de man voor wie u gekozen hebt, de ware is, nietwaar?'

'Is dat dan zo duidelijk?' vroeg Johanna betrapt.

'De meeste jonge vrouwen snijden de tak om die reden af.'

Johanna beet op haar lip. Ze wist dat de kokkin met de dienstmeisjes zou praten, en de meisjes, met name Hilda, met haar moeder. Wanneer ze nu nog meer vertelde, zou dat zeker op een gegeven moment haar moeder ter ore komen.

'Nou ja, wat moet ik zeggen... Ik heb gewoon raad van het lot nodig, Emma. Misschien laat de Heilige Barbara zich overhalen om hem te laten bloeien.'

Johanna vulde de weckpot met water en glipte toen naar boven. Ze wilde in geen geval weer haar moeder tegen het lijf lopen – in elk geval nu nog niet. Haar uitbarsting van daarnet zou gevolgen hebben, dat was zo zeker als wat.

In haar kamer zette ze de tak in het water en keek er een poosje naar. Het was een heel mooie tak met veel knoppen. Zou hij nog gaan bloeien, hoewel ze hem een paar dagen te laat had geplukt?

Maar haar moeder... Johanna wilde absoluut niet dat haar moeder de dienstmeisjes opdracht zou geven hem weg te gooien. Misschien moest ze hem verstoppen?

Ze keek om zich heen. Achter de gordijnen was het te gevaarlijk. Onder het bed ook – bovendien kreeg de tak daar geen licht. De garderobekast? Geen goed idee, want de meisjes kwamen van tijd tot tijd het linnengoed brengen. Het enige hoekje dat je niet meteen zag, was de kleine ruimte naast de tegelkachel. Maar daar was het ook heel donker. Kon een tak die geen licht kreeg gaan bloeien?

Plotseling werd er op de deur geklopt.

'O nee,' fluisterde Johanna, toen bracht ze de pot vlug naar de kachel. Haar wang gloeide door de warmte. Maar ze wist zeker dat niemand daar zou kijken.

Ze zette de pot in de spleet tussen de muur en de kachel, toen riep ze: 'Binnen!'

Toen ze Christian zag, verademde ze.

'Wat kom jij hier doen?' vroeg ze.

'Ik moet met je praten. Het gaat om iets serieus.' Nu pas merkte ze dat zijn gezicht gloeide.

'Zo?' Johanna's glimlach verdween. 'Wat is er dan?'

Christian duwde de deur achter zich dicht en aarzelde even.

'Het gaat om Peter,' zei hij. 'Peter Vandenboom.'

Johanna voelde het bloed uit haar gezicht trekken. 'Is er iets gebeurd? Heb je ergens bericht van gekregen?'

'Nee, dat niet. Maar moeder was daarnet bij ons in vaders werkkamer.'

Johanna's hart begon wild te kloppen. Had iemand hen in de tuin van het kuuroord gezien en het haar moeder laten weten?

'Wat wilde ze daar dan?' Ze werd een beetje duizelig. Als haar moeder had gemerkt dat ze Peter stiekem ontmoette, was het afgelopen. Dan zouden haar ouders haar uithuwelijken – of wegsturen.

'Ze wond zich erover op dat je bij onze gast bent geweest,' begon Christian.

'Bij onze nieuwe gast? Maar...'

'En ze wond zich erover op dat je haar een respectloos antwoord hebt gegeven. En vader zei tegen haar dat het toch niet erg is dat je het meisje opzoekt.'

Christian pauzeerde even.

'Zeg toch wat er is!' riep Johanna panisch.

'Nou ja, vader zei tegen moeder dat ze je rustig met haar kon laten praten. Maar toen zei ze dat als ze ons met iedereen zou laten kletsen, jij ook meteen wel met de Vandenbooms kon gaan praten.'

Johanna sloeg haar hand voor haar mond. Dus iemand moest haar over de ontmoeting hebben verteld. Of had ze stiekem de brieven gelezen?

Johanna voelde haar knieën knikken. Gelukkig was er een stoel in de buurt.

'En toen heb ik vader naar de oorsprong van de vete tussen ons en de Vandenbooms gevraagd, en hij werd heel ernstig. Zo ernstig heb ik hem nog nooit gezien, zelfs niet wanneer hij kwaad op me was.'

Johanna's keel werd dichtgesnoerd. Tranen schoten haar in de ogen. Wat moest ze doen? Haar moeder zou haar na de confrontatie van daarnet vast in huis opsluiten! Het was een wonder dat ze nog niet in haar kamer was verschenen en haar de les had gelezen. Waarschijnlijk zat ze in de salon op haar excuses te wachten.

'Kun jij je herinneren dat er bij ons ooit over onze grootmoeder is gesproken, papa's moeder?' vroeg Christian terwijl hij zijn arm om zijn zus legde. Ze voelde hoe verhit hij was – en dat ze zelf trilde als een espenblad.

'Nee, nooit. Dat wil zeggen, één keer. Ze is al jaren geleden gestorven, toch? Toen vader nog klein was.'

Christian knikte. 'Ja. Maar niemand heeft ons daar meer over verteld, nietwaar?'

Johanna schudde haar hoofd. Wat had haar grootmoeder met de Vandenbooms te maken?

'Vader zei dat ze gestorven is aan een ongelukkige liefde.'

'Ongelukkige liefde? Maar...?'

'Een Vandenboom had haar verleid,' zei Christian en hij voegde er fluisterend aan toe: 'En haar toen in de steek gelaten.'

Johanna maakte zich van Christian los. 'Wat? Het is niet waar!'

'Jawel,' zei Christian zachtjes. 'Waarom zou vader liegen?'

'Omdat...' Ineens was Johanna's hoofd helemaal leeg. Ze was gewoon vergeten wat ze had willen zeggen.

'Johanna,' Christian streelde haar over haar rug. 'Het spijt me. Maar misschien is het echt beter dat je hem niet meer ziet.'

'Nee!' riep Johanna uit. Ineens kwam er weer leven in haar. 'Waarschijnlijk heeft hij dat alleen maar gezegd omdat moeder ontdekt heeft...' Ze stokte, greep toen Christian bij zijn hemdsmouwen. 'Wat heeft ze gezegd? Heeft ze het erover gehad dat ze achter de brieven is gekomen?'

'Schrijven jullie elkaar brieven?' vroeg Christian ontzet.

'Onder een valse naam, maar ze zou ze gelezen kunnen hebben.'

Christian haalde diep adem en schudde zijn hoofd. 'Je moet wel echt behoorlijk verkikkerd zijn op die vent.'

‘Ik hou van hem!’ zei Johanna vertwijfeld. ‘Dat kan ik niet helpen! En ik kan hem net zomin vergeten.’

‘Zoals het ernaar uitziet, zul je wel moeten, zusjelief,’ zei Christian ernstig.

‘Nee, dat doe ik niet zolang ik niet precies weet wat er indertijd gebeurd is. Elk verhaal heeft twee kanten. En zeg me nu of ze het over de brieven heeft gehad.’

‘Nee, dat heeft ze niet.’

Johanna haalde diep adem. ‘Goed. Dat is tenminste iets. Maar als je denkt dat ik Peter opgeef, heb je het mis. Wat er toen ook is gebeurd, hij heeft daar geen schuld aan. En we moeten hem niet veroordelen voor we weten hoe het destijds is gegaan.’

14

Het beviel Hilda niet dat ze dienst had op de bovenste etage. Eigenlijk was ze verantwoordelijk voor de hotelkamers, maar wanneer er geen gasten waren – de jonge vrouw die Christian op het strand had gevonden telde niet mee – moest ze nu en dan ook de vertrekken van haar werkgevers schoonmaken.

Ten overvloede had Martha zich ook nog eens ziek gemeld. Ze lag met griep op bed, zoals haar moeder vanmorgen had laten weten.

Een hondenleven, dacht ze en ze verlangde naar de zomer. Dan was het werk ook zwaar, maar dan waren er gasten, en wanneer die naar buiten waren gegaan en de meisjes zich met de kamers moesten bezighouden, veroorloofde ze het zich soms de spullen in de kastkoffers te bekijken. Ze streelde de mooie lichte japonnen die de vrouwen meebrachten of stak prachtige kanten parasols op.

Ze wist dat ze niet mocht rondsnuffelen, maar in de kamers waren ze meestal alleen, en ze zorgde er ook altijd voor dat ze alles weer netjes teruglegde. Ook al zagen sommige broches er nog zo verleidelijk uit en zei af en toe een stemmetje tegen haar dat ze die mee moest nemen en er een nieuw leven mee moest beginnen. Ze wist dat diefstal zwaar bestraft werd – en wanneer ze eenmaal in het tuchthuis had gezeten, waren haar kansen om aan haar armelijke afkomst te ontsnappen verkeken.

Nee, ze zou het op een andere manier proberen.

De eerste kamer die ze moest doen was die van Christian. Daar was meestal niet veel te doen, want hij was nogal spartaans ingericht. Het enige waar hij om scheen te geven waren boeken. Daar had hij er ontelbaar veel van, en soms lagen ze kriskras over de vloer verspreid.

Eigenlijk zou hij vanwege die boekenliefde moeten gaan studeren, maar zijn vader stond erop dat hij het hotel overnam. Maar was dat ook echt wat Christian wilde?

Hilda wist het niet, maar ze wist dat hij een heel aardige echtgenoot zou zijn. Soms droomde ze ervan dat hij haar, wanneer ze zijn vrouw werd, uit die boeken voorlas. Hilda had op de dorpsschool weliswaar zelf leren lezen, maar toen ze een keer een van de rondslingerende boeken had opengeslagen, had ze nauwelijks iets begrepen van wat er op die bladzijden stond. Maar als hij haar voorlas, zou ze het misschien begrijpen.

Die dag lagen er echter geen boeken, en verder leek de kamer ook heel netjes. Ze hoefde alleen het bed op te maken en de wasmand voor de deur te zetten.

Toen ze daarmee klaar was, was de kamer van juffrouw Johanna aan de beurt. Daar verging het haar vaak net als in de zomer in de hotelkamers. Johanna Baabe had talloze prachtige japonnen. Af en toe gaf ze een paar ervan aan de dienstmeisjes, wanneer het tijd werd voor een nieuwe garderobe.

Zijzelf had er ook al een gekregen, een mooie witte met ruches aan de zoom en de mouwen. Helaas waren er haast geen gelegenheden waarbij ze zo'n jurk kon dragen. Zelfs voor de kerkdienst was hij voor iemand als zij te chic. Maar als ze Christians vrouw zou worden...

Toen ze Christians stem achter Johanna's deur hoorde, hield ze in en drukte zich tegen de muur. Als er iets in het priveleven van de Baabes interessant was, waren het wel de gesprekken die ze kon afluisteren.

De andere meisjes liepen bij zulke gelegenheden door, maar

zij gunde zichzelf een moment om mee te luisteren.

'Vader zei dat het graf bij een muur op het kerkhof van Doberan ligt,' zei Christian, begeleid door zware voetstappen. Hij had zeker zijn rijlaarzen aan. 'En hij zei ook dat er alleen een houten kruis op stond.'

'We moeten dat graf vinden!' zei Johanna. 'Ik kan niet geloven dat Peters grootvader zoiets verschrikkelijks heeft gedaan. Waarschijnlijk waren er redenen voor, misschien verkeerde grootmoeder in eenzelfde situatie als ik!'

'Maar het is ook mogelijk dat zijn grootvader het met opzet met haar heeft aangelegd. Dat hij geprobeerd heeft haar ertoe te brengen haar man en kind in de steek te laten.'

'Maar waarom?' Juffrouw Johanna's stem sloeg bijna over. 'Waarom zou hij dat doen? Welke reden kan er zijn om een vrouw de dood in te jagen? Misschien...'

Ze stokte en zei een hele tijd helemaal niets. Ook Christian zweeg.

Hilda streed met haar verlangen door het sleutelgat te kijken.

'Misschien heeft ze zelf verwachtingen gekoesterd die niet reëel waren,' zei Johanna met door tranen verstikte stem. 'We moeten het precies weten! Ik moet het precies weten! Begrijp je dat, Christian?'

'Goed, we zullen naar het kerkhof gaan en het graf bekijken,' antwoordde hij. 'En ik zal proberen meer informatie in te winnen. Maar als blijkt dat er iets mee aan de hand is, dan moet je Peter opgeven, goed? Ik zou niet willen dat iemand van hen jou zo behandelt als onze grootmoeder indertijd is behandeld.'

'Maar ik ben ervan overtuigd dat dat niet zo is...' Johanna snikte. 'En ik wil ook met niemand anders trouwen.'

Christian zuchtte, toen zwegen ze allebei weer. Knuffelde hij haar nu misschien?

Het leek Hilda heerlijk om door Christian geknuffeld te worden. Maar zou dat ooit gebeuren? Zij was maar een dienstmeisje, en ook al waren de Baabes niet van adel, ze verkeerden in kringen waar men de neus optrok voor een kamermeisje in de familie. Tenzij Christian moeite voor haar deed. Tenzij hij ervoor zorgde dat ze gewaardeerd werd en men haar verleden vergat...

Toen ze voetstappen naar de deur hoorde komen, holde Hilda vlug de gang door. Ze mochten niet denken dat ze had staan luisteren.

In de slaapkamer van de Baabes kwam Hilda even op adem.

Wat had dat gesprek te betekenen?

Ze wist niet veel van het verleden van haar werkgevers. Dat de vader van Ludwig Baabe het hotel had laten bouwen. Dat de familie de overnamepogingen van de familie Von Kahlden had weerstaan.

Maar wat ze zojuist had afgeluisterd, klonk naar een regelrecht schandaal. Even bleef ze als door de bliksem getroffen staan, toen gleed er een glimlachje over haar gezicht.

Misschien is het op zekere dag lonend die troef uit te spelen, dacht ze terwijl ze weer met de dweilemmer naar beneden ging.

DEEL 2

Het geheim

15

Donderdag 11 december 1902

Het was weldadig om na dagenlang liggen eindelijk weer even uit bed te komen. Toen Barbara de japon aantrok die het dienstmeisje had gebracht, voelde ze zich een nieuw mens. Van al die tijd in bed was ze slap geworden, maar langzamerhand kwam ze weer op krachten. Ze zou algauw weer een normaal leven kunnen leiden.

Maar was dat mogelijk zonder te weten wie je was? Aan de naam Barbara was ze noodgedwongen gewend geraakt, omdat ze inzag dat de mensen haar op de een of andere manier moesten kunnen aanspreken. Maar diep vanbinnen wist ze dat ze een heel andere naam had.

In elk geval waren de bezoekjes van broer en zus Baabe kleine lichtpuntjes in haar nieuwe leven.

Christian had weliswaar geen sporen gevonden op het strand, maar had gisteren gezegd dat hij graag met haar uit rijden wilde gaan en de oude vissershut bekijken die niet ver van de stad lag. De hele avond had ze zich voorgesteld hoe het zou zijn naast hem over het strand ervandoor te stuiven.

Daarbij had ze even gemeend de wind in haar gezicht en haar haren te voelen. Ze had hoefgetrappel gehoord en het gehinnik van een paard, en hoe ze zelf lachte. En ze had de schaduw gezien van iemand met wie ze vroeger uit rijden was gegaan. Wie kon dat zijn geweest? Een vrouw of een man? Haar moeder, haar vader?

Ze was er inmiddels zeker van dat ze achttien was. En dat ze niet hiervandaan kwam. Maar waarvandaan dan wel? Waar stond haar ouderlijk huis – en wat had ze op zee te zoeken gehad? De antwoorden op die vragen lagen in haar te sluimeren, verborgen op een geheime plaats, waar ze niet kon komen.

Toen ze klaar was met aankleden, ging ze voor de spiegel staan. Haar zwarte krullen zagen er een beetje vervilt uit en haar huid was nog altijd heel bleek. De kringen rond haar ogen waren bijna weg, maar haar blik leek nog dof. Maar hoe kon iemand die een week eerder ternauwernood aan de dood was ontsnapt er anders uitzien?

Ze vroeg zich af wanneer ze eindelijk iets te weten zou komen. Iemand moest toch op zoek naar haar zijn! Waren er dan geen berichten over een vergaan schip? Of werden die voor haar verzwegen omdat ze haar nog wilden ontzien?

Misschien moet ik zelf maar op zoek gaan, bedacht ze. Maar waar moest ze beginnen? Het aan de dochter des huizes vragen? Of de zoon? Proberen aan een krant te komen? Als er echt een scheepsramp had plaatsgevonden, moest dat toch bekend zijn!

Ze schoot de pantoffels voor het bed aan, liep terug naar de spiegel en fatsoeneerde haar haar zo goed en zo kwaad als het ging. Toen sloop ze naar de deur. Nadat ze even had staan luisteren, duwde ze de klink omlaag.

Ergens rammelde iemand met pannen, verder was alles rustig.

Wat was het een prachtig huis! De muren waren gelambriseerd en tussen de gaslampen hingen schilderijen met afbeeldingen van het boerenleven en schepen op ruwe zee. Een lange rode loper met Perzisch motief bedekte het parket in de gang.

Barbara liep erdoorheen, langs deuren die allemaal een ander opschrift hadden. Haar gezicht werd weerspiegeld in de glanzend gepoetste messing bordjes.

De gang kwam uit op een grote entree, waar zich een receptie bevond. Die bestond uit een houten balie en een muur met een heleboel vakken en een bord met zilverachtig glimmende sleutels.

Er kwam iets bij Barbara naar boven. Zoiets kende ze! Er schoof een herinnering over het beeld dat ze daar zag. Ze had al eens voor een receptie gestaan, die echter veel groter was geweest. De man erachter had een gedraaide snor gehad en...

Karlsbad. Om de een of andere reden schoot de naam van die stad haar te binnen. Waar lag Karlsbad? Kwam ze daarvandaan?

Er rinkelde een bel, waardoor ze uit haar gedachten werd gehaald. Ze keek naar de deur, niet goed wetend wat ze moest doen. Het was vast de taak van de dienstmeisjes om open te doen.

Toen zich ook na de tweede keer bellen geen dienstmeisje vertoonde, liep Barbara vlug naar de deur en deed open.

Op het bordes stonden twee mannen. De ene moest ongeveer van haar leeftijd zijn, had blonde krullen en een dun snorretje dat hem waarschijnlijk ouder moest doen lijken, maar precies het tegendeel bereikte. De man naast hem leek tamelijk veel op de jongste, waarschijnlijk was het zijn vader. Hij keek verrast.

'Goedemorgen, jongedame, mogen we binnenkomen?' vroeg hij uiteindelijk.

Barbara stapte achteruit. Het was niet haar huis, dus kon ze ook niet beslissen of de man binnen mocht komen of niet. Waarschijnlijk waren het reizigers die een kamer wilden. Of de vrouw of de heer des huizes, die ze tot nog toe niet had gezien, verwachtte hen.

'U bent hier blijkbaar nieuw, heb ik dat goed?' vroeg de man nadat hij haar even had staan opnemen. Ook zijn zoon keek naar haar. Of nee, eigenlijk staarde hij haar aan. Zijn ogen gleden over haar gezicht alsof hij zich elke gelaatstrek wilde inprenten. Daarbij hing zijn mond open, waardoor hij bijna achterlijk leek.

'Ja, min of meer,' antwoordde Barbara toen ze zich van de blik van de jongeman had losgemaakt.

'U draagt geen dienstmeisjeskostuum, dus ik neem aan dat u geen personeel bent.'

Barbara schudde haar hoofd. Plotseling werd ze warm en koud tegelijk. Stel dat de man wilde weten waar ze vandaan kwam? Wat kon ze dan tegen hem zeggen?

Eigenlijk niets, want dat wist ze zelf ook niet.

'Woont u hier?' vroeg de man terwijl hij haar weer van top tot teen opnam.

'Nee, ik... ik ben hier maar te gast,' antwoordde Barbara. De blikken van de jonge man maakten haar nerveus. Hij staarde haar aan alsof ze een heilige was!

'En verklapt u me uw naam, jongedame?'

De jonge vrouw verstarde. Welke naam moest ze hem geven? Misschien de naam die de dochter des huizes haar had gegeven?

'Barbara,' antwoordde ze. Het liefst had ze zich omgedraaid en was ze weer naar haar kamer verdwenen. Ze keek de twee een tijdje ongemakkelijk aan. Toen zweefde de blik van de man langs haar heen naar de trap.

'Ah, mevrouw Baabe, wat fijn u te zien!' riep hij.

Toen Barbara zich razendsnel omdraaide, zag ze de vrouw des huizes bij de trap staan. Die keek haar met stekende blik aan en zei eerst niets tegen de man, die nu met uitgestoken armen naar haar toe liep.

Vond haar gastvrouw het niet goed dat ze hier was? Maar niemand had gezegd dat ze niet haar kamer uit mocht...

Eindelijk wendde de vrouw des huizes zich tot haar bezoekers. Het meisje keek onzeker naar de jonge knaap, die een beetje verlegen leek en naar haar glimlachte.

Barbara beantwoordde zijn glimlach en draaide zich weer om. Het was vast beter als ze nu verdween. Ze mocht dan in dit huis te gast zijn, de zaken die hier besproken werden gingen haar niet aan.

'We hoorden dat de jongeheer Von Kahlden hier is geweest, en toen dachten we, we brengen u ook eens een bezoekje,' hoorde ze de man zeggen toen ze de gang in liep waaraan haar kamer lag. 'We komen hopelijk niet ongelegen?'

'Geenszins, meneer Vormstein, ik laat Johanna meteen weten dat u en uw zoon er zijn.' De stem van de vrouw des huizes klonk nog even in haar na, toen verdween Barbara in haar kamer.

Haar hart bonsde. Waarom eigenlijk? Zeker, ze had zich in aanwezigheid van de mannen onprettig gevoeld – maar wat was daarvoor de reden? De oudste van de twee had toch heel vriendelijk met haar gepraat...

Een paar minuten later werd er op de deur geklopt. Was dat de vrouw des huizes? Had ze haar kamer niet uit gemogen? Haar hart klopte in haar keel.

'Binnen!' riep ze, en kort daarop zag ze tot haar opluchting Johanna in de deur staan. Ze keek gespannen. Was zij ook haar moeder tegengekomen? Hadden ze onenigheid gehad?

'Mag ik hier even blijven?' vroeg ze terwijl ze tegen de deurpost leunde.

'Ja, natuurlijk,' antwoordde Barbara. 'Wat is er gebeurd?'

'Albert is gekomen. Albert Vormstein.'

Bedoelde ze de jonge man of de oude? En waarom was ze zo bang voor hem?

'Ja, ik heb daarnet voor hen opengedaan.'

Johanna trok verbaasd haar wenkbrauwen op.

'Ben je je kamer uit geweest?'

Barbara knikte. 'Ja, mocht dat niet?'

'Jawel. Natuurlijk mag dat. Maar ik dacht...' Johanna onderbrak zichzelf. Ze luisterde even, toen haalde ze opgelucht adem. 'Ik dacht dat het nog niet heel goed met je ging,' maakte ze haar zin eindelijk af.

'Och, ik voel me nog een beetje zwak, maar ik wilde een rondje door het huis maken. Ik heb er nog niets van gezien.'

Er gleed een weemoedig glimlachje over Johanna's gezicht. Wat zou ze denken?

'Als je wilt, zal ik je het huis laten zien. Straks, wanneer het bezoek weg is.'

'Wat is er zo erg aan dat bezoek?' vroeg Barbara. Zeker, ze had zich zelf ongemakkelijk gevoeld, maar dat kwam doordat ze de vragen van de mannen niet kon beantwoorden.

'Albert Vormstein is een van mijn huwelijkskandidaten,' antwoordde Johanna terwijl ze zuchtend op de rand van het bed ging zitten. 'En het is al de tweede die bij mijn moeder op audiëntie komt. Dat Berthold von Kahlden hier was, heb je gelukkig niet gemerkt.'

'Word je uitgehuwelijkt?'

'Ja, en als het aan mijn moeder ligt aan een man van wie ik niet hou. En de man van wie ik hou...' Johanna stokte. Weer luisterde ze.

'Wat is er met hem?'

'Ik zal nooit met hem kunnen trouwen.'

'Waarom niet?'

'Omdat hij uit een familie stamt die de mijne lang geleden grote schade heeft berokkend. Ze hebben een hotel aan het andere einde van Heiligendamm. We praten niet met hen en zij niet met ons, maar... toch heb ik hem leren kennen.'

'Wie?'

Johanna leek er even over na te denken of ze de naam wel moest noemen.

'Peter. Hij heet Peter. Ik hield hem altijd voor een aardige vent, maar toen kwam mijn broer naar me toe en...'

Johanna barstte in tranen uit. Barbara stond er even besluiteloos bij, toen liep ze naar haar toe en legde aarzelend haar hand op haar schouder.

'Is er iets wat ik kan doen?' vroeg ze.

Johanna keek haar verbaasd aan. 'Jij? Maar wat zou je dan kunnen doen?'

Barbara perste haar lippen op elkaar. Het was waar. Wat zou ze kunnen doen? Ze kende hier niemand. Ze kon voor niemand een goed woordje doen. En ze kon ook niemand ervan overtuigen wat juist was. Ze wist dat zelf niet eens.

'Pardon,' zei Johanna ten slotte terwijl ze de tranen van haar wangen veegde. 'Dat was niet terecht. Het is heel aardig van je dat je iets voor me wilt doen. Maar ik vrees dat ik het alleen moet dragen.'

'Zijn ze dan echt zo erg? Die blonde jongen leek heus aardig.'

Johanna begon smartelijk te lachen. 'Ja, aardig is hij wel. En vreselijk saai.'

'En hoe is Peter?' vroeg Barbara, en ze zag dat Johanna wat vrolijker begon te kijken.

'Die is... gewoon geweldig!' zei Johanna. Er verscheen een trieste blik in haar ogen. 'Hij begrijpt me, hij hoeft maar naar me te kijken of hij weet wat ik voel, en hij geeft me geborgenheid. Hij zou de volmaakte man voor me zijn. Als die stomme geschiedenis er niet was.'

'Welke stomme geschiedenis?'

Johanna pakte haar hand. 'Beloof me alsjeblieft dat je het aan niemand vertelt, ja?'

'Beloofd.'

'Nou, het schijnt dat ik niet de eerste van de familie ben die verliefd is geworden op een Vandenboom,' begon ze aarzelend en zo zachtjes dat Barbara het nauwelijks kon verstaan. 'Mijn grootmoeder zou ook op een van hen verliefd zijn geweest. Op Peters grootvader.'

In de volgende minuten kreeg Barbara het verhaal te horen

zoals Christian het aan Johanna had verteld. Toen ze klaar was, drupten er tranen van Johanna's kin.

'Het is allemaal ongelofelijk! Ik kan het in elk geval niet geloven. En dan die harteloosheid! Ze hebben haar gewoon ergens bij een muur op het kerkhof in Doberan begraven!'

Barbara perste haar lippen op elkaar. Ze zou nu graag troostrijke woorden zeggen, maar dat kon ze niet. Bij Johanna's woorden voelde ze vanbinnen iets verkrampen.

'Het erge is dat ik Peter een paar dagen geleden ben tegengekomen. Hij zei dat ik met hem moest weglopen. Maar ik... ik weet niet of ik dat kan. En na dat verhaal...'

Geklop op de deur deed haar opschrikken.

'O god, dat is vast mijn moeder,' fluisterde Johanna panisch en ze keek om zich heen, alsof ze een mogelijkheid zocht om te vluchten. Maar afgezien van het raam was die er niet. En ze zou nog veel meer last krijgen als haar moeder haar betrapte terwijl ze net uit het raam klom.

Gelukkig was het Elsa maar. Die keek eerst een beetje verbaasd naar binnen, toen verademde ze. 'Ach, hier bent u, juffrouw Johanna. Mevrouw uw moeder zoekt u!'

'Het is in orde, ik ben zo bij haar,' antwoordde Johanna terneergeslagen.

'Ze zit in de salon te wachten met de heren Vormstein.'

'Dank je, Elsa,' zei ze.

Johanna slaakte een diepe zucht. Toen wendde ze zich tot Barbara. 'Bedankt dat je naar me hebt geluisterd. Daarmee ben je de enige hier in huis.'

'Je vergeet je broer,' zei Barbara glimlachend. Ze voelde zich vanbinnen warm worden. Zoals het ernaar uitzag, had ze een vriendin gevonden. Dat was het beste wat haar de afgelopen tijd was overkomen.

'Ja, dat klopt, mijn broer, die me zulke vreselijke verhalen vertelt.' Johanna lachte wrang. 'Als het me te veel wordt met de Vormsteins, mag ik dan hier komen uithuilen? Het wordt mijn broer zo langzamerhand wat te veel, vrees ik.'

'Altijd,' antwoordde Barbara. 'Voor mij is er anders toch ook niet veel te beleven.'

'Bedankt.' Daarop verdween Johanna. Barbara keek haar nog even na, toen stond ze op en liep naar het raam.

16

Zuchtend liep Johanna naar de salon. Sinds Christian haar over de reden voor de familievete had verteld, had ze het gevoel nergens meer blij over te kunnen zijn. Zelfs van de bezoekjes aan Barbara klaarde ze niet op. En de Barbaratak... Die stond nog steeds naast de kachel, en er gebeurde niets.

De oudere Vormstein moest iets hebben gezegd, want haar moeder begon te lachen. Dat Albert een grapje had gemaakt was onwaarschijnlijk. Hij deed zelden iets uit zichzelf. Meestal wachtte hij de suggesties van zijn ouders af. Het was haast niet te geloven dat hij al meerderjarig was.

Ze wist dat haar vader aan de rustige Albert de voorkeur gaf omdat hij geloofde dat hij makkelijk te sturen zou zijn. Een goede echtgenote, zei hij altijd, zou hem wel laten weten wat hij moest doen. Hij zou haar nooit bedriegen en fatsoenlijk voor haar zorgen – alleen maar omdat hij geen eigen wil had.

Maar met zo'n man wilde ze niet getrouwd zijn.

Voor de deur van de salon streek ze haar japon glad en probeerde een glimlach om haar lippen te toveren. Toen ze binnenkwam, viel de oude Vormstein stil en richtte hij zijn blik op haar.

Ook Augusta keerde zich naar haar dochter. Johanna zag het verwijt in haar ogen: dat ze niet al eerder was verschenen. Dat ze helemaal geen interesse in haar vereerders toonde.

'Uw moeder heeft zojuist verteld dat u voor het bal bent uitgenodigd. U zult wel opgewonden zijn.'

En ze heeft hem vast ook verteld dat ik op het bal mijn keuze voor een bruidegom zal bepalen, schoot het door Johanna's hoofd. Ze moest weer aan het bezoek van Berthold von Kahlden denken. De walgelijke gemeenzaamheid in zijn stem. In haar maag zat een dikke knoop. Het liefst was ze de salon uit gelopen.

Omdat het haar moeder te lang duurde voor ze antwoordde, gaf deze haar een stootje tegen haar been.

'Ja, natuurlijk ben ik opgewonden. Je ziet de hertog en zijn gemalin immers maar eens in het jaar.'

De oude Vormstein zuchtte. 'Ja, helaas. Vroeger was dat anders. Mijn grootvader vertelde altijd graag over de tijd dat de hertog hier met zijn badgezelschap logeerde. Dat moeten heel glorieuze tijden zijn geweest. Maar nu heeft Zijne Hoogheid te veel te doen om zich een paar dagen rust te gunnen. Het is echt jammer dat hij ons 's zomers niet meer met bezoek vereert.'

Johanna bedacht dat Vormstein onmogelijk een en dezelfde hertog kon bedoelen. Maar dat leek hij over het hoofd te zien. De verhalen van de grootvader schenen in de familie niets aan levendigheid verloren te hebben.

In elk geval speelde daar geen duister geheim...

'Wij zijn ook heel opgewonden, het is elke keer weer een plezier om onze gasten te verwelkomen. Daarbij raakt het bal bijna een beetje op de achtergrond, vindt u niet?'

'Absoluut niet!' antwoordde Vormstein. 'Dat verbaast me, mijn beste, juist u als vrouw zou toch meer waarde moeten hechten aan het bal. Of heeft uw echtgenoot inmiddels een zakenvrouw van u gemaakt?'

Terwijl Augusta met de oude Vormstein over de betekenis van het bal en de fraaie japonnen begon te praten, dwaalde Johanna's blik naar Albert. Hij leek een beetje afwezig, zijn blik was gericht op de planten die achter haar stonden.

Meer en meer werd Johanna duidelijk dat hij net zo weinig op dit huwelijk gebrand was als zijzelf. Het liefst had ze hem apart genomen en gevraagd waar hij op dat moment het liefst zou zijn. Maar dat zou haar moeder nooit hebben toegestaan. En mogelijk had het haar ook in een verkeerd daglicht gesteld.

Dus hield ze zich in en probeerde ze zich voor de stemmen van de anderen af te sluiten. Ze probeerde aan Peter te denken. Aan eerdere kerstfeesten, waarbij ze niet voor zo'n zware beslissing had gestaan.

En een beetje wenste ze dat ze Barbara was, die niet wist wie ze was.

17

Johanna kwam die middag niet meer. Barbara verdreef de tijd met uit het raam kijken. Het uitzicht op zee was geweldig. Nu zag het er grijs uit, en hingen de wolken laag, maar ze kon zich voorstellen hoe het eruitzag wanneer het zonnig was. Of wanneer er sneeuw lag.

Sneeuw.

Er kwam weer een herinnering terug. Een sneeuwlandschap. Een bos dat van suikerglazuur leek. Het gerinkel van bellen. Sleebellen. Ze wilde de herinneringsflarden vasthouden, maar ze waren veel te snel weer weg.

Sneeuw.

Wanneer zou het hier gaan sneeuwen? En sneeuwde het in deze streek eigenlijk vaak? Kon je een sledetocht maken? Een onbestemd verlangen kwam in haar op, en ze wendde zich weer naar de tak.

'Als het kan, breng dan mijn herinnering terug,' zei ze zachtjes terwijl ze het koude hout streelde. 'Het is zo erg wanneer je niet weet waar je thuishoort. Ik wil zo graag weten wie ik ben en wie mijn vader is. En wanneer we die reis hebben gemaakt...' Haar woorden stierven weg. Antwoord kreeg ze niet.

Toen het begon te schemeren, werd er op de deur geklopt. Ze dacht al dat het weer Johanna was, maar het was Christian die binnenkwam. In zijn handen hield hij een dienblad.

'Dat heb ik Elsa afgepakt,' zei hij met een besmuikt lachje. 'Ik hoop dat het je niet uitmaakt dat ik je het avondeten kom brengen.'

'Absoluut niet!' Barbara's hart maakte een sprongetje.

'Mijn zus vertelde dat je vandaag je kamer uit bent geweest. Dan zal het vast niet lang meer duren voor we uit rijden kunnen gaan.'

'Dat zal toch nog wel even duren,' zei ze verlegen, en toen wierp ze een blik op het dienblad.

'Ik heb hier brood en kippensoep en een stukje kerststol, de eerste die Emma heeft gebakken. Per slot van rekening is het bijna Kerstmis,' verklaarde Christian terwijl hij het blad op de tafel voor het raam neerzette. Hij glimlachte naar haar en keek toen een beetje verlegen weg.

'Hoe doet je tak het?' vroeg hij, blijkbaar wilde hij nog niet meteen gaan.

'Hij zwijgt nog,' zei ze. 'Helaas.'

'Nou, wat dat aangaat ben ik ook geen grote hulp,' antwoordde Christian. 'Ik heb nog nooit een Barbaratak in het water gezet. Maar soms bloeien in warme winters de fruitbomen. De mensen denken dan dat dat een slecht teken is voor de betrokken familie.'

'En, is het dat ook?' vroeg ze terwijl ze de geur opsnoof van de thee, de soep en de verschillende soorten brood, waarvan sommige stukken met reuzel waren besmeerd.

'Nou ja, in een jaar met een tamelijk zachte winter waren er in verscheidene boerenfamilies inderdaad sterfgevallen. Kinderen, ouderen.'

'En zouden die niet gestorven zijn als de bomen niet hadden gebloeid?'

'Dat weet natuurlijk niemand. En om precies te zijn hebben de fruitbomen in de tuin van het kuuroord toen ook gebloeid. Daar overlijden af en toe patiënten, maar dat gebeurt onafhankelijk van een zachte of strenge winter. Bovendien is het kuuroord geen familiebezit.'

Barbara at een paar lepels van de soep, toen zei ze peinzend: ‘Misschien komt het ook doordat de winter het ongedierte niet heeft vernietigd. Ik heb gehoord dat je van rattenbeten allerlei ziektes kunt krijgen. Hondsdolheid bijvoorbeeld.’

Christian glimlachte. ‘Hoe weet je dat?’

Barbara haalde haar schouders op. ‘Vast van school. Het is verbazingwekkend dat ik nog het een en ander weet zonder daar moeite voor te hoeven doen. Dan zie ik bijvoorbeeld iets en kan ik het meteen plaatsen.’

‘En hoe staat het verder met je herinneringen? Is er nog iets belangrijks naar boven gekomen?’

Barbara moest weer denken aan de beelden die de receptie bij haar had opgeroepen. Ze nam een sneetje van de kerststol en zei toen: ‘Ja, inderdaad. Het was eigenaardig. Toen ik vanochtend uit mijn kamer kwam, heb ik een poosje voor de balie van de receptie gestaan.’

‘O, en was er niemand die vroeg wat hij voor je kon doen?’ Christian glimlachte fijntjes.

‘Nee, gelukkig niet!’ Even gleed er een lachje over haar gezicht, maar algauw werd ze weer ernstig. ‘En toen... Ik weet het ook niet, maar ineens kwam er iets in me op. Dat ik ooit in een hotel ben geweest. In een andere plaats, ik geloof in Karlsbad. Weet jij waar Karlsbad ligt?’

‘Natuurlijk weet ik dat. Een stad in Bohemen met luxe kuuroorden,’ antwoordde Christian. ‘Ik ben er echter nooit geweest. Maar we hebben hier weleens gasten gehad die hoog opgaven van het heilzame water.’ Hij hield zijn hoofd scheef en nam haar op. ‘Dus je bent in Karlsbad geweest?’

‘Ja, waarschijnlijk.’

‘En met wie ben je daarheen gegaan?’

‘Met mijn vader,’ antwoordde Barbara al kauwend, toen stokte ze.

‘Wat is er?’ vroeg Christian verbaasd.

‘Mijn vader,’ zei Barbara. ‘Hoe komt het dat ik weet dat ik er met mijn vader was?’

'Je herinnering komt langzaam terug.' Christian raakte gespannen. 'Weet je ook wie je vader is?'

Barbara dacht lang na, doorzocht haar brein. Maar het gordijn was slechts even open geweest en was meteen weer dichtgegaan. Droevig schudde ze haar hoofd. 'Nee, het is...'

Ze keek hem aan en verzonk een ogenblik lang in zijn ogen. Wat een blauw! Als de hemel boven... Nee, het wilde haar niet te binnen schieten, dus hield ze het er maar op dat ze zo blauw waren als de hemel. De zomerhemel. In de winter was het blauw eerder donker, maar op mooie zomerdagen was het zo licht als de ogen van Christian.

Er stroomde een warm gevoel door haar heen en ze stelde zich voor hoe het zou zijn wanneer ze voor altijd bij hem kon blijven, voor altijd met hem kon praten...

Toen schudde ze de dagdroom van zich af.

'Wat denk je, zou je morgen al sterk genoeg zijn om met mijn zus en mij een rit te maken?' vroeg hij toen. 'Een beetje frisse lucht zal je vast goeddoen. En als je je al bij het zien van onze receptie iets herinnert, gaat dat buiten misschien nog veel beter.'

'Waar wil je dan heen? Naar de vissershut waarover je vertelde?'

'Zou je die graag zien?'

Barbara knikte.

'Dan doen we dat de volgende keer. Morgen willen Johanna en ik naar Bad Doberan rijden.'

'Bad Doberan?'

'Dat is niet ver hiervandaan. Je kunt toch wel op een dameszadel rijden?'

Barbara knikte. 'Jazeker. Ik moet het hebben geleerd toen ik tien of elf was. Precies kan ik het me niet herinneren, maar dat is vast geen verrassing.'

Christian glimlachte breed. 'Nee, dat is het zeker niet. Maar het maakt ook niet uit. De hoofdzaak is dat je zeker weet dat je het kunt.'

'Daar ben ik zeker van. Zoiets verleer je net zomin als zwemmen, toch?'

'Nee, dat verleer je niet,' zei hij terwijl hij naar de deur liep. 'Eet smakelijk, Barbara.'

In de foyer bleef Christian voor de balie staan. Barbara was dus in Karlsbad geweest. Als hij daar eens naar schreef? Misschien kwam ze wel uit die stad. Mogelijk had haar vader daar een hotel.

'Ah, daar ben je!' zei Ludwig Baabe toen hij zijn zoon ontdekte. Hij kwam net de trap aflopen. 'En nog niet klaar. Ben je vergeten dat we vanavond naar Martin Wagner gaan?'

Dat was Christian inderdaad vergeten.

En zelfs als hij eraan had gedacht, zou het hem tijdens zijn bezoek aan Barbara wel weer zijn ontschoten. Haar aanblik en de manier waarop ze praatte, fascineerden hem elke keer, en hij moest oppassen dat hij niet onbewust een haarlok vastpakte en achter haar oor deed. Wat zou hij haar graag aanraken...

'Zorg dat je je klaarmaakt, zo kunnen we niet bij de Wagners verschijnen!'

Christian liep de trap op. Het bezoek bij de politiecommandant was al een paar dagen eerder afgesproken. Zouden er nieuwe resultaten zijn? Dat hoopte hij vurig.

18

Vrijdag 12 december 1902

'Is er iets op tegen als wij Barbara vanmiddag meenemen voor een ritje?' vroeg Christian de volgende ochtend aan het ontbijt.

De vorige avond hield hem nog bezig. Zijn vader en commissaris Wagner hadden lang gepraat zonder dat er iets uit was gekomen. De politie in Bad Doberan had geen aanknopingspunten. Blijkbaar werd er geen schip vermist. Het onderzoek werd natuurlijk voortgezet, maar hoop op snel resultaat had Martin Wagner niet kunnen bieden.

'Het lijkt me dat ze voldoende is aangesterkt om een ritje vol te kunnen houden,' voegde hij eraan toe.

'Maar kan ze wel op een paard blijven zitten?' vroeg Ludwig sceptisch. Hij had nog duidelijk last van de glühwein. Christian had hem op de koets moeten helpen en zelf moeten mennen, omdat zijn vader nauwelijks meer uit zijn ogen had kunnen kijken. Dat was ook de reden waarom hij zichzelf en zijn zoon een vrije dag gunde.

'Ze zei dat ze kon rijden. Daar was ze nogal zeker van.'

'En als haar herinnering haar nou bedriegt?' wierp Augusta tegen. 'We kunnen het ons niet veroorloven dat ze al haar botten breekt.'

En dan nog langer moet blijven, meende Christian haar gedachten te kunnen lezen.

'Ik denk niet dat ze haar botten zal breken,' antwoordde hij. 'We kunnen haar op Heiner zetten. Die is zo mak als een lammetje. Die heeft tot nog toe geen van de gasten eraf gegooid.'

'Dat is een goed idee!' zei Ludwig. 'Laat haar maar eens lekker uit rijden gaan. Dat meisje moet onderhand het gevoel hebben dat we haar hier gevangenhouden.'

'Maar als de mensen haar zien!'

'Wat is daar dan mee?' vroeg Ludwig. 'Het meisje gaat met onze kinderen uit rijden. Overigens ga ik ervan uit dat het gebeurde met onze gast allang de ronde heeft gedaan. Daar zullen je vriendinnen wel voor gezorgd hebben.'

'Mijn vriendinnen?' Augusta's stem klonk schril.

'Je hebt het met hen toch zeker wel over haar gehad?'

'Nee, natuurlijk niet! Ik vind dat dit onder ons moet blijven.'

Ludwig keek zijn vrouw verbaasd aan. 'Waarom? Ze heeft toch geen besmettelijke ziekte? En hoe meer mensen haar zien, hoe eerder we er misschien achter kunnen komen wie ze is. Het is in elk geval dom om te denken dat de politie alles in haar eentje kan oplossen. Tot nog toe heeft het altijd goed uitgepakt om op de informatie van de mensen te vertrouwen. Ik denk dat ze zich zo vaak mogelijk moet laten zien. Misschien herkent iemand haar. Dat zal het ons makkelijker maken om te reconstrueren wat er gebeurd is, denk je niet?'

Augusta perste haar lippen op elkaar. In haar hoofd leek een storm te woeden.

'Goed, als je dat vindt,' stemde ze ten slotte in. 'Maar haar mag niets overkomen. Ik wil niet in opspraak komen omdat een vreemde zich vanwege mijn kinderen iets aandoet.'

Christian verstijfde. Hij dacht eraan dat zijn grootmoeder zichzelf vanwege de Vandenbooms iets had aangedaan. Zouden ze aan de andere kant van Heiligendamm hetzelfde denken?

'Mijn zoon zal erop letten.' Ludwig klopte Christian op zijn schouder en draaide zich daarna om. 'Mijn god, kind, wat zie je er moe uit!'

Zonder dat de anderen het merkten was Johanna binnengekomen. Onder haar ogen zaten donkere kringen.

'Ik had een beetje last van migraine,' antwoordde ze terwijl ze op haar plaats ging zitten. Toen wisselde ze een blik met Christian.

Die kon zich wel indenken wat haar de hele nacht had beziggehouden. Zou de rijtocht een beetje kunnen helpen?

'Martin zei trouwens dat we een foto van het meisje moeten laten maken,' meldde Ludwig terloops toen ze allemaal waren gaan zitten. 'We kunnen de foto laten afdrukken en naar de kranten sturen.'

'En waar zou dat toe moeten leiden?' flapte Augusta er uit. 'Misschien kan haar familie niet eens lezen!'

'Ze is met haar vader in Karlsbad geweest,' bracht Christian te berde en hij keek naar zijn zus, die nog steeds een afwezige indruk wekte.

'Dat zegt niets. Circusmensen gaan ook naar Karlsbad.'

'Maar die logeren niet in een hotel,' was Christians weerwoord.

'Ze moet een foto laten maken,' besliste Ludwig. 'Johanna kan met haar meegaan. Van haar kan dan meteen ook een nieuwe foto worden gemaakt. Haar aanbidders zullen daar met Kerstmis vast blij mee zijn.'

Augusta's gezicht klaarde op slag op.

'Een uitstekend idee! Bovendien hebben we die nodig voor de aankondiging van de verloving in de krant.'

Christian keek naar Johanna, maar die dronk zwijgend haar koffie. Ofwel ze deed alsof, ofwel de woorden van haar moeder waren nog niet tot haar doorgedrongen.

19

Nog altijd deden de knoppen aan de tak niets. Zuchtend trok Barbara haar hand terug.

In elk geval hoefde ze vandaag niet hier in de kamer te zitten tobben. Van pure opwinding over de aanstaande rijtocht had ze haast niet kunnen slapen.

Bad Doberan. Die naam zei haar nog steeds niets. Toch had ze de lettergrepen zachtjes in de nacht uitgesproken, als een toverformule die haar moest helpen om haar geheugen terug te vinden.

Ze schoot haar japon aan en vroeg zich af of ze niet naar de keuken moest gaan. Ze had er genoeg van haar eten te laten brengen alsof ze een zwaar zieke was. Ze had een slecht geweten dat ze zich zo liet bedienen. Dit was niet haar eigen huis en ze wilde niemand tot last zijn.

Maar toen ze bij de deur kwam, werd er al aangeklopt. Ditmaal bracht Elsa nog een ander meisje mee.

'Juffrouw Johanna deelde me mee dat u vandaag uit rijden gaat,' zei Elsa terwijl ze het dienblad neerzette. Toen wees ze naar de jurk die het andere meisje zwijgend op het bed legde. 'Dat is een van haar rijkostuums. Juffrouw Johanna zei dat het een geschenk voor u was. Evenals de mantel.'

Onder Barbara's verbaasde ogen legde het tweede dienstmeisje er een donkere loden mantel bij, die wijd viel, zodat je je er makkelijk in kon bewegen.

'O... dat is heel aardig van haar.'

Barbara liep naar het bed en liet haar hand over de blauwe stof glijden. Wat een mooi cadeau! Dat zou ze nooit kunnen goedmaken!

'Breng juffrouw Johanna alsjeblieft mijn dank over,' zei ze toen. 'En jullie ook bedankt dat jullie zo goed voor me zorgen.'

Elsa glimlachte, toen wenkte ze het andere meisje dat ze mee moest komen en verliet de kamer.

Een uur later was Barbara in de foyer, waar ze al door Christian en Johanna werd opgewacht.

'Weet je zeker dat je zo kunt rijden?' vroeg Johanna. 'Een dameszadel vergt wel enige oefening.'

'Dat klopt, maar zo heb ik het geleerd,' antwoordde ze. Het kriebelde in haar buik van opwinding.

Friedrich had de paarden al gezadeld.

Christian wilde aanstalten maken om Barbara op de zwartwit gevlekte Heiner te helpen, maar ze hees zichzelf al in het zadel zonder te veel van haar benen prijs te geven.

De zon had het die dag goed met hen voor. Hij kreeg het wel niet voor elkaar de kou te verzachten, maar in plaats daarvan liet hij de ijskristallen langs de kant van de weg glinsteren.

Barbara voelde zich vrij en levendig als in geen tijden. Het paard waarop ze zat was echt heel mak. En voor het eerst zag ze de badplaats en ze verbaasde zich over de prachtige witte huizen, die haar aan een afbeelding van het antieke Athene deden denken.

Toen verwonderde ze zich over zichzelf. Hoe wist ze van Athene? En afbeeldingen daarvan? Waar had ze die gezien? Als ze nou toch eens achter het gordijn kon kijken dat haar herinnering afdekte!

Even later lieten ze de huizen achter zich en kregen ze de kantelen van een klein kasteel in het oog dat een gotische uitstraling had.

Barbara keek in gedachten verzonken naar het lichtgele slot dat door een mooi park en kleinere bijgebouwen in dezelfde stijl werd omgeven.

'Dat is kasteel Hohenzollern,' verklaarde Christian. 'Dat staat er pas sinds ruim vijftig jaar. Hofarchitect Demmler heeft het laten bouwen. Ik weet dat de naam je niets zegt, maar hij was een belangrijk man in ons hertogdom. Hij heeft samen met een andere gerenommeerde architect het slot in Schwerin verbouwd.'

'De zetel van de groothertog?'

'Ja, precies. Deze burcht is ongeveer in dezelfde tijd ontstaan.'

'Een ijverig man.'

'Dat kun je wel zeggen.'

'Daar vindt ook het kerstbal plaats,' voegde Johanna er met een scheef glimlachje aan toe.

'Het bal waarop je een prins moet kiezen.' Christian knipoogde naar zijn zus, die allesbehalve enthousiast leek.

'Jazeker. Alleen weet nog niemand wie die prins zou moeten zijn.' Ze zuchtte, toen wendde ze haar blik van het kasteel af. 'Laten we doorrijden, we willen toch voor het donker terug zijn.'

'Zoals je wilt, zusjelief.'

Nog eenmaal keek Christian Barbara aan, toen leidden ze hun paarden in de richting van het bos.

'Hier in de buurt is een katholieke kapel,' zei Christian toen ze de paarden wat langzamer lieten lopen. 'Als je wilt, kunnen we daar even gaan kijken, misschien herken je daar weer iets.'

'Is hier een katholieke kapel?' vroeg Barbara. Ze had begrepen dat de mensen in deze streek protestants waren.

'Ja, die is er, al bijna vijftien jaar. Er komen veel katholieken naar Heiligendamm, uit Zuid-Duitsland en Oostenrijk. Die hebben jaren geleden de wens geuit hier naar de mis te kunnen gaan, dus heeft men besloten de Heilig Hartkapel te bouwen. Als kind heb ik gezien dat de eerste steen werd gelegd.'

'Toen je weer eens op stap was en naar je visser wilde,' kwam Johanna ertussen. 'Ik weet nog dat vader op het punt stond een opsporingsploeg erop uit te sturen.'

Christian grinnikte. 'Mijn vader was toen altijd heel bezorgd dat zijn stamhouder kwijt zou raken. Terwijl hij toch een dochter had die het hotel zou kunnen overnemen.'

Johanna schudde haar hoofd. 'Je weet dat een meisje lang niet zo waardevol is als een zoon. Als ik was kwijtgeraakt, had hij waarschijnlijk niet eens naar me gezocht.'

Het ontging Barbara niet hoe bitter Johanna's woorden klonken. Tegelijkertijd vroeg ze zich af hoe haar eigen vader de waarde van een meisje inschatte. Ze kon zich niet herinneren dat ze broers had. Maar zo ja, zou zij haar vader onverschillig laten? Was hij naar haar op zoek of had hij haar opgegeven omdat ze niet de stamhouder was?

Een bitter gevoel kwam in haar op, maar dat duurde niet lang. Iets zei haar dat haar vader naar haar zocht. Maar hoe moest hij haar hier vinden?

'Dat moet je niet zeggen,' zei Christian tegen zijn zus. 'Dat ze je nu het leven zuur maken vanwege het huwelijk, wil nog niet zeggen dat het ze niet kan schelen of ze je kwijtraken of niet. Ze zouden toen net zo hard naar jou gezocht hebben als naar mij.'

Johanna keek Barbara aan.

'Wat denk je, Barbara? Zoekt je vader jou?'

'Natuurlijk doet hij dat,' antwoordde ze. 'Maar misschien denkt hij ook wel dat ik in de golven ben omgekomen.'

'Kun je je dan herinneren dat je van een schip bent gevallen?'

Barbara schudde bedroefd haar hoofd. 'Nee, helaas niet. Elke dag probeer ik iets aan de duisternis om me heen te onttrekken, maar dat wil maar niet lukken.'

'Wees niet verdrietig,' zei Johanna en ze kwam naast haar rijden. 'Ik weet zeker dat je geheugen gauw terugkomt. Je zult zien dat je op een morgen wakker wordt en weer weet wie je bent.'

Barbara voelde dat het niet zo makkelijk zou gaan als Johanna dacht, maar haar vriendelijkheid was als een zonnestraal in haar hart, dus knikte ze.

Even later kwamen ze bij het kapelletje. Dat was gebouwd van rode baksteen en de dakplankjes waren bedekt met mos en rijp. Het zag er niet naar uit dat er iemand was. Toch stegen ze op eerbiedige afstand af, maakten hun paarden aan een boom vast en vervolgden lopend hun weg. Het bevroren gras knisperde onder hun laarzen.

De manier waarop het licht op het gebouw viel, vond Barbara mooi. Ze keek naar het portaal van de kapel, dat heel eenvoudig was gehouden, maar de versierde omlijsting maakte het tot iets bijzonders.

'Als je wilt, kunnen we naar binnen gaan,' zei Christian terwijl hij de klink vastpakte.

'Mag dat dan?' vroeg Johanna. 'Ik ben nog nooit in een katholieke kapel geweest.'

'Juist daarom moeten we er een blik in werpen. En onze logee kent immers de betekenis van de Barbaratakken.'

Christian drukte de klink omlaag, maar achter de deur bevond zich een hek dat de toegang tot het interieur belemmerde.

'Blijkbaar wil de pastoor niet dat men zich aan de kerkschatten vergrijpt,' zei Christian teleurgesteld en hij deed een stap naar achteren.

Barbara spiedde tussen de ijzeren tralies door. Achter de weinige banken rees een prachtig wit altaar op dat gedecoreerd was met een groot houten kruis. Er viel licht door de hoge gotische ramen van het koor. Naast het altaar stond een vaas met kale takken – Barbaratakken, nam ze aan.

Ze ging vanbinnen na of ze een verband vond met wat ze zag. Maar daar was niets. Afgezien van de Barbaratakken.

'Het is een prachtige kapel,' zei ze.

'En kun je je herinneren of je ooit in zo'n kerk bent geweest?' vroeg Christian, maar ze schudde haar hoofd.

'Nee, helaas kan ik me dat niet herinneren.'

Barbara wierp nog eens een blik op de takken en voelde haar hart zwaar worden. Toen draaide ze zich om. 'Maar toch bedankt dat we hier een bezoekje hebben gebracht. Het is fijn te weten dat de traditie met de Barbaratakken hier niet onbekend is.'

'Hebben ze hier ook takken?' vroeg Johanna en ze rekte haar hals.

'Ja, naast het altaar.'

'Maar ik dacht dat katholieke priesters niet mochten trouwen.'

Barbara begon te lachen. 'Dat klopt. Ik geloof dat het voor de Kerk een andere betekenis heeft. Voor zover ik weet, bleef de Heilige Barbara onderweg naar de gevangenis met haar gewaad aan een tak hangen. Ze nam de tak mee in haar cel en zette hem in het water, en op de dag van haar terechtstelling bloeide hij.' Barbara viel stil. 'Hoe kan ik dat weten?'

'Dat is een herinnering!' zei Johanna en ze legde haar hand op Barbara's arm, alsof ze de herinnering daarmee kon helpen eindelijk naar boven te komen. 'Is er misschien verband met je familie? Ik bedoel, waar staat de Heilige Barbara voor? De heiligen zijn toch ook schutspatronen, heb ik dat goed?'

Barbara bleef even als verstijfd staan. De gedachte lag voor het grijpen – waarom kon ze er niet bij? Het was alsof ze haar hand naar iets uitstak wat bereikbaar leek – en dan moest constateren dat het toch te ver weg was. Na een tijdje gaf ze het op en schudde ze haar hoofd.

'Nee, ik weet het niet...'

'Maar daar heb je boeken voor, toch?' zei Christian. 'Ik zal kijken of ik daar iets over kan vinden. Desnoods ga ik naar de bibliotheek van het kuuroord, en als ik daar niets vind, vraag ik het aan een boekhandelaar in Doberan.'

‘En dat allemaal vanwege een tak van een fruitboom?’ vroeg Barbara.

‘Nee, vanwege jou,’ antwoordde Christian en hij werd rood.

Een uur later kwamen ze in Doberan aan. Ook hier schitterden veel huizen als witte parels. Het gefluit van een trein klonk luid door de straten. Barbara had de rails al zien liggen. Even later zag ze de grote zwarte locomotief die moeizaam de stad uit bewoog en de bodem onder hen deed trillen. Tussen de gracieuze huizen leek hij een rook spuwend monster. En de snelheid waarmee hij reed! Barbara keek er gefascineerd naar.

‘Dat is de trots van de streek!’ zei Christian wijzend op de trein, die bestond uit een locomotief en vier wagons. ‘Hiervandaan kun je naar Rostock gaan. Of naar Lübeck. Heb je al eens met de trein gereisd?’

‘Ik weet het niet,’ antwoordde Barbara terwijl ze de trein gefascineerd nakeek. Hij kreeg nu echt vaart en ging steeds harder rijden. Nadat er nog eenmaal een door merg en been gaand gefluit had geklonken, verdween hij in het bos.

‘Naar Karlsbad ben je vast met de trein gereisd,’ zei Christian. ‘Met de koets had het beslist te lang geduurd. En ik neem aan dat je vader niet zo’n nieuwerwetse automobiel bezit, of toch wel?’

‘Het spijt me, dat weet ik helaas ook niet.’ Barbara zuchtte. Kwam er maar weer een piepklein vonkje herinnering terug! Daarnet bij het kapelletje leek het zo dichtbij te zijn geweest...

‘Dat geeft niet,’ zei Christian en hij keek naar zijn zus. ‘Zullen we naar het kerkhof gaan?’

‘Weet je zeker dat we onze gast niet eerst nog iets anders moeten laten zien?’ vroeg Johanna.

‘Nee, dat is wel in orde,’ zei Barbara vlug. ‘Ik heb niets tegen kerkhoven. Het is er zo rustig en ze vertellen het een en ander over de mensen die hier hebben gewoond.’

‘Ja, dat is soms zo,’ zei Christian en hij knikte naar zijn zus.

Ze willen hun grootmoeder vinden, dacht Barbara toen ze hun rit vervolgden. Het was een vreselijke geschiedenis – maar het was er tenminste een.

Welke geschiedenissen zouden er in haar leven zijn?

Het kerkhof van Doberan lag aan de westelijke rand van de stad. Op het eerste gezicht leek het een groot park. Een kapel die enige gelijkenis vertoonde met de boskapel en ook uit rode baksteen was opgetrokken, torende omgeven door bomen uit boven de graven. Barbara herkende de beuk, en ze ontdekte een paar treurwilgen die desolaat hun kronen bogen. Veel graven waren heel eenvoudig gehouden. Sommige werden gesierd door hoge ijzeren kruisen. Ook waren er crypten waarin belangrijke mensen uit de stad werden bijgezet.

Voor een graf waarop een huilende engel tegen een gedenkstèle stond geleund, bleef Barbara plotseling staan. Ze wist niet waarom, maar ineens kreeg ze een vreemd gevoel. Haar oren suisden en even dacht ze dat het weer overging, maar toen werd het erger. Ze tastte achter zich en kreeg iets te pakken waarvan ze niet wist wat het was. Toen werd het zwart voor haar ogen, en even later verscheen een ander beeld voor haar ogen...

Het was een grijze dag, passend bij de afgelopen droevige uren. Ze zat bij het raam en keek omlaag naar de straat, waar zich een heleboel mensen hadden verzameld. Ze wachtten tot de rouwstoet zou vertrekken. Zijzelf was veel jonger dan nu, haar korte beentjes werden door een zwarte rok bedekt, ze had schoenen met gespen aan haar voeten. Toen ze genoeg had van de aanblik van de mensen op straat, sprong ze van de vensterbank en liep naar beneden.

Ook daar waren veel mensen, in het zwart geklede gedaanten die zachtjes met elkaar fluisterden. Toen ze haar zagen, verstomden ze. Dat ging altijd zo. Zodra zij verscheen, hield iedereen op met kletsen. Zelfs de dienstmeisjes zeiden niets meer. Terwijl ze anders de prachtigste en opwindendste verhalen te vertellen hadden.

'Papa?' vroeg ze met een kinderstemmetje, want ze kon hem tussen al die mensen niet ontdekken.

'Ha, daar ben je,' zei een mannenstem en even later werd ze een kamer in geduwd waar het raar rook. Het was de kamer waar haar moeder zich altijd had teruggetrokken wanneer ze rust wilde hebben. Toen ze ernstig ziek werd, was haar bed daar neergezet, om te voorkomen dat ze haar man zou aansteken.

En in die kamer was ze ook gestorven.

Op de plaats van het bed stond nu een kist. In die kist lag ze. Haar lange donkere haar lag uitgespreid over een wit kussen, haar gezicht was uitgemergeld door de ziekte, haar gesloten ogen lagen diep in hun kassen en haar lippen waren smal en bloedeloos. In haar handen hield ze geen bosje bloemen, er stak een tak in. Het was herfst of misschien ook wel winter, de kersenboom had zijn bladeren allang verloren, er hingen slechts een paar verschrompelde kersen aan de natte tak. Ze wist dat het een tak van de kersenboom was.

Haar vader bracht haar naar buiten maar ze keek achterom en zag nog hoe twee mannen in donkere pakken het deksel op de kist legden.

Even later werd de kist buiten op een wachtende wagen gelegd, die kort daarna in beweging kwam.

Aan de hand van haar vader volgde ze de wagen, die door moren met zwarte pluimen werd getrokken. Het was niet zomaar een wagen, maar een bijzonder prachtige, met houtsnijwerk versierde lijkwagen.

Haar vader zei iets tegen haar, maar ze durfde niet naar hem op te kijken. Ze had geen zin om wie dan ook aan te kijken, want de afgelopen dagen had ze zo veel van verdriet en leed vertrokken gezichten gezien. Bovendien stond de aanblik van haar moeder nog op haar netvlies gebrand. Ze kon zich niet voorstellen dat haar leven afgelopen was – tenslotte had ze nog tot een paar weken geleden met haar gespeeld. En nu lag ze in haar kist met een kale tak tussen haar handen en werd ze voor de laatste keer door de stad gereden.

Het was een lange weg naar het kerkhof. Kou kroop onder haar jurk. Algauw klapperden haar tanden zo erg dat ze dacht dat alle mensen om haar heen het zouden horen. Maar als dat al zo was, deden ze alsof ze het niet merkten.

Op het kerkhof duwde haar vader haar naar de rand van een diep gat. Uit angst erin te vallen, slaakte ze een gil. Maar toen waren daar de handen van haar vader, die haar vasthielden en de woorden van de pastoor die boven het graf zweefden en de gil deden vergeten. Nu hief ze toch haar hoofd op, want ze wilde niet in de kuil kijken, die een eigenaardige aantrekkingskracht op haar leek uit te oefenen.

En toen zag ze dat achter de grafkuil een stèle oprees. Er was geen engel bij, maar er stond een inscriptie op...

Een inscriptie die verdween toen Barbara haar ogen weer opendeed. Natuurlijk was de inscriptie op de stèle met de engel er nog. En ook huilde de engel nog steeds. Verward keek ze hem aan. Wat was dat geweest? Een droom? Of had ze echt een herinnering gehad?

Een moment lang wist ze niet eens meer hoe ze hier terecht was gekomen.

'Barbara!' riep een stem. 'Barbara!'

Ze kwam weer tot zichzelf. Nu pas merkte ze dat ze door sterke armen werd vastgehouden.

'Barbara, wat is er?' Het was een vrouwelijke stem, en even wist ze niet van wie die stem was. Maar toen zag ze Johanna, die zich over haar heen boog en haar bezorgd aankeek.

'De rit was blijkbaar toch te veel,' zei haar broer; hij was het die haar vasthield.

Zijn zus zei daar niets op. Ze vroeg weer: 'Barbara, kun je me horen?'

Barbara. Dat was niet haar naam, maar het was de naam waarmee ze had ingestemd.

'Ik hoor je,' antwoordde ze. Haar stem, die in haar gedachten zo kinderlijk had geklonken, klonk nu als die van een volwassen vrouw. 'Ik... ik had alleen een herinnering.'

'Echt?' vroeg Johanna, maar de bezorgdheid week niet van haar gezicht.

Barbara knikte. En nu kreeg ze zichzelf langzaam meer onder controle. Met hulp van Christian kwam ze overeind en ze keek langs haar lichaam omlaag. Even verwachtte ze de zwarte jurk uit haar kindertijd te zien, maar die was weg. In plaats daarvan droeg ze weer de mantel van Johanna.

'Ja, een herinnering. Aan...' Haar stem begaf het. Het besef dat haar moeder overleden was overweldigde haar.

'Je lijkt helemaal ondersteboven te zijn van die herinnering,' zei Christian terwijl hij haar naar een bankje voor een graf loodste. 'Wat heb je gezien?'

'De begrafenis van mijn moeder,' antwoordde Barbara en ze deed even haar ogen dicht om te zien of de beelden van het visioen er nog steeds waren.

Die waren er, duidelijk als foto's.

'Je moeder is dus gestorven?' vroeg Christian zacht.

'Ja,' antwoordde Barbara. Een vreemd gevoel overkwam haar. Alsof ze naast een grote klok had gestaan en de klank ervan nog steeds kon horen. 'Lang geleden, ik moet nog een klein meisje zijn geweest.'

'Dat verklaart waarom je in je herinnering met je vader in Karlsbad was, en niet met beide ouders.'

'Ja, dat is een verklaring.' Barbara staarde naar de engel. Was er ook zo'n engel op het graf van haar moeder geweest? Ze las de namen op de stèle. Het waren de namen van twee adellijke families die blijkbaar met elkaar verwant waren. Hoe had haar naam geluid? Hoe?

'Heb je iets bepaalds gezien?' vroeg Johanna, die nu naast haar kwam zitten en een haarlok uit haar gezicht streek. 'Je moeder misschien en je vader? Kun je hen beschrijven?'

'Mijn moeder...' ze leek op mij, alleen was ze natuurlijk veel ouder. Van haar heb ik mijn zwarte haar. Maar ze zag er heel anders uit. Ik herkende haar nauwelijks. En ze had een tak in haar hand. Een kersentak, geloof ik. Daarmee is ze begraven.'

'Een kersentak?' vroeg Johanna verbaasd en ze keek naar haar broer. Die luisterde gefascineerd.

'Ja, ik geloof dat hij van onze kersenboom kwam.' Ze zag weer het dorre hout voor zich. Kon ze zich al het andere ook maar zo duidelijk herinneren...

'En er waren veel mensen en er was een prachtige lijkwagen. En mijn vader...'

'Heb je zijn gezicht gezien? Kun je je zijn naam herinneren?'

'Nee, zijn gezicht heb ik niet gezien. Ik geloof dat ik op de dag dat mijn moeder werd begraven zo bedroefd was dat ik niemand heb aangekeken. Ik herinner me alleen veel zwarte rokken en broekspijpen en paarden met pluimen op hun hoofd.'

'Dan kunnen we ervan uitgaan dat je ouders belangrijke mensen waren,' zei Johanna. 'Een arme familie zou geen grote begrafenisplechtigheid hebben kunnen houden. Dan waren jullie achter een eenvoudige lijkwagen aan gelopen. En was er geen huis vol mensen geweest.'

Johanna dacht even na, toen schudde ze haar hoofd. 'Moeder heeft op dit punt ongelijk.'

'Waarin heeft je moeder geen gelijk?' vroeg Barbara. Ze voelde zich nog steeds duizelig van de herinnering – maar ze voelde zich een beetje completer. Hoewel het slechts een fractie was van wat ze zou moeten weten.

Broer en zus wisselden een blik, toen zei Johanna: 'Mijn moeder denkt dat je uit een arme familie komt. Ze denkt dat je hebt geprobeerd...'

'Johanna!' riep Christian en hij pakte zijn zus bij haar arm.

'Wat zou ik geprobeerd hebben?' vroeg Barbara verbaasd. Waarom deden die twee zo raar?

'Niets...' antwoordde Johanna. 'Het is alleen dat mijn moeder denkt dat je zal stelen of op onze zak wil teren.'

Die woorden troffen Barbara als een klap in haar gezicht. Ze had wel gevoeld dat de vrouw des huizes weinig met haar ophad. Ze was koel geweest en had tot nog toe nooit alleen met haar gesproken. Alleen wanneer dokter Winter haar kwam onderzoeken, was ze aanwezig.

Maar ze had nooit verwacht dat mevrouw Baabe haar voor een misdadigster zou houden.

Christian zuchtte. 'Johanna...'

'Ze moet het weten,' zei Johanna. 'Op een dag zou ze het toch hebben gemerkt. Maar misschien verandert er iets aan wanneer we moeder vertellen wat ze zich herinnerde.'

'Dat zal helaas niet helpen.'

'Wat verandert daardoor? Wil jullie moeder me het huis uit gooien?' Barbara begon te trillen. Waar moest ze dan heen? Wat moest ze doen? Ze had geen flauw idee waar ze thuishoorde.

De tranen schoten haar in de ogen en drupten op haar rijkleding.

'Kijk nou wat je hebt aangericht!' zei Christian verwijtend en hij legde zijn arm om Barbara's schouders, maar zij schudde hem af en rende weg.

'Waar wil je heen?' vroeg Christian, maar ze wilde het niet horen. Hij had haar gered, ja, maar misschien was het beter geweest als ze in zee was omgekomen. Dan zou ze tenminste niemand tot last zijn!

Het geroep achter zich negerend rende Barbara tussen de rijen graven door. Ze had geen idee waar ze heen moest, maar ze had nu behoefte aan beweging. Toen ze even haar ogen dichtdeed zag ze weer de begrafenis van haar moeder voor zich. Vlug deed ze ze weer open en liep door.

Pas toen ze op een hek stuitte, bleef ze staan. De graftombe die daarachter oprees, was heel groot, waarschijnlijk behoorde hij toe aan een vooraanstaande familie.

Een familie als de hare.

Nu kneep ze opzettelijk haar ogen dicht. De naam. Was er een aanwijzing voor de naam?

In gedachten keek ze nog eens naar de gasten en zag ze de geklede jas van haar vader. Ze keek naar de zoom van haar eigen jurk. Hoe oud kon ze toen zijn geweest? Vijf of zes? Even had ze het gevoel dat de herinnering aan haar naam voor het grijpen lag.

Maar het beeld voor haar geestesoog loste op. Even later hoorde ze voetstappen achter zich.

'Barbara?' riep een stem. Christian. Hij was haar gevolgd. Toen ze zich omdraaide bleef hij twee armlengtes van haar vandaan staan. 'Is alles in orde met je?'

Ze knikte.

'En... hoe zit het met...' Christian stokte en verwenste op dat moment zijn zus. Waarom had ze dat nou moeten zeggen?

'Het is al goed,' zei Barbara zachtjes. Pas nu merkte ze dat ze met haar ene hand een tralie omklemde. Alsof het een bliksemafleider was die door een elektrische schok haar haar hele herinnering weer te binnen zou laten schieten.

Maar nu was de herinnering weg. Niet vergeten, maar ze kon er niet bij komen.

Het volgende ogenblik was Christian bij haar en nam haar in zijn armen.

'Mijn zus had dat daarnet niet moeten zeggen, ik wil niet dat je je ongewenst voelt.'

'Komt het dan niet overeen met de waarheid?' vroeg Barbara bedroefd.

Christian haalde diep adem en ze merkte dat hij trilde. 'Jawel. Mijn moeder mag je niet. Maar mijn vader is er ook nog, en Johanna en ik. Wij, en ik helemaal, zullen niet toelaten dat ze je zomaar op straat zet.'

'Misschien is het beter als ik wegga!' antwoordde ze en ze voelde hoe de druk van zijn armen wat sterker werd. Alsof hij bang was dat de wind haar zou wegvoeren.

'Nee, want hoe moeten ze je anders vinden? Je moet bij ons blijven. Als iemand je zoekt, moet hij je ook hier kunnen vinden en niet door het hele land hoeven dwalen.'

Barbara keek hem aan. Zo dicht was ze nog nooit bij hem geweest. Nu pas merkte ze dat er gouden spikkeltjes in het blauw van zijn ogen fonkelden. Als sterren in een zomernacht.

Even hield hij haar nog zo vast, hoewel er geen reden voor was. Maar er was voor haar ook geen reden om bij hem weg te willen. Hij was warm, en ze had het gevoel dat ze hem kon vertrouwen.

Toen liet hij haar plotseling los.

Wat is er? had ze haast gevraagd, toen zag ze dat zijn blik was blijven hangen op de muur van het kerkhof, die vlakbij was.

'Daar,' zei hij en hij keek alsof hij niet kon vatten wat zijn ogen zagen.

'Wat is daar?' vroeg Barbara.

Christian liep naar de muur. In eerste instantie zag Barbara niets anders dan klimop, toen ontdekte ze een klein kruis dat bijna onder de bladeren verdween.

Op dat moment kwam ook Johanna eraan. Ze was helemaal buiten adem.

'Wat is daar?' vroeg ze en toen merkte ook zij het kleine houten kruis op, dat op een met klimop begroeide heuvel stond. De vorst had de klimopbladeren vochtig gemaakt en liet de muur erachter vochtig glanzen.

'Is dat het graf van jullie grootmoeder?' vroeg Barbara.

'Ik weet het niet,' zei Christian, maar aan zijn ogen kon ze zien dat ook hij dacht het te hebben gevonden.

Samen met Johanna liep hij naar het kruis. Barbara bleef achter. Het was een zaak van broer en zus, niet van haar.

Omdat ze zich wat zwakjes voelde, leunde ze tegen een boom. De bast voelde koud en ruw aan. Toen ze naar de hemel keek zag ze een paar kraaien boven het kerkhof cirkelen. Hun kreten droegen zo ver dat je zou kunnen denken dat ze boven een lege vlakte vlogen.

Barbara herinnerde zich ineens andere vogels die ergens boven cirkelden. Waren het bomen? Of de masten van een schip? Waren het eigenlijk wel kraaien geweest, of misschien toch zeevogels?

Ze probeerde erachter te komen, maar het lukte haar niet zich dat te herinneren. Dus keek ze maar weer naar broer en zus. Ze stonden nog steeds bij het kruis. Waar ze over praatten wist ze niet, daar had ze niet op gelet. Maar nu zag ze dat Johanna huilde.

Stond echt de naam van hun grootmoeder op dat kruis? Barbara durfde het niet te vragen.

'Dat betekent toch nog niet dat het hele verhaal klopt,' snikte ze. 'Er kan een andere reden voor zijn geweest!'

'Dat het kruis hier staat, is het bewijs dat ze zichzelf echt van het leven heeft beroofd,' zei Christian.

'Ja, maar hoe zit het met de reden?' jammerde Johanna. 'Er kan toch een andere reden zijn geweest. Het kan zijn dat haar ouders haar hadden verboden... dat haar man haar had verboden...'

'Ze was getrouwd,' zei Christian. 'Ze heeft echtbreuk gepleegd met Vandenboom. En onze familie heeft daar waarschijnlijk geen schade van ondervonden omdat iedereen geloofde dat hij haar eerst had verleid en haar toen in de steek had gelaten.'

'Maar als het nou anders zat... Als zij noch hij er iets aan kon doen?' Johanna schudde ongelovig haar hoofd.

'We moeten weer naar huis.' Christian streelde Johanna's rug.

Toen Barbara dat zag, wenste ze dat ze ook een broer had. Maar een broer was in haar droom niet voorgekomen.

'En kunnen we niet het kerkboek inzien? We willen toch weten welke versies er van de geschiedenis bestaan?'

Christian draaide zich om naar Barbara. Even ontmoetten hun blikken elkaar, toen zei hij: 'Dat kunnen we een andere keer doen. Vader en ik hebben hier een dezer dagen afgesproken met een zakenvriend. Ik zal kijken of ik bij die gelegenheid iets voor elkaar kan krijgen.'

Johanna knikte.

Ze zag er vreselijk ellendig uit. Maar hoe moest ze zich anders voelen wanneer ze net bevestigd had gekregen dat haar grootmoeder zichzelf van het leven had beroofd? En dat de grootvader van haar geliefde mogelijk schuld droeg aan haar lot?

Zwijgend liepen ze terug naar de poort. Intussen was de zon achter de huizen verdwenen. Het zou niet lang meer duren voor het helemaal donker was. Het was het beste snel weer terug te gaan.

20

Tijdens het avondeten werd niet veel gesproken. Ludwig Baabe informeerde hoe de rijtocht was geweest. Johanna liet het aan Christian over verslag uit te brengen.

Toen ze klaar waren, ging Johanna niet meteen naar haar kamer. Ze had het gevoel dat ze een grote fout had gemaakt. Ze had Barbara niet moeten vertellen hoe haar moeder over haar dacht. Hoewel ze dat gevoel nog nooit had gehad, kon ze zich voorstellen dat het vreselijk moest zijn om niet welkom te zijn.

'Hoe gaat het met je?' vroeg Johanna toen ze Barbara's kamer binnenkwam.

Barbara zat bij het raam in het donker te staren. Toen ze Johanna zag, gleed er een triest lachje over haar lippen.

'Het gaat wel,' antwoordde ze in gedachten verzonken. 'Maar ik had me wel iets anders willen herinneren dan de begrafenis van mijn moeder.'

'Dat geloof ik graag.'

'Ik bedoel, waarom kon het geen fijne herinnering zijn? Een waarin ik samen met mijn ouders ben, een die me had laten weten wie ik ben? Nu zie ik die beelden steeds voor me. En ik weet nog net zo veel als daarvoor.' Ze keek Johanna smekend aan. 'Denk je dat ik het me ooit weer zal herinneren?'

Maar al te graag had Johanna gezegd dat dat beslist het geval zou zijn, maar ze wist dat ze dat niet kon beloven. Er waren al zo veel dagen verstreken sinds Barbara gevonden was, en haar brein had nog maar zo weinig uit haar vroegere leven prijsgegeven.

'Je zult je alles weer gaan herinneren. Ooit.'

Ze verstomde. 'Ooit' klonk zo hopeloos. Ooit. Mogelijk zou zij ook ooit het geluk vinden. Met Peter samen zijn. Ze wist het niet. Vandaag leek juist alles weer aan het wankelen te zijn gebracht. Er was het graf. En er was die geschiedenis. Ze zou nooit met de zegen van haar ouders met Peter samen kunnen leven.

'Mijn vader zei vanmorgen dat we een foto van je moeten laten maken,' zei Johanna om zichzelf en Barbara een beetje af te leiden. Eigenlijk had ze het haar al veel eerder willen vertellen, maar tijdens de rijtocht had ze er niet aan gedacht. En nu was ze blij dat ze iets had wat ze kon vertellen. 'Om in de kranten te zetten. Misschien vergroot dat de kans dat je herkend wordt. De commissaris van de politie stelde dat zelf voor.'

Barbara knikte. 'Goed. Maar ik weet niet... Stel dat mijn vader die kranten niet onder ogen krijgt? Ik denk niet dat ik hiervandaan kom.'

'Waarom niet, als je het je niet herinnert? Alles is mogelijk. En het kan toch zijn dat je vader een krant krijgt en je foto ziet?'

'De Barbaratak, misschien is dat de sleutel. Misschien kan de betekenis van de tak me een aanwijzing geven.'

'Christian is vast al bezig zijn boeken door te vlooien – al denk ik dat er in zijn boeken niets over staat.' Johanna glimlachte. 'Maar hij geeft niet op voor hij iets gevonden heeft. Hij is op je gesteld, Barbara, heel erg zelfs.'

Barbara lachte terug. De gedachte dat hij op haar gesteld was, vervulde haar hart met vreugde. En ze verdrong de gedachte aan wat er zou gebeuren als ze van hem moest scheiden.

'Wanneer gaan we naar de fotograaf?' vroeg ze toen.

'Morgen of maandag. Zeg het maar.'

Barbara knikte. 'Goed. Ik denk dat morgen prima is. Hoe eerder de foto gemaakt wordt, hoe eerder hij in de kranten komt.'

‘Mooi, dan kom ik je halen en gaan we samen. Vader zei dat ik ook een foto voor mijn aanbidders moet laten maken. Ik heb weliswaar geen idee hoe het verder zal lopen, maar misschien kan ik Peter tenminste nog een foto van mij geven, zodat hij me niet vergeet.’

Er gleed een triest glimlachje over Johanna’s gezicht.

Barbara pakte haar hand. ‘Het komt allemaal goed,’ zei ze. ‘De tak zal bloeien en dan valt alles op zijn plaats.’

Die avond was het Christian die op Johanna’s deur klopte omdat hij de slaap niet kon vatten.

‘Wat is er?’ morde Johanna slaperig.

Christian kwam binnen. Het was wel vreemd. Zijn zus leek voor het eerst in lange tijd vast en diep te hebben geslapen. Anders had hij ook laat in de nacht nog telkens licht onder haar deur door zien schijnen. Maar de rijtocht leek haar te hebben goedgedaan.

‘Wat is er met jou?’ vroeg Johanna terwijl ze haar vermoeidheid van zich af probeerde te schudden. ‘Is er iets gebeurd?’

‘Niet met mij. Maar bepaalde gedachten willen niet uit mijn hoofd. Kunnen we praten?’

‘Natuurlijk!’ zei Johanna en ze stak het olielampje naast haar bed aan. Het schijnsel viel op de pot met de tak. Toen hij hem zag, liep Christian een ijskoude rilling over de rug. Wat hij te weten was gekomen, had dat echt betrekking op Barbara?

‘Wat heb je op je lever, broertjelief?’ Johanna gaapte hartgrondig en wreef in haar ogen.

‘Dat met Barbara... haar herinnering.’

‘Ja, dat was behoorlijk schrikken,’ beaamde Johanna. ‘Maar het is toch mooi dat ze zich iets herinnert. Dat ze weer weet dat ze familie heeft.’

‘Ja, dat is inderdaad mooi. Alleen jammer dat ze er niet achter is gekomen hoe haar achternaam luidt.’ Christian staarde naar de vloer. Wat hij in het donker bij elkaar gefantaseerd had, kwam hem nu op de een of andere manier absurd voor. Het bezoek aan de kapel, wat hij over de heilige had gelezen en wat het meisje had verteld nadat ze was flauwgevallen, had zich verweven tot een duistere geschiedenis – een die Hinning, de oude visser, vast was bevallen.

'Iets wilde daarnet maar niet uit mijn hoofd,' begon hij. 'Je hebt toch gehoord wat ze zei. De kersentak in de handen van haar dode moeder. De heilige die onderweg naar de gevangenis de tak afbrak, die toen bij haar executie bloeide...'

'Waar wil je heen?' vroeg Johanna.

'Nou ja, het klinkt vast idioot, maar ik dacht terug aan de dag dat ik haar vond. Om haar been zat een stuk zeildoek, maar dat wil nog niet direct zeggen dat het van een zeil van een schip was. Ik heb er in mijn boeken naar gezocht omdat ik me een verhaal van Hinning herinnerde. Zeelui die op zee sterven, worden in zeildoek gewikkeld en in zee gegooid.'

'Nee!' Johanna leek ineens klaarwakker. 'Nee, dat kan niet. Ze was niet dood! Dan zou ze toch onmogelijk weer wakker kunnen zijn geworden.'

'Maar het zeildoek! En bovendien de tak. Die hield ze in haar hand, net als haar moeder bij de begrafenis. Mogelijk is het een gebruik in haar familie. Misschien hielden ze haar voor dood en hebben ze haar toen een zeemansgraf gegeven.'

Zijn zus rilde. 'Dat is onmogelijk. Ze kan niet dood zijn geweest. De dokter zei dat ze gezond was. En kijk maar naar haar. Afgezien van de flauwte vandaag wekt ze geen zwakke indruk.'

'Misschien was het een vergissing. Misschien had ze koorts en hebben de mensen op het schip de zaak verkeerd beoordeeld.'

Christian sprong op, als door de bliksem getroffen.

'Maar als je gelijk hebt,' onderbrak Johanna's stem zijn gedachten, 'als het echt zo is, wie zal er dan naar haar zoeken? Als ze officieel gestorven is, zal haar vader denken dat ze in zee is begraven. Niemand zal haar missen.'

Christian verstarde. Johanna had gelijk: als het meisje echt als dood werd beschouwd, was er niemand naar haar op zoek. En er was geen schip gezonken. Dat verklaarde ook waarom er op het strand geen wrakstukken hadden gelegen.

Zijn maag verkrampte. Zolang Barbara zich niets kon herinneren, zou ze voor zichzelf en alle anderen altijd een vreemde blijven. Zuchtend zakte hij neer op het bed.

Johanna legde haar hand op zijn schouder. 'Ik weet dat je haar graag mag. En haar lot is voor jou belangrijk. Maar als je echt gelijk hebt, zal ze waarschijnlijk nooit te weten komen wie ze is. Daarom blijf ik liever geloven dat het een ongeluk is geweest.'

Christian keek zijn zus aan. 'Jij hebt ook nagedacht, hè?'

'Mijn gedachten zien er iets anders uit. En ik hield er al rekening mee dat jij je eerst met de betekenis van de tak bezig zou houden. Dat schijnt voor haar veel meer te betekenen.'

'Dat zoek ik nog verder uit, beloofd.'

Hij glimlachte en stond op. 'Welterusten, zusjelief.' Hij gaf Johanna een kus op haar hoofd en liep de kamer uit.

21

Zaterdag 13 december 1902

De volgende ochtend kwam bij de Baabes de lijst binnen met de gasten die in opdracht van de groothertog bij hen zouden overnachten. Een jonge bode op een motorfiets kwam hem brengen. Toen het luide geknetter te horen was, liepen alle kinderen uit de buurt voor het hotel te hoop, want in Heiligendamm waren gemotoriseerde voertuigen nog steeds zeldzaam. Toen hij weer weg was, begeleid door de lawaaierige schare, die van de kou geen last scheen te hebben, scheurde Augusta de envelop open en haalde de brief eruit, die voorzien was van het hertogelijk wapen.

Even vielen alle zorgen van haar af. Veel hooggeplaatste personen uit het hertogdom werden aangekondigd. Vrienden van de hertog, fabrikanten en zelfs twee generaals. Heimelijk had ze hoop gekoesterd dat er misschien ook een lid van de hertogelijke familie bij hen zou komen overnachten, maar ze wist zelf dat dat wat al te ambitieus was.

Daar zou ze niet over klagen, want het hotel was rijkelijk bedeeld.

'We moeten snel hulpkrachten aannemen,' zei ze tegen haar man toen ze zijn kantoor binnenliep. 'Het is een groot bal, het beste personeel is snel weg.'

'En hoeveel mensen hebben we volgens jou nodig?'

Augusta rekende het even na, toen antwoordde ze: 'Zes of zeven meisjes en een paar jonge mannen zijn voldoende.'

'Dat zijn er niet weinig. Je weet dat veel families rond deze tijd hun dochters thuishouden om noodzakelijke reparaties te verrichten en nieuwe jurken voor de zomer te naaien.'

'Maar veel families hebben ook geld nodig. En daarom zeg ik ook dat we snel moeten zijn.'

'Goed, zorg er dan voor dat Friedrich het briefje op het mededelingenbord hangt. Hoe eerder hoe beter, daar heb je helemaal gelijk in.'

Ludwig wilde zich al weer op zijn boeken richten, maar hij bedacht zich en vroeg: 'Hoe gaat het eigenlijk met onze gast? Je hebt al lang niet meer over Barbara geklaagd.'

Het volgende moment zag hij in dat hij die opmerking beter niet had kunnen maken. Augusta's mond versmalde en er flitste iets in haar ogen.

'Dokter Winter komt vandaag om haar nog eens te onderzoeken. Maar ik geloof dat hij niet veel werk zal hebben. Ze is gezonder dan wij hier allemaal bij elkaar.'

'Echt? Wanneer heb je haar dan voor het laatst gesproken?' vroeg Ludwig, en ook daar had hij meteen spijt van, want Augusta had de snijdende toon in zijn stem wel gehoord. Alleen omwille van hem was ze opgehouden voortdurend op de jonge vrouw te schimpen. Al de tijd dat het meisje hier was, was er nog nooit iets verdwenen en het zag er ook niet naar uit dat ze te veel at of te dure dingen wilde. Nee, voor zover hij iets over het meisje had gehoord, wilde ze helemaal niets. Ze at zonder klagen alles wat haar werd voorgezet, ze wilde geen extra porties en klaagde nooit. Ze droeg alleen de japonnen die Johanna haar gaf en die allang waren afgedankt. En ze vertoonde zich maar zelden buiten haar kamer.

Er was dus geen reden om over haar te klagen en toch was ze Augusta een doorn in het oog.

'We zullen de kamer nodig hebben voor onze gasten,' zei ze zonder op zijn vraag in te gaan. 'Wat moeten we met haar doen? Haar een kamer bij de meisjes toewijzen?'

De plotselinge kilte in haar stem kon Ludwig niet begrijpen.

'Laten we eerst afwachten wat de dokter zegt. En ja, als je dat denkt, geef haar dan gerust een kamer op zolder. Ik denk dat we er ook zonder de Viooltjeskamer wel uitkomen, maar onze logee zal ook tevreden zijn met een ander onderkomen.'

'Je weet dat ik liever heb dat ze weggaat.'

'Ja, dat weet ik,' antwoordde Ludwig moeizaam. 'En als Kerstmis niet voor de deur stond, zou ik het met je eens zijn en proberen haar ergens anders onder te brengen. Maar nu loopt het jaar ten einde. Het is guur weer. Het is al erg genoeg dat ze haar geheugen is verloren. Dat er niemand is met wie ze kerst kan vieren. En dat blijkbaar ook niemand haar zoekt.'

Augusta knikte, toen zei ze: 'Ik stuur Friedrich er meteen op uit.'

Met die woorden verliet ze het vertrek. Ludwig keek haar peinzend na. Hij had een benauwd gevoel. Wat had Augusta toch? De kerst stond voor de deur, het bal zou hun talloze gasten en een goede verdienste opleveren en Johanna zou vast ook binnenkort een man uitkiezen.

Waarom had de aanwezigheid van een in nood geraakt meisje haar zo veranderd?

Hij hoopte vurig dat ze door de kersttijd weer de vrouw zou worden die hij kende. Anders, zo vreesde hij, zou het nieuwe jaar heel moeilijk worden.

'Ben je klaar?' vroeg Johanna vrolijk toen ze Barbara's kamer binnenstormde. 'Het wordt beslist leuk om die foto's te laten maken. Het is al een tijdje geleden dat ik er ben geweest, maar ik kan je zeggen dat het heel interessant is.'

'Ik ben klaar,' antwoordde Barbara en ze stond op. Ze droeg weer de rijkleding, want daar had Johanna op gestaan. 'Maar we moeten opschieten. Later op de dag komt dokter Winter me onderzoeken.'

'Wanneer komt hij? Niet voor de middag, toch? Tot die tijd is zijn praktijk open. Ik denk dat hij pas 's middags komt.'

Johanna pakte Barbara bij de hand en trok haar mee naar de foyer.

Op de boulevard was het op dat uur tamelijk druk. Dienstmeisjes liepen haastig langs, vrouwen droegen grote manden met boodschappen. Wagentjes met kerstbomen werden voortgetrokken door boodschappenjongens. In veel huizen werden de bomen al vroeg neergezet.

'Komt er bij jullie ook een kerstboom?' vroeg Barbara terwijl Johanna haar een arm gaf. Zo op het eerste gezicht had je kunnen denken dat ze hartsvriendinnen waren. Maar misschien waren ze dat ook wel – in elk geval vriendinnen...

'Natuurlijk komt er een kerstboom! En vanwege de vele gasten zal het zeker een schitterende boom worden.'

'Vele gasten?' vroeg Barbara. Het leek haar heerlijk niet meer de enige gast te zijn. Dan zou ze eindelijk iets te zien krijgen wanneer ze haar kamer uit kwam om kleine uitstapjes te ondernemen.

'Heb ik dat nog niet verteld? Op kerstavond is er boven in het kasteel een groot bal. De hertog heeft onze familie ook uitgenodigd.'

'Wat opwindend!' zei Barbara. 'En de gasten overnachten bij jullie?'

'Ja, de meesten zullen waarschijnlijk tot Nieuwjaar blijven, want de hertog zal ook de jaarwisseling hier doorbrengen als zich geen politieke verwikkelingen voordoen.' Ze keek Barbara aan. 'Als je wilt, kun je meegaan.'

'Maar ik heb toch geen baljurk,' antwoordde Barbara. Eerlijk gezegd had ze veel zin in het bal. Maar zou iemand haar daar willen hebben? Na Johanna's openhartigheid over de manier waarop mevrouw Baabe over haar dacht, was ze vreselijk onzeker wat haar verblijf in het hotel betreft.

'Ik leen je er een van mij,' zei Johanna. 'Sommige heb ik nog nooit aangehad, en ik weet zeker dat een ervan je uitstekend zal staan.'

'En je moeder? Die wil mij vast niet op het bal hebben. Tenslotte maak ik geen deel uit van de familie.'

Aan de manier waarop Johanna haar mond samenkneep, kon Barbara zien dat haar bedenkingen terecht waren.

'Moeder is waarschijnlijk bang.'

'Bang dat ik jullie leven zal binnendringen? Dat ik misschien verliefde blikken naar je broer werp?'

Johanna glimlachte. 'En, is dat zo? Werp je verliefde blikken naar hem, of doet hij dat eerder naar jou? Bij de rijtocht leek hij zo bezorgd om jou.'

'Ik weet het niet,' antwoordde Barbara, hoewel ze merkte hoe haar hart alleen al bonsde wanneer ze hem in de gang zag of zijn stem hoorde. 'Hij is heel aardig. Maar ik heb daar nog niet aan gedacht. Hoe kan je broer nou verliefd worden op een meisje dat niet eens weet wie ze is?'

'Ik denk dat hij het genoeg vindt je te zien zoals je nu bent. Ik denk dat dat hem wel bevalt.'

'Heeft hij iets tegen je gezegd?'

Johanna schudde haar hoofd. 'Nee, maar ik heb wel ogen in mijn hoofd. Ik zie hoe hij naar je kijkt en hoor hoe hij over je praat. Hij wil er beslist achter komen wat er met je gebeurd is. In zijn ogen ben je een soort prinses die hij uit zee heeft opgevist. Zoals in dat sprookje...'

'*De Kleine Zeemeermin*,' zei Barbara. Dat verhaaltje had in een van de boeken gestaan die hij voor haar had meegebracht. 'Alleen heb ik mijn stem nog en weet ik mijn naam niet meer.'

'En ik denk niet dat je in het schuim van de zee hoeft op te lossen, want mijn broer zal je hart niet breken.' Johanna lachte, toen werd ze weer serieus. 'Ik zou je er zo graag bij hebben. Ik weet nog steeds niet wat ik moet doen. Alsjeblieft!'

Barbara knikte. 'Goed dan. Als het enigszins mogelijk is, ga ik naar het bal.'

Johanna glimlachte. 'Bedankt.'

Ze wandelden zwijgend over de boulevard tot ze bij het mededelingenbord kwamen. Daar hingen talrijke vacatures van hotels, waaronder ook een blaadje met het briefhoofd van hotel Baabe.

'Je moeder zoekt personeel,' zei Barbara.

'Net als elk ander hotel hier. De hertog komt met groot gevolg. Dan wordt het hier eindelijk weer eens opwindend.'

'Ah, kijk eens aan, mejuffrouw Baabe maakt een wandelingetje.'

Johanna verstijfde en werd opeens krijtwit. Voor Barbara iets kon vragen, fluisterde ze: 'Berthold.'

'Ik hoop dat ik niet stoor.'

De jongeman nam zijn hoed af.

Johanna draaide zich om en lachte enigszins gedwongen naar hem. 'Eigenlijk hebben we plannen.'

'Mag ik vragen hoe die luiden?' vervolgde Von Kahlden.

Barbara nam hem op. De mantel met bontkraag leek heel duur en ook de rest van zijn kleding zag er chic uit.

'We gaan naar de fotograaf. Ik vrees dat u ons daar niet bij hoeft te helpen.'

Nu viel Bertholds blik op Barbara.

'U hebt charmant gezelschap. Familie? Ik heb haar hier nog nooit gezien.' Hij reikte het meisje de hand.

'Dit is een vriendin van me. Barbara...' Johanna stokte even, toen voegde ze eraan toe: 'Hirschfeld. Barbara Hirschfeld.'

'Aangenaam kennis te maken. Ik ben Berthold von Kahlden.' Hij genoot er zichtbaar van zijn naam uit te spreken.

Aarzelend reikte Barbara hem de hand. Wat moest ze met die naam? En wat moest ze zeggen? Dat het haar ook aangenaam was? De hoffelijkheid gebood dat, maar op een of andere manier kreeg ze het niet over haar lippen.

'U bent vast niet van hier,' vervolgde Berthold. Dat Johanna ongeduldig van het ene been op het andere wipte, scheen hij niet te merken.

'Nee, ze komt uit Schwerin en logeert bij ons. En nu moeten we echt verder. Goedendag!'

Johanna trok Barbara mee. Met grote stappen liepen ze haastig over de boulevard. Even dacht Barbara dat de man hen volgde, maar toen ze over haar schouder keek, was hij verdwenen.

'Dat was dus een van je kandidaten?' fluisterde ze.

'Ja, en als het aan mij ligt, kan hij door de grond zakken. Ik ben niet van plan mevrouw Von Kahlden te worden.'

'Hij leek een beetje vreemd.'

'Dat is nog zacht uitgedrukt. En het ergste is dat ik hem nu binnen een paar dagen twee keer heb gezien. Eerst kwam hij onaangekondigd naar ons toe, en nu verschijnt hij hier weer. Je zou haast denken dat hij me heeft opgewacht. Hij staat te popelen om met me te trouwen.'

Een paar minuten later kwamen ze aan bij fotoatelier Sperling. Dat bevond zich in een klein pand. Achter de ramen hingen fotografische platen. De foto's lieten deftige echtparen en kinderen zien, en op een bord stonden de prijzen van de verschillende opnames aangegeven.

Toen ze de deur door gingen werden ze met belgerinkel verwelkomd. Er hing een vreemde geur. Die prikkelde in Barbara's neus, en ze moest niezen.

'Dat komt door de chemicaliën die de fotograaf voor het ontwikkelen van de foto's nodig heeft,' verklaarde Johanna en ze drukte op de bel.

'Ben je al vaker gefotografeerd?'

'Ja, vroeger. Onze ouders gingen om de zoveel jaar naar de fotograaf om een familiefoto te laten maken. Ik vond het altijd nogal saai.'

Het volgende ogenblik werd een zwaar fluwelen gordijn opzijgeschoven.

'Ah, juffrouw Baabe! Wat kan ik voor u doen?' vroeg de man, die een snor met opgedraaide punten had en wiens haar met pommade dicht op zijn hoofd zat geplakt. Hij droeg een geruit vest over zijn overhemd en in plaats van een das een strikje.

'We wilden graag foto's laten maken, meneer Sperling.'

'Samen of iedere dame apart?'

Johanna dacht even na, toen zei ze: 'Twee aparte opnamen en een van ons samen.'

'Uitstekend. Doet u alstublieft uw mantel uit en gaat u naar de voorbereidingsruimte. Wilt u een speciale achtergrond of rekwisieten voor de foto?'

'Niet voor de individuele opnamen, maar als u voor het dubbelportret misschien een moderne achtergrond hebt? Iets zomerachtigs wellicht?'

'Ik zal kijken wat ik kan doen.'

De fotograaf nam hun mantels aan en bracht Johanna en Barbara naar de voorbereidingsruimte, die vol stond met spiegelkasten en talloze rekwisieten. Er waren tafeltjes, vazen, een stoel die eruitzag als een troon en nog veel meer.

'Nou, dan zullen we jou eens mooi maken,' zei Johanna en ze begon Barbara's haar te kammen. 'En vergeet niet te lachen!'

22

Toen ze het fotoatelier verlieten klonk er belgerinkel over de boulevard, begeleid door het gekrijs van meeuwen. Boven zee kwamen wolken op, maar het zou nog wel even duren voor ze aan land waren. Zouden ze sneeuw brengen? Of regen?

Barbara zette die gedachten opzij. Aan het uur in het fotoatelier had ze veel plezier beleefd, vooral omdat Johanna honderden ideeën had gehad wat de aankleding van de foto's betreft.

De fotograaf was uiteindelijk een beetje zenuwachtig geworden, want hij wist dat de Baabes zich zouden beklagen als hun dochter er niet zo uitzag als zij het verwachtten.

'We hadden jou eigenlijk met een Barbaratak moeten fotograferen,' merkte Johanna op. 'Jammer dat we daar niet aan hebben gedacht.'

'Dat geeft niet,' zei Barbara. 'Ze herkennen me zo ook wel als het moet.'

'Dat zullen ze zeker!' Er gleed een schaduw over Johanna's ogen. Maar die verdween algauw toen ze vroeg: 'Hoe gaat het eigenlijk met jouw tak? Beginnen de knoppen al een beetje uit te komen?'

Barbara schudde haar hoofd. 'Nee, tot nu toe niet. Helaas. En bij jou?'

'Bij mij gebeurt er ook niets. Terwijl ik toch zo hoop dat hij gaat bloeien. Dat hij me geluk brengt en dat het goed is om met Peter mee te gaan.'

‘Weet je niet zeker meer of je hem wilt?’

‘Ik weet niet wat ik moet doen. Peter zegt dat ik met hem moet weglopen, maar dat zou betekenen dat ik alles achter me moet laten. Mijn vader, mijn broer – en ook mijn moeder.’

‘Christian zou je toch zeker niet verstoten,’ bracht Barbara te berde.

‘Nee, hij niet. Maar mijn ouders zouden van hem eisen dat hij nooit meer met me praatte. En ooit zal hij zijn eigen gezin hebben en mij vergeten.’

‘En jij zou een gezin hebben met Peter.’

Er kwam een weemoedige trek op Johanna’s gezicht. ‘Ja, als het ooit gebeurt.’

‘Wat zegt je hart?’

‘Mijn hart zegt dat Peter een goede man zou zijn. Maar stel dat hij net zo is als zijn grootvader, die mijn grootmoeder in de steek heeft gelaten?’

Barbara schudde haar hoofd. ‘Ik ben ervan overtuigd dat hij niet zo is.’

‘Hoe kun je dat nou weten?’ Johanna perste haar lippen op elkaar en haalde diep adem.

‘Dat weet ik niet, helaas weet ik dat niet,’ antwoordde Barbara terneergeslagen en ze wenste dat ze een betere raadgeefster kon zijn. Maar hoe kon ze verstand hebben van hartsaangelegenheden als ze niet eens wist of er al eens iemand moeite voor haar had gedaan?

Ineens verstijfde Johanna. Toen Barbara haar blik volgde, zag ze een jonge man met een meisje aan zijn arm. Ze droeg een zware rode fluwelen mantel met bontrand en op haar hoofd had ze een dikke bontmuts. Ze wist niet waarom, maar op een of andere manier deed het meisje haar denken aan een Russische prinses. En de man zag er griezelig goed uit, als haar prins. Hij zei iets tegen haar, waarop de jonge vrouw rood werd en lachte. Zo op het eerste gezicht leken ze een rendez-vous te hebben.

Toen ze naar Johanna keek, merkte ze dat al het bloed uit haar gezicht was geweken. Ze zag eruit alsof ze zou gaan flauwvallen.

'Wat is er?' vroeg ze en ze pakte haar hand.

Johanna schudde haar af. Toen draaide ze zich met een ruk om en rende weg. Barbara keek haar verbijsterd na, toen ging ze achter haar aan.

Het bonsde zo hard in Johanna's hoofd dat ze haar eigen voetstappen niet meer kon horen. Ze rende maar door en lette niet op de voorbijgangers, tegen wie ze aanbotste en die haar woedende woorden nariepen. Alles voor haar werd een witte tunnel waar ze doorheen vloog zonder iets te zien.

'Johanna!' hoorde ze Barbara's stem achter zich, maar ook aan haar wilde ze ontkomen. Op dat moment wilde ze niemand om zich heen hebben.

Ten slotte raakte ze buiten adem en werd ze duizelig. Toen ze zich gedwongen zag te blijven staan, zag ze dat ze aan het einde van de boulevard was. De huizen lagen een flink stuk achter haar, voor haar lag het strand.

Ze zocht houvast, maar er was niets. Op hetzelfde moment werd ze door handen vastgegrepen. Ze dacht eerst dat het haar broer was, maar het was Barbara.

'Hou je vast,' fluisterde het meisje en ze trok haar mee naar een van de laatste bankjes op de boulevard. Daar zakte Johanna definitief door haar benen.

Het kon niet waar zijn! Had ze Peter echt met een ander gezien?

Haar brein leek weggevaagd, en het beeld van haar geliefde met de vrouw in de rode mantel brandde op haar netvlies. Wie was zij? Zijn zus? Nee, de Vandenbooms hadden geen dochter. Een nichtje? Dat was mogelijk, maar de vertrouwelijkheid tussen de twee leek niet op die welke tussen familieleden bestaat.

Had hij een verloofde? Was hij er zo zeker van dat de Baabes haar niet naar buiten lieten gaan dat hij ongegeneerd met haar liep te flaneren?

Had hij haar eigenlijk gezien? Vast niet, de aanwezigheid van het meisje naast hem was te sterk geweest.

'Johanna?' Barbara's stem drong bezorgd door haar rondrazende gedachten heen. 'Is alles in orde met je? Moet ik misschien een dokter halen?'

Johanna schudde haar hoofd. 'Nee,' zei ze en ze voelde eindelijk de tranen opkomen. 'Nee, mij mankeert niets. Het is alleen...'

Nu kwam het verdriet eruit en ze begon luidkeels te huilen.

Barbara aarzelde eerst, want ze wist niet wat ze moest doen.

Maar toen Johanna in elkaar kromp, sloeg ze haar armen om haar heen en liet haar huilen. Er zou vast gauw een verklaring voor komen.

Johanna bleef een hele tijd bitter huilen, en Barbara begon zich af te vragen of het misschien te maken had met de aanblik van het paar, het Russische prinsenpaar. Er kwam een vermoeden bij haar op: was die man Peter geweest? En hoe zat het dan met de jonge vrouw naast hem, de Russische prinses?

'Waarom doet hij me dit aan?' riep Johanna ineens uit. 'Waarom doet hij dit? Waarom bedriegt hij me?'

Voor Barbara iets kon vragen, begon Johanna weer te snikken.

Toen ze over de boulevard keek, zag Barbara een paar wandelaars op hen afkomen. Ze streelde Johanna over haar haar en boog zich naar haar toe.

'Verman je alsjeblieft. Er komen mensen aan, die vast zullen gaan vragen wat er aan de hand is. En dan lichten ze je ouders in. Die mogen het toch niet te weten komen?'

Haar gefluister bracht Johanna er inderdaad toe weer te kalmeren. Ze snoot haar neus, veegde haastig de tranen van haar gezicht, streek een lok achter haar oor. Haar handen trilden, maar die vouwde ze vlug in elkaar.

Even later waren de wandelaars bij hen. Het waren twee vrouwen en een man, blijkbaar patiënten van het kuuroord.

'Is alles in orde?' vroeg een van de dames.

'Ja, het is al goed. Mijn vriendin... Ze heeft alleen slecht nieuws gekregen.'

'Dat is toch de dochter van de Baabes?' vroeg de man. Blijkbaar had hij Johanna herkend.

'Jazeker.'

'Moeten we een dokter halen?' vroeg de andere vrouw.

'Nee, dat hoeft niet,' antwoordde Johanna zelf. 'Ik... Het gaat goed met me, heus. Ik was alleen een beetje... verdrietig.' Haar stem klonk dof, levenloos. Alsof haar ziel uit haar lichaam was gehaald.

Barbara wenste dat de onbekenden weggingen. Ze wilde weten wat er aan de hand was, en of haar vermoeden juist was.

'En u hebt echt geen hulp nodig?' informeerde de man opnieuw. Waarschijnlijk hoopte hij op een mooie anekdote die hij later in de salon zou kunnen vertellen. Dat de dochter van een hoteleigenaar huilend op de boulevard zat, gebeurde niet elke dag.

'Nee, hartelijk dank, alles is in orde,' antwoordde Barbara vriendelijk, hoewel ze wist dat van nu af aan niets meer in orde zou zijn.

Toen het drietal uit het zicht was, leunde Johanna achterover en staarde naar de zee, waarboven zich donkere wolken samentrokken. Een hele tijd zei ze niets, en Barbara waagde het niet haar aan te spreken.

De wolken zagen er dreigend uit. Alsof er iets van zee kwam wat haar hele leven zou veranderen.

Maar wat zou er bij mij anders moeten worden? dacht Barbara. Johanna's moeder mag me niet en ik ben eigenlijk al te gezond om zo bij hen te kunnen blijven. Ik moet een beslissing nemen.

Maar eerst moest ze Johanna thuisbrengen, zodat ze kon bijkomen van de schok.

'Ik denk dat we moeten gaan,' zei ze zachtjes tegen haar vriendin, die wel bevroren leek. 'Het weer slaat om en ik wil niet dat je moeder zich weer zorgen om je maakt.'

Johanna knikte en stond op.

'Misschien is het niet zoals je denkt,' zei Barbara toen Johanna bij haar inhaakte. 'Misschien was het een nichtje of een bekende van de familie. Dat ze gearmd met hem liep hoeft niets te betekenen.'

Daar zei Johanna niets op. Zwijgend liep ze met Barbara mee naar huis.

Voor de deur kwam Christian hun tegemoet. 'Lieve help, wat is er gebeurd?' vroeg hij toen hij zijn zus zag. 'Gaat het wel, Johanna?'

Johanna staarde even in de leegte, toen kwam er weer leven in haar. Ze trok zich van Barbara los en rende weg.

Barbara staarde haar na en ging toen achter haar aan.

Even later was Christian bij haar. 'Barbara, zeg wat er is gebeurd.'

'Later,' antwoordde ze. Johanna stommelde de trap op.

Toen Barbara bij haar kamerdeur kwam, hoorde ze Johanna verstikt huilen.

Voorzichtig klopte ze aan. 'Mag ik binnenkomen?' vroeg ze. Er kwam geen antwoord. Ze vroeg het nog een keer, toen hoorde ze ineens gerinkel.

Bezorgd trok Barbara de deur open en zag hoe Johanna de tak op de grond slingerde en hem wilde vertrappen.

'Niet doen!' riep Barbara. 'Alsjeblieft, maak de tak niet kapot.'

'Waarom niet?' vroeg Johanna in tranen. 'Het maakt toch allemaal niet uit!'

'Jawel, het maakt wel uit,' zei Barbara zachtjes. 'Misschien is het allemaal maar een misverstand. Je kunt niet weten wie dat meisje was.'

'Met wie zou Peter dan uitgaan en zo vertrouwelijk praten?'

'Er is vast een verklaring voor...'

Barbara stokte toen ze achter zich beweging merkte. Eerst dacht ze dat het Christian was, maar toen zag ze een tipje van een dienstmeisjesschort. 'Kan ik helpen?' vroeg het meisje.

Barbara keek haar verbaasd aan. Met dit dienstmeisje had ze tot nog toe niet te maken gehad. Maar ze had haar wel af en toe in het huis gezien. Wat had ze hierboven te zoeken? Wilde ze zien waarom de dochter des huizes zo buiten zichzelf was? Haar verschijning weerhield Johanna er gelukkig van de tak kapot te trappen. 'Er is een glazen pot gebroken,' antwoordde Barbara en ze merkte dat de ogen van het dienstmeisje door de kamer gingen, alsof ze iets zocht. 'We hebben een stoffer en blik nodig.'

In eerste instantie leek het dienstmeisje tegen haar te gaan zeggen dat ze die maar zelf moest halen, maar toen knikte ze en verdween.

'Waarom doet hij me dit aan?' jammerde Johanna terwijl ze op haar bed neerzakte. 'Waarom zegt hij dat hij van me houdt en gaat dan met iemand anders wandelen?'

'Het was vast en zeker een familielid. Of een kennis van zijn ouders.'

'Of zijn verloofde.'

'Dat weet je helemaal niet.' Barbara ging naast haar zitten en streelde kalmerend over haar rug. 'Misschien zit het heel anders. Je moet hem schrijven en een verklaring vragen.'

'En als hij niet terugschrijft?'

Dan is hij het misschien toch niet waard dat je van hem houdt, dacht Barbara, maar dat zei ze niet hardop, want ze hoorde dat het dienstmeisje met de stoffer en blik kwam aanzetten. Het water uit de vaas was al in het tapijt gesijpeld en had een natte plek veroorzaakt.

Barbara raapte de tak op en verborg hem achter haar rug. Het meisje ging aan het werk, maar niet zonder Barbara een vijandige blik toe te werpen.

Toen ze weer weg was, legde Barbara de tak op het bureau. Johanna's gehuil was intussen in zacht gesnik overgegaan.

‘Zal ik nieuw water voor de tak halen?’ vroeg Barbara voorzichtig.

‘Ik wil hem niet meer zien!’ snikte Johanna.

‘Zal ik hem bij de mijne zetten?’ vroeg Barbara, want ze was ervan overtuigd dat ze er spijt van zou krijgen als ze hem weggooide.

‘Voor mijn part,’ antwoordde Johanna terwijl ze op het dekbed in elkaar kroop.

Toen werd er geklopt.

‘Binnen!’

Christian stak zijn hoofd om de deur.

‘Mag ik binnenkomen?’

Barbara keek naar Johanna, maar die was niet in staat iets te zeggen, want ze werd door een nieuwe huilbui overvallen.

‘Ja, kom binnen alsjeblieft,’ zei ze. Barbara wist zeker dat Christian Johanna beter kon helpen dan zij.

‘Wat is er met haar? Is er tijdens jullie uitstapje iets gebeurd?’

‘Ze heeft Peter gezien – met een andere vrouw.’

Christian schudde zijn hoofd. ‘Het is niet waar!’

‘Toch wel. Hij was met haar aan het wandelen. Ik heb Johanna geprobeerd uit te leggen dat ze misschien familie was, maar ze gelooft me niet.’

‘De rotzak,’ fluisterde Christian. ‘Als ik hem in mijn handen krijg...’

Barbara schudde haar hoofd. ‘Het is helemaal niet zeker.’

‘Ik kom er wel achter,’ zei Christian grimmig. ‘Geen Vandenboom zal ooit nog een Baabe in het verderf storten.’

Barbara keek hem een poosje aan, toen zei ze: ‘Ik moet naar beneden, dokter Winter kan elk moment komen. Probeer haar een beetje te troosten, ik zorg later wel weer voor haar.’

‘Goed.’ Christian knikte en nadat ze nog eenmaal naar Johanna had gekeken, pakte ze de tak en liep de kamer uit.

‘Je had gelijk,’ zei Johanna terwijl ze overeind kwam.

23

'Ik moet zeggen dat uw gast in uitstekende gezondheid verkeert,' verklaarde dokter Winter toen hij de Viooltjeskamer uit kwam.

Augusta wist niet of ze daar gelukkig mee moest zijn.

Inmiddels leek de jonge vrouw sterk genoeg om een andere plaats te vinden waar ze kon blijven. Misschien konden ze binnenkort van hun ongewenste gast afkomen...

'Maar ik vrees dat de leemtes in haar geheugen ernstiger zijn dan ik dacht.'

'Zou het dan niet beter zijn om haar toch naar een ziekenhuis te brengen?'

'Dat zou weinig helpen. Integendeel. Het zou haar genezing eerder vertragen.'

Augusta perste haar lippen op elkaar.

'En hoe lang zal het nog duren om te genezen van het geheugenverlies? U begrijpt wel dat we het ons niet kunnen permitteren iemand van twijfelachtige herkomst de kost te blijven geven.'

'Maar mevrouw Baabe, daar is toch nog niets van gebleken?' Het gezicht van dokter Winter verstrakte.

'Ze heeft mijn zoon verteld dat haar moeder gestorven is en dat zij een welgestelde vrouw was,' antwoordde Augusta terwijl ze onrustig aan de manchetten van haar blouse friemelde. 'Maar misschien heeft ze dat wel gewoon verzonnen. Christian praat veel met haar en hij wil dat idee maar niet loslaten.'

'Mij heeft ze ook over haar moeder verteld,' zei de dokter. 'Het leek haar behoorlijk aan te grijpen. Ze had het over een groot huis, een prachtige lijkkoets en haar vader.'

'Zoals ik al zei: dat kan ze hebben verzonnen.'

'Dat denk ik niet. Zulke details verzin je niet. Ze had evengoed kunnen beweren dat ze een prinses was of dat ze gewend was bedienden te hebben. Nee, ze vertelt over de begrafenis van haar moeder. Ik ben dan wel geen psychiater, maar ik ben het eens met een collega van wie ik een hoge dunk heb, die in zijn publicaties stelt dat bij geheugenverlies ernstige persoonlijke gebeurtenissen als eerste naar boven komen. De dood van de moeder en haar begrafenis zijn zo'n gebeurtenis, en...'

De dokter viel stil toen hij een geluid hoorde. Hij draaide zich om en zag Barbara voor de open deur staan. Blijkbaar had ze alles meegekregen.

'Pardon, het was niet mijn bedoeling het gesprek af te luisteren,' zei ze en ze werd rood.

Augusta draaide zich verschrikt om. Haar hoofd begon te gloeien; blijkbaar was wat ze gezegd had voor haar ineens vreselijk pijnlijk. Zo pijnlijk dat ze in eerste instantie niet wist wat ze moest zeggen.

'Ik hoorde uw gesprek toevallig, en... ik ben het met u eens dat het niet juist is dat ik gebruikmaak van uw gastvrijheid. Als u me toestaat, zou ik graag bijspringen. Ik heb gehoord dat u de komende tijd veel gasten krijgt.'

'Hoe...' begon Augusta, maar toen bedacht ze dat Barbara vaak met haar dochter praatte.

'Ik denk niet dat werken voor u momenteel raadzaam is,' zei de dokter nadat hij Augusta een verwijtende blik had toegeworpen.

'Maar ik voel me al weer uitstekend. En ik zou heel graag helpen. Natuurlijk zonder betaling, want u bent zo aardig voor me geweest en hebt mijn leven gered.'

Dokter Winter keek naar Augusta. 'Nou, mevrouw Baabe, wat zegt u daarop?'

Augusta kreeg het warm. Hier had ze niet op gerekend.

'Alstublieft, mevrouw Baabe, laat mij m'n steentje bijdragen om uw vriendelijkheid te vergelden,' zei Barbara.

Augusta voelde de blik van de dokter, en ze wist ook dat er de komende tijd heel veel te doen zou zijn.

'Goed, ik zal met mijn man praten,' zei ze. 'Als hij er niets op tegen heeft, kunt u wat mij betreft hier beginnen – zolang we personeel nodig hebben vanwege het bal.'

Barbara glimlachte. 'Hartelijk dank, dat is voor mij genoeg. En mogelijk vind ik door uw vriendelijkheid in het nieuwe jaar ergens anders werk.'

'Goed, mevrouw Baabe,' zei de dokter. 'Misschien helpt het werk haar weer een paar herinneringen terug te vinden. En wie weet schieten haar ook haar woonplaats en haar naam weer te binnen. En u hoeft zich geen zorgen te maken dat ze u de oren van het hoofd eet. Daar is iedereen bij gebaat, nietwaar?'

Augusta glimlachte geforceerd. Nu viel er niets meer tegen in te brengen. Het meisje zou werken, en het meisje zou weggaan zodra het nieuwe jaar begon en ze werk vond.

Toch bleef ze weerstand ondervinden. En angst. Ze had al gemerkt hoe haar zoon naar Barbara keek. Die keer dat ze terugkwamen van die rijtocht, had ze het voor het eerst gezien. Het ergste wat hun kon overkomen, was dat hij verliefd op haar werd.

Maar misschien zou het ook vanzelf overgaan. Barbara wilde werken, prima. Ze zou het niet makkelijk hebben met de meisjes. Vooral Hilda had de neiging het nieuwelingen lastig te maken. En tot de kerst duurde het nog maar anderhalve week, daarna zouden ze van haar af zijn.

De dokter wendde zich tot Barbara. 'Kom naar me toe als u mijn hulp nodig hebt. En mocht ik te horen krijgen dat er ergens een dienstmeisje wordt gevraagd, dan zal ik het u laten weten.

Tot zolang zorgt u ervoor dat u weer gezond wordt, afgesproken?'

'Dat is heel aardig van u, dank u wel,' antwoordde Barbara, en ze gaf dokter Winter een hand voor hij wegging.

24

Even zat Barbara heel stilletjes in de Viooltjeskamer naar de wolken te staren, die zich nu als een dik grijs tapijt boven zee hadden samengetrokken. Johanna's tak stond naast die van haar in het water, maar ze schonk er geen aandacht aan.

Ze kon niet geloven dat ze zichzelf daarnet als dienstmeisje had aangeboden! Ze had geen idee wat een dienstmeisje deed, en ze wist ook dat ze, als ze een fout beging, meteen door Augusta Baabe zou worden ontslagen.

Maar het leek haar juist. Ze vond het immers pijnlijk dat ze zonder iets te betalen in dit huis met zorg werd omringd. En wie weet vond ze in het nieuwe jaar een andere betrekking. Christian en Johanna zou ze dan wel alleen nog in haar vrije tijd kunnen zien, maar daar stond tegenover dat ze niet meer Augusta's afkeuring hoefde te vrezen.

Haar gedachten dwaalden naar Johanna. Zou die inmiddels een beetje gekalmeerd zijn? Zolang Barbara zich haar eigen familie niet kon herinneren, waren zij en haar broer de enige mensen die ze had.

Toen de deur achter haar openging, wist ze dat het Augusta Baabe was. Omdat het haar huis was en Barbara geen gast, vond ze het niet nodig aan te kloppen.

'Ben je klaar?' vroeg ze koel.

Barbara knikte. 'Ja, mevrouw Baabe.'

Even later liepen ze de werkkamer van de heer des huizes in. Die keek haar een beetje verbaasd aan.

'Je wilt dus voor ons gaan werken?' begon hij terwijl hij zijn vrouw een verwijtende blik toewierp. 'Je weet toch hopelijk dat je ons niets verplicht bent.'

'Ik wil graag iets terugdoen. Bovendien... ik moet iets omhanden hebben om niet dood te gaan van verveling.'

'Maar Johanna kan je toch gezelschap houden?'

'Johanna moet zich om haar eigen zaken bekommeren,' kwam Augusta tussenbeide.

'Dat weet ik, maar ik vraag me af hoe ze daarvan zou worden afgehouden als iemand haar gezelschap houdt,' antwoordde Ludwig.

Augusta Baabe keek even duister voor zich uit, toen zei ze: 'Het leek dokter Winter een goed idee als ze een beetje werkt. Het zou haar herinneringen op gang kunnen helpen.'

'Dus het was dokter Winters idee?' vroeg Ludwig sceptisch.

'Nee, het was mijn idee,' zei Barbara, waarbij ze verzweeg dat ze gehoord had hoe de vrouw des huizes over haar sprak. 'Ik wil echt graag helpen. Mogelijk kan ik daardoor hier in de buurt ook ergens een betrekking vinden. Tot ik weer weet wie ik ben.'

Ludwig Baabe zag eruit alsof hij in een zure appel had gebeten.

'Ben je daar ook echt zeker van? Ik bedoel, denk je het werk te kunnen doen?'

'Wanneer ik het niet kan, kijk ik het af bij de anderen. Het duurt toch nog een paar dagen voor de gasten komen. Tot die tijd kan ik alles wat nodig is leren.'

Ludwig wierp nog een blik naar zijn eega, toen stak hij zijn duimen in de zakken van zijn vest. 'Goed, probeer het maar.'

'Dank u zeer, meneer Baabe.'

De heer des huizes knikte haar toe, en Barbara liep de werkkamer uit.

In de foyer stuitte ze op Christian, die verrast leek te zijn haar uit zijn vaders kantoor te zien komen.

'Hoe gaat het met je zus?' vroeg ze.

'Niet zo goed. De man van wie ze dacht dat hij van haar hield heeft haar immers verraden.'

Barbara perste haar lippen op elkaar. Had ze het recht te zeggen dat het niet bewezen was? Tenslotte was ze maar een dienstmeisje in dit huis, en als het aan Augusta Baabe lag, zou ze helemaal geen contact met Johanna en Christian meer mogen hebben – tenzij ze een opdracht voor haar hadden.

'Wat is er?' vroeg Christian. 'Gaat het niet goed met je? Is er iets gebeurd? Of heeft de dokter iets gezegd?'

Barbara schudde haar hoofd. 'Nee, alles is in orde. Dokter Winter zei zelfs dat ik in heel goede gezondheid verkeer.'

'En wat is er dan? Je kijkt bezorgd.'

'Ik heb je ouders aangeboden om hier te werken.'

Christian schudde ongelovig zijn hoofd. 'Nee toch!'

'Jawel.' Barbara zuchtte, toen voegde ze eraan toe: 'Ik hoorde hoe je moeder over me praatte. En ik wil bewijzen dat ik geen profiteur ben.'

'Dat ben je niet! Ik ga met mijn ouders praten.' Christian wilde al wegstormen, maar ze hield hem tegen.

'Doe dat alsjeblieft niet. Ze heeft gelijk. Ik ben weer beter en omdat ik de kamer niet kan betalen, moet ik óf het huis uit óf hier werken. Ik heb voor het laatste gekozen omdat...' Ze stokte. Kon ze tegen Christian zeggen dat ze hem graag mocht? Dat haar hart onrustig werd elke keer dat ze hem zag?

Nee, dat zou alles maar nodeloos ingewikkeld maken.

'... ik nergens anders heen kan,' maakte ze haar zin af. 'Maar wanneer het nieuwe jaar begint, ga ik elders een betrekking zoeken. Dan kan hier de rust weerkeren.' Ze sloeg haar ogen neer en wilde Christian voorbijlopen, maar die legde zacht zijn handen op haar armen.

'Ik laat je niet gaan,' zei hij terwijl hij haar diep in de ogen keek.

Er ging een warme rilling door de jonge vrouw heen, en haar hart begon nog wilder te kloppen – maar tegelijkertijd werd ze door angst bevangen.

'Als de gelegenheid zich voordoet, zal ik met mijn vader praten,' vervolgde Christian. 'Mijn moeder zal het niet te weten komen.'

'Nee, Christian, ik...'

'Alsjeblieft! Mijn vader en ik zijn gisteren bij commissaris Wagner geweest. De zoektocht naar je vader is in volle gang! Zodra we je foto hebben wordt het allemaal concreter. Misschien vinden we de komende weken je vader, en dan zal het niet meer nodig zijn dat je hier werkt.'

Barbara boog haar hoofd. 'Maar als mijn vader gevonden wordt... moet ik ook weg.' Ze keek hem aan. En dat wil ik niet, lag op haar lippen, maar toen zag ze achter Christian iets bewegen en verstomde.

Toen Christian merkte dat ze over zijn schouder keek, liet hij haar los en draaide zich om. 'Wat is er, Hilda?'

'Niets, meneer Baabe, ik was gewoon op weg naar boven.'

Christians gezicht was vuurrood.

'Laat je dan niet door ons weerhouden.'

Hilda liep langs hen heen, waarbij ze Barbara een boze blik toewierp.

Barbara's ogen gloeiden. Er was niets gebeurd, maar misschien had ze de aanraking verkeerd begrepen?

'Ik moet gaan,' zei ze tegen Christian. 'Wanneer je moeder uit het kantoor komt, zal ze me de dienstbodekamers laten zien. Daarheen verhuis ik vandaag nog.'

Daarmee draaide ze zich om en stevende op de hotelkamers af.

Het brandde in haar keel en de tranen schoten haar in de ogen, ze wist niet goed waarom. Maar toen besefte ze dat niet het werk dat haar te wachten stond haar treurig maakte – maar het feit dat ze, wat er verder ook zou gebeuren, Christian aan het begin van het nieuwe jaar zou verliezen.

'Weet je, Augusta, je bent onmogelijk!' viel Ludwig uit zodra het meisje weg was. 'Hoe heb je het zover kunnen laten komen?'

'Hoe ver dan?' antwoordde Augusta kwaad. 'Dat ze hier wil werken, was haar eigen idee!'

'Ja, stel je eens voor: de dochter van een aanzienlijk man werkt in een hotel omdat de vrouw des huizes zo krenterig was dat ze haar nog geen maand onderdak wilde verlenen.'

'Het is niet gezegd dat ze de dochter van een aanzienlijk man is!' was Augusta's weerwoord. 'Ze kan ook een bedriegster zijn! Dat komt voor.'

'Bij mijn weten heeft ze niet zelf beweerd dat ze van goeden huize is,' was Ludwigs reactie terwijl hij zich heimelijk afvroeg hoe de vrouw met wie hij ooit was getrouwd toch zo geworden was. De schuchtere dochter van een koopman, die nooit gebrek had hoeven lijden, gedroeg zich als iemand die bang was alles te verliezen. En dat ten overstaan van een jonge vrouw die uit zee was gered. Mensen als de Vandenbooms zouden zich op de borst hebben geklopt dat ze iemand in nood hadden opgenomen.

'Ik denk dat ze wel de dochter van een diplomaat zou kunnen zijn. Of van een koopman. Christian heeft me verteld hoe ze reed. Een meisje van eenvoudige komaf kan niet zonder oefening op een dameszadel rijden. Boerenmeisjes rijden heel anders. Misschien is ze niet de dochter van een edelman of een politicus, maar ze komt waarschijnlijk wel van goeden huize. En wij nemen haar in dienst als kamermeisje! Weet je in wat voor licht we komen te staan wanneer haar ouders daar achter komen?'

'Als ze tenminste nog ouders heeft,' snoof Augusta.

'Als ze er geen meer heeft, zal het ons nog kleingeestiger doen lijken.' Ludwig stond op en streelde zijn vrouw kalmerend over haar schouders. 'Augusta, wat is er aan de hand? Ik herken je niet meer. Sinds het meisje hier in huis is, voel je je bedreigd. En daar zie ik absoluut geen aanleiding toe. Vertel me, is er iets wat ik niet weet? Herinnert het meisje je aan iemand? Is er iets gebeurd?'

Augusta perste haar lippen op elkaar en maakte zich van haar man los. 'Er is niets. Ik heb alleen geen goed gevoel, dat is alles.' Ze slaakte een diepe zucht, toen voegde ze eraan toe: 'Ze heeft beloofd na Kerstmis uit te kijken naar een andere betrekking. Misschien kan ik haar daarbij helpen. Als ze eenmaal uit ons huis is, is ze niet langer onze zorg.'

Met die woorden draaide ze zich om en liep het kantoor uit.

Ludwig keek haar na en schudde zijn hoofd. Hij wist hoe koppig zijn vrouw kon zijn. En hij had ook geen goed gevoel. Alleen niet vanwege het meisje, maar vanwege de plotselinge harteloosheid die Augusta aan de dag legde.

25

Afgezien van de jurk die ze aanhad, de nachtjapon die ze naast de jurk en de mantel van Johanna had gekregen en de tak bezat Barbara niets, en ze hoefde dan ook niet veel bij elkaar te pakken. Met het bundeltje kleren op haar schoot en de kruik met de twee takken voor zich zat ze aan de tafel op Augusta Baabe te wachten.

Uiteindelijk ging de deur open en kwam de vrouw des huizes binnen.

'Ben je klaar?' vroeg ze.

Barbara dwong zichzelf te glimlachen. 'Ja, ik ben klaar, mevrouw Baabe.'

'Goed, kom dan maar mee. Ik zal je eerst aan de anderen voorstellen en dan zoeken we een slaapplaats voor je. Die zul je met anderen moeten delen, want de komende dagen nemen we vanwege het bal meer personeel in dienst.'

Het ontging Barbara niet dat Augusta, die naast haar liep, haar opnam. Ging ze ervan uit dat Johanna haar van het bal had verteld? Had Johanna misschien zelfs verteld dat ze haar mee wilde nemen?

De gang naar de keuken leek Barbara eindeloos lang. Augusta Baabe zei niets en deed alsof ze er niet was. Even wenste ze dat ze haar verzoek niet had gedaan. Ze had ook kunnen doen alsof ze niet merkte dat Augusta Baabe haar als een profiteur zag.

Maar dat kon ze gewoon niet. Wie haar vader ook was, zo had hij haar beslist niet opgevoed.

De meisjes in de keuken keken als door de bliksem getroffen toen mevrouw Baabe bij hen verscheen. Ook kokkin Emma liet bijna haar pollepel vallen.

Het ontging Barbara niet dat onder hen ook het dienstmeisje was dat haar zo boos had aangestaard toen ze daarnet met Christian praatte.

'Dit is Barbara, vanaf vandaag komt ze hier ook werken,' verkondigde Augusta. 'Elsa, omdat jij hier het langst als kamermeisje werkt, moet jij haar maar laten zien wat het allemaal inhoudt.'

'Maar natuurlijk, mevrouw Baabe,' antwoordde de aangesprokene. Het was haar aan te zien dat ze alles had verwacht, maar niet dat Barbara bij het personeel terecht zou komen.

'Je dienst begint 's morgens om zeven uur en duurt tot 's avonds zeven uur,' zei Augusta Baabe zich weer tot Barbara richtend. 'Als er gasten zijn, moeten de meisjes bij toerbeurt klaarstaan om op hun wensen in te gaan. Als je vragen hebt, wend je dan tot Elsa. En denk eraan, het is dienstmeisjes alleen toegestaan de privévertrekken te betreden als ze daar iets te doen hebben. Anders ben je ofwel hier beneden, ofwel ergens aan het werk of in de personeelsverblijven. Begrepen?'

Barbara knikte. 'Ja, mevrouw Baabe.' Het was geen uitdrukkelijk verbod om met Johanna en Christian te praten, maar als ze hen niet mocht opzoeken, waren gesprekken zoals voorheen onmogelijk.

'Nu moeten we nog een slaapplaats voor je vinden,' vervolgde Augusta. 'Je begrijpt wel dat dienstmeisjes in de hotelkamers alleen iets te zoeken hebben wanneer ze daar opruimen of de gasten iets moeten brengen.' Augusta dacht even na, maar voor ze iets kon zeggen, zei Elsa vlug: 'Ze kan wel bij mij slapen. In mijn kamer is genoeg plaats, daar kan nog een logeerbed worden neergezet. Dan kunt u de andere verblijven onder de hulpkrachten verdelen als dat nodig is.'

'Goed, je slaapt dus bij Elsa.' Augusta wierp haar nog een strenge blik toe en draaide zich om.

Toen ze weg was, heerste er stilte in het vertrek. De blikken van alle meisjes en van de kokkin waren op haar gericht.

Barbara wist niet hoe ze moest beginnen.

'Ik laat je eerst wel even je kamer zien,' zei Elsa, maar toen bedacht ze iets. 'Ach, je kent natuurlijk vast nog niet iedereen. Nou, dat is Hilda.' Ze wees naar het meisje dat haar even daarvoor met Christian had gezien, toen vervolgde ze: 'Trude en Martha ken je al, en dat is Emma, onze kokkin. De volgende dagen zullen er nog andere meisjes komen en als gasten hun eigen kamerdienaren meebrengen, zullen die natuurlijk ook bij ons verblijven en in de personeelsvertrekken slapen.'

'Ja, en dan wordt het hier behoorlijk krap,' zei de kokkin terwijl ze de ketel van het fornuis haalde. 'Maar het kan ook heel gezellig zijn.'

'Als je je behoorlijk gedraagt, tenminste,' voegde Hilda er met een spottend lachje aan toe.

Elsa wierp haar een bestraffende blik toe. 'Ga jij maar liever weer aan het werk. De Rozenkamer en de Leliekamer zijn vandaag aan de beurt.'

Met die woorden nam ze Barbara mee de keuken uit.

De personeelsvertrekken lagen direct onder het dak van het hotel. In de zomer was het er vast ondraaglijk warm.

Elsa's kamer was niet bijzonder ruim, maar er was plaats voor twee bedden. Het tweede bed moest er alleen nog worden neergezet.

'Dit is mijn domein,' zei Elsa. 'Niet bijzonder groot, maar groter dan de meeste andere kamers. Mannen en vrouwen zijn overigens strikt gescheiden ondergebracht.'

'Hoeveel mensen werken hier met de kerst?' vroeg Barbara terwijl ze haar bundeltje kleren en de takken tegen haar borst klemde.

'O, zeker een stuk of twaalf, mogelijk nog een paar meer. In de zomer zijn het er zelfs nog meer. Maar die wonen dan niet hier. Veel personeelsleden wonen op zichzelf of lopen vanuit naburige plaatsen naar hun betrekking.'

Barbara probeerde zich voor te stellen hoe het zou zijn een paar kilometer naar je werk te moeten lopen. Had zij dat ook ooit gedaan? In de zomer was dat natuurlijk geen probleem, maar wanneer het weer slechter werd...

Maar dan waren er ook geen gasten en waren er geen seizoenarbeiders meer nodig.

'Waarom heb je eigenlijk aangeboden me bij je op te nemen? Je kent me niet eens, en ik had ook naar een andere kamer kunnen gaan.'

'Waarom vraag je dat?' vroeg Elsa, ze klonk een beetje geïrriteerd. 'Vind je het niet prettig? Er zijn nu eenmaal geen eenpersoonskamers voor het personeel. In de zomer komt het zelfs voor dat sommigen met z'n vieren slapen.'

'Nee, dat is het niet. Het spijt me, ik wilde je niet kwetsen, het is heel aardig dat je me bij je op je kamer neemt.' Barbara nam even een korte pauze, toen voegde ze eraan toe: 'Het is alleen... Mevrouw Baabe had me ergens anders kunnen onderbrengen. Ook al komen er straks meer hulpkrachten, nu zijn er vast nog kamers vrij.'

'Dat klopt, maar dan had ze je er waarschijnlijk meteen een toegewezen en het niet bij ons aan de orde gesteld.' Elsa's wangen kleurden, en het leek of ze zich schaamde. 'Daaruit blijkt of ze iemand mag of niet.'

En mij mag ze niet, dacht Barbara en ze boog haar hoofd.

Even later voelde ze Elsa's hand op haar schouder. 'Trek je er maar niets van aan. Mevrouw Baabe is altijd een beetje sceptisch tegenover onbekenden. Dat geldt ook voor personeelsleden die ze nog niet kent. Die draagt ze altijd eerst aan mij over, zodat ik ze kan inwerken. Maar als je hier een poosje bent, gaat het wel over.'

Dat zal niet gebeuren, dacht Barbara. Zo lang blijf ik niet. Maar dat zei ze niet hardop.

'Veel heb je niet bij je.' Elsa ging gelukkig weer over op het werk. 'We zullen meteen maar eens kijken of er bij de kleding voor de dienstbodes iets voor jou bij zit. Voor vandaag volstaat het nog wel, er valt toch niet veel meer te doen. Het avondeten is beneden in de keuken. Morgen is het zondag, dan heb je na de kerkgang tot de avond vrij, op maandag begint het werk dan om zeven uur. Omdat er nog geen gasten zijn, zullen degenen die voor de privévertrekken zijn ingedeeld daar de bedden verschonen en poetsen. De anderen krijgen diverse taken in het huis. Je werkt maandag met mij mee, vanaf dinsdag werk je alleen.'

Barbara knikte. Het klonk niet erg zwaar. Het enige wat haar zwaar zou vallen, was dat ze niet bij Johanna kon kijken – en niet met Christian kon praten. Maar ook dat zou haar op de een of andere manier wel lukken.

'En als ik je een goede raad mag geven: vertel de anderen niet te veel over jezelf. Wees vooral voorzichtig met Hilda. Ze heeft grootse plannen, ze heeft zich in haar hoofd gehaald dat ze de echtgenote van de jonge meneer Baabe zal worden. Daartoe probeert ze bij de vrouw des huizes in een gunstig blaadje te komen. Zorg ervoor dat je met haar overweg kunt.'

Barbara glimlachte flauwtjes. 'Wat zou ik haar moeten vertellen? Ik weet niet eens wat mijn echte naam is, waar ik vandaan kom en wanneer ik ben geboren. Dat moet ik allemaal ergens in het water zijn verloren.'

Elsa keek zorgelijk. 'Het spijt me heel erg, dat was ik bijna vergeten. Mevrouw Baabe heeft niet veel over je gezegd, maar ik weet natuurlijk dat je je geheugen bent verloren. Wees toch maar voorzichtig. En probeer haar te vriend te houden, dat is het belangrijkste.'

'Ik zal het proberen.' Barbara had ineens een gevoel alsof ze een steen had ingeslikt. De vrouw des huizes mocht haar niet en een dienstmeisje droomde ervan de volgende mevrouw Baabe te worden – juist dat dienstmeisje dat zo boos naar haar had gekeken. Maar het zijn maar drie weken, hield ze zichzelf voor. Tegen die tijd heb ik ofwel mijn geheugen terug, of ga ik op zoek naar een andere betrekking.

De avondmaaltijd in de keuken verliep zeer zwijgzaam. De meisjes zaten naar Barbara te kijken, en Barbara concentreerde zich op haar soep. Nu en dan probeerde Elsa een gesprek op gang te brengen, maar zonder resultaat.

'Lieve help, jullie doen alsof er iemand dood is gegaan,' bromde Emma toen de stilte haar te veel werd. 'We hebben er een nieuw meisje bij, dat is toch niet het einde van de wereld.'

Hilda mompelde iets onverstaanbaars.

Plotseling verstoorde belgeklingel de stilte.

'O, mevrouw Baabe wil iets. Hilda, ga naar boven en kijk wat ze wil.'

Hilda snoof en wierp Barbara een verwijtende blik toe. Toen stond ze op en liep de keuken uit.

Even later stapte ze de salon binnen. 'U hebt gebeld, mevrouw Baabe?'

De vrouw des huizes zat aan haar secretaire iets te schrijven.

'Ah, Hilda, goed dat jij het bent. Met jou wilde ik toch al iets bespreken.'

Een hete rilling schoot door haar heen. Gezien het schrijven waarmee mevrouw Baabe bezig was, wachtte haar vast niets goeds.

Waarschijnlijk werd ze ontslagen. Hoe moest het dan verder met haar? En met haar plan om met Christian te trouwen?

Haar hart klopte in haar keel en ze kon zich maar met moeite bedwingen om niet aan haar schort te gaan plukken. Ze moest denken aan dat wat ze ruim een week geleden had afgeluisterd. Zou dat haar kunnen helpen?

Maar ze besloot eerst nog te zwijgen en te luisteren naar wat de vrouw des huizes te zeggen had.

'Ja, Hilda, inderdaad,' zei Augusta Baabe terwijl ze zich omdraaide. 'Ik heb een verzoek aan jou.'

‘Een verzoek?’ vroeg Hilda en ze kon haar opluchting dat er dus geen sprake was van ontslag, niet verbergen. Mevrouw Baabe zou haar toch niet om een gunst vragen als ze van plan was haar door iemand anders te vervangen?

‘Ik weet dat je een behoorlijk wakker oog hebt. Ik zou graag willen dat je onze nieuwelinge in het oog houdt en me verslag uitbrengt van wat ze doet.’

Hilda trok verbaasd haar wenkbrauwen op. Zoiets had haar werkgeefster nog nooit aan haar gevraagd.

‘Maar waarom? Vertrouwt u Barbara niet?’

Er flitste een boze flonkering in Augusta’s ogen. Maar Hilda merkte dat dat niet haarzelf gold. De vrouw des huizes mocht het meisje niet! Of vergiste ze zich?

‘Nee, ik vertrouw haar niet. Jou wel. Zoals je weet, zullen binnenkort veel hoogstaande gasten ons met hun bezoek vereren. Ik wil in geen geval dat er iets uit hun koffers verdwijnt of dat ze op een onfatsoenlijke manier worden aangesproken. Je moet me van elke stap die ze zet op de hoogte houden, is dat duidelijk?’

‘Natuurlijk, mevrouw Baabe,’ antwoordde Hilda. ‘Maar... als u haar niet mag, waarom neemt u haar dan in dienst?’

‘Het is de wens van mijn man,’ antwoordde Augusta. ‘En het zal ook niet voor lang zijn, maar in die tijd wil ik op de hoogte zijn van alles wat ze doet. Hoe ze zich gedraagt tegenover mijn kinderen, mijn zoon vooral, of ze met mijn man praat of tussendoor verdwijnt.’

‘Moet ik u elke dag verslag uitbrengen?’ vroeg Hilda. Onrust maakte zich van haar meester. Stel dat zij het zelf was die de vrouw des huizes liet bespioneren? Of was dat al het geval?

‘Nee, Hilda, ik wil alleen op de hoogte worden gebracht als er iets ongewoons gebeurt. Bijvoorbeeld als je ziet dat Barbara de kamer van mijn man binnengaat. Of die van mijn zoon. Als ze te lang in de buurt van de gasten blijft of hen lastigvalt. Of als ze lui is en niet doet wat ze doen moet. Ook als ze dingen vertelt die mij zouden kunnen interesseren.’

'Dus als ze zich weer herinnert wie ze is?'

Er verscheen een boosaardig glimlachje op Augusta's gezicht. 'Tja, we weten niet of ze zich dat echt niet kan herinneren, nietwaar? Iedereen kan wel beweren zijn geheugen te hebben verloren.'

Hilda knikte. En hoewel ze blij was dat de vrouw des huizes het nieuwe meisje blijkbaar zo wantrouwde, vreesde ze toch ook dat het zou opvallen als ze haar bespioneerde. Bovendien moest ze vaak op andere plaatsen werken. En de mogelijkheid bij Barbara in het gevlij te komen had ze al verspeeld.

'Maar... hoe moet ik dat dan aanpakken?' vroeg Hilda terwijl ze nerveus aan haar schort friemelde.

'Verzin maar iets,' antwoordde Augusta. 'Het zal je niet schaden. Als je me geregeld verslag doet, zal ik je een passende premie betalen.'

'Een premie?' Het liefst had Hilda gevraagd hoeveel ze zou krijgen. Maar dat durfde ze niet.

'Ja, je doet toch extra werk – het zal vast niet makkelijk zijn om Barbara te volgen. Maar het is lonend, dat kan ik je garanderen.'

Hilda knikte. Ze wist nog steeds niet of ze zich vereerd moest voelen of geschokt over de nieuwe kant van de vrouw des huizes.

'Goed,' zei ze aarzelend. 'Ik houd haar in het oog.'

Augusta knikte, alsof ze niet anders van haar had verwacht.

'Uitstekend. Laat het me altijd weten als je iets ontdekt. Het zal niet voor eeuwig zijn, na de kerst verdwijnt het meisje en zal het er in ons huis weer normaal aan toegaan.' Augusta zuchtte diep, alsof ze zichzelf ervan wilde overtuigen dat het dan echt allemaal weer bij het oude zou zijn. Toen voegde ze eraan toe: 'Het belangrijkste is dat je haar in de gaten houdt waar het mijn man en zoon betreft. Ik wil niet dat ze zich tegenover hen... onbehoorlijk gedraagt.'

Augusta trok haar wenkbrauwen op. Het duurde even voor Hilda begreep wat ze daarmee bedoelde.

Haar lippen vormden een geluidloos 'o!' en toen knikte ze energiek. De heer des huizes liet haar eigenlijk onverschillig, ze had nooit erg haar best gedaan om hem te bevallen. Ze was zelfs blij geweest dat hij de dienstmeisjes niet, zoals ze in andere huizen wel had meegemaakt, op hun achterste klopte.

Maar bij de gedachte dat Barbara in Christians armen zou liggen, schoot er een golf van woede door haar heen. Had ze in eerste instantie nog haar bedenkingen gehad, die verdwenen nu onmiddellijk. Niemand zou Christian krijgen als zij hem niet kon hebben!

'Ik zal u niet teleurstellen,' zei Hilda, waarop Augusta haar met een voldaan gezicht liet gaan.

26

Maandag 15 december 1902

Eigenlijk wilde zijn vader die ochtend met hem naar een zakelijke bespreking, maar omdat Christian al voor het eerste hanengekraai wakker was, verliet hij het huis al in de ochtendschemering. Ditmaal niet naar het strand, maar naar de praktijk van dokter Winter. Die ging ook in dit jaargetijde vroeg op pad naar zijn patiënten als ze hem nodig hadden. Die dag zou hij zijn spreekuur pas 's middags houden, maar zo lang wilde Christian niet wachten. En hij wilde niet dat iemand hem zag.

Ook die nacht had hij telkens weer het gesprek met Barbara doorgelopen. Hoe gekwetst had ze eruitgezien! Van pure kwaadheid had hij bij het ontbijt nauwelijks met zijn moeder gesproken. Maar dat leek ze niet te hebben gemerkt, want in haar vreugde over het feit dat ze Barbara eindelijk uit de Viooltjeskamer had verdreven, praatte ze als een waterval over het bal en de vele gasten die de komende tijd zouden arriveren. Aan Barbara maakte ze geen woord vuil.

Meer dan ooit was Christian vastbesloten erachter te komen hoe het kwam dat Barbara aan het strand was aangespoeld zonder dat er een schip werd vermist. Misschien kon dokter Winter het vermoeden dat hij tegenover Johanna had geuit, bevestigen.

Rook steeg traag op uit de schoorsteen van dokter Winters

huis. Een oude man was bezig de weg erheen met zand te bestrooien, opdat niemand zou uitglijden. De afgelopen nacht waren de temperaturen verder gedaald en niet alleen vorst, maar ook de geur van sneeuw hing in de lucht.

Toen Christian zijn paard voor het huis halt liet houden, keek de oude man verbaasd op.

'Wilt u naar de dokter?' vroeg hij.

'Ja, is hij er nog? Of is hij al de deur uit?'

'Nee, nee, hij is er nog. Ik heb hem tenminste niet naar buiten zien komen.'

'Bedankt!' Christian steeg af, bond zijn paard vast en klom de trap op. Bijna op hetzelfde moment ging de deur open en kwam de dokter naar buiten.

'Goedemorgen, dokter Winter!'

Ambrosius Winter keek hem verward aan. 'Goedemorgen, meneer Baabe, wat brengt u hier? Is er iets met het meisje?'

'Nee, alles is in orde,' antwoordde Christian. 'Maar ik wilde u toch graag spreken als dat kan.'

'Tja, ik moet eigenlijk weg, maar voor een kort gesprek heb ik nog wel tijd. Kom binnen.'

Toen Christian de praktijk binnenkwam, stroomde een sterke koffiegeur hem tegemoet. Ergens in huis klonk gekletter van vaatwerk. De wachtkamer, die zich in de hal van het pand bevond, was leeg.

'Wat kan ik voor u doen, meneer Baabe?' Winter keek hem afwachtend aan.

'Tja, de zaak is een beetje heikel, maar ik kom niet verder met mijn gedachten,' begon Christian. 'Het gaat om het meisje.'

'U hebt gezegd dat de jongedame niets mankeert. En dat heb ik eergisteren ook geconstateerd. Gedetailleerde informatie over de gezondheid van mijn patiënte mag ik u echter niet geven.'

'Daar gaat het mij ook niet om.' Er verscheen een verlegen glimlachje op Christians gezicht. 'Het zit zo: denkt u dat iemand die als schijndood overboord is gegooid en aanspoelt, dat kan overleven?'

De dokter fronste zijn voorhoofd. 'Waar wilt u heen?'

'Toen ze werd gevonden, had ze al een tijd in zee gelegen. Kan het misschien zijn dat ze tussendoor niet meer leefde? En daarna weer tot leven werd gewekt?'

De dokter krabde vertwijfeld aan zijn kin, toen zei hij: 'Mogelijk heeft de zee haar in leven gehouden. Er is niet veel bekend over het effect van kou op het lichaam, alleen dat te veel ervan dodelijk is. Maar het is ook wel voorgekomen dat mensen letterlijk weer ontdooiden.'

'En als iemand doodverklaard is? Als hij geen meetbare polsslag heeft en er gedacht wordt dat hij dood is? En als ze hem dan een zeemansgraf geven en hij vervolgens aanspoelt, kan iemand dan weer ontwaken en volkomen gezond zijn? Kan hij de dood overleefd hebben?' Christians stem trilde.

'Tja, dat lijkt me wat al te vergezocht,' zei dokter Winter. 'Zo'n geval is mij niet bekend. Is het trouwens niet zo dat de lichamen van op zee gestorvenen met stenen worden verzwaard opdat ze ook echt op de bodem blijven liggen? En welke reden zou er op de Oostzee zijn voor een zeemansgraf? Van de ene kust naar de andere is het maar een paar dagen reizen. Voor zover ik weet conserveert men overledenen tot ze weer aan land zijn. Tenzij een zeemansgraf hun uitdrukkelijke wens is. We leven tenslotte niet meer in de middeleeuwen, en het meisje lijkt me geen zeeman.'

'Maar als het nu eens zo was?'

'Dus als, en ik zeg nadrukkelijk áls het echt zo is gegaan als jij het je voorstelt, dan zou het een groot wonder zijn. Ik heb de jongedame grondig onderzocht en geen aanwijzingen gevonden dat ze een zwak hart had of dat ze aan tering leed. Afgezien van het verlies van het geheugen, dat voor zover ik heb gehoord langzaam terugkomt, heeft ze geen schade ondervonden. Ik kon niet eens een klap op haar hoofd constateren.'

De moed zonk Christian in de schoenen. Waarom Barbara in de Oostzee gevallen was, bleef een raadsel. Maar dat ze niet het slachtoffer was geworden van een voortijdige zeemansbegrafenis was voor hem een opluchting, want dan werd er vast naar haar gezocht. Maar hoe was ze in het water terechtgekomen? En wat had het stuk zeildoek om haar been te betekenen?

'En als ik u vroeg wat u ervan denkt?' vroeg Christian onzeker.

'Ik denk niet dat er een schip is vergaan,' zei dokter Winter. 'Maar ik denk wel dat ze op een schip is geweest. Er zijn veel manieren om op stormachtige zee van een schip te vallen. Misschien was ze zeeziek en boog ze zich over de reling om over te geven; een hoge golf trof het schip en ze verloor de bodem onder haar voeten.'

Christian knikte teleurgesteld.

'Jij maakt je meer zorgen om dat meisje dan je moeder,' zei de dokter en hij klopte hem troostend op zijn schouder. 'Die had haar het liefst de eerste dag al het huis uit willen hebben.'

Christian lachte scheef. 'Ja, maar gelukkig zijn er mensen die nog hart hebben voor een vondeling.'

De twee mannen gaven elkaar een hand, daarna liepen ze samen het huis uit. Winter sloeg met zijn dokterstas na het volgende huis haastig de hoek om en Christian reed terug naar het hotel – niet veel wijzer dan eerst.

27

Johanna voelde zich als verdoofd toen ze uit het raam keek. Het weer leek de spot met haar te willen drijven – een stralende zon deed het strand oplichten en kleurde de zee diepblauw. Maar in haar ziel heerste dichte mist. En nu had ze Barbara niet meer om naartoe te gaan en mee te praten.

Ze betreurde de manier waarop ze zich had gedragen op de dag dat ze Peter had gezien en ze wilde zich daarvoor bij Barbara verontschuldigen. Die was natuurlijk erg geschrokken, en wie weet wat er nog allemaal was gebeurd. Misschien had haar moeder ervan gehoord en stelde zij Barbara verantwoordelijk voor het gebeurde...

Toen Christian haar vertelde dat Barbara voortaan als dienstmeisje zou gaan werken had ze willen protesteren, maar haar broer had haar daarvan weerhouden.

'Barbara wil het omdat ze een gesprek tussen moeder en dokter Winter heeft opgevangen. Ze wil geen profiteur zijn. Ik heb al geprobeerd haar ervan af te brengen, maar ze bleef erbij. Het enige wat we kunnen doen is haar identiteit achterhalen.'

Maar hoe wilde haar broer dat aanpakken, terwijl het de politie niet eens lukte?

Toen ze naar beneden ging zag ze de dienstmeisjes net in de gang naar de salon verdwijnen. Onder hen ook Barbara, die haar haar nu in een knot in haar nek droeg. Ze had een emmer met een mop bij zich. Elsa leek haar iets uit te leggen, want ze luisterde opmerkzaam en keek niet op of om.

Johanna volgde hen vlug. Misschien was er een gelegenheid om Barbara te spreken. Haar moeder zag niet graag dat ze met de dienstmeisjes praatte, maar uitdrukkelijk verboden was het ook weer niet. Personeel mocht alleen niet in de privévertrekken komen, maar dat had weer andere redenen.

In de salon verstopte Johanna zich achter de weelderige palmen, die wel een oerwoud leken. Vanuit dit perspectief had ze de ruimte nooit bekeken. Ze zag hoe Elsa Barbara vertelde wat ze moest doen en waarmee ze extra voorzichtig moest zijn om zich niet het ongenoegen van de vrouw des huizes op de hals te halen.

Johanna besefte ineens dat ze nooit had stilgestaan bij het leven van het personeel. Ze had de aanwezigheid van de jonge vrouwen als vanzelfsprekend aangenomen en er nooit over nagedacht met welke inspanningen ze te maken hadden en wat bij haar moeder allemaal ergernis wekte. Futiliteiten als stof onder de tafel of vegen op de ramen schenen ernstige consequenties te hebben. Wat zou er dan wel niet gebeuren als er een glazen pot op de grond viel of een vaas werd omgestoten?

Johanna droomde er vaak van het hotel te leiden. Maar ze wist eigenlijk niet meer dan dat het de basis van haar bestaan was. En Christian? Was hij beter op de hoogte van het reilen en zeilen hier? Of kende ook hij alleen de cijfers in de boeken?

Nadat ze Barbara nog meer instructies had gegeven, liet Elsa haar beschermelinge alleen.

'Hé, psst!' deed Johanna toen ze alleen waren.

Barbara draaide zich spoorslags om. Toen ze haar herkende, gleed er een glimlach over haar gezicht.

'Johanna!'

De aangesprokene kwam uit haar schuilplaats.

'Zat je de hele tijd daar achter de planten?' vroeg Barbara, waarna ze een zijdelingse blik op de open deur wierp. Maar Elsa was nergens te bekennen.

'Maar waarom dan?' vroeg ze verbaasd toen Johanna knikte. 'Je hoeft je toch niet te verstoppen?'

'Als ik jullie niet tot last wil zijn, moet het wel.' Johanna lachte verlegen terwijl ze haar koude handen wreef, toen vervolgde ze: 'Mijn excuses voor mijn gedrag van zaterdag.'

Barbara hield haar hoofd scheef. 'Dat begrijp ik niet. Je hebt me toch niets aangedaan.'

'Nee, maar ik heb me onmogelijk gedragen. Ik had mijn zelfbeheersing niet moeten verliezen.'

'Heb je intussen al meer ontdekt?' vroeg Barbara terwijl ze, zoals Elsa haar had uitgelegd, voorzichtig het glazen tafelblad schoonmaakte.

'Nee, nog niet. En ik weet nog steeds niet wat ik ervan moet denken. Om precies te zijn probeer ik er helemaal niet aan te denken.'

'Misschien legt hij het je binnenkort allemaal uit,' zei Barbara.

'Ja, misschien. Misschien ook niet.' Johanna haalde haar schouders op. De pijn vanbinnen voelde ze nog altijd, dus zette ze de gedachte aan Peter opzij en zei: 'Ik wil me ook verontschuldigen voor de tak. Ik had niet moeten proberen hem te vertrappen.'

'Ik heb hem nog weten te redden,' zei Barbara. 'Hij staat boven op mijn kamer. Als je wilt, breng ik je hem later wel.'

'Nee, laat maar, ik ben ervan overtuigd dat hij bij jou veiliger is. Je kunt het me toch laten weten als de knoppen uitkomen.'

Barbara knikte en Johanna lachte naar haar. 'En wie weet bedenk ik me nog en wil ik hem terug. Maar zolang ik niet weet wie die vrouw aan Peters arm was...' Ze viel even stil, toen vroeg ze: 'De knoppen komen toch nog niet uit?'

Barbara schudde haar hoofd. 'Nee, maar ze zijn een stuk dikker geworden. Ik weet zeker dat ze het gaan redden. Het is toch nog negen dagen tot de kerst.'

'Ja, negen dagen.' Johanna liet moedeloos haar hoofd hangen. Over negen dagen zou ze twee huwelijksaanzoeken krijgen en moest ze voor een van beide kandidaten kiezen. Deed ze dat niet, dan stootte ze haar eigen familie en de families van de gegadigden voor het hoofd.

Graag was ze nog even met Barbara blijven praten, maar er klonken voetstappen in de gang.

‘Ik kan beter gaan. Misschien komen we elkaar vandaag nog ergens tegen?’

Barbara knikte en ging door met haar werk.

Johanna zuchtte en verdween voorzichtigheidshalve weer tussen de palmen. Maar toen de voetstappen voorbijgingen, glipte ze het vertrek uit.

28

De zakelijke bespreking duurde eindeloos en Christian verloor zich in het uitzicht op de wintertuin. In het koffiehuis in Bad Doberan waar ze hadden afgesproken, was het die ochtend nog niet erg druk. Er zat alleen een jongeman met een stapel papier in een hoekje. Hij had een dikke sjaal om en krabbelde met potlood iets op de blaadjes. Eerst dacht Christian dat hij schilder was, maar toen werd hem duidelijk dat het om een schrijver moest gaan. En een niet erg succesvolle, zo leek zijn wat ouderwetse, haveloze kleding te verraden. Maar een kop koffie kon hij zich blijkbaar permitteren, en met zijn werklust was niets mis.

Het gesprek tussen zijn vader en Hans Brockmann, leverancier van tafelkleden en tafelzilver, was nogal eenzijdig. Elk jaar troffen de twee heren elkaar voor een lang onderhoud over wat in de hotels in andere steden op dat moment het nieuwste van het nieuwste was, en elke keer eindigde het ermee dat zijn vader weer dezelfde tafelkleden bestelde, want hij had toch geen hotel in de Alpen of in Frankrijk.

Brockmann praatte echter zo wijdlopig en kleurloos als een belastingambtenaar die de nieuwste belastingwetten uiteenzet.

Christian was ervan overtuigd dat de jonge schrijver, die nu een nieuw blaadje volkrabbelde, meer talent had voor het beschrijven van hotels en pensions dan Brockmann. Misschien moest hij hen tweeën maar eens met elkaar in contact brengen.

Voor hij dat serieus in overweging kon nemen, bereikten zijn vader en Brockmann het punt waarop ze een pauze namen op zakelijk gebied en over privézaken begonnen te praten. Dat was een goed moment om zich voor een tijdje te verontschuldigen.

'Vader, hebt u er iets op tegen als ik even de benen strek?' vroeg Christian, want hij wist dat zijn aanwezigheid nu niet zo nodig was. Als Brockmann een dochter in de huwbare leeftijd had gehad, zou dat misschien anders zijn geweest, maar hij had alleen zonen, die ofwel studeerden, ofwel als hertogelijk ambtenaar in Schwerin werkten.

'Nee, nee, ga maar, jongen! Wij gunnen ons ook een kleine pauze.'

'Dank u.' Christian nam afscheid en liep het koffiehuis uit. De kou drong meteen door zijn mantel heen.

Even keek hij rond, en ineens dacht hij weer aan de belofte die hij zijn zus had gedaan.

Toen hij hier met Johanna en Barbara was, waren ze er niet aan toegekomen de dominee naar de vermeldingen in het kerkboek van Doberan te vragen. Misschien was een half uur genoeg om er een blik in te werpen en een kopie van de dominee te krijgen.

Christian stak vlug zijn handen in zijn zakken en stapte weg.

Toen hij bij het huis van de dominee kwam, klopte het hart hem in de keel. Hij wist niet precies wat hij verwachtte te vinden. Hoogstwaarschijnlijk zou het kerkboek het verhaal bevestigen. Maar hij moest het doen voor Johanna, zodat ze die knaap los kon laten. Dan zou ze niet hetzelfde lot als haar grootmoeder hoeven te ondergaan of uit de familie uitgestoten worden.

'Goedendag, Christian,' klonk een stem naast hem.

Christian draaide zich om. Hij had alles verwacht behalve dat Peter Vandenboom achter hem zou opduiken – hier, in Doberan. En in tegenstelling tot hemzelf, leek die niet verbaasd te zijn over deze ontmoeting.

Wat moest hij doen? Zijn ouders hadden hem verboden met een Vandenboom te praten – maar hoe moest dat als een Vandenboom hem aansprak? Moest hij zich dan gewoon maar omdraaien en weggaan? Dat zou makkelijk als angst of zwakheid kunnen worden uitgelegd. En Peter had vast iets te vertellen.

Het was beter als hij hem op een normale manier bejegende.

'Goedendag, Peter.'

Peter Vandenboom nam hem aandachtig op. 'Hoe lang hebben we elkaar niet meer gezien? Sinds onze schooltijd?'

'Mogelijk,' bromde Christian.

Peter glimlachte scheef. 'De familievloek werkt nog steeds, nietwaar? Jullie praten niet met ons en wij niet met jullie. Een belachelijke toestand, als je het mij vraagt.'

Maar ik vraag het je niet, had Christian er bijna uitgeflapt. En: wie voor den duvel was dat meisje met wie je door de stad liep, waardoor je mijn zus aan het huilen hebt gemaakt, schoft?

Maar hij beheerste zich. Ruzie met een Vandenboom onder de ogen van voorbijgangers zou heel schadelijk zijn. Het gebeurde zou razendsnel zijn vader ter ore komen en alles nog ingewikkelder maken. Dus besloot hij rustig te blijven en zich niet te laten opjutten.

'Onze ouders hebben daar hun redenen voor. En als je me nu wilt verontschuldigen,' zei Christian, maar Peter versperde hem de weg.

'Geloof jij wat ze je vertellen?' vroeg hij. 'Hebben ze het jou eigenlijk wel verteld? Of Johanna?'

'Mijn zus kun je er beter buiten laten,' was Christians weerwoord. 'En het zou nog beter zijn als je haar nooit meer ziet.'

Nu leek Peter toch een beetje verrast. Zijn lippen trilden even, maar toen herstelde hij zich.

'Je weet het dus?'

'Ja, ik weet het. En alleen omdat ze mijn zus is, heb ik mijn vader nog niet verteld dat je het met haar hebt aangelegd.'

'Je bent een goede broer,' zei Peter, waarvoor Christian hem het liefst een klap had gegeven, want het klonk hem op de een of andere manier denigrerend in de oren. Hij balde zijn vuisten, hoorde zijn knokkels knakken, maar toen ontspande hij weer. Waarschijnlijk was hij vooringenomen door het verhaal van zijn vader. Hij moest kalm blijven en eerst maar eens afwachten – net zoals Johanna wilde afwachten.

Johanna. Hij zag weer voor zich hoe ze had gehuild nadat ze Peter met die andere vrouw had gezien. Misschien had Peter toch een klap verdiend.

'Ja, ik ben een goede broer. En als zodanig raad ik je aan van haar af te blijven. Vooral als je het niet serieus met haar meent.'

Vandenbooms wenkbrauwen schoten omhoog en hij kwam dichter bij Christian staan. 'Hoe kom je erbij dat ik het niet serieus met haar meen? Vanwege mijn naam?'

Christian keek hem met fonkelende ogen aan. Misschien was het toch geen slecht idee om hem uit te dagen. Een vuistslag was geen gesprek.

'Nee, je naam laat me koud. Maar mijn zus niet. Je kunt uitgaan met wie je wilt, maar spiegel mijn zus dan niet voor dat je op haar verliefd bent.'

'Wie beweert dat ik met iemand uitga?' Nu zag Vandenboom eruit alsof hij hem een klap wilde verkopen. Christians spieren spanden zich.

'Niemand beweert dat. Mijn zus heeft je gezien. En wat de geschiedenis betreft: ja, die ken ik. Jouw familie heeft de onze al genoeg aangedaan.'

Met die woorden stapte Christian langs hem heen. Zijn hart bonsde en hij was woedend. Hoe had Johanna op die vent verliefd kunnen worden? Er waren zo veel jongemannen van goeden huize, ook een aantal die niet zo verlegen of onbeschaamd waren als haar aanbidders. Waarom wilde ze in 's hemelsnaam juist hem?

Toen Christian de tuinpoort van de pastorie door ging, klonk er gedempt geblaf. Tijdens het aanbellen bereidde hij zich erop voor tegenover de grote hond te komen te staan die het huis bewaakte. Erger dan de ontmoeting met Peter Vandenboom kon het niet worden.

Maar de hond verscheen niet. Het geblaf stierf weg en even later kwam de dominee naar buiten, een kleine man met een kalend hoofd en een spierwitte krans haar. Hij had een gegroefd gezicht en een beetje kromme vingers van de reuma.

'Goedendag mijn zoon, wat kan ik voor je doen?' Natuurlijk kende de geestelijke Christian, hij had hem immers gedoopt, en zo nu en dan kwam hij bij de Baabes op bezoek wanneer hij zijn ronde deed door de kerkgemeenschap van Heiligendamm.

'Dominee Hagemann, hebt u misschien even tijd voor me?' vroeg Christian.

De dominee keek hem vragend aan, toen knikte hij. 'Natuurlijk. Kom binnen.'

Het tikken van de staande klok klonk luid door de gang. Hoe kon Hagemann zich bij dat lawaai concentreren? Of fungeerde de klok voor hem als metronoom?

De werkkamer lag direct aan de gang. In de kleine haard knetterde een vuurtje. Hagemann woonde alleen, zijn vrouw was jaren terug gestorven, de kinderen allang het huis uit. Af en toe bekommerde de vrouw van de koster zich om hem. Ze bracht hem maaltijden om op te warmen of hielp met schoonmaken. Maar verder leek hij zichzelf goed te kunnen redden.

'Wat kan ik voor je doen, Christian?' vroeg de dominee nadat hij een kopje koffie voor hem had ingeschonken. Christian voelde zich behoorlijk trillerig door alle koffie die dag, maar uit beleefdheid bedankte hij niet.

'Ik zou graag wat gegevens uit onze familiegeschiedenis achterhalen,' begon Christian behoedzaam. Hij durfde niet met de deur in huis te vallen en te informeren waarom zijn grootmoeder zichzelf van het leven had beroofd.

'Zo, en om welke gegevens gaat het? Of beter gezegd, tot hoever moet die informatie teruggaan?'

'Het gaat om mijn grootouders. En misschien ook mijn overgrootouders. Mijn vader heeft me onlangs in een paar zaken ingewijd en ik zou daar nu graag wat meer over weten.'

Aan het gespannen gezicht van de dominee was te zien dat hij op de hoogte was van de familievete. Hij was hier immers al heel lang dominee. Ook al had hij het gebeurde destijds niet persoonlijk meegemaakt, de zelfmoord van de jonge mevrouw Baabe was hier in de streek beslist lang genoeg onderwerp van gesprek geweest. Bovendien beheerde zijn kerk ook het kerkhof, en een goede dominee kende niet alleen de levende leden van zijn gemeente, maar ook de graven.

'Waarom gaat het dan precies?' vroeg Hagemann.

Christian aarzelde even. In kerkelijke kringen werd alleen uiterst terughoudend over daden zoals die van zijn grootmoeder gesproken. Zichzelf van het leven beroven was een zonde. Maar hij had niet de tijd om er lang omheen te draaien.

'Om de zelfmoord van mijn grootmoeder en de omstandigheden daaromheen.'

De ogen van de dominee werden wat groter, maar hij leek niet verrast.

'Tja, het geval is me natuurlijk bekend, evenals het graf. Het verbaast me dat je vader je heeft ingewijd, terwijl hij zelf toch steeds geprobeerd heeft de zaak te negeren.'

'Er spelen bijzondere omstandigheden, maar het zou te ver voeren die uit te leggen,' antwoordde Christian. 'Ik zou graag een blik in het kerkboek werpen uit het jaar dat mijn grootmoeder stierf. De datum is me echter niet bekend, mijn vader heeft zich zeer vaag uitgedrukt, maar misschien weet u wanneer dat kan zijn geweest.'

Hagemann dacht even na, toen knikte hij. 'Natuurlijk weet ik dat. In de vierenveertig jaar dat ik hier mijn plicht vervul in naam van God, heb ik veel gezien, maar dat geval ben ik nooit vergeten.'

Hij stond op en liep om de tafel heen. ‘Wacht even, ik ben zo weer terug.’

Hij liep de werkkamer uit en verdween naar de gang.

Christian staarde in zijn koffiekopje. Blijkbaar was zijn vermoeden juist. Hij kreeg een onbehaaglijk gevoel in zijn maagstreek dat zijn verontwaardiging over Peter Vandenboom verdrong. Zijn vader zou waarschijnlijk heel boos worden als hij wist dat hij met de dominee praatte. Maar tegelijkertijd had hij het gevoel dat de oplossing van het geheim nabij was. Met steekhoudende argumenten zou hij zijn zus er misschien toe kunnen brengen Peter op te geven – als deze haar niet uit zichzelf opgaf.

Even later kwam de dominee terug met een dikke, in bruin leer gebonden foliant en legde hem neer op de lessenaar naast het raam.

‘Dit is het kerkboek van 1859.’ Hagemann zette een wat ouderwets aandoende lorgnet op zijn neus en begon te bladeren in het zware boek, waarvan de bladzijden vochtplekken vertoonden. Toen hij eindelijk de juiste pagina had gevonden, streek hij het papier glad.

‘In dat jaar zijn er twee vermeldingen van jouw familie. Hier.’

Hij wees op een regel die in heel schuin handschrift was geschreven en stapte opzij. Christian stond op en liep naar hem toe. Hij las:

Hendrike Marie Baabe, geboren op 14 juli 1859, dochter van Katharina en Heinrich Baabe, gedoopt op 14 juli 1859, stierf op 15 juli 1859.

Katharina Sophie Baabe, geboren op 12 september 1832 als Katharina Sophie Meyenburg, echtgenote van Heinrich Baabe, stierf op 2 augustus 1859 door eigen hand.

‘Heeft mijn grootmoeder vlak voor haar dood een kind gekregen?’ vroeg Christian verbaasd. Zijn vader had het net zomin over een zusje gehad als zijn moeder. Omdat Ludwig Baabe op dat moment zeven jaar was, had hij zich haar toch moeten herinneren...

'Ja, dat klopt,' zei de dominee, en Christian kon aan hem merken dat hij meer wist.

Christian rekende het na. Tussen 1859 en 1902 lag maar drieënveertig jaar. Hij moest degene zijn die de kleine Hendrike gedoopt had.

'Wat weet u daar nog van?'

De dominee aarzelde, toen nam hij de lorgnet van zijn neus. 'Tja, het meeste bestaat uit geruchten en vermoedens. Geloof me alsjeblieft, ik wil de reputatie van je grootmoeder niet nog meer schaden, maar het gerucht ging dat het kind niet van de heer Baabe was. Je grootvader Heinrich Baabe heeft dat vermoeden zelf geuit toen ik hem sprak. Hij zei dat zijn vrouw echtbreuk had gepleegd met Karl Vandenboom en de intentie had gehad hem te verlaten. Maar toen werd ze zwanger en werd het kindje te vroeg geboren. Ik heb het meisje zelf gezien, het was heel klein en zwak en had geen kans te overleven. Ik heb het de nooddoop gegeven, daarna heeft het nog een paar uur geleefd; het stierf bij het aanbreken van de dag. Katharina Baabe kreeg daarna een zware depressie. Ze kwam nog maar nauwelijks haar kamer uit en sprak met niemand. Maar ze sprak weer af met haar geliefde. Je grootvader betrapte hen en riep Vandenboom ter verantwoording, waarna hij zijn vrouw meenam. Nog geen week later verdween ze. Er was een grote zoekactie, men dacht eerst dat ze naar haar ouders terug was gegaan. Maar een paar dagen later spoelde haar lijk aan op het strand van Heiligendamm. Niemand weet waarom ze zo lang in het water heeft gelegen, omdat ze toch niet ver de zee in kon zijn gegaan.'

Op zijn woorden volgde stilte.

'Dan heeft Vandenboom haar dus niet verlaten?' vroeg Christian ten slotte.

'Natuurlijk wel. Na het gesprek met haar echtgenoot liet hij haar met rust. Maar naar verluidt is ze daardoor definitief zo vertwijfeld geraakt dat ze verdween. Er werd eerst gedacht dat ze naar Karl Vandenboom was gegaan of met hem was weggelopen, want hij was op dat moment niet in de stad. Een paar dagen later werd ze dood gevonden.'

Een ijskoude rilling liep over Christians rug. Hij moest weer aan Barbara denken. Had zij misschien toch in een vergelijkbare situatie verkeerd als zijn grootmoeder? Was zij ook door iemands toedoen vertwijfeld geraakt en was haar geheugenverlies misschien wel een genade?

Christian schudde die gedachte van zich af. Het ging hier niet om Barbara, maar om zijn grootmoeder.

'Hoe... hoe kwam het dat onze familie toch niet haar goede naam verloor?' Zijn stem brak bijna. Nu begreep hij waarom zijn vader er niet over wilde praten.

'Tja, dat hebben jullie aan de inspanningen van je grootvader te danken,' antwoordde Hagemann terwijl hij achter de lessenaar vandaan kwam. 'Heinrich Baabe heeft alles in het werk gesteld om Karl Vandenboom de schuld te geven. Er is zelfs een tijdlang onderzoek naar hem gedaan omdat men dacht dat hij Katharina Baabe had vermoord. Maar dat verwijt was onhoudbaar omdat hij indertijd op zakenreis was. Men werd het er uiteindelijk over eens dat Katharina Baabe door de depressie in de war moest zijn geweest.'

'En waarom ligt ze dan niet in het familiegraf? Waarom ligt ze bij de muur, alsof we nog in de middeleeuwen leven?'

'Je grootvader wilde het zo. Daarmee distantieerde hij zich van zijn vrouw.'

'En als dank nam de gemeenschap hem weer op.'

'Noch de echtgenoot, noch de zoon viel iets te verwijten, want zij hadden geen zonde begaan. Het leven ging dus door, en zoals je ziet zijn jullie een van de meest geziene families van de stad. De mensen hebben jullie vergeven.'

Wat de dominee zei, maakte Christian ineens woedend. Iedereen hier wist beslist wat er bij de Baabes echt was gebeurd. Maar omdat de schuld op de echtgenote was afgewenteld kon Heinrich Baabe zich ongestoord met zijn zaken bezighouden – terwijl iedereen met hem meeleefde en hij alom werd geacht.

Maar waren de Vandenbooms onschuldig? Beslist niet. Katharina Baabe was een getrouwde vrouw. Dat Karl Vandenboom een affaire met haar begon, toonde alleen maar aan hoe verachtelijk hij was. En bedrog scheen hun blijkbaar in het bloed te zitten als Peter er geen moeite mee had zijn zus het hof te maken en ook nog een ander te hebben.

Het slaan van de klok herinnerde Christian eraan dat hij terug moest naar het koffiehuis.

'Hartelijk dank, dominee, u hebt me heel goed geholpen.'

Hij gaf Hagemann een hand en verliet de pastorie.

Een afschrift had hij niet nodig. Johanna zou hem geloven wanneer hij vertelde wat hij gezien en gehoord had.

Toen hij bij het koffiehuis aankwam, beefde Christian van top tot teen. Wat een vreselijke dag! Eerst Peter Vandenboom, dan Katharina Baabe en haar geschiedenis. Zijn grootmoeder had een kind gekregen, vermoedelijk van Vandenboom. Gezien de depressie waarin ze was geraakt, was het aannemelijk dat ze om die reden het water in was gelopen – en niet omdat Vandenboom haar had verlaten. Natuurlijk was hun relatie verbroken, maar pas nadat Baabe met hem had gepraat.

Alles wees erop dat Katharina Baabe geen andere uitweg zag. Ze kon niet samen zijn met haar geliefde, zijn kind had ze verloren. En Baabe had haar beslist het vuur na aan de schenen gelegd.

Maar was dat de hele waarheid? Was niemand nagegaan of Heinrich misschien achter de dood van zijn vrouw zat?

De nabestaande kon het verhaal vertellen zoals hij het wilde zonder te hoeven vrezen dat de overledene iets anders zei...

Zich met moeite beheersend drukte hij de deurklink naar beneden. Zijn blik viel op de jonge schrijver, die nu een pauze had ingelast. De stapel papier naast hem was hoger geworden.

Christians vader was vrolijk met meneer Brockmann aan het kletsen.

Wist hij van het kind? Had hij ooit een blik in het kerkboek geworpen? Had hij zich dingen afgevraagd of had hij alles wat zijn vader hem voorschotelde voor zoete koek aangenomen?

'Jongen, wat zie je bleek, is de wandeling je niet goed bekomen?' vroeg Ludwig toen hij zijn zoon ontdekte.

'Het is behoorlijk koud buiten,' zei Christian terwijl hij zijn handen wreef. 'Ik ben gewoon een beetje te dun gekleed. Verder gaat het goed, vader, maak u geen zorgen.'

Hij ging zitten en even later stond er dampend hete chocolademelk voor hem. Maar die kon de kou in hem net zomin verdrijven als de gedachten aan zijn grootmoeder.

29

Die avond brandden Barbara's voeten als nooit tevoren. Elsa had haar het hele huis door gejaagd en alleen bij het middageten en de avondmaaltijd had ze kunnen uitrusten.

Ze sleepte zich de trap op naar haar kamer, waar Elsa al bezig was haar dienstmeisjesjurk uit te trekken.

'Een zware dag, hè,' zei ze toen Barbara binnenkwam en op haar bed neerzakte.

Friedrich had het met Elsa's hulp naar boven gedragen, en ze hadden het zo neergezet dat ze door het dakraampje naar de sterren kon kijken.

'De meesten zijn na hun eerste dag doodmoe. Maar dat gaat na verloop van tijd over. Na een poosje wordt het gewoon, en op een gegeven moment krijg je er plezier in.'

'Ik klaag niet,' zei Barbara terwijl ze haar schoenen uitdeed en haar voeten begon te masseren. 'Het was prettig om iets zinnigs te doen. Ik heb er nu al plezier in.'

Elsa nam haar even op, toen glimlachte ze. 'In vergelijking met de komende dagen was het vandaag nog rustig. Wacht maar af, het wordt nog echt zwaar. Gasten arriveren, we zorgen voor de kamers en vervullen hun wensen...'

'Dat klinkt mij allemaal heel goed in de oren. Het is beter dan uit het raam staren en niets te hebben om aan terug te denken.'

'Herinner je je dan helemaal niets meer? Het is intussen toch meer dan een week geleden...'

'O, af en toe heb ik herinneringen. Kleine flarden, die helaas niet aan elkaar passen.' De laatste herinnering had Barbara gehad toen ze klaar was met het werk in de salon. Ze wist niet eens wat de aanleiding was – misschien een geluid of een geur. In elk geval dacht ze haar vader met andere mannen door een gang te hebben zien lopen, en ze wist zeker dat ze door een kier van achter een deur naar hen had staan kijken.

Maar zoals steeds was het beeld vervlogen voor ze het kon pakken.

'Ik kan me de dag dat mijn moeder stierf herinneren,' zei Barbara, want ze had inmiddels het gevoel dat ze het oudere dienstmeisje kon vertrouwen en dat zij haar verhaal niet aan de grote klok zou hangen.

'Dat moet moeilijk voor je zijn geweest.'

'Dat was het zeker. Ik kan me niet meer de gevoelens van toen herinneren, alleen dat ik indertijd nog vrij klein was. Alles om me heen was reusachtig, ook mijn vader.'

'Nou, dat is in elk geval een begin,' zei Elsa terwijl ze haar dekbed over zich heen trok.

Ook Barbara kleedde zich uit en kroop in bed. Het was bij lange na niet zo comfortabel als het bed in de Viooltjeskamer, maar deze rustplaats had ze vandaag verdiend en dat stemde haar blij. En nog voor Elsa's gelijkmatige ademhaling in de kamer te horen was, viel ze in een diepe slaap.

Johanna zat bij het raam en keek de nacht in. Die was zo helder en ijzig koud dat haar adem op de ruit in ijsbloemen veranderde. Een vlaag vrieskou streelde haar armen, want het raam sloot niet zo goed. Achter de ruit, boven de zee, fonkelden duizenden sterren.

Ze dacht aan Peter. Hoewel het beeld van het meisje aan zijn arm niet uit haar hoofd wilde, vroeg ze zich af wat hij op dat moment deed. Hij had vast geen idee dat ze hem gezien had. En waarschijnlijk interesseerde het hem ook niet. Vermoedelijk had hij zich bedacht.

Maar waarom kon ze hem niet uit haar hoofd zetten?

Een klopje op de deur haalde haar uit haar gedachten.

Eerst dacht ze dat Barbara bij haar kwam kijken – helaas was het haar niet meer gelukt om met haar te praten omdat haar moeder haar in beslag had genomen met de planning voor haar balgarderobe. Morgen zou de naaister al de maat komen nemen voor de japon.

Maar het was Christian die binnenkwam.

Toen hij die avond met hun vader thuis was gekomen, leek hij volkomen te zijn veranderd.

'Ik dacht dat je al in bed lag,' zei hij verrast toen hij haar gestalte voor het raam ontwaarde. 'Het is koud, wat doe je daar?'

Johanna keek naar het raam, maar het kijkgaatje dat ze had vrijgehouden was nu met een dun laagje ijskristallen bedekt.

'Ik wilde nog even naar de sterren kijken,' antwoordde ze terwijl ze haar omslagdoek strakker om zich heen trok. Pas nu merkte ze dat ze het koud had.

Christian deed de deur achter zich dicht. Even werd hij opgeslokt door de duisternis, en pas toen hij aan de andere kant van de vensterbank ging zitten zag ze een wit overhemd en het zwakke glinsteren van zijn ogen.

'Johanna, ik ben vandaag met papa naar Doberan geweest,' begon hij nadat hij wat aan de ijslaag op het raam had gekrabd.

'Ik weet het.' Onrust bekroop haar.

'In de pauze ben ik naar de dominee gegaan. Voor het kerkboek.'

'Mmm,' deed Johanna. Ze voelde zich nog niet erg moe, maar nu kreeg ze pijn in haar buik.

'Ik heb geïnformeerd naar onze grootmoeder – en het ziet ernaar uit dat ze een reden had om een einde aan haar leven te maken.'

Christian vertelde haar over het kind, de depressie, de ruzie met haar man, de dag van haar dood en wat er daarna was gebeurd.

Johanna hoorde het allemaal onbewogen aan en zweeg toen hij klaar was.

'Wat zeg je daarop?' vroeg haar broer ten slotte.

'Wat moet ik dan zeggen? Het is toch verleden tijd?'

Christian schudde niet-begrijpend zijn hoofd. 'Maar je wilde het toch weten. Vanwege...'

Hij beet op zijn lip.

'Ja, dat wilde ik. Maar inmiddels ligt het allemaal anders. Ik weet zeker dat hij me niet meer wil. Dus het maakt niet meer uit, toch?'

'Nou, ik geloof niet dat hij je niet meer het hof wil maken. Ongeacht zijn bedoelingen. Toen ik hem sprak, wekte hij in elk geval niet de indruk dat hij je met rust wilde laten.'

'Ben je Peter tegengekomen?' Nu kwam er leven in haar. 'Wanneer? Waar?'

'Voor de pastorie. Ik heb hem aangeraden van je af te blijven.'

Johanna hapte naar adem. 'Nee! Je hebt hem toch niet verteld dat...'

'Jawel, dat heb ik, want als broer is het mijn plicht op je te passen.'

'Niemand hoeft op mij te passen!' schreeuwde Johanna. 'En je hebt niet het recht hem de wet voor te schrijven.'

'Wees stil, zo maak je vader en moeder nog wakker!' Christian stak sussend zijn handen op en wilde haar aanraken, maar Johanna sprong van de vensterbank en begon heen en weer te lopen. Minutenlang zei ze niets.

'Johanna, er is toch niets mis mee als ik hem zeg hoe ik erover denk. Ik vind dat hij echt van je af moet blijven als hij het niet eerlijk met...'

'Christian, ga weg alsjeblieft!' onderbrak ze hem. 'Laat me met rust!'

'Johanna.'

'Ga weg!' zei ze met snijdende stem.

Christian knikte en stond op. Schoorvoetend liep hij naar de deur.

'Johanna, ik weet dat je het niet wilt horen, maar ik heb niet de indruk dat de zaak voor jou is afgedaan. Zodra hij weer contact met je opneemt, zodra hij met een of andere verklaring komt, zul je hem vast weer vergeven.'

Zijn zus negeerde hem.

'Bedenk dat zijn grootvader onze grootmoeder heeft verleid, ondanks het feit dat ze getrouwd was. Misschien was ze zelfs zwanger van hem. Wellicht had hij niet direct iets met haar dood te maken, maar indirect draagt hij daar schuld aan. En ik wil niet dat jij je in het ongeluk stort voor een man die van twee walletjes eet.'

Met die woorden verliet hij de kamer.

Johanna staarde naar de ramen, die wit glinsterden in het maanlicht. Het verhaal van haar grootmoeder had haar geschokt, maar tegelijkertijd besefte ze dat Christian gelijk had. Ze kon niet, zoals ze zichzelf had voorgespiegeld, Peter loslaten. Het kon zijn dat hij haar niet wilde schrijven, maar misschien vond ze een mogelijkheid om hem te bereiken. En mogelijk kon Barbara haar daarbij helpen...

Een eerste ingeving zei haar dat ze met Barbara moest praten. Toen schoot haar weer te binnen dat ze nu bij het personeel sliep. Niet op een eenpersoonskamer, maar bij Elsa. Het zou vreemd zijn als ze zich daar vertoonde. Dus kroop ze maar in bed en stelde het gesprek uit tot de volgende dag.

30

Dinsdag 16 december 1902

'Johanna, sta toch eens stil alsjeblieft,' zei Augusta geërgerd toen Karla Mertens, de naaister, al voor de vierde keer haar meetlint liet vallen omdat haar dochter bewoog.

'Ik kan gewoon niet meer, mama. Bovendien kietelt het,' antwoordde Johanna mismoedig. Twee slapeloze nachten hadden donkere kringen onder haar ogen achtergelaten.

'Ik weet niet wat er de laatste tijd met jou aan de hand is,' zei Augusta hoofdschuddend. 'Je eet nauwelijks. Je lijkt slecht te slapen. En je bent overgevoelig. Is er iets wat je dwarszit?'

Afgezien van de aanstaande aanzoeken van twee mannen die ze niet wilde, hield de geschiedenis van haar grootmoeder haar bezig – en Peter. Over geen van die onderwerpen wilde ze met haar moeder praten. Of beter gezegd, dat kon ze niet zonder zich haar misnoegen op de hals te halen. Augusta was in alle staten vanwege de gasten die die avond zouden arriveren, maar ze had een sinds tijden ongekend goed humeur.

'Ik moest vandaag alleen een beetje vroeg op,' zei ze dus maar en ze probeerde zich te beheersen. Ze hield nu eenmaal niet van vreemde handen aan haar lijf, zeker niet nu ze op was van de zenuwen, en al helemaal niet wanneer ze alleen maar ondergoed aanhad.

'Het lukt wel, mevrouw Baabe,' zei de naaister terwijl ze met haar werk doorging.

Twintig minuten later was het voor Johanna voorbij. Zuchtend stapte ze van het opstapje en trok haar japon aan. Ook zonder te kijken wist ze dat haar moeders ogen vol verwijt stonden.

Maar ze had er eenvoudigweg geen zin in zich een nieuwe japon te laten aanmeten. Het duurde nog een week tot het bal, hopelijk ging er iets verkeerd, zodat de naaister niet op tijd klaar zou zijn. Dan zou ze moeten teruggrijpen op wat ze in de kast had – ook daarop zouden alle meisjes in Heiligendamm al jaloers zijn.

'Wat denkt u, mevrouw Mertens, is het nog te vroeg om een paspop voor haar te laten maken?' richtte Augusta zich tot de naaister. 'Ze wordt immers binnenkort eenentwintig, en het is mogelijk dat we het komende jaar een bruidsjurk nodig hebben.'

'Ik heb het niet zo op paspoppen,' antwoordde de naaister terwijl ze de laatste afmetingen noteerde. 'Een vrouwenlichaam verandert voortdurend.'

'Nou, Johanna zal vast niet zwaarder worden.'

De naaister keek naar haar. 'Nee, dat misschien niet, ik vrees dat ze eerder magerder wordt als ze zo zwaarmoedig blijft. En dan moeten we eindeloos blijven vermaken.'

Zo kon alleen de naaister met haar moeder praten. Johanna verbeet een glimlach, hoewel de vrouw natuurlijk gelijk had met haar opmerking.

'Nee, wanneer het zover is en er een bruidsjurk nodig is, kom ik weer langs. U weet, ik ben het geduld in eigen persoon. Er zijn mensen die veel meer wriemelen dan uw dochter, en mijn zaak is mede zo succesvol omdat ik dat uithoud.'

Johanna was bijna in luid gelach uitgebarsten. De naaister klonk alsof ze niet geloofde dat er een huwelijk zou plaatsvinden. Dat was op een of andere manier een opluchting.

'Ik zal de japon volgens afspraak de drieëntwintigste 's ochtends brengen,' besloot de naaister terwijl ze haar spullen weer in haar mand deed.

'Kan het niet wat eerder?' vroeg Augusta. 'Johanna moet hem toch nog passen. Eventuele veranderingen redt u vast niet in één dag.'

'Hij zal als gegoten zitten, dat garandeer ik. Zorgt u er maar voor dat het meisje tot het bal fatsoenlijk slaapt. Zelfs de mooiste japon heeft geen effect als de vrouw die hem draagt moe en bleekjes is. Goedendag, mevrouw Baabe.'

Daarop liep de naaister met ruisende rokken de kamer uit. Johanna worstelde nog steeds met haar lachaanval, maar die verdween vanzelf toen haar moeder vroeg: 'Wil je me echt niet vertellen wat er is? Geeft het je zo veel hoofdbrekens om te besluiten wie van beiden je moet kiezen?'

'Ja, dat zal het wel zijn,' antwoordde Johanna mismoedig. Kon haar moeder dan niet zien dat ze geen van beiden wilde? Anders had ze toch het gelukkigste meisje ter wereld moeten zijn!

'Welnu, als je het bekijkt vanuit het standpunt wie van hen je een goed leven kan bieden, zou ik absoluut voor Berthold von Kahlden kiezen. Dan trouw je in een adellijke familie in en daar zouden we allemaal profijt van hebben.'

Natuurlijk. Daar ging het haar vooral om. Dat de hele familie van het huwelijk zou profiteren. Maar hoe zat het met haar hart en ziel?

Misschien had ze zich in Peter vergist, maar ze zou vast ooit een man ontmoeten die echt van haar zou houden. En van wie zij echt zou houden. De belofte van de Barbaratak, haar ware liefde.

'Mama, ik heb een vraag aan u,' zei Johanna. Ze wist zelf niet waar ze naartoe wilde. Maar haar moeder moest toch gevoelens voor haar koesteren en meer in haar hoofd hebben dan een financieel zeker bestaan.

'Hoe ging dat toen met papa? Hield u echt van hem, of hebt u hem genomen omdat hij de erfgenaam was van een goedlopend hotel? Hoe hebben jullie elkaar leren kennen? Daar hebt u het nooit met mij over gehad.'

Augusta perste haar lippen op elkaar. Ze keek alsof ze zich betrapt voelde. Maar waarom? Was ze misschien uit liefde getrouwd? Hadden haar ouders haar niet laten kiezen tussen twee aanbidders? Augusta was pas op haar drieëntwintigste getrouwd. Waarom dan die haast met haar? Ze was niet zwanger, en voor zover ze wist zaten ze ook niet in geldnood.

'Mama?' vroeg Johanna, waarop Augusta haar hoofd schudde alsof ze onprettige gedachten wilde kwijtraken.

'Ik heb je vader op een zomerfeest leren kennen,' begon ze. 'Destijds had ik veel aanbidders, en onder hen waren er ook een paar die mijn ouders bijzonder graag zagen. Maar mijn verhouding met mijn ouders was niet bijzonder goed. Er waren spanningen tussen mijn vader en mijn moeder. Het leek me geen goed idee naar hen te luisteren. Maar toen kwam Ludwig en ik wist meteen dat hij voor mij de ware was. En hij beviel ook mijn ouders direct, wat me verbaasde. Na een jaar zijn we getrouwd, en ik was heel blij dat ik met hem hierheen kon verhuizen, ver van mijn ouders.'

Haar moeder had maar zelden over haar ouders gepraat. Toen Johanna groot genoeg was om verhalen over hen te begrijpen, waren haar grootouders van moederskant al dood. Slechts af en toe liet een tante zich zien, en dat was meestal geen genoegen.

'U hebt dus alle andere aanbidders vanwege papa links laten liggen?'

'Jazeker. En dat was een groot geluk.'

'En als ik...' Johanna's hart ging als een razende tekeer. 'Wat zou u zeggen als ik geen van tweeën zou kiezen? In elk geval nu nog niet? U was ook twee jaar ouder dan ik toen u met papa trouwde. We zouden nog kunnen wachten tot er andere kandidaten komen!'

Augusta's gezicht verstrakte.

'De Von Kahldens willen hun zoon het komende jaar laten trouwen. Zo niet met jou, dan met iemand anders. Ik ben van mening dat je het leven dat hij je kan bieden niet moet afwijzen.'

'Maar als het een leven is waarin ik ongelukkig ben?' flapte Johanna eruit. Waarom wilde haar moeder het niet begrijpen? 'Weet u eigenlijk wat er over de Von Kahldens gezegd wordt? Vooral over Berthold?'

'Nee, dat weet ik niet.'

Johanna deed haar ogen dicht. Even later voelde ze haar moeders hand op de hare.

'Ik ben ervan overtuigd dat hij een goede echtgenoot voor je zal zijn. Geef hem een kans. En zo niet hem, dan Albert.'

'Albert is een slappeling, mama. Ziet u dat dan niet? Zijn ouders zijn alleen maar blij dat hij naar mijn hand dingt omdat ze hopen dat ik ooit aandelen in het hotel krijg... Waarom wachten we niet op iemand anders? Een die ook mij bevalt?'

Augusta haalde diep adem. 'Bevallen ze je geen van beiden? Maar waarom heb je je dan door hen het hof laten maken?'

Haar blik verduisterde en het beetje begrip dat Johanna bij haar had gemeend te zien verdween.

'Weet je dan niet welke consequenties het kan hebben als Berthold von Kahlden je een aanzoek doet en je hem afwijst? We zullen ons tot op het bot blameren. Nog afgezien van het feit dat de Von Kahldens zullen proberen ons te ruïneren. Alleen vanwege de goede zaken in de afgelopen decennia konden we het ons permitteren de Von Kahldens te trotseren toen ze Heiligendamm van de hertog kochten. En alleen omdat we goed met de Von Kahldens overweg kunnen, lopen de zaken nog steeds goed! Maar dat zal beslist veranderen als we hun ergernis wekken!' Augusta zweeg even, want ze moest naar adem happen. 'Bedenk goed wat je doet op het bal.'

'Maar zullen ze dan niet net zo zuur kijken als ik voor Albert kies?' vroeg Johanna. Haar hart klopte in haar keel, maar het deed haar ook goed haar gedachten over de huwelijkskandidaten niet meer voor zich te hoeven houden. 'Of hebben vader en u hem alleen maar aangemoedigd om Von Kahlden te stimuleren?'

Augusta staarde haar aan.

Zo zit het, dacht Johanna. Het is zoals ik het zei. Ze hoopt dat ik Von Kahlden neem, want ze wil een adellijke titel voor mij.

'We praten er later nog wel over, wanneer je weer voor rede vatbaar bent,' zei Augusta en ze stond op.

'Maar moeder, ik...'

Maar Augusta was al weg. Johanna bleef als verdoofd achter. Nu wist ze hoe het zat. Het aanzien van de familie was voor haar moeder belangrijker dan haar persoonlijke geluk. En ze had eigenlijk nooit een keus gehad. Waarschijnlijk zouden ze Albert nog voor hij naar het bal zou gaan, een afwijzing doen toekomen – en dan bleef alleen Berthold nog over.

De tranen sprongen haar in de ogen.

Was het haar eigen fout? Had ze meer moeten tegenstribbelen toen de kandidaten hun opwachting maakten bij haar ouders? Met geen van beiden had ze vaker dan een paar keer gesproken, en ze had niet kunnen begrijpen waarom ze haar het hof probeerden te maken.

Nu begreep ze het. De Vormsteins dachten profijt van haar te hebben. En de Von Kahldens dachten misschien de Baabes aan hun kant te krijgen. Als Christian iets overkwam, zou zij het hotel erven – samen met haar man. Dan zouden ze er een stukje Heiligendamm bij hebben.

Ze hield het niet meer uit. Ze stormde de kleedkamer van haar moeder uit, naar boven, naar haar eigen kamer.

De gedachte met Peter hiervandaan te verdwijnen, desnoods zonder de zegen van haar ouders, kwam bij haar op – maar wilde hij dat nog? Of speelde ook hij met haar? Ze moest zekerheid hebben!

In haar kamer aangekomen veegde ze de tranen van haar gezicht en ging aan de schrijftafel zitten.

31

Die ochtend viel de eerste sneeuw van het jaar en daarvan leken alle bedienden van het hotel in de wolken te zijn. Een paar dienstmeisjes drukten hun neus plat tegen de met ijsbloemen bedekte ruiten en wreven er kijkgaatjes in, terwijl Martha verheerlijkt vertelde dat ze met haar geliefde zou gaan schaatsen.

Barbara keek door het raam naast de haard, dat dankzij de warmte niet beslagen was. Nog steeds dwarrelden er vlokken naar beneden. Een paar ervan kwamen tegen de ruit en waren even later al weer verdwenen. Andere landden op de kleine sneeuwhoopjes die de vensterbank sierden.

Weer zag ze het beeld van de sledetocht voor zich die ze ooit moest hebben gemaakt. Helaas kwamen haar gedachten niet verder dan dat. Wat de dokter vermoedde scheen niet te gebeuren. Het werk verdreef wel de verveling en leidde haar af – maar verhinderde blijkbaar ook dat er nieuwe herinneringen bij haar opkwamen.

'En jij, Barbara?' onderbrak Elsa haar gedachten. Nu pas besefte ze weer dat ze een schoen in haar hand hield, die ze wilde poetsen. 'Wat doe jij bij de eerste sneeuw?'

'Ik weet het niet,' antwoordde ze eerlijk. 'Naar buiten gaan en naar het vallen van de sneeuw kijken misschien.'

'Buiten op het strand?' vroeg Hilda vals. 'Ik dacht dat je bang voor water was.'

‘Waarom zou ik bang zijn?’ vroeg Barbara.

‘Nou, omdat het water je bijna heeft opgeslokt. Ik zou nog geen honderd meter meer bij de zee in de buurt willen komen.’

Het was niet de eerste keer dat Hilda haar probeerde uit te dagen. In tegenstelling tot de anderen had ze er plezier in haar bevelen te geven, en wanneer ze haar eens niet iets voorschreef, volgde ze haar met haar blik. Het was Barbara niet ontgaan dat ze een paar keer schijnbaar toevallig bij haar in de buurt was verschenen – alsof ze in de gaten wilde houden of ze wel deed wat juist was.

‘Hilda!’ bromde de kokkin. ‘ Dat gaat je helemaal niets aan.’

‘O nee? Nou misschien niet, maar ik kan zeggen wat ik wil.’ Met fonkelende blik keek Hilda niet Emma, maar Barbara aan.

Die sloeg haar ogen neer. ‘Ik ben niet bang voor water.’

‘Omdat je je niet kunt herinneren hoe het was om te verdrinken?’ vervolgde Hilda, waarop Emma met haar hand op de tafel sloeg.

‘Nu is het genoeg! Ieder mens heeft zijn fouten en gebreken, en daar hoef je niet op te blijven hameren. Wees maar blij dat jou zoiets niet is overkomen.’

‘Och, ik zou er niets op tegen hebben door meneer Christian gered en op handen gedragen te worden.’

Ze lachte in zichzelf, maar omdat niemand reageerde, zei ze verder niets meer.

Na het ontbijt gingen de dienstmeisjes en de kokkin over tot de orde van de dag. Inmiddels waren de meeste hotelkamers klaar voor de bezoekers en terwijl Hilda en Martha die nog eens controleerden, hielden Elsa en Barbara zich bezig met de bibliotheek. Die was prachtig ingericht met een oude globe in het midden en comfortabele fauteuils. Omdat de bibliotheek in de wintermaanden nauwelijks gebruikt werd – alle familieleden hadden hun eigen boeken op hun kamer – lag er een dikke laag stof op de kasten en vitrines.

'Wanneer je de kasten afstoft, pas dan op dat er niets naar beneden valt. Veel boeken zijn behoorlijk oud en meneer Baabe vindt het vreselijk als er boeken beschadigd raken. En wanneer je de ruiten van de vitrines schoonmaakt, let er dan op dat de boeken niet nat worden. En loop in geen geval de globe omver.' Elsa knipoogde. 'Dat is ooit een meisje overkomen, en toen zijn alle flessen eruit gevallen.'

'Flessen?' vroeg Barbara verbaasd.

'Ja, die globe staat er niet om naar verre landen te kijken. Daar is hij veel te ouderwets voor. Binnenin staan flesjes met Schotse whisky en andere sterkedrank. Er wordt gezegd dat de oude meneer Baabe toen hij nog leefde, zijn sterkedrank verstopte. De huidige meneer Baabe heeft de globe in de bibliotheek neergezet zonder te weten wat erin zat. Tot een dienstmeisje ertegenaan liep.'

Elsa giechelde.

'Zitten er nog steeds flessen in?'

'Natuurlijk! Voor de gasten die het lezen nog verder willen veraangenamen. Maar nu aan het werk. Ik kijk nog even naar de hotelkamers in de westelijke vleugel, dan kom ik weer bij je.'

Toen Elsa verdwenen was, liep Barbara naar de globe. Hoe maakte je die open? Toen ze met haar vinger over de noordpool ging, klonk er een zacht klikje, toen schoof de bovenste helft van de aardbol naar achteren.

Barbara gaf een gilletje van schrik en drukte haar hand tegen haar borst. Het waren echt kleine flesjes, en de vloeistof erin had de uiteenlopendste kleuren, van goud en groen tot bruin, en één flesje was zelfs rood.

Voorzichtig schoof ze de bovenste helft van de aardbol weer over de onderste tot ze het opnieuw hoorde klikken. Daarna liep ze naar haar emmer en ging aan het werk. Ze had net de eerste twee vitrines voorzichtig afgesopt toen ze een geluid hoorde.

'Psst, Barbara!' siste iemand achter haar. Toen ze zich omdraaide, zag ze Johanna. Ze had een klein pakje bij zich. 'Daarnet heeft een boodschappenjongen de foto's gebracht. Je wilt vast de jouwe zien.'

'O ja, die wil ik heel graag zien!' Barbara veegde haar handen af aan haar schort en nam het pakje aan. Het voelde op een of andere manier vreemd – de foto erin kon beslissend zijn en ervoor zorgen dat haar vader haar ooit terugvond. Met bonzend hart maakte ze het open.

In het bruine pakpapier zaten twee kleine fotoplaten verborgen die haar hoofd en bovenlijf toonden. In eerste instantie herkende ze zichzelf bijna niet. Op de foto zag ze geen dienstmeisje en ook geen drenkelinge, ze zag een mooie jongedame die vriendelijk naar de fotograaf lachte.

'Je bent heel mooi, weet je dat?' vroeg Johanna. 'Ik denk dat ik de foto maar niet aan mijn broer moet laten zien, anders komt hij nog op het idee met je te willen trouwen.'

Van die woorden kreeg Barbara een warme rilling. Het idee om Christians vrouw te worden was heel fijn. Maar tot nog toe had ze niet het gevoel gehad dat hij serieuze bedoelingen had. En nu was ze bovendien een dienstmeisje. Nee, het is beter als we vrienden blijven, net als nu, zei ze bij zichzelf terwijl ze licht hoofdschuddend elke andere gedachte verdreef.

Ze haalde de tweede foto tevoorschijn en zag zichzelf naast Johanna. Eén meisje blond en stralend als de zon, en één donker en geheimzinnig – en dat zonder het te willen.

'We lijken wel die twee meisjes uit dat sprookje van Grimm, hoe heet het ook alweer...' Johanna dacht even na en klapte toen in haar handen. 'Ik heb het! *Sneeuwwitje en Rozerood*! Ken je dat?'

Barbara schudde haar hoofd. 'Ik geloof het niet. Er schiet me in elk geval niets te binnen.'

'Nou, in grote lijnen gaat het om twee meisjes die een boze dwerg tegenkomen en hem helpen. Die dwerg heeft twee prinsen vervloekt, de ene werd een beer, de andere een valk. Alleen de liefde van twee reine maagden kan hen bevrijden.'

‘Een mooi sprookje,’ erkende Barbara.

Johanna keek zoekend rond. ‘Ergens moet hier nog een uitgave van de sprookjes van Grimm staan. Als ik hem vind, zal ik hem je brengen.’

Wat zou Elsa zeggen als de dochter des huizes een dienstmeisje een boek bracht?

‘Bedankt dat ik de opnamen mocht zien. Ze zijn heel mooi geworden.’ Toen ze de fotoplaten aan Johanna wilde teruggeven, schudde die haar hoofd.

‘Je mag ze houden. Ik heb afdrukken laten maken, mijn vader heeft je foto al. Hij wil hem nog vanavond naar de commissaris sturen. Misschien weten we nog voor de kerst wie je bent. En misschien komt je vader dan zelfs ook.’

‘Dank je,’ zei Barbara; ze wist niet zo goed wat ze moest doen. Maar toen omhelsde ze Johanna. ‘Bedankt voor alles.’

Johanna schudde haar hoofd en maakte zich zachtjes van haar los. ‘Ik weet dat het misschien een beetje armzalig klinkt, maar zou je iets voor me willen doen? Dat zeg ik niet vanwege de foto’s, ik zou het je ook gewoon hebben gevraagd, dus heb alsjeblieft geen verkeerd idee van me.’

‘Wat moet ik dan doen?’ vroeg Barbara.

‘Zou je een brief willen overbrengen? Wanneer je even tijd hebt?’

‘Nou, met alle plezier, maar ik heb pas laat vrij. Wie moet de brief krijgen? Ik ken de stad niet goed, maar misschien kun je me een routebeschrijving geven.’

Johanna straalde. ‘Graag! De brief is voor Peter Vandenboom.’

Barbara trok haar wenkbrauwen op. ‘Heeft hij je geschreven?’

‘Nee, helaas niet, maar ik wil een laatste brief aan hem richten. Daarin zal ik hem vragen wie die vrouw was en welke intenties hij tegenover haar heeft. Als hij daar geen antwoord op geeft, weet ik genoeg en geef ik hem op.’

Johanna boog haar hoofd en plukte aan haar mouw.

'En als hij jou schrijft? Heb je al een besluit genomen?' vroeg Barbara terwijl ze Johanna troostend over haar armen streelde.

'Nee, nog niet. En wat Christian ontdekt heeft helpt eigenlijk ook niet erg, maar...'

Johanna stokte toen ze voetstappen hoorde. Even was ze zo gespannen als een veer. Maar de persoon in kwestie liep door en de voetstappen stierven weg.

'Nou ja, ik weet het eerlijk gezegd niet.' Johanna zuchtte, toen vroeg ze: 'Hoe staat het met de tak?'

'Ik moet bekennen dat ik de afgelopen dagen geen kans heb gehad om ernaar te kijken,' antwoordde Barbara. Ze moest haar bed uit voor het licht werd en wanneer ze in haar kamer terugkwam was het al donker. En meestal was ze zo moe dat ze er niet eens aan dacht op de vensterbank te kijken. 'Maar ik zal er vandaag een blik op werpen.'

Johanna knikte en keek zwijgend naar de vloer.

'Je moet je beslissing er niet van laten afhangen of de tak al dan niet bloeit,' zei Barbara. 'Het is een gebruik en het is bijgeloof. Misschien wijst hij inderdaad op ware liefde. Maar van wie je houdt, kan alleen je hart je vertellen – en alleen je hart kan beslissen wat je moet doen om die liefde ook te krijgen.'

Johanna pakte haar hand. 'Dank je.'

'Graag gedaan.' Barbara glimlachte, toen voegde ze eraan toe: 'Je kunt me de brief het best vanmiddag geven, wanneer we de koffietafel in de salon opdienen. Vanavond komen de gasten, dan zal ik niet veel tijd hebben.'

'Ik heb hem hier.' Johanna haalde een kleine beige envelop en een blaadje uit de zak van haar rok. 'Hier is hij, en dat is de routebeschrijving.'

Barbara pakte alles aan en liet het in de zak van haar schort verdwijnen.

'Maar zorg er alsjeblieft voor dat mijn moeder hem niet ziet.'

'Mevrouw Baabe zal heus niet informeren naar de inhoud van mijn zakken,' zei Barbara glimlachend. 'Maar nu moet ik verder, anders vraagt Elsa nog waarom ik niet opgeschoten ben met het schoonmaken van de vitrines.'

Johanna knikte. 'Prima. En bedankt!'

Daarop verdween ze weer de gang in.

Barbara streek over de brief in haar schortzak. Van iemand houden was blijkbaar nogal ingewikkeld. Waarom zocht Amor altijd mensen uit die om een of andere reden niet bij elkaar konden komen? Bij *Romeo en Julia* was dat het geval, bij *Kabaal en liefde*...

Barbara's gedachten stokten. Hoe kende ze die verhalen? Ze keek naar de boekenvitrines en zag het plotseling duidelijk voor zich...

Die middag liet haar gouvernante op zich wachten. Barbara zat in haar eentje achter een lessenaar in het leslokaal achter een stapel boeken, maar juffrouw Friedemann vertoonde zich niet.

Ze mocht haar gouvernante, hoewel ze soms een beetje streng was. Nadat haar moeder was gestorven, was juffrouw Friedemann zoiets als een surrogaatmoeder voor haar geworden. De strengheid van het leslokaal verdween wanneer ze met haar door de weiden liep en ze in het bos uitlegde welk gezang bij welke vogels hoorde. Af en toe nam de juffrouw taart of koekjes mee en wanneer ze op haar lette terwijl zij haar huiswerk maakte, zong ze weleens. Niet zo goed als ze het haar moeder had horen doen, maar goed genoeg om haar soms in gedachten te doen verliezen.

Was er misschien iets gebeurd?

Eigenlijk moest ze tijdens de lesuren in het lokaal blijven – ook al was de juffrouw er niet.

Maar haar bezorgdheid om haar gouvernante dreef haar achter haar lessenaar vandaan. Was ze misschien gevallen? Of had iemand haar opgehouden? Ze moest het weten. Ze liep eerst door de gang naar de hal. Toen ze de juffrouw daar niet vond, klom ze de trap op. Soms haalde haar gouvernante boeken uit de bibliotheek. Misschien was ze in de ban van een boek. Of was ze van de ladder gevallen...

Met bonzend hart drukte ze de klink van de bibliotheekdeur omlaag. De geur van oude boeken drong haar neus binnen.

Tegen haar verwachting in lag de juffrouw daar niet op de vloer, maar de aanblik van zo veel boeken op de planken intrigeerde haar en leidde haar even af van de zorgen om haar gouvernante. Haar blik zweefde over de dikke en dunne boekenruggen, die deels met gouden ornamenten waren gedecoreerd.

De titels luidden Romeo en Julia, Een midzomernachtsdroom *en* Faust, *verder waren er nog een heleboel andere boeken, een paar zwarte, veel bruine en sommige ook blauw, rood of groen. Ze streek met haar vinger over de banden en keek naar de opdwarrelende stofvlokken.*

Voor ze kon lezen, had ze maar weinig belangstelling voor deze plek gehad, maar inmiddels kende ze alle letters al en kon ze teksten foutloos lezen. Toch was ze zelden naar de bibliotheek gegaan, maar nu scheen het haar toe dat de poort naar een nieuwe wereld was opengegaan. Misschien moest ze er voortaan vaker heen gaan. Juffrouw Friedemann zou vast blij zijn als ze ook moeilijkere teksten kon lezen...

Nu dacht ze er weer aan dat ze eigenlijk op zoek was naar haar gouvernante. Nadat ze nog een blik op de volle boekenplanken had geworpen, liep ze terug naar de deur. Waar moest ze nu gaan kijken? Of zou het beter zijn om naar het leslokaal terug te gaan? Misschien was juffrouw Friedemann nu wel weer op zoek naar haar...

Met bonzend hart liep ze de bibliotheek uit – en zag twee mensen bij de trap die elkaar hartstochtelijk omhelsden en kusten.

Het meisje herkende de blauwe jurk van haar gouvernante, en de man bij haar – was haar vader! Haar vader kuste haar gouvernante, en wel net zoals hij soms ook haar moeder had gekust!

Van schrik slaakte het meisje een gilletje. Toen keek haar vader vlug naar boven en de juffrouw maakte zich meteen los uit zijn armen.

Geschrokken staarden ze haar aan...

'Barbara!'

Het geroep verdreef het beeld voor haar ogen, maar ze had nog even nodig om weer in het hier en nu te komen. Haar vader had haar gouvernante gekust! En ze had gezien dat hun huis een bibliotheek had!

Er ging een rilling door haar heen en haar oren suisden.

'Barbara, is alles met je in orde?'

Even later dook Elsa voor haar op. Nu merkte ze pas dat ze tegen een vitrine aan was gevallen. Toen ze weer overeind kwam, leek de vloer onder haar te golven.

'Ja, ik...' Barbara stokte. Ze kon Elsa niet vertellen dat ze zich herinnerde dat haar vader haar gouvernante had gekust. 'Ik was alleen een beetje duizelig.'

'Ga je misschien liever naar boven om wat te rusten?'

'Nee, het gaat wel weer. Af en toe heb ik dat, maar het houdt ook weer even vlug op als het is gekomen.'

Elsa wekte niet de indruk dat te geloven, maar Barbara ging meteen weer aan het werk.

Het beeld stond nog steeds op haar netvlies gebrand. Niet alleen vanwege het hartstochtelijke gekus van haar vader en haar gouvernante, maar ook omdat ze voor het eerst het gezicht van haar vader goed had gezien.

Hij was lang, had donker haar en een snor en baard. Zijn linkerslaap begon al te grijzen en onder zijn oog had hij een klein litteken, alsof hij ooit door een scherp voorwerp in zijn gezicht was getroffen.

Als hij nu voor haar verscheen, zou ze hem herkennen! Maar haar naam herinnerde ze zich nog steeds niet. Wanneer zou iemand haar in een van haar herinneringen roepen? Wanneer zou ze te weten komen hoe de naam van haar vader luidde?

Misschien zou die haar algauw te binnen schieten.

Even bekeek ze zichzelf in de ruit van de vitrine, op zoek naar het visioen, toen ging ze verder met haar werk.

32

’s Avonds arriveerden de eerste gasten. Ze droegen dikke mantels, waarvan sommige met kostbaar bont waren afgezet. De zomen van de japonnen van de dames waren vochtig en bij enkele gasten glinsterden ijskristallen op hun kraag.

Samen met de andere meisjes bracht Barbara de bagage van de dames naar hun kamers en vroeg wat de gasten wensten. De meesten van hen schenen haar nauwelijks waar te nemen, maar dat vond ze wel best. Als er geen wensen waren, holde ze naar de volgende kamer.

Toen alle gasten op hun kamers waren en het rustig werd, wendde Barbara zich tot Elsa. Ondanks de herinnering, die haar de hele dag was bijgebleven, was ze niet vergeten dat ze vandaag nog Johanna’s brief wilde wegbrengen. Ze had de dochter des huizes de hele dag niet meer gezien, maar als ze haar vanavond op de gang tegenkwam, wilde ze haar over Peter vertellen.

‘Ik zou graag even de benen strekken, kan ik een half uurtje weg?’ vroeg ze.

‘Nu?’ vroeg Elsa verbaasd. ‘Maar het is koud en donker en de wegen zijn glad.’

‘Mag het alsjeblieft?’ vroeg Barbara. ‘Ik wil graag de zee bij maanlicht zien.’

‘Goed, ga dan maar. We hebben allemaal wel een kleine pauze

verdiend. Maar zorg ervoor dat je terug bent wanneer de soiree begint. Misschien ben je dan nodig.'

Barbara knikte en bedankte, toen haalde ze haar mantel. In de zak daarvan stak ze de brief, die ze de hele dag in haar schortzak bij zich had gedragen. Met de brief en de routebeschrijving glipte ze door de achterdeur en liep over de binnenhof, waar de koetsen op een rij waren geparkeerd. Een paar koetsiers stonden in een hoek te roken, de tabak in hun pijpen gloeide in het donker. De mannen namen geen notitie van haar. Even later voelde ze de gure zeewind.

Ze had niet lang nodig gehad om zich de route in te prenten, maar toch bleef ze om de haverklap staan en controleerde aan de hand van het briefje waar ze was. Daarna liep ze door. Na een tijdje wist ze niet zeker meer of ze binnen een half uur terug kon zijn.

Het hotel van de Vandenbooms lag aan de andere kant van de stad en ze was een beetje bang in de donkere straten. De zee, die haar anders geen angst aanjoeg, zag er 's avonds dreigend uit. Er dansten een paar lichtpuntjes op de golven, verder was hij helemaal zwart en eerder te horen dan te zien.

Misschien is het werkelijk een genade dat ik vergeten ben hoe het voelt om te verdrinken, dacht ze; toen doemde het hotel van de Vandenbooms net voor haar op.

Ook daar waren de eerste gasten al gearriveerd. Van achter de benedenramen klonk gelach, waarschijnlijk was daar de gezelschapsruimte.

Barbara vergewiste zich er bij het naambord op de deur nogmaals van dat ze aan het juiste adres was, toen belde ze aan.

In eerste instantie gebeurde er niets. Het personeel was blijkbaar bezig met de gasten. Onbarmhartig sloop de kou onder Barbara's mantel. Algauw begonnen haar tanden te klapperen, en ze belde opnieuw. Toen er ook na de derde keer niets gebeurde, wilde ze al omkeren. Door het wachten verloor ze kostbare tijd en Elsa zou vast boos zijn als ze niet terug was wanneer de soiree begon.

Maar toen ging de deur ineens open. Een oudere man in livrei keek haar aan. 'Wat kan ik voor u doen?'

'Ik heb een brief voor de heer Peter Vandenboom, die ik persoonlijk moet overhandigen,' verklaarde ze, want ze wist niet zeker of hij Peter ook zou bereiken bij alle drukte. Bovendien had Johanna haar voornaam erop geschreven en het was voor haar belangrijk dat ze de brief Peter persoonlijk overhandigde.

De man keek haar een beetje gepikeerd aan.

'En u bent?'

'Gewoon een dienstmeisje. Ik heet Barbara. Voor mijn bazin is het heel belangrijk dat meneer Vandenboom deze brief meteen krijgt. Alstublieft.'

Ze keek de man smekend aan. Eerst wekte hij de indruk dat hij de deur voor haar neus dicht zou knallen, maar toen zei hij: 'Een momentje alstublieft.'

Toen de deur weer dichtging, vroeg Barbara zich af hoeveel tijd er intussen was verstreken. De seconden regen zich aaneen en voelden algauw aan als een kwartier.

Eindelijk ging de deur weer open.

De man die nu voor haar kwam te staan was dezelfde die ze op de boulevard met de jonge vrouw hadden gezien. Nu droeg hij een chic zwart rokkostuum met een wit strikje.

Verwonderd keek hij haar aan.

'Waarvoor komt u?'

'Mijn bazin doet u deze brief toekomen,' antwoordde Barbara en ze gaf hem de envelop. 'Ze verzoekt u dringend om antwoord.'

Vandenboom draaide de brief om, toen verstijfde hij. Blijkbaar wist hij precies van welke Johanna hij afkomstig was.

Maar Barbara wilde niet afwachten wat hij erop te zeggen had. De tijd glipte haar toch al door de vingers.

'Goedenavond,' wenste ze en ze draaide zich om en holde zo hard mogelijk weg. De vrees voor het donker was nu niet half zo groot meer als de angst Elsa teleur te stellen.

Toen ze door de achteringang van het hotel glipte, was Barbara helemaal buiten adem. Haar hart ging als een razende tekeer en ze werd verteerd door angst. Dat werd nog erger toen ze merkte dat er niemand meer in de keuken was. Blijkbaar waren alle andere dienstmeisjes al boven aan het helpen bij de soiree.

Vlug deed ze haar mantel af en hing hem aan de kapstok in de gang. Ze had nog maar net weer haar kapje opgezet toen Hilda in de deur verscheen.

'Daar ben je!' zei ze met een streng gezicht. 'Waar heb je zo lang gezeten?'

Barbara kon haar onmogelijk vertellen dat ze voor Johanna een brief had bezorgd.

'Ik heb alleen een beetje de benen gestrekt,' antwoordde ze dus maar ontwijkend.

'Ga nu maar naar boven en kijk in de zaal nog eens naar de haarden,' beval Hilda.

'Maar mevrouw Baabe is daar toch met de gasten!' antwoordde Barbara.

'Ja, en ze wil dat jij de haarden controleert,' zei Hilda. 'Vooruit, laat haar niet wachten.'

Hilda draaide zich om en liep de keuken uit.

Waarom ga je zelf niet? dacht Barbara, maar toen bedacht ze dat Hilda een goede relatie met mevrouw Baabe had. Ze kon erop rekenen dat de laatste haar het huis uit zou zetten als ze op welke manier dan ook haar ergernis wekte. Nog meer dan ze toch al deed.

Niemand nam notitie van haar toen ze de deur opendeed. Om bij de haarden te komen moest ze naar de andere kant van het vertrek. Het vuur gloeide nog, mogelijk hoefde ze niet veel te doen. Ze glipte langs de gasten, met steeds een oog op Augusta gericht, die niet leek te merken dat ze er was. Ze lachte tegen een paar mensen en proostte met hen. De vrouw des huizes verwachtte beslist dat ze onzichtbaar bleef wanneer ze haar werk deed.

Ze hurkte neer voor de haard en schoof voorzichtig de pook tussen de houtblokken. Wat ze precies moest doen om het vuur op te rakelen wist ze niet. Te laat bedacht ze dat ze dat Hilda had moeten vragen. Ze pookte een beetje rond in de gloed tot er een vlammetje verscheen. Daarop legde ze een paar houtblokken.

Zweet liep over haar rug. Ze wilde in geen geval dat de gasten of de Baabes haar in de gaten kregen. En vooral Christian mocht haar hier niet zien.

Ineens schoten er vonken op haar af. Verschrikt deinsde Barbara achteruit, waarbij ze tegen een van de dames aan stootte. Die slaakte een gil. Onmiddellijk richtten de blikken van alle gasten zich op haar.

'Barbara, wat doe je daar bij de haard!' viel Augusta woedend tegen haar uit.

'Augusta...' zei haar man, waarop zij hem een priemende blik toewierp.

'Ik... ik dacht dat ik...'

'Niemand heeft je de instructie gegeven om dat nu te doen!'

Onmiddellijk besefte ze dat Hilda haar erin had geluisd. Hoe had ze toch kunnen geloven dat de vrouw des huizes haar had laten komen?

'U hebt helemaal niet verteld dat Assepoester vandaag naar het bal komt, mevrouw Baabe!' zei een man onder het gelach van de andere gasten. De vrouw tegen wie ze aan had gestoten keek haar met een zuur gezicht aan.

Barbara was knalrood geworden en ze sloeg haar ogen neer. 'Mijn excuses, ik... ik wilde niet... Het spijt me.'

'Verdwijn! Onmiddellijk!'

Barbara knikte en trok zich haastig terug.

Toen ze zich voor de deur omdraaide, meende ze Hilda te zien die vanuit een hoek stond te loeren. Maar ze nam niet de moeite het te controleren en de confrontatie aan te gaan. Ze haalde diep adem en ging toen weer terug naar beneden. Ze kon alleen niet verhinderen dat de tranen haar in de ogen sprongen.

Wat had Hilda toch tegen haar? Waarom deed ze zoiets?

In de keuken stuitte ze op Elsa. Die merkte natuurlijk dat ze huilde.

'Wat is er gebeurd?' vroeg ze.

Barbara schudde haar hoofd en veegde over haar gezicht. 'Niets.'

'Van niets ga je niet huilen. Heeft iemand je onderweg lastiggevallen?'

'Nee, het is alleen... Hilda heeft me naar boven gestuurd naar de soiree. Ze zei dat mevrouw Baabe wilde dat ik de haarden controleerde. Ik had moeten weten dat ze een streek met me uithaalde.'

Elsa streelde haar over haar schouders. 'Trek je er niets van aan, zo is Hilda nu eenmaal. Kom de volgende keer dat je niet zeker bent van een opdracht van haar maar naar mij toe om het te controleren.'

'Ik dacht dat jullie allemaal al boven waren.' Barbara veegde haar laatste tranen weg. Ze voelde zich nog steeds ontgoocheld, maar Elsa's steun deed haar goed.

'Nee, we staan alleen maar klaar. Nu en dan moeten er glazen worden bijgevuld en schalen met eten omgeruild. Maar dat is ook alles.'

Barbara knikte en ze zwoer bij zichzelf dat ze zich door Hilda nooit meer zo te pakken zou laten nemen.

Toen Barbara naar beneden was verdwenen, stapte Hilda uit de schaduw. Ze was tevreden over haar streek, maar wat die dag aan informatie had opgeleverd was nog veel bevredigender. Het was echt een geluk dat de vrouw des huizes zo veel vertrouwen in haar had – anders had ze nooit de beslissende aanwijzing gekregen voor wat ze al dagenlang in de gaten hield.

Johanna Baabe had een verhouding met Peter Vandenboom. Daarmee was ze echt op een goudmijn gestuit.

Iedereen die al wat langer in Heiligendamm woonde, kende

de geschiedenis van wat er tussen de Vandenbooms en de Baabes was voorgevallen.

Hilda zelf was niet op de hoogte van alle details, maar haar grootmoeder had haar genoeg verteld om te weten hoe diep de vijandschap ging. Er was al eens een Baabe op een Vandenboom verliefd geworden – en nu leek de geschiedenis zich te herhalen.

Eigenlijk had ze het de vrouw des huizes meteen moeten vertellen. Dat Barbara een brief aan een Vandenboom had overgebracht zou beslist genoeg zijn om van haar af te komen.

Maar dat zou ook ten nadele van juffrouw Johanna zijn geweest. Die had haar eigenlijk nooit slecht behandeld – integendeel zelfs! Waarschijnlijk zou ze haar in het voorjaar weer een japon geven.

Dus had Hilda besloten nog een poosje te zwijgen. Dat Barbara zich voor de ogen van de gasten belachelijk had gemaakt was voorlopig genoeg, en op een gegeven moment zou ze de brief en de stiekeme verhouding nog wel kunnen melden. Misschien zou ze Christian op de hoogte brengen van wat ze wist, en zou hij haar zwijgen dan belonen...

Maar dat kon wachten. Nu was er een heleboel in huis te doen, en er zou vast nog genoeg gebeuren waarvan ze mevrouw Baabe verslag kon uitbrengen.

Met een voldaan lachje streek Hilda over haar schort en liep de trap af.

33

Donderdag 18 december 1902

Die ochtend verscheen de vrouw des huizes al vroeg in de keuken om het personeel in te delen. Er werden nieuwe gasten verwacht, het huis stroomde geleidelijk aan vol. Overal klonk geroezemoes en wanneer Barbara nu door de gangen liep, had ze het gevoel dat ze zich in een dicht bos bevond. Een bos waarin ze zich ook kon verstoppen.

Intussen was er ook nieuw personeel gekomen. Een paar jonge vrouwen en mannen uit de omgeving die blij waren tijdens de feestdagen iets bij te kunnen verdienen. Een paar meisjes hadden al vaker in het hotel gewerkt. Ze stelden zich allemaal in een rij op in de keuken en keken naar Augusta Baabe alsof ze een koningin was.

Wie ze voor welke taak had ingedeeld, las ze af van een blaadje, waardoor het vlug ging. Een deel van de jonge mannen zou de koffers dragen, het andere deel moest voor de paarden van de gasten zorgen.

Toen noemde Augusta Baabe de kamermeisjes en de kamers die ze moesten doen.

De ene naam na de andere viel – maar Barbara noemde ze niet. Onzeker keek ze naar Elsa. Op haar voorhoofd verschenen een paar verbaasde rimpels, die dieper werden toen de vrouw des huizes klaar was met het indelen van de kamermeisjes en begon met het minder in aanzien staande werk.

'Barbara, jij zorgt met Trude en Hanne voor de was,' gaf Augusta op kille toon te kennen.

'Maar Barbara is toch kamermeisje,' nam Elsa het woord. 'Moet ze niet met de kamers helpen? We kunnen haar daar goed gebruiken!'

Augusta Baabe wierp haar een strenge blik toe. 'Als ik je mening wil weten, vraag ik er wel om, Elsa, dank je wel.'

Het dienstmeisje perste haar lippen op elkaar.

'Ach, Emma, gisteren was het gebraden vlees wat aan de zoute kant. Zorg ervoor dat dat vandaag niet weer gebeurt.'

Met die woorden liep ze de keuken uit. Hilda lachte spottend naar Barbara voor ze zich aansloot bij de andere kamermeisjes.

Barbara beantwoordde haar blik en deed haar best haar teleurstelling niet te laten blijken. Nu zou ze dus urenlang in de dampend hete waskeuken moeten blijven en bergen wasgoed naar de zolder brengen om te drogen. Maar ze zou zich daar niet klein door laten krijgen. Het was duidelijk dat Augusta Baabe haar ook als kamermeisje niet mocht. Maar het jaar zou voorbijgaan en het voorjaar bracht misschien een nieuw begin met zich mee.

'Ik heb geen idee wat mevrouw Baabe tegen je heeft. Je kunt haar maar het best uit de weg gaan,' raadde de kokkin aan. 'En in de waskeuken kom je haar zeker niet tegen.'

Barbara knikte. 'Ach ja, ik ben aangespoeld op het strand en weet niet wie ik ben. Vermoedelijk denkt ze dat ik de gasten zal bestelen.'

Barbara pakte een emmer en bracht hem naar de waskeuken.

Vanuit haar ooghoeken zag ze hoe Elsa niet-begrijpend haar hoofd schudde, maar die zou als ze niet weer een uitbrander wilde krijgen, haar mond moeten houden.

De was doen was voor Barbara iets ongewoons. Het ging om bergen lakens, handdoeken en overtrekken, en bovendien kleding die gasten gewassen wilden hebben. De twee andere meisjes hadden meer ervaring en ook meer kracht om in de tobbe met sop te roeren.

Ze spraken niet veel met elkaar, en dus kon Barbara nadenken.

Zoals ze Johanna had beloofd, had ze op de avond dat ze naar de Vandenbooms was gegaan nog naar de takken gekeken. En ziedaar, de knoppen aan haar eigen tak waren al zo dik dat het ernaar uitzag dat ze binnen een paar dagen open zouden barsten.

Maar zouden ze haar echt geluk brengen? Terwijl het sop in haar neus prikte en haar kleren aan haar lijf plakten van het zweet, wist ze niet wat ze ervan moest denken. Zou het geluk brengen als ze het huis verliet?

Hilda had haar de afgelopen dagen wat streken betreft met rust gelaten, maar ze dook telkens weer in haar buurt op. Inmiddels was Barbara ervan overtuigd dat ze haar bespioneerde. Vooral de vorige dag was het erg geweest. Alsof Hilda bang was dat ze over haar zou kletsen. Dat deed ze natuurlijk niet. En als ze iemand iets toevertrouwde, dan was het Elsa, want ze had het gevoel dat die ook zo haar problemen had met Hilda.

Vanwege Hilda's gespioneer had ze Johanna niet meer durven te benaderen. Als dochter des huizes moest die met de gasten converseren en de dames begeleiden op hun wandelingen door de stad.

Maar wat zou ze ook moeten zeggen?

Natuurlijk waren de knoppen aan Johanna's tak gegroeid, maar of ze het voor Kerstmis haalden, was de vraag.

En hechtte Johanna daar eigenlijk nog wel waarde aan?

In elk geval was het Barbara gelukt haar te laten weten dat ze de brief aan Peter persoonlijk had overhandigd. Zou ze al antwoord hebben gekregen?

Misschien zou het haar in het weekend lukken even met Johanna te praten.

'Breng die maar naar boven naar de droogkamer,' zei Trude toen ze weer een mand had gevuld. 'Maar laat de lakens niet in het stof vallen!'

'Nee, maak je geen zorgen.'

Barbara tilde de mand op. Hij was zwaar, maar ze zou het wel klaarspelen hem naar boven te brengen. Daar was het beslist koeler dan in deze waskeukenhel.

Door de mand tussendoor telkens weer neer te zetten kreeg ze hem de achtertrap op. Die was steiler dan de voortrap, maar nu er gasten in huis waren mochten die haar natuurlijk niet met een schort vol vochtplekken en een mand met natte was tegenkomen.

Eenmaal boven bleef ze even hijgend staan, toen tilde ze de mand weer op en liep verder. Ze bevond zich nu ter hoogte van de kamers van Christian en Johanna, maar afgezien van het feit dat die vast ergens anders waren, had ze ook niet het lef bij Johanna aan te kloppen.

Aan het eind van de gang, vlak voor de trap naar de zolder, liep ze Christian tegen het lijf. Hij kwam zijn kamer uit, zag haar en glimlachte.

'Hallo, Barbara, heb je even tijd?' vroeg hij.

Barbara knikte en keek enigszins gegeneerd naar de natte plekken op haar schort. Zo had ze hem eigenlijk niet tegen willen komen. Maar hoe had ze kunnen weten dat hij hierboven was? Gewoon verdergaan wilde ze ook niet.

En ze was blij hem tegen te komen!

Hoeveel dagen waren er inmiddels verstreken sinds ze hem voor het laatst had gezien?

En het scheen ook een eeuwigheid terug te zijn dat ze met hem had gepraat.

De dienstmeisjeskleding scheen hem uit haar leven te hebben verdreven.

Maar nu stond hij voor haar en bracht haar met zijn glimlach in verwarring. Vond hij het soms grappig dat ze met een volle mand met wasgoed liep te slepen?

'Zal ik die van je overnemen?'

'Nee, laat maar, ik red het wel,' antwoordde Barbara. Ze was er niet zeker van of Hilda haar ook nu nog bespioneerde, maar ze wilde zich er in geen geval op laten betrappen dat ze Christian haar mand liet dragen. Zelfs niet nu hij het aanbood.

'Hij ziet er behoorlijk zwaar uit.'

'Maar dat is hij niet,' jokte ze, tegelijkertijd beseffend dat Christian haar niet geloofde.

'Wanneer heb je 's middags even tijd?' vroeg hij.

'Waarom vraag je dat?' was haar wedervraag. 'In elk geval niet voor het weekend, want de kamers van de gasten moeten gedaan worden, en de was.'

Christians blik viel weer op de volle mand. 'Waarom heeft mijn moeder je eigenlijk voor de was ingedeeld? Dat kunnen de invallers toch doen.'

Barbara boog haar hoofd. 'Waarschijnlijk omdat ik gisteren tijdens de soiree bij het oprakelen van het haardvuur geschrokken ben en tegen een dame ben aangebotst.'

'Dat was toch helemaal niet erg. De gasten vonden je allemaal heel mooi, mijn moeder is er urenlang over uitgevraagd waar je zulke kamermeisjes kunt krijgen.'

'Dat verzin je zeker,' pruttelde Barbara. 'Een van de mannen noemde me Assepoester.'

'Ken je dat sprookje niet? Assepoester, die een schone prinses werd en met de prins trouwde?'

Barbara schudde haar hoofd. Dat de gasten haar mooi vonden had de woede van mevrouw Baabe vast nog aangewakkerd. Daarom sjouwde ze nu zware wasmanden naar boven. Vanavond zou ze te moe zijn om nog met Johanna te praten.

'In elk geval is het echt waar dat velen je mooi vonden. Zelfs de vrouw tegen wie je aan bent gebotst. Ik kwam niet meer bij van het lachen. Mijn vader ook niet. Een paar gasten hebben hem zelfs gevraagd of hij van plan was je te verleiden.'

'O, mijn god!' ontsnapte Barbara. Ze zou nooit hebben gedacht dat de gasten het daarover zouden hebben. Dat hoorde toch niet!

'Maak je niet ongerust, ik zal op je passen.' Christian hield zijn hoofd schuin, toen vroeg hij: 'Nou, denk je dat je in het weekend een paar uur tijd hebt? Ik zou graag met je naar de vissershut rijden.'

De vissershut! Sinds hun rijtocht en haar inzinking op het kerkhof van Doberan had Barbara daar niet meer aan gedacht. Maar ze wilde nog steeds graag de plek zien waar de oude visser Christian sprookjes had verteld.

'Maar mag ik dan het huis uit? Je moeder vindt het vast niet goed.'

'Het kan me niet schelen wat mijn moeder goedvindt. Je bent nu een medewerkster, geen slavin. Je mag dan wel mijn vader hebben aangeboden voor niets voor hem te werken, maar hij betaalt je net als de andere dienstmeisjes. En het is geen gunst dat je hier werkt, ook al stelt mijn moeder het zo voor. Het kerstbal brengt heel veel gasten naar Heiligendamm. We hebben invalkrachten nodig, rond deze tijd hebben we altijd al meisjes ingehuurd. Dus denk alsjeblieft niet dat je mijn moeder iets verschuldigd bent. Je werkt hier, en daarmee heb je ook recht op vrije tijd.' Hij keek haar aan en scheen pas nu te merken dat hij al pratend kwaad was geworden. 'En ik zou je graag de oude vissershut laten zien. Nou, wat zeg je ervan?'

Barbara keek Christian verbaasd aan. Hij leek echt koste wat kost met haar een rit te willen maken. Maar wat zouden de andere meisjes zeggen? Behalve bij Elsa en de kokkin had ze het gevoel dat de anderen haar niet bijzonder mochten, haar misschien als concurrente zagen. Om van Hilda nog maar te zwijgen.

'Ik wil de vissershut heel graag zien,' antwoordde ze. 'Maar ik vrees dat die tijd voorbij is. Ik ben geen gast meer, maar personeelslid.'

'En waar staat dat ik niet met een personeelslid mag gaan rijden?'

Christian haalde diep adem.

Barbara vond het pijnlijk te zien hoe de vreugde uit zijn gezicht verdween. Maar kon ze met hem meegaan terwijl zijn moeder er alleen maar op scheen te wachten dat de kerst voorbijging en ze van haar af zou zijn?

'Goed, laten we eens nadenken,' zei hij toen, blijkbaar was hij niet van plan het op te geven. 'Wat denk je van zondag na de kerkdienst? Dan werkt zelfs mijn vader niet, en dat zegt wel wat. De meisjes hebben dan bijna allemaal vrij, in elk geval vanaf de middag tot de avond. In die tijd kunnen wij een rit maken. Dat zal niemand je beletten.'

'En je moeder?'

'Die heeft op zondag wel wat anders te doen. Bijvoorbeeld Johanna een nieuwe aanbidder bezorgen. Of haar naar de Von Kahldens meeslepen. Of er met haar vriendinnen over speculeren welke schandalen zich op het bal zullen voordoen.'

'Goed, zondag dan,' zwichtte ze uiteindelijk. 'Na de kerkdienst. En waar ontmoeten we elkaar?'

'Wat denk je van Huize Eikenboom? Dat ligt in een klein straatje, vlak bij het bos.' Christian beschreef de weg erheen en Barbara knikte.

'Dat kan ik zeker vinden.'

'Uitstekend!' zei Christian, en voor ze het kon verhinderen pakte hij de mand en droeg hem de trap op.

'Wacht!' riep Barbara hem achterna, maar ze kon niet anders dan hem volgen.

DEEL 3

Het bal

34

Zaterdag 20 december 1902

Johanna zat op hete kolen. Hoe lang had Peter nou nodig voor een antwoord? Of had hij het te druk met zijn nieuwe geliefde? Was zij misschien zijn verloofde? Een die zijn ouders voor hem hadden uitgezocht?

Afwezig keek ze uit het raam van het koffiehuis waar haar moeder haar en een paar vrouwelijke gasten mee naartoe had genomen. Vanwege het bal leek de boulevard wat levendiger, maar ze had nauwelijks oog voor de paren in dikke mantels en glanzende bontjassen. Haar blik was gericht op de hemel, waaraan telkens weer meeuwen verschenen en die helder en ijzig blauw schitterde in het zonlicht.

Als Peter niet van zich liet horen, wat moest ze dan doen? Ze kon onmogelijk zelf naar het hotel van de Vandenbooms gaan. Maar als dat de enige manier was om met hem te praten? Antwoord te krijgen?

Ze woonden wel in dezelfde plaats, maar er had evengoed een hele oceaan tussen hen in kunnen liggen.

'Kind, wat ben je stil,' merkte Augusta ineens op. 'Is alles in orde met je?'

Johanna draaide zich om. Even was ze vergeten dat ze midden tussen de gasten zat. De vrouwen keken haar verbaasd aan.

Haar moeder moest iets gevraagd hebben, maar ze had het niet gehoord.

'Pardon, ik was in gedachten verzonken.'

'Tja, dat kan niemand je kwalijk nemen,' zei haar moeder, maar in haar woorden klonk onmiskenbaar een verwijt door. Sinds het gesprek na het bezoek van de naaister had ze nauwelijks een woord met haar dochter gewisseld. Ze had het niet meer gehad over de risico's die de familie liep als ze Berthold von Kahlden afwees. Maar Johanna kon het zich indenken dat ze het er nog steeds niet mee eens was en op het aannemen van zijn aanzoek zou staan.

'We wilden weten of je al een naaister hebt gevonden voor je bruidsjapon,' vroeg een oudere dame uit het groepje gasten, barones von Hammerstein als Johanna het zich goed herinnerde.

Aha, ze hadden het dus over de bruiloft gehad. Blijkbaar heb ik niets gemist, dacht Johanna en ze forceerde een glimlachje. 'Eerlijk gezegd heb ik nog geen idee. Onze huisnaaister zal hem wel maken, neem ik aan.'

Johanna zag dat haar moeder haar waarschuwend aankeek. Als ze nu, en plein public, te kennen gaf dat ze Berthold von Kahlden helemaal niet wilde, zou dat het aanzien van de familie ongelofelijk schaden. Maar zou dat anders zijn als ze haar beslissing uitstelde tot het bal? En misschien begrepen die vrouwen het zelfs wel...

Nee, op begrip hoefde ze niet te rekenen. Veel van de dames kwamen uit invloedrijke adellijke families. Het was algemeen bekend dat die families er altijd op letten dat ze profijt hadden van een huwelijk. Hoewel niemand erover praatte, schikten de dochters van zulke huizen zich in een verstandshuwelijk.

'Nou, je moet beslist iemand naar Rostock sturen,' vervolgde de barones. 'Of naar Schwerin. Naaisters in de grote steden zijn veel beter op de hoogte wat de mode betreft. Momenteel verandert er veel. Geloof me, crinolines en korsetten behoren binnenkort tot het verleden.'

'Denkt u dat echt?' vroeg een dame die nog ouder was dan de barones. 'Denkt u niet dat het wat al te frivool is korsetten onder japonnen weg te laten? Tenslotte zijn we geen snollen uit Parijs.'

Een paar dames hapten verschrikt naar adem. Johanna verbeet een lachje. Terwijl er onder de vrouwen een discussie ontbrandde of je het woord 'snol' in het openbaar mocht uitspreken en wat voor kleding fatsoenlijk was, vergaten ze helemaal te vragen voor welke bruidegom ze zou kiezen. Misschien had haar moeder er ook wel iets over gezegd toen ze er niet bij was met haar gedachten, maar in elk geval stelden ze haar geen vragen en vielen ze haar niet lastig.

De discussie duurde nog een hele tijd, tot ergernis van haar moeder, die veel liever de aandacht op Johanna's bruiloft had gevestigd.

Toen ze uiteindelijk weggingen, was de halve middag voorbij. Johanna was opgelucht. Ditmaal was ze nog onder het onderwerp trouwen uit gekomen.

Bij hun terugkeer in het hotel lag de post op het tafeltje achter de balie te wachten. De jongen die de gasten bij de receptie ontving, was niet te bekennen. Waarschijnlijk stond hij met de andere knapen in de keuken te kletsen.

De post voor de gasten was in elk geval al netjes in de vakken onder hun sleutels gelegd.

Omdat het zaterdag was, was het de laatste mogelijkheid van die week om een brief van Peter te krijgen.

Johanna was het liefst weggerend om te kijken of er iets voor haar bij zat. Maar haar moeder zei: 'Breng jij de dames maar even naar de salon. Ik kom zo.'

Dat betekende niets anders dan dat ze eerst zelf de post voor de gezinsleden wilde doorkijken voor ze die aan de desbetreffende ontvanger uitdeelde of liet uitdelen.

Met tegenzin volgde Johanna haar opdracht op en bracht de dames naar de salon. Ze hoopte een beetje dat ze onderweg Barbara tegen zou komen, maar er was geen dienstmeisje te zien.

Terwijl ze de lakens van de lijn haalde voelden Barbara's armen nog steeds aan alsof ze een enorme berg stenen had versjouwd. Ze was een beetje verbaasd dat het meeste wasgoed al droog was. Blijkbaar was het daarvoor hierboven een goed klimaat

Ze was in elk geval niet alleen. De andere meisjes met wie ze de was had gedaan waren er ook, ze vouwden lakens op en legden nachthemden in manden. Vandaag moest de hele was gemangeld en gestreken worden, daarna mocht hij pas naar de hotelkamers. De komende week zou de hele procedure worden herhaald – en Barbara was er zeker van dat de vrouw des huizes haar weer voor dit werk zou indelen.

Dat vond Barbara wel best. Ze zou toch nog maar een week hier zijn.

Daar had ze het echter ook moeilijk mee. Stel dat ze Christian dan nooit meer zag? En Johanna... Ze betwijfelde of die twee nog contact met haar wilden houden. Helemaal omdat ze niet eens wist of ze in de buurt zou blijven...

Toen de wasmand vol was, droeg ze hem naar beneden. De andere meisjes namen nauwelijks notitie van haar.

Toen er werd aangebeld, schonk ze daar geen aandacht aan – er waren anderen om open te doen, niet een dienstmeisje met een volle mand met was om te mangelen.

Maar toen werd er opnieuw aangebeld, en omdat er niemand verscheen, zette Barbara de mand neer en liep naar de deur.

Toen ze opendeed, keek ze in het gezicht van een haar onbekende man. Hij droeg een chique mantel en zag er helemaal niet als een bediende uit. Toch reikte hij haar een brief aan.

'Wil je deze brief alsjeblieft aan juffrouw Johanna overhandigen?'

Barbara bekeek de envelop. Alleen Johanna's naam stond erop, verder niets.

'En van wie is die brief?' vroeg ze.

'Daar komt ze wel achter als ze hem openmaakt. In elk geval moet ik daarvoor zorgen.'

De man glimlachte veelbetekenend, tikte tegen zijn hoed en maakte rechtsomkeert. Barbara deed de deur achter hem dicht, toen bekeek ze de brief nog eens.

Hij was gesloten met een zegel dat geen uitsluitsel over de afzender gaf. In elk geval kon ze er geen touw aan vastknopen. Was die brief afkomstig van Peter? Misschien was die man een vriend van hem...

Het liefst was ze meteen naar Johanna gegaan. Maar de wasmand stond nog onder aan de trap. En Johanna was vast in haar kamer of in een ander vertrek waar ze niet mocht komen. Ze stak de brief dus maar in haar zak, net op tijd voor de vrouw des huizes verscheen.

Hoe kwam die hier? Had ze misschien gemerkt dat iemand iets had afgegeven?

'Wat moet die wasmand daar?' blafte ze. 'Denk je soms dat de was vanzelf bij de mangel komt?'

'Nee, mevrouw Baabe, mijn excuses,' antwoordde Barbara en ze liep haastig naar de mand.

'Ik dacht dat er was aangebeld,' zei Augusta Baabe terwijl ze langzaam naar haar toe kwam. 'Was het iets belangrijks?'

Barbara voelde het bloed naar haar hoofd stijgen.

'Nee, ik...' Ze was geen goede leugenaarster, dat was wel duidelijk. 'Ik heb opengedaan, maar het was... het was alleen maar iemand die iets wilde verkopen. Ik heb hem weggestuurd.'

Augusta Baabe keek haar aan alsof ze haar een klap wilde geven en Barbara moest moeite doen om niet haar hoofd in te trekken. Zou ze het geloven? Of haar berispen omdat ze eigenmachtig had beslist?

'Goed,' zei de vrouw des huizes na een tijdje. 'Zorg ervoor dat je de mand hier weghaalt voor iemand erover struikelt.'

'Natuurlijk,' zei Barbara en ze bracht de mand naar de waskeuken. Daar deed ze de schone was over in een grotere mand, waaruit het wasgoed werd gehaald om te mangelen.

Even later verschenen ook de andere meisjes. Ze babbelden

vrolijk, tot ze Barbara zagen. Meteen verstomden ze en leegden ook hun manden.

Tot de avond had Barbara geen gelegenheid om Johanna op te zoeken. Samen met de andere meisjes mangelde ze het wasgoed, en toen de lakens en dekbedovertrekken klaar waren, was het al donker. Bij het avondeten vertelden de kamermeisjes wat ze in de kamers van de gasten hadden gezien. Een paar meisjes hadden van de gasten zelfs geld toegestopt gekregen.

Terwijl de anderen vertelden, merkte Barbara dat Hilda bijna wantrouwend naar haar keek. Zou ze vermoeden dat ze iets in haar zak verborgen hield? Eigenlijk was Barbara van plan die avond naar Johanna te gaan, maar dat was onmogelijk zolang Hilda haar in de gaten hield. Waarom deed ze dat eigenlijk?

Toen ze met Elsa de trap opklom, voelde ze zich vreselijk moe – maar tegelijkertijd wist ze dat ze geen oog dicht zou doen voor ze een manier had bedacht om Johanna de brief te overhandigen.

Een poosje staarde ze door het dakraampje naar de door de maan verlichte witte wolken. Toen keek ze naar Elsa. Die zou de laatste zijn om haar bij de vrouw des huizes zwart te maken, maar het was beter als ze niets merkte. Gelukkig sliep haar kamergenote vast en diep. Toch stapte Barbara uiterst behoedzaam uit bed. Haar blik gleed over de twee takken in de kruik. Inmiddels begonnen ook de knoppen van de tweede tak open te gaan.

Opeens besefte ze dat ze al een paar dagen niet meer met Johanna had gepraat. Die wist nog helemaal niet dat de knoppen van haar tak al begonnen uit te komen. Van bloeien zoals het de Heilige Barbara waardig zou zijn, was hij weliswaar nog ver verwijderd, maar het gaf hoop.

Zou hij Johanna geluk brengen? In haar eigen geluk geloofde Barbara niet meer. Maar dat was ook niet zo belangrijk. Intussen was ze begonnen te accepteren dat het tijd zou kosten voor ze wist wie ze was. Misschien kwam ze het ook wel nooit te weten. Misschien was dat maar goed ook. Maar de gedachte dat ze Christian misschien nooit meer zou zien stond haar niet aan.

Morgen zou ze met hem gaan rijden, maar haar aanvankelijke vreugde daarover was intussen in angst omgeslagen. Christians moeder zou waarschijnlijk flauwvallen als ze merkte dat haar zoon zijn tijd met een dienstmeisje doorbracht. En als iemand haar zag... De ontmoetingsplaats die Christian had voorgesteld klonk goed, maar soms gebeurde er stom toevallig iets.

Ze onderdrukte een zucht, haalde de brief onder haar hoofdkussen vandaan en sloop naar de deur.

Wat was het om deze tijd rustig in het hotel! Overdag had ze soms het gevoel dat ze zich in een korf vol zoemende bijen bevond. Maar nu was alles zo stil dat ze zelfs het ruisen van de zee in de verte kon horen.

Hoewel ze wist dat Hilda niet voor haar deur zou zitten waken, keek ze overal om zich heen. Maar in de hoeken lagen alleen schaduwen op de loer. De traptreden kraakten licht toen ze naar beneden sloop. Even dacht ze een geluid te horen, maar het was slechts een krakende balk. Het huis ademde, dat had ze al in haar eerste nacht hierboven gemerkt.

Ten slotte kwam ze bij de gang die een week geleden voor haar nog elk moment bereikbaar was geweest. Het speet haar bijna dat ze Johanna nooit had opgezocht.

Bij de deur bleef ze staan. Hoewel ze zeker wist dat ze door niemand werd gadegeslagen, ging haar hart als een razende tekeer.

Even aarzelde ze, toen klopte ze zachtjes. Johanna sliep natuurlijk, maar ze wilde ook niet zomaar naar binnen gaan.

Toen er niets gebeurde, klopte ze iets harder. Het geluid scheen door het hele huis te klinken – in elk geval had ze dat gevoel.

Het volgende moment bewoog er iets achter de deur.

'Binnen,' klonk een slaperige stem.

Barbara legde haar hand op de klink en duwde hem voorzichtig omlaag. De maan verlichtte de kamer bijna alsof het dag was.

Johanna zat rechtop in bed en wreef in haar ogen. Blijkbaar had ze op iemand anders gerekend. Toen ze Barbara herkende, deed ze haar hand meteen omlaag. Barbara kon niet zien hoe ze keek, maar haar stem klonk verrast toen ze zei: 'Barbara! Wat is er gebeurd?'

Ze reikte haar de brief aan. 'Een jongeman heeft deze hier voor je afgegeven.'

'Wanneer?' Johanna sloeg haar dekbed terug en zwaaide haar benen over de rand van haar bed.

'Vanmiddag. Helaas was het onmogelijk hem eerder te geven. Het scheelde niet veel of je moeder had het gemerkt.'

'Maar dat heeft ze niet, toch?' Johanna hield de envelop beschermend tegen haar borst.

'Nee, dat heeft ze niet.' Barbara plukte verlegen aan haar nachthemd, toen zei ze: 'Ik kan maar beter gaan. Eigenlijk mag ik hier helemaal niet zijn.'

'Nee, blijf alsjeblieft!' zei Johanna en ze pakte haar arm. 'Ik wil graag dat je erbij bent wanneer ik hem openmaak.'

Ze trok Barbara naast zich op de rand van het bed.

Toen draaide ze de brief om, haalde nog eens diep adem en verbrak het zegel. Er vielen een paar stukjes was op haar nachtjapon. Het papier trilde licht in haar handen.

Barbara keek naar haar profiel, haar ogen waarin het maanlicht glinsterde terwijl ze de zinnen las.

Het liefst had ze gevraagd wat zijn antwoord was – maar dat durfde ze niet. Het was Johanna's zaak, en als ze er niet over wilde praten, was dat best.

Na een tijdje, toen ze de brief meerdere malen had gelezen, liet Johanna het blaadje zakken. Trillend haalde ze adem. Er lichtte opluchting op in haar ogen, toen drukte ze de brief met een glimlach tegen haar borst en deed haar ogen dicht.

'De jonge vrouw die wij gezien hebben, was door zijn ouders

uitgenodigd. Ze hoopten waarschijnlijk dat hij verliefd op haar werd.'

'En, is dat gebeurd?' vroeg Barbara.

Johanna deed haar ogen open en keek haar stralend aan. 'Blijkbaar niet, hij schrijft dat er voor hem niemand anders bestaat dan ik en dat hij gewoon alleen maar vriendelijk tegen haar was geweest. Ze had om bijna alles wat hij zei gelachen, omdat ze hoopte dat hij met haar zou trouwen.' Johanna haalde diep adem. 'Hij lijkt in eenzelfde situatie te zitten als ik. Hoewel hij makkelijker aan de val van zijn ouders kan ontkomen, want wanneer hij terug is op zijn kantoor, is hij van ze af.'

Ze pakte Barbara's hand en zuchtte diep.

'Het is fijn dat je bij me bent. Ik haat mijn moeder om wat ze me aandoet.'

'Ik heb nagedacht,' zei Barbara. 'Zonder te weten wie ik ben, zonder hoop dat mijn vader me zal komen halen, kan ik niet hier, in jullie huis, blijven. Ik heb me als dienstmeisje moeten laten inhuren, en ik zal aan het begin van het nieuwe jaar een andere betrekking moeten zoeken. Ik heb nu een ander leven, en ik kan dat accepteren of van vertwijfeling in het water springen.'

Barbara voelde Johanna's greep verstrakken.

'Dat mag je in geen geval doen!' zei ze. 'Beloof me dat je jezelf niets aandoet, wat er ook gebeurt.'

Barbara knikte. 'Beloofd.'

'Mooi. En als je wilt, zal ik eens mijn oor te luisteren leggen bij de meisjes die bij me in de klas hebben gezeten. Vriendinnen kan ik ze niet noemen, maar we kunnen het goed met elkaar vinden. Mogelijk kan ik je bij een van hen onderbrengen.'

'Dat zou heel aardig van je zijn,' antwoordde Barbara. 'Want eigenlijk wil ik wel graag hier blijven. In Heiligendamm. Bij...' Ze stokte. Bijna had ze verraden dat ze bij Christian wilde blijven. Maar daarop mocht ze niet hopen. En het was ook beter als ze daar niet met Johanna over praatte.

'Je bent verliefd op mijn broer, nietwaar?' vroeg Johanna met een veelbetekenend lachje.

'Ik...' Het bloed steeg Barbara naar de wangen. 'Ik weet niet hoe het voelt om verliefd te zijn, maar ik mag je broer heel graag. En morgen wil hij met mij naar de vissershut rijden.'

'Maar dat is fantastisch!' antwoordde Johanna. 'Blijkbaar beteken je veel voor hem.'

'Ja, misschien is dat wel zo.' Verdrietig sloeg Barbara haar ogen neer.

'Wat is er?' vroeg Johanna. 'Wat maakt je zo verdrietig?'

'Het zit zo: ik wil hem graag weer zien. Ik zou graag nog meer rijtochten met hem maken. Ook al weet ik niet hoe het morgen zal zijn. Maar je broer is de zoon van een gerenommeerde hotelexploitant en ik ben maar een dienstmeisje. En dat zal ik blijven zolang ik niet weet wie ik echt ben.'

Johanna legde haar arm om haar heen. 'Tja, dan moeten we onze hoop maar op de Barbaratakken vestigen, hè? Hoe doen ze het eigenlijk?'

'Ze hebben knoppen, dikke knoppen. Maar ze bloeien nog niet.'

'Dat heeft ook nog een paar dagen de tijd. Laten we hopen dat ze ons brengen wat we wensen.'

Een poosje bleven ze zwijgend op het bed zitten, toen stond Barbara op. Het was beter als ze weer naar haar kamer terugging. Misschien werd Elsa wakker en vroeg ze zich af waar ze was.

'Welterusten,' zei ze en ze liep naar de deur.

'Welterusten,' antwoordde Johanna in gedachten. 'Zien we elkaar morgen weer?'

'Ik hoop het. De was is klaar, morgen wordt alles naar de kamers gebracht en zal me ander werk worden toegewezen.'

'Het is een schande dat mijn moeder je bij de was heeft ingedeeld.'

Barbara schudde haar hoofd. 'Het is gewoon werk. En ik kan

begrijpen dat ze de meisjes die ervaring hebben met het werk op de kamers daar inzet. Je moet ergens beginnen, nietwaar?'

Johanna zuchtte diep.

'Wat bedoel je eigenlijk als je zegt dat Peter Vandenboom makkelijker aan de val van zijn ouders kan ontkomen dan jij?' vroeg Barbara toen ze zich bij de deur nog eenmaal naar Johanna omdraaide.

'Nou ja,' antwoordde ze. Omdat de maan haar nu van achteren belichtte als een stralenkrans, was haar gezichtsuitdrukking niet goed te zien. 'Peter is een man en hij is bezig een bestaan op te bouwen. Als hij niet wil trouwen met degene die zijn ouders voor hem uitzoeken, trekt hij zich op zijn advocatenkantoor terug, en dan vergeven ze het hem na een tijdje wel. En kijk dan eens naar mij! Voor mijn moeder is het duidelijk dat ik met Berthold von Kahlden zal trouwen. Ik heb geprobeerd met haar te praten, maar het ging niet. Ze is van mening dat het zware consequenties voor onze familie zou hebben als ik zijn aanzoek niet aanneem. En een huwelijk met Peter zou voor haar nooit in aanmerking komen. Of ik word een ongelukkige bruid, óf ik verlies mijn familie.'

'En wat zou je kiezen?'

'Ik weet het niet,' antwoordde Johanna bedrukt. 'Ik weet het echt niet.'

35

Zondag 21 december 1902

In de kerk kon Barbara zich nauwelijks op de preek concentreren. Ze was opgewonden over het vooruitzicht van de rit met Christian, maar ook een beetje bang. Stel dat de vrouw des huizes erachter kwam? Vanwege de slechte dunk die deze van haar had, zou ze haar beslist de schuld geven. En dan zou ze ook een reden hebben om haar eruit te gooien.

Bovendien spookte nog steeds door haar hoofd wat Hilda de vorige avond had verteld: dat er al eens een meisje was geweest op wie Christian verliefd was geworden, en dat dat slecht was afgelopen. En zij had heel goed gemerkt dat Hilda de hele tijd naar haar had zitten kijken toen ze dat vertelde.

Ze had een beetje gehoopt dat de anderen haar zouden tegenspreken. Maar dat was niet gebeurd. De jongere dienstmeisjes deden alsof ze niets hoorden, de invalkrachten wisten er toch al niets van en op Elsa's en Emma's voorhoofd waren diepe rimpels verschenen. Ten slotte had Emma een einde gemaakt aan haar geklets.

Maar het verhaal had zich als een distel in haar vastgezet. Wat was er toen gebeurd? Waarom was die liefde mislukt? Had zijn moeder er iets tegen gehad? Of had Christian het meisje in de steek gelaten? Dat kon ze zich van hem helemaal niet voorstellen.

Toch voelde ze zich er onzeker door.

Ze wilde noch haar hart laten breken, noch dat Christian last kreeg vanwege haar. En ze wilde ook niet gedwongen worden het huis voortijdig te verlaten. Als het tot een schandaal kwam, zou het onmogelijk zijn in Heiligendamm of Doberan een betrekking te vinden. En dan was ze verloren.

Maar tegelijkertijd wist ze dat Christian niet zou opgeven. En zij wilde hem ook niet teleurstellen.

En wat was er eigenlijk mis met een rijtocht? Ze hadden al eens eerder een rit gemaakt. Weliswaar was Johanna er toen bij geweest – maar misschien ging ze deze keer ook mee? Ze zag er zo zorgelijk uit, ze kon wel een beetje afleiding gebruiken.

Peter had haar in zijn brief verzekerd van niemand anders te houden, ook niet van de huwelijkskandidate met wie zijn ouders hem hadden opgescheept. Maar stel dat hij toch zwichtte? En dat zij niet de moed kon opbrengen zich van haar familie los te maken?

Toen de kerkgangers een lied inzetten, verdwenen die gedachten voor even. De adventsdienst was bijna ten einde. Ze moest verzinnen hoe ze de middag kon doorbrengen zonder door Hilda in de gaten te worden gehouden. Als die merkte dat ze met Christian een rit ging maken, zou dat bij haar terugkomst een hoop gedonder geven.

Toen de bezoekers de kerk verlieten, zag Barbara dat de Baabes nog een tijdje met de dominee bleven staan praten. Zouden ze hem al vragen naar een trouwdatum voor Johanna?

Barbara sloot zich aan bij Elsa, die de kraag van haar jas omhoog had gedaan en pas ophield met tandenklapperen toen ze bij haar inhaakte.

'Hopelijk wordt het gauw voorjaar,' zei Elsa. 'Die sneeuw en kou kan ik niet lang meer verdragen.'

'Maar het wordt eerst nog Kerstmis,' gaf Barbara te kennen. 'Eigenlijk moet dat toch een vreugdevolle tijd zijn!'

'Ja, misschien. Maar over het geheel genomen is het gewoon

alleen maar koud, en de vreugde komt bij mij pas wanneer ik me bij de tegelkachel kan warmen.'

Onder het lopen probeerde Barbara zich voor te stellen hoe het er bij Elsa uitzag. Daar hoorde een tegelkachel bij, misschien ook een gezellige kamer. Tot nog toe had ze nooit tijd gevonden om met haar kamergenote over haar familie te praten.

'Waar ben jij eigenlijk met Kerstmis?' vroeg Barbara, want ze had gehoord dat sommige meisjes rond de feestdagen vrij kregen. Daartoe behoorden Elsa, Martha en ook Hilda. Om die reden verheugde Barbara zich haast op de feestdagen, want dan zou ze niet bespioneerd worden.

'Bij mijn moeder en mijn broers en zussen,' vertelde Elsa terwijl haar blik over de ramen gleed van de huizen die ze passeerden. 'Mijn vader leeft al lang niet meer, en twee van mijn broers en zussen zijn nog niet zo oud dat ze het huis uit kunnen. Mijn moeder verdient haar geld als wasvrouw, maar dat is natuurlijk niet afdoende. Mijn broers en zussen dragen maandelijks allemaal wat bij. Zo kan ze in haar huis blijven.'

'Dat spijt me,' antwoordde Barbara. 'Ik bedoel, dat je vader is gestorven. Ik weet inmiddels ook dat mijn moeder is gestorven.'

'Maar jouw moeder sloeg haar man vast niet.'

Barbara keek Elsa verrast aan. 'Nee, natuurlijk niet.'

'Nou, bij mijn vader was dat wel het geval. We zijn er niet zonder kleerscheuren afgekomen. Na zijn dood waren we eerst niet verdrietig. Maar toen merkten we dat we het geld misten dat hij als koetsier op een landgoed verdiende. Mijn grote broers zijn daarom van school gegaan en hebben zich aan boeren verhuurd. En nadat ik mijn belijdenis had gedaan, ben ik bij de Baabes in dienst getreden. Hun kinderen waren toen nog klein, juffrouw Johanna kon net lopen.'

Ze scheen even in haar herinneringen op te gaan. Barbara zag een lachje over haar gezicht glijden.

'Zou je je een ander leven hebben gewenst als dat mogelijk was geweest?' vroeg Barbara. Ze wist niet of haar vader haar ooit om de oren had geslagen, maar ze dacht van niet.

'Soms wenste ik dat ik een andere vader had gehad. Een die moeder en ons niet sloeg. Een die misschien geld had nagelaten, zodat mijn broers een opleiding hadden kunnen volgen. Misschien bij een kleermaker of schoenmaker. Ik zou toch niet ergens in de leer zijn gegaan, voor mij stond altijd vast dat ik dienstmeisje zou worden. En ik heb het in het hotel goed getroffen. Mevrouw Baabe is eigenlijk een heel aardig mens...'

Ze keek Barbara aan en verstomde. Tegen haar was Augusta Baabe niet aardig geweest. En blijkbaar wist niemand waarom. Eigenlijk verkeerde Barbara in een nog ergere situatie dan de veertienjarige Elsa die zonder opleiding moest werken om haar moeder en haar jongere broertjes en zusjes te ondersteunen.

'Tja, soms krijg je een ander leven dan dat waarvan je droomde. Maar dat wil nog niet zeggen dat het slecht is. Het is in elk geval een leven, toch?'

Barbara moest daar de rest van de weg over nadenken. Het was in elk geval een leven. En zij had haar leven ook nog. Dat was een groot geluk – toch wenste ze dat ze wist wie ze was. Dat ze wist uit welke familie ze kwam en welke bestemming er voor haar was bedacht.

Het personeel kwam nog eenmaal bijeen voor het middageten, daarna ging ieder zijns weegs. Ook Hilda vertrok. Dat bezorgde Barbara enig onbehagen, want als Hilda op stap was, zou ze haar misschien in de gaten houden.

Om die reden wachtte ze tot alle anderen weg waren, en verkondigde toen tegen de kokkin dat ze een eindje ging wandelen.

'Daar doe je goed aan, meisje,' zei Emma, die ook haar zondagse jas had aangetrokken. 'Ga lekker lopen, haal een frisse neus. Wie weet kom je een aardige jongen tegen. En zo niet, dan schiet je misschien iets uit je verleden te binnen. De dokters in het hele hertogdom beweren dat de lucht hier wonderen doet. Misschien geldt dat ook voor jou.'

Barbara glimlachte en zei gedag. Nadat ze nog eenmaal naar het hotel had gekeken, liep ze over de boulevard in de richting van het kuuroord en sloeg toen een straatje in dat naar Huize Eikenboom leidde. Vreugde en vrees namen haar zintuigen zo in beslag dat ze het ruisen van de zee nauwelijks hoorde. Nu en dan keek ze om zich heen, speurend naar Hilda – maar die was nergens te bekennen. Misschien had ze ook de raad van de kokkin gekregen om in de stad naar een jongen uit te kijken...

Maar nee, Hilda was verkikkerd op Christian. Dat wisten zelfs de andere meisjes, blijkbaar maakte ze er geen geheim van. Als ze in de stad was, dan was het misschien om in een koffiehuis van chocolademelk te genieten.

Toen ze bij Huize Eikenboom kwam, dat wat kleiner was dan de andere hotels en door hoge eiken werd omgeven, was ze tot het uiterste gespannen. Geen spoor van Hilda, maar Christian zag ze ook niet. Terwijl hij haar gisteren in het voorbijgaan nog had toegefluisterd dat ze elkaar hier zouden treffen. Had hij zich bedacht? Of hield zijn moeder hem vast?

Ze dacht weer aan Johanna's Peter, voor wie zijn ouders een meisje hadden uitgezocht. Eigenlijk was ook Christian in de huwbare leeftijd.

'Hé,' klonk het van achter een hoek van een huis.

Toen ze zich omdraaide herkende ze Christians gezicht. Dat verdween al glimlachend weer achter de muur. Barbara liep de hoek om. Toen zag ze hem. Hoe lang zou hij hier al hebben staan wachten?

'Ben je zover?' vroeg Christian, die de paarden aan een boom naast het hotel had vastgebonden. Hij glimlachte zo stralend naar haar dat ze niet anders kon dan teruglachen.

'Ja, ik ben zover. Maar...'

'Wat "maar"?' vroeg Christian. 'Je hebt je toch hopelijk niet bedacht?'

Barbara schudde haar hoofd. 'Nee, maar ik wil je er nogmaals op wijzen dat wat we doen gevaarlijk kan zijn.'

'Wat? Samen naar de oude vissershut rijden? Wat is daar gevaarlijk aan?'

'Dat iemand ons ziet! Dat je moeder het te weten komt.'

'Dat kan me niet schelen. Ik wil jou de vissershut laten zien, dat is alles. Daar kan mijn moeder niets op tegen hebben. We hebben al eens eerder een rijtocht gemaakt, dat ben je toch hopelijk niet vergeten.'

'Nee, maar toen was je zus erbij.' Barbara merkte dat ze geen argumenten meer had. En ze wilde het uitstapje ook niet afzeggen of uitstellen.

'Volgens mij hebben we mijn zus niet nodig, denk je ook niet? Ik beloof dat ik goed op je zal passen. En ik zal je opvangen als er weer een herinnering bij je naar boven komt.'

Met die woorden hielp hij haar in het zadel.

Ze reden een stuk door het bos en toen over een strandafgang. Toen ze de badplaats een eind achter zich hadden gelaten, lieten ze hun paarden langzamer lopen.

'Heb je het niet al te koud?' vroeg Christian.

Barbara's wangen gloeiden, alleen niet van de hitte, maar van de kou.

'Nee, het gaat wel,' antwoordde ze, maar haar onderlip trilde. De mantel en het rijkostuum mochten haar bij de vorige tocht dan wel warm hebben gehouden, nu leek de kou erger te zijn geworden en moeiteloos door de stof heen te dringen.

Misschien kon hij in de vissershut een vuurtje maken. Het gebouwtje was waarschijnlijk vervallen maar het bood vast enige bescherming tegen de gure zeewind.

Ze reden door en na een tijdje liet Christian zijn paard halt houden.

'Waarom stoppen we hier?' vroeg Barbara toen hij van zijn paard sprong en rondkeek.

'Hier,' zei hij. 'Hier was het. Hier heb ik je gevonden.'

Barbara keek om zich heen. Het was geen bijzonder markante

plek. Het strand maakte een kleine bocht, maar de zee was zeer onstuimig, zodat je de kustlijn niet goed kon onderscheiden. Lagen mosselen van verschillende kleuren hadden zich op het strand opgehoopt, daartussen bevond zich groen en zwart zeewier. De stevige bries liet maar weinig over van de visgeur die anders boven dit gedeelte van het strand hing.

'Het zeildoek dat om je benen gewikkeld zat, is al lang verdwenen,' zei hij en hij liep naar haar toe en stak zijn hand uit.

Barbara steeg af en even later legde hij zijn arm om haar heen. Ze beefde over haar hele lijf.

'Je hebt het wel koud,' zei hij en hij trok haar tegen zich aan, probeerde haar met de mouwen van zijn mantel te beschermen.

Barbara wist niet waarom ze beefde. Het was alsof er een herinnering aan kwam sluipen, net als indertijd op het kerkhof van Bad Doberan. Maar er kwamen geen beelden. Er was alleen maar kou vanbinnen, die haar deed verstijven als een fontein die bevroor.

'We moeten verdergaan,' hoorde ze Christians stem. 'Ik zou je toch de hut laten zien.'

Barbara knikte. Ze beefde nog steeds. Dit deel van het strand vond ze griezelig. Waarschijnlijk omdat Christian had verteld dat ze hier bijna was gestorven.

Ze liepen naar de paarden en reden verder.

Na een tijdje ontdekten ze de hut tussen de bomen. Die zag er erg gehavend uit; aan de palen eromheen hingen gescheurde netten. Een boot was er niet meer. Waarschijnlijk was die als eerste achterovergedrukt toen de visser dood was. Of was hij ermee op zee verdronken?

Ze stegen af en maakten de paarden aan de palen vast. Het dak leek vol gaten te zitten, maar het was nog steeds een echte hut, met een deur die scheef aan nog maar één hengsel hing.

'Wees voorzichtig, misschien is de bewoonster er wel.'

'Een zeemeermin?' vroeg Barbara lachend. Toen zag ze de gele ogen in de duisternis. De poes zat op de tafel en nam de twee bezoekers aandachtig op. Haar lijf spande zich, haar staart bewoog een beetje, maar ze bleef zitten, alsof ze wist dat de hut nu haar domein was. Van haar alleen, als er tenminste niemand verscheen die zich in de geschiedenis van de hut wilde verdiepen.

'Het schijnt haar niet te bevallen dat wij hier zijn,' zei Barbara terwijl ze op de drempel bleef staan.

'Ze moet het maar verdragen. Bij de bouwer van de hut waren gasten altijd welkom. Ik heb hier vele uren doorgebracht. Tot ergernis van mijn moeder, die dacht dat de zee me zou opslokken.'

'Maar dat is niet gebeurd.' Barbara keek hem glimlachend aan. Ze herinnerde zich weer het gesprek van de vorige dag met Johanna. Was ze verliefd op Christian? In elk geval vond ze het fijn om naar hem te kijken. Toen ze naar binnen gingen, kon ze in het licht dat door de deur viel het zachte dons op zijn wangen zien. Hij had een heel mooi profiel. Ze voelde dat haar hart sneller begon te kloppen.

'Nee, de zee heeft me niet gekregen. Ook niet toen ik met Hinning op het water was. De golven hebben zijn boot flink laten deinen, maar ze hebben ons nooit iets aangedaan.'

'Wist je moeder van die boottochtjes?'

'Nee.' Christian schudde zijn hoofd en begon te lachen. 'Zij heeft het net zomin gemerkt als mijn vader. Als kind wist ik al dat het beter was bepaalde dingen voor me te houden. Helaas is dat niet altijd gelukt.'

'Achter welke geheimen zijn ze dan wel gekomen?' vroeg Barbara. Christian trok een stoel bij en stofte hem af met zijn mouw. 'Ga toch zitten.'

Barbara deed wat hij zei en toen hijzelf op de tweede stoel ging zitten, zei hij: 'Ik had ooit een meisje. Ze heette Louise, ze was een boerendochter. Ik hield veel van haar, dacht dat ik haar in mijn leven kon opnemen. Maar mijn ouders kwamen erachter en dwongen me haar op te geven. Daarna had ik niet de moed haar nog eens op te zoeken. Ik heb haar een brief geschreven en bleef gewoon weg.'

'Is dat de reden waarom je nog niet getrouwd bent?' vroeg Barbara en ze probeerde zich voor te stellen hoe het was om iemand van wie je hield op te geven. Was er in haar leven ook zo iemand geweest? Misschien een bruidegom? Zo ja, hoe kon ze dan, zelfs als ze zich hem herinnerde, naar hem terugkeren terwijl ze wist dat haar hart al een tijd voor Christian sloeg? Vermoedelijk al sinds het moment dat hij voor haar deur had gewaakt en bij haar was komen kijken. Toen hij haar voor het eerst had verteld over de hut waarin ze nu zaten.

Waarschijnlijk zou ze al vlug ervaren hoe het was om iemand van wie je hield te moeten opgeven. Op het moment dat ze uit het hotel zou vertrekken.

'Je moeder is er niet op gesteld dat je met meisjes omgaat die beneden je stand zijn, nietwaar?'

Christian snoof. 'Wat is dan "onder mijn stand"? Mijn betovergrootvader was boer. Mijn overgrootvader wilde iets anders en trok naar de kust. Mijn grootvader heeft dit huis gekocht en er een hotel van gemaakt. We zijn niet meer dan de andere mensen hier. Onze onderneming loopt goed, dat is het enige wat ons van sommige andere mensen onderscheidt. Maar in principe is niemand minder dan wij. En, als je adeldom buiten beschouwing laat, ook niet beter.'

'Maar je moeder schijnt dat wel te denken.'

'Ja, ze denkt dat adel besmettelijk is.' Christian lachte. 'Daarom wil ze waarschijnlijk ook Johanna met Von Kahlden laten trouwen. Als er een dochter of nicht in die familie was, zou ze misschien zelfs proberen mij ertoe te bewegen haar het hof te maken.'

'De Von Kahldens zouden dan vast erg verheugd zijn geweest,' antwoordde Barbara, en tegelijkertijd was ze blij dat hij niet dezelfde instelling had. 'Maar ik vraag me af waarom ze Berthold niet met een adellijke vrouw laten trouwen.'

'Dat is duidelijk vanwege het geld!' antwoordde Christian. 'De Von Kahldens mogen dan wel heel Heiligendamm in handen hebben, maar het geld vliegt ze uit de handen. Mijn moeder doet graag alsof ze een eenvoudige hotelhoudster is, maar in werkelijkheid weet ze heel precies wat onze familie waard is. Ze weet dat we tot de weinigen behoren die hun eigen hotel uitbaten en geen pachters van de Von Kahldens zijn. En die weten dat ook, en misschien denken ze dat Johanna door een of ander toeval de zaak toch nog zal erven. Ik hoef alleen maar een ongeluk met mijn paard te krijgen en ons hotel komt in hun bezit.'

Barbara begon te huiveren. De gedachte dat Christian dood kon gaan was gewoon te veel voor haar.

'Het spijt me,' zei hij en hij legde zijn hand op de hare. Die van hem was warm en zacht en sterk genoeg om haar vast te houden en te dragen. 'Ik wilde je niet laten schrikken.'

'Al goed,' zei ze en ze keek hem lang in de ogen. Hij beantwoordde haar blik en glimlachte.

'Je bent het mooiste meisje dat ik ooit heb gezien,' zei hij zachtjes.

'En Louise?'

'Die is nog maar een schaduw. Ik betreur hoe het is gelopen, maar inmiddels heb ik er geen spijt meer van dat ze niet mijn vrouw is geworden. Want anders had ik jou niet kunnen redden.'

Ineens was het alsof de lucht tussen hen warmer werd, alsof er een zonnestraal door het gehavende dak viel. Barbara's hart klopte in haar keel en ze had vlinders in haar buik.

Plotseling wilde ze alleen nog maar dat hij haar in zijn armen nam en haar kuste.

Maar toen voelde ze een koude windvlaag in haar nek. Augusta zou nooit toestaan dat hij met haar trouwde. En Barbara wilde hem niet ongelukkig maken door te vertrekken. Het mocht niet zo zijn.

'We moeten teruggaan,' zei ze toen ze zich weer een beetje had hersteld.

Christian keek haar verrast aan. De vraag naar het waarom stond in zijn ogen, maar Barbara liep al naar de deur. Ze mocht niet nog erger verliefd op hem worden. Dat zou het alleen maar moeilijker maken om uit het hotel weg te gaan. En nog moeilijker om niet naar hem uit te blijven kijken.

Christian stond op en liep achter haar aan.

'Wacht,' zei hij en hij pakte haar bij haar arm. Toen trok hij haar naar zich toe. Zijn lippen raakten zacht en warm de hare, en in eerste instantie voelde het aan alsof de zon ijs aanraakte en deed smelten. Toen voelde ze hem. Zijn warmte, zijn armen om haar middel, zijn gezicht, zijn neus die haar licht raakte en zijn lippen, zacht als zijde. Extatisch deed ze haar ogen dicht. Leunend tegen zijn borst meende ze zijn hart te voelen slaan, en daartussen het bonzen van het hare.

Het was maar een kort ogenblik, maar het galmde in haar na als een echo in de bergen. Toen ze haar ogen weer opendeed, merkte ze dat hij naar haar keek.

'Weet je eigenlijk wel hoe blij ik ben dat ik je die ochtend gevonden heb?' vroeg hij terwijl hij een haarlok uit haar gezicht streek.

'En ik ben blij dat je me gevonden hebt. Zonder jou zou ik verloren zijn geweest. Gestorven op het strand, zonder ooit nog de zon te hebben gezien. Of de zee.'

'Je was beslist door iemand gevonden,' antwoordde hij. 'En ik weet net zo zeker dat je ook zonder mij in leven was gebleven. Maar het was goed dat ik het was. Heel goed.'

Hij hield haar nog een tijdje vast, en hoewel alles in haar schreeuwde dat ze weg moest, dat ze naar het hotel terug moest gaan, waar Augusta Baabes strenge blik haar verbood ook maar in zijn buurt te komen, bleef ze naar haar gevoel een eeuwigheid staan en liet toe dat hij haar in zijn armen hield alsof ze een storm te trotseren hadden.

Het hart klopte Hilda in de keel.

Een kus! Hij had haar echt gekust!

Ze gloeide van jaloezie. Het was niet genoeg dat hij met haar was gaan rijden – nu kuste hij haar ook nog eens en hield haar vast alsof hij haar nooit meer wilde laten gaan.

Hilda sloeg haar hand voor haar mond. Het scheelde niet veel of ze had geschreeuwd van kwaadheid en teleurstelling. Ze vermoedde al dat hij meer voor Barbara voelde, maar ze had zichzelf wijsgemaakt dat mevrouw Baabe ervoor zou zorgen dat ze niet bij elkaar kwamen. En nu was dat juist wel gebeurd.

Even drukte ze zich trillend tegen een boom en wenste ze dat ze daar niet had staan wachten. Maar na wat ze had afgeluisterd was het gewoon te verleidelijk geweest.

Nu had ze iets wat ze bij mevrouw Baabe kon melden. Maar zou het er iets aan veranderen dat Christian van dat meisje hield? Zou hij haar opgeven als ze niet meer in het hotel was? Of zou hij met haar doorgaan? Zou hij nooit merken dat zij, Hilda, van hem hield?

Ze moest daar weg! Christian en Barbara stegen op. Zij moest hun voor zien te komen en met mevrouw Baabe praten. Gelukkig kende ze een kortere weg, die voor paarden niet begaanbaar was.

Hilda rende zo snel als ze kon, hoewel de ijzige wind in haar keel en longen sneed. Dat kon haar niets schelen, want diep vanbinnen vlamde de haat heter op dan het hellevuur.

36

Nog voor het hotel in zicht kwam scheidden zich hun wegen. Dat wilde Barbara zo. Eigenlijk had Christian willen doen alsof hij haar was tegengekomen en haar toen had meegenomen, maar dat werd weersproken door de twee paarden. Dus namen ze met een kus afscheid en liet Barbara Christian vooruitgaan.

Hoe hij wilde verklaren dat hij een tweede paard had meegenomen wist ze niet, maar hij zou zeker iets weten te verzinnen. En wellicht waren de Baabes ook zo met de gasten bezig dat ze het niet eens merkten. Ze vertrouwde het Christian wel toe Friedrich, de loopjongen, die ook toezicht hield op de staljongens, om te kopen.

Ze wachtte nog tot ze Christian niet meer zag, toen begon ze over het strand te lopen.

Haar wangen gloeiden en al haar ledematen beefden. Maar niet van de kou, daar was ze inmiddels aan gewend. Weer werd ze door angst bevangen. Christian had een goed hart, en ze geloofde hem als hij zei dat het hem niet uitmaakte tot welke stand ze behoorde. Maar zijn moeder en ook zijn vader zouden het nooit toestaan.

De kussen waren heerlijk geweest, maar aan haar situatie was daardoor niets veranderd. Alles hing ervan af dat ze zich herinnerde wie ze was. Maar hoe moest ze dat voor elkaar krijgen? Er kwamen niet eens beelden op bij het zien van de plek waar

Christian haar gevonden had. Misschien was dat wel gebeurd als ze in haar eentje op het strand was geweest. Maar daar was ze niet zeker van.

Ten slotte kwam ze bij het hotel. Ze realiseerde zich dat ze het nog nooit grondig had bekeken. Aan weerszijden van de muren stonden twee op torens lijkende gebouwen en er waren drie verdiepingen. Ergens onder het dak van het middelste gebouw was haar kamer.

Ze begreep waarom Augusta er pijnlijk precies op lette met wie haar kinderen zouden trouwen. Als je zo'n huis bezat, wilde je niet dat het in verkeerde handen viel.

Het was eigenaardig stil toen ze via de dienstingang binnenkwam. Van gasten noch personeel was er iemand te zien. De wijzers van de staande klok aan het eind van de gang liepen naar half drie. Ze waren niet lang weggeweest. Niemand zou boos zijn dat ze tot nu toe het huis uit was geweest.

Toch kreeg Barbara ineens een gevoel van beklemming. Alsof er iets dreigends in de lucht hing.

Ze liep regelrecht naar de trap. Het kon geen kwaad om eerder aan het werk te gaan. Emma zou blij zijn als ze nog wat kolen in het fornuis gooide en misschien de tafel waaraan ze later weer zouden eten nog een keer afnam. Mogelijk was er ook een gast die iets wenste.

Op haar kamer aangekomen trok ze haar kleren uit en deed haar dienstmeisjesjurk aan. Haar blik viel op de takken. De knoppen begonnen langzaamaan open te gaan. Het was nog maar drie dagen tot Kerstmis. Maar zou de tak haar echt het geluk brengen waarop ze hoopte? Wat zou haar wens moeten zijn? Bij Christian blijven? Ja, ook, maar nog dringender wilde ze weten wie ze was. Kon de tak daarvoor zorgen? Of was die eigenlijk maar een stuk hout dat door het water in de kruik werd aangezet om zijn eigen sappen weer te laten stromen?

Nadat ze haar haar onder haar kapje had weggestopt liep ze naar beneden.

'Barbara!'

Bij het horen van die stem bleef ze direct staan. Haar lichaam verstijfde, en ze betreurde dat ze zo vroeg terug was.

Augusta Baabe stond met hoogrood gezicht op de gang die naar de vertrekken van de familie voerde.

'Kom mee, ik moet met je praten.'

Haar kille stem doorsneed de stilte.

Ogenblikkelijk begon Barbara's hart als een razende tekeer te gaan. Het liefst had ze gevraagd wat er aan de hand was, maar ze wist dat zulke gesprekken niet hier, waar elk moment een gast kon verschijnen, werden gevoerd.

Toen ze de privésalon binnenkwam, zag ze Christian op een van de rieten stoelen zitten. Hij had zich blijkbaar nog niet kunnen omkleden. Hij keek bedrukt.

Wat was er gebeurd? Dat mevrouw Baabe koel en streng tegen haar deed had nog niets te betekenen. Het kon evengoed gaan om een uitbrander omdat ze was gaan wandelen, als om een bericht van haar familie.

Benauwd stak ze haar bezwete handen in de zak van haar schort.

'Daar ben je. Wat moest dat vanmiddag?' vroeg de vrouw des huizes, terwijl ze haar kritisch opnam.

Barbara schudde haar hoofd. 'Ik weet niet wat u bedoelt, mevrouw Baabe.'

Augusta Baabe begon vreugdeloos te lachen. 'Dus je houdt je ook nog van den domme! Het wordt steeds mooier!'

'Moeder, alstublieft!' schoot Christian haar te hulp. 'Wat is er mis mee dat wij een eindje zijn gaan rijden? Hilda verzint maar wat!'

'Dus je hebt Barbara niet gekust?'

Christian zweeg verrast.

'Denken jullie maar niet dat ik niet gemerkt heb wat zich hier afspeelt.' Augusta's gezicht vertrok. 'Ik heb van begin af aan geweten dat je last zou veroorzaken. Je hebt de schijn gewekt dat je was aangespoeld. Maar in werkelijkheid heb je alleen maar gewacht tot iemand met geld of macht je zou vinden. Zodat je het met hem kon aanleggen!'

'Maar moeder, dat is absurd! Barbara is een schipbreukeling, en dat ik verliefd op haar ben geworden...'

'Zwijg!' voer ze uit tegen haar zoon. 'Ik ken vrouwen zoals zij!' Ze wees dreigend met een vinger naar haar. 'Die willen alles waar anderen voor gewerkt hebben naar zich toe trekken!'

'Mevrouw Baabe, ik zweer u dat ik niets dergelijks van plan ben.' Terwijl Barbara sprak, meende ze Hilda bij de deurpost te zien. Blijkbaar bespioneerde ze haar nog steeds. En waarschijnlijk had ze haar vrije middag gebruikt om hen bij de oude vissershut op te wachten.

'Mama!' Christian sprong op. 'Hou eindelijk eens op met die verdachtmakingen. U gedraagt zich alsof u uw verstand hebt verloren!'

Augusta Baabe keek haar zoon geschrokken aan. Dit had ze blijkbaar niet van hem verwacht. Terwijl ze zweeg, maakte hij van de gelegenheid gebruik om te praten.

'Het was Hilda, nietwaar?' vroeg Christian. 'Die sluipt al de hele tijd achter Barbara aan. Hebt u dat haar opgedragen of deed ze het uit zichzelf?'

Dat haalde Augusta uit haar verstarring. 'Je kunt het best maar je spullen pakken,' zei ze, zonder in te gaan op wat Christian had gezegd. 'Ik ga met mijn man praten. Je blijft geen dag langer onder mijn dak!'

Met die woorden stoof ze de salon uit.

Christian pakte Barbara's hand. 'Maak je geen zorgen, mijn vader zal je er niet uit gooien.'

Barbara kon daar niets op zeggen. Opkomende tranen verstikten haar keel en blokkeerden elk woord.

Na een tijdje trok ze haar hand los. Vanbinnen brandde het. Dat mevrouw Baabe haar al vanaf de dag dat ze hier gekomen was niet mocht, wist ze. En ze wist ook dat Hilda iets tegen haar had omdat ze verliefd was op Christian. Maar dat ze op een dag bespioneerd zou worden, had ze niet gedacht. Niet nadat ze aangeboden had te werken voor de kost.

De aantijgingen van de vrouw des huizes deden haar veel pijn. Ze zou het met Christian hebben aangelegd! Ze zou van plan zijn geweest met alles aan de haal te gaan. Het was absurd! Ze werd erdoor verstikt. Ze rende de salon uit zonder erop te letten of Hilda zich ergens in de schaduw schuilhield en liep naar boven. Ze bezat geen koffer waar ze haar spullen in kon stoppen. Maar veel had ze ook niet. Haar mantel en de kleding van Johanna zou ze meenemen, evenals de tak met kersenbloesem en de fotoplaten. Meer niet.

'Ludwig, ik moet met je praten!'

Augusta knalde de deur achter zich dicht, waardoor de heer des huizes in elkaar kromp.

'Augusta, wat is er?' Onwillig maakte hij zich los van zijn lectuur.

'Ik heb het! Ik heb het bewijs dat het meisje een indringer is!' Ze leek verontwaardigd, alsof iemand de gasten bestolen had.

'Waar heb je bewijs voor?' vroeg Ludwig heel rustig. 'Sta toch eens even stil!'

'Dat meisje... die Barbara, of hoe ze ook mag heten. Ze heeft het met onze zoon aangelegd. Ze wil onze familie binnendringen, hoor je? Ze is een nietsnut. Een liederlijk mens dat ons geld wil! Ze moet onmiddellijk het huis uit!'

Augusta's stem sloeg bij die laatste woorden bijna over. Zo had Ludwig zijn vrouw nog nooit meegemaakt. Zelfs als ze onenigheid hadden klonk ze niet zo. En uit haar ogen had nog nooit zo'n haat gesproken.

'Heeft ze het met onze zoon aangelegd?' Ludwig schudde zijn hoofd. Het omgekeerde zou eerder het geval zijn, gezien Christians geschiedenis. 'Hoe dan? Heb je hen in zijn kamer aangetroffen? Lag ze in zijn bed?'

‘Hij is met haar gaan rijden! En hij heeft haar gekust. Dat heeft Hilda me in elk geval te kennen gegeven.’

Ludwig trok zijn wenkbrauwen op. Zijn vrouw gedroeg zich nog steeds als een idioot.

‘Is hij met het meisje gaan rijden en heeft hij haar gekust?’ vroeg hij, alsof hij het niet goed had verstaan. ‘En wat is daar erg aan? Ik begrijp niet...’

Ludwig stokte. Nu pas was de eerste zin tot hem doorgedrongen. ‘Hoe kon Hilda weten dat hij haar gekust heeft en met haar uit rijden is gegaan? Die was er toch vast niet bij. Die is al bang als ze in de buurt van de stallen komt.’

‘Ik heb haar opgedragen haar in het oog te houden.’

‘Heb je een dienstmeisje ertoe aangezet Barbara te bespioneren?’ Ludwig schudde verbijsterd zijn hoofd.

‘Ja, om goede redenen, zoals je ziet. Ze zal hem het hoofd op hol brengen en dan wordt hij net zo rebels als Johanna en wil niet trouwen met degene die wij voor hem uitzoeken.’

Ludwig sloeg met vlakke hand op de tafel.

‘Hou op! Ik kan dit gebazel niet langer aanhoren!’

Augusta keek haar man met half dichtgeknepen ogen aan. ‘Ach, krijg je dan liever een landloopster in huis? Een meisje dat je hele familie ruïneert?’

Ludwig snoof. ‘Deze discussie hebben we al eens eerder gevoerd. Ik weet niet...’

‘Of ben jij soms degene die een oogje op dat meisje heeft en op een gegeven moment aan haar de voorkeur geeft boven zijn vrouw?’

‘Je bent echt je verstand verloren, Augusta!’ Die veronderstelling was echt absurd! Hij had eenmaal met haar gesproken, op de dag dat ze als dienstmeisje was aangesteld. Wat had zijn vrouw toch?

‘Nee, helemaal niet! Ik weet hoe dat gaat! Ik weet hoe zulke vrouwmensen te werk gaan.’

Augusta werd opeens bleek en ze begon over haar hele lijf te trillen. 'Bij mijn familie ging het net zo! Iemand zoals zij drong zich in ons leven in en ze zou het hebben verwoest als mijn moeder niet had ingegrepen.'

'Iemand zoals zij? Dat begrijp ik niet, Augusta.'

Maar zijn vrouw leek hem niet te horen. 'Op een dag verscheen ze bij ons. Of nee, mijn vader vond haar. Langs de weg. Helemaal aan het eind van haar krachten. Op het eerste gezicht leek het dat ze overvallen was. Toen ze weer tot zichzelf kwam, vertelde ze ons dat ze haar aanstelling op een boerderij had verloren omdat de eigenaar overleden was. Uit goedheid nam mijn vader haar in huis op. Gaf haar te eten. En iets aan haar leek hem te bevallen. Hij schonk haar jurken en gaf aan haar de voorkeur boven zijn eigen dochters. Terwijl wij ons aan strenge regels moesten houden, mocht zij doen wat ze wilde. En het duurde niet lang of hij zocht toenadering tot haar. Natuurlijk had ze avances gemaakt!'

Augusta hield even in, en er verscheen een woedende uitdrukking op haar gezicht toen ze verderging.

'Mijn moeder had het eerst niet in de gaten, maar op een dag zag ze hoe haar man en dat mens elkaar kusten in de waskamer. Ze zei er niet meteen iets van, maar won inlichtingen in. Terwijl ze zich van den domme hield, kwam ze te weten dat dat vrouwmens niet was weggestuurd omdat er niets te doen was. Het was een slet die met de heer des huizes had aangepapt! Net zoals ze met mijn vader deed. Mijn moeder heeft een nacht haar ogen uit haar hoofd gehuild. Ze dacht dat wij dochters het niet merkten, maar daarin vergiste ze zich.'

Ze sloeg haar ogen neer, haar lichaam leek een beetje in te zakken.

'Uiteindelijk liep het uit op een grote ruzie. Mijn vader wilde eerst zijn gezin en alles wat hij had voor dat mens opgeven. Toen zij merkte dat mijn moeder haar doorhad en dat haar plannen in duigen dreigden te vallen, beweerde ze zwanger van mijn vader te zijn. Ze wilde hem daarmee dwingen ons te verstoten.

Maar gelukkig ontdekte een arts dat ze gelogen had. Daardoor kwam mijn vader weer bij zinnen en stuurde haar weg. Hij heeft daarna nooit meer met mijn moeder in één kamer geslapen. Hij begroef zich in zijn werk en keek naar ons dochters ook niet meer om. Waarschijnlijk heeft hij tot op het laatst nog aan dat vrouwmens gedacht! En dat terwijl ze hem had willen bedriegen!'

Toen ze klaar was, keek ze haar man met tranen in haar ogen aan.

Ludwigs gezicht stond ernstig. Het verhaal schokte hem. Wat in Augusta's familie gebeurd was, moest heel erg zijn geweest. Hij kon de haat begrijpen die Augusta koesterde voor de vrouw die haar bijna haar vader en alles wat ze hadden, had afgenomen.

Tegelijkertijd was hij diep teleurgesteld. Hield ze hem echt voor zo verachtelijk? Dacht ze dat hij het aanlegde met een meisje dat zijn dochter zou kunnen zijn – en wier identiteit niet eens bekend was?

Hij zweeg een hele tijd, simpelweg omdat hij niet de juiste woorden kon vinden. Toen zei hij: 'Denk je nou echt dat ik net zo ben als je vader?'

Augusta keek hem niet aan.

Hij ging voor haar staan en dwong haar hem aan te kijken. 'Kijk me aan, Augusta. Zie ik eruit als hij? Heb ik de afgelopen tijd iets gedaan wat je wantrouwen heeft gewekt? Zo ja, dan verontschuldig ik me daarvoor. Maar ik geloof niet dat er zoiets is gebeurd.'

Hij pauzeerde even, toen zette hij een stap achteruit. 'Je hebt Hilda ook mij laten bespioneren, nietwaar? En dat was de reden waarom het meisje niet van haar kamer mocht komen, en daarom wilde je van haar af, omdat je dacht dat ik op haar verliefd kon worden?'

Hij schudde zijn hoofd. 'Dat doet me verdriet. Bijna zevenentwintig jaar geleden heb ik voor jou gekozen. Het kon me niet schelen wie je vader was, en daarom kende ik die geschiedenis niet eens. Ik wilde alleen maar jou. En nog steeds. Maar op de een of andere manier is de vrouw die ik nooit ontrouw ben geweest in de storm boven de Oostzee verloren gegaan. Ik zal voorlopig in de kleedkamer slapen en dan bedenken wat ik ga doen. En jij moet je vertrouwen in mij hervinden. Want als je me niet vertrouwt, weet ik niet of ik nog langer met je kan samenleven.'

Terwijl hij dat zei raakte hij nog even licht haar schouder aan; daarna verliet hij de werkkamer. Op de gang hoorde hij dat Augusta begon te huilen.

37

Hilda leunde tegen de tegelkachel en voelde de weldadige warmte door haar lichaam trekken. In haar gedachten zag ze nog steeds wat er die middag na haar terugkeer was gebeurd.

Direct nadat ze het mevrouw Baabe had verteld, had deze haar weggestuurd. Maar Hilda was, tegen de regels in, in de buurt van de privévertrekken gebleven. Ze had zich in de schaduw achter een oud gordijn verstopt.

Korte tijd later was Christian gekomen. Zijn moeder had hem met een preek ontvangen. Dat speet haar, want in haar ogen was Christian niet de schuldige. Als die Barbara niet op het strand was opgedoken, had ze hem nooit hoeven te verraden. Maar toen Hilda zag hoe hij Barbara in zijn armen hield, was het over geweest. Ze had zich tegenover zijn moeder verplicht gevoeld – en geen andere mogelijkheid gezien om van Barbara af te komen.

Dat Barbara zelf door de vrouw des huizes werd afgesnauwd had haar grote voldoening geschonken. Dat Christian het voor haar opnam had haar geërgerd – maar wanneer Barbara eenmaal weg was, zou hij haar vast vergeten. En mogelijk werd hij dan verliefd op een ander dienstmeisje. Misschien een die in een beter blaadje bij zijn moeder stond?

Zou Barbara inmiddels al weg zijn? Ze had haar niet zien vertrekken. Maar wanneer Elsa het in de keuken kwam vertellen, zou ze het weten. Geleidelijk aan kwamen de meisjes weer in het hotel terug. Emma verscheen en bond haar schort om.

'Ben je er al weer?' vroeg ze toen ze Hilda naast de kachel ontdekte. 'Was er in de stad niets interessants te beleven?'

'Ik woon hier intussen al een paar jaar. Dan valt er niet veel interessants meer te ontdekken,' antwoordde Hilda loom. Ze kon Emma moeilijk vertellen wat ze gezien had. En dat ze Barbara bij de vrouw des huizes had verklikt. Verraders en spionnen waren bij het personeel niet bepaald populair.

'Je moet op zoek gaan naar een man,' drukte Emma haar op het hart. 'Een jongen die je op zondag een beetje bezighoudt.' Dat moest vooral zij zeggen, die nooit was getrouwd!

'Misschien doe ik dat wel,' antwoordde Hilda met een ondoorgrondelijk lachje.

Even later stond Emma alweer achter het fornuis. De keukenmeisjes waren groenten aan het snijden en ook Elsa was terug en deed opgewonden verslag van de dennenboom die het kuuroord was binnengebracht. 'Zo'n boom heb ik nog nooit gezien!' verklaarde ze. 'Het is een wonder dat ze hem de deur door hebben gekregen!'

'Als dat zo is, zal meneer Baabe vast alles in het werk stellen om net zo'n boom te krijgen,' zei Emma.

Hilda zou ook algauw weer aan het werk gaan. Ditmaal met een lichter hart. Barbara zou weggestuurd worden. Het zou allemaal weer net zo worden als eerst.

Op dat moment kwam Ludwig Baabe de keuken in.

'Goedenavond,' zei hij terwijl hij zoekend rondkeek.

Hilda, die net was begonnen de veters van haar rijglaarsjes weer vast te binden, keek op.

'Meneer Baabe! Ik heb u helemaal niet horen binnenkomen!' zei de kokkin een beetje geschrokken. 'Was er iets niet in orde met het eten?'

'Geenszins, de gasten zijn heel tevreden over het eten. Ik ben om een andere reden hier.'

Zijn blik zwierf door de ruimte, toen keek hij Hilda aan.

'Hilda,' zei hij. 'Wil je even meekomen?'

Meer zei hij niet. Hij draaide zich gewoon om en liep weg.

Hilda keek verwonderd rond. Vragende blikken van de meisjes waren op haar gericht en bezorgden haar hete rillingen. Vermoedden ze iets?

En wat moest de baas van haar? Hij had er ernstig uitgezien, waarschijnlijk wist hij inmiddels ook dat Barbara zijn zoon had gekust. Had zijn vrouw hem opgedragen haar een beloning te geven?

In zijn werkkamer wachtte Ludwig Baabe tot ze binnen was, daarna sloot hij de deur.

Hilda's hart klopte in haar keel. Dat de vrouw des huizes er niet was, verontrustte haar. Maar waarschijnlijk was die bezig haar zoon terecht te wijzen.

Terwijl zij voor het bureau bleef staan en bedacht dat ze voor het laatst in deze kamer was geweest toen ze werd aangenomen, begaf Ludwig Baabe zich naar zijn plaats.

'Hilda, hoe lang werk je al in mijn hotel?' vroeg hij toen.

'Vijf jaar, meneer Baabe.'

Haar werkgever knikte. 'Dat is juist. Vijf jaar. Vijf jaar waarin me nooit ter ore is gekomen dat je wat hebt uitgehaald. Ik heb je altijd als een voorkomend iemand gezien en als een goed kamermeisje. Maar nu moet ik meemaken dat je achter mijn rug met mijn vrouw samenspant.'

'Tegen u?' Hilda keek hem verrast aan. Daar had ze niet op gerekend. 'Maar ze heeft me toch alleen maar opgedragen om Barbara in het oog te houden.'

Ludwig Baabe trok zijn wenkbrauwen op. 'En niets anders? Ze heeft je niet gezegd dat je op mij moest letten? En op mijn zoon?'

'Ja, maar... ze dacht dat Barbara u op een of andere manier zou benaderen...'

Baabe gooide zijn hoofd in zijn nek en maakte een woedend

geluid. 'Dat bestaat toch niet!' Hij keek Hilda scherp aan. 'Je had moeten weigeren!'

'Maar... hoe had ik dat moeten doen? Uw vrouw...' Hilda's stem begaf het. Ze kon nog steeds niet begrijpen wat hier gebeurde. Ze had toch alleen maar gedaan wat er van haar gevraagd werd! En nu strafte de heer des huizes haar af?

'Hilda, je moet mijn huis verlaten. Per direct. Vanwege het feit dat je op gezag van mijn vrouw hebt gehandeld betaal ik je nog twee hele maanden uit, zodat je niet in de problemen komt. Maar een werkneemster die zich met spionage inlaat, wil ik niet onder mijn dak hebben.'

'En hoe zit het dan met uw vrouw?' flapte Hilda er uit. Haar hart ging als een razende tekeer. 'Zij heeft het me toch opgedragen! Ik zou nooit hebben toegestemd als ik niet...'

'Zwijg!' brieste Ludwig. 'Je had er nooit op in moeten gaan. Om met een bedrijf als dit succes te hebben, moet je elkaar kunnen vertrouwen. En geen werknemers hebben die zich tot stommiteiten laten aanzetten. Je bent een volwassen vrouw, Hilda! Als mijn vrouw je had gevraagd van het dak te springen, had je dat dan gedaan?'

Hilda schudde haar hoofd. Tegelijkertijd voelde ze hoe de woede zich samenbalde in haar buik. Ze had alleen maar haar werk gedaan. Ze had gedaan wat mevrouw Baabe van haar had verlangd. En nu was ze de kwaaie pier?

'Zie je wel! En precies zo had je nee moeten zeggen toen mijn vrouw je opdroeg om te spioneren. Vooral als mijn vrouw je tegen leden van haar familie ophitst.'

'Maar wat had ik dan moeten doen?' vroeg Hilda. Ze trilde over haar hele lichaam. 'Had ik de opdracht van uw vrouw moeten afwijzen?'

'Ja, dat had je moeten doen. Je had kunnen aanvoeren dat je het niet met je geweten kon verenigen om te spioneren. Mijn vrouw is verantwoordelijk voor het toewijzen van het werk, maar ik stel de werknemers aan! Je had mij in vertrouwen moeten nemen!'

Zijn woorden troffen Hilda als hagelkorrels. Haar hoofd tolde en ze wist niets meer uit te brengen.

'Ga. Pak je spullen. Wanneer je klaar bent, kun je je cheque komen halen. Ik wil je hier morgenvroeg niet meer zien!'

Hilda stond als aan de grond genageld. Maar toen drong er door haar verwarring heen iets tot haar door. Het zou zinloos zijn de heer des huizes om vergeving te vragen of om te bedelen om haar aanstelling. Maar als ze het tij toch niet kon keren, wilde ze hem een slag toebrengen die hem net zo hard zou treffen als haar ontslag haar.

'Ik heb gehoord dat uw dochter en uw zoon over hun grootmoeder praatten,' flapte ze er uit. 'Dat ze zelfmoord heeft gepleegd. Wat denkt u dat de keurige gemeenschap van Heiligendamm daarvan zou zeggen, als ik het verder vertelde? Uw gasten zouden dat vast interessant vinden.'

Ludwig Baabe werd bleek.

'Is dat een dreigement?' vroeg hij.

'Nee, dat zou geen effect hebben, toch? Maar als u me al voor Kerstmis op straat zet, kan ik de mensen wel laten weten wat een verachtelijk stelletje de Baabes zijn! En dat uw dochter iets met Peter Vandenboom heeft. Ik ben ervan overtuigd dat u dat nog niet weet!'

De laatste woorden troffen Ludwig als een klap in zijn gezicht.

'Wat zeg je daar?' vroeg hij, maar Hilda draaide zich om en voor Ludwig Baabe nog iets kon zeggen, stormde ze het kantoor uit.

Met grote stappen liep ze haastig door de gang en ze rukte haar kapje van haar hoofd. Woedend slingerde ze het tegen de muur.

Bij de trap hield Hilda in. Ze zou haar spullen moeten pakken, maar daarvoor was ze te opgewonden. Baabe zou ervoor boeten dat hij haar wegstuurde! Ze had genoeg troeven in handen – misschien moest ze naar de Vandenbooms gaan en hun vertellen dat hun zoon zich met de dochter van de Baabes had ingelaten.

Toen verscheen Barbara op de trap. Ze droeg niet meer haar dienstmeisjeskostuum, maar de japon die ze van juffrouw Johanna had gekregen.

Onmiddellijk laaide Hilda's woede verder op. Door haar had ze alles verloren! Had ze niet gewoon in het water kunnen blijven en doodgaan? Waarom was ze hier opgedoken en had ze alles kapotgemaakt?

Ineens had Hilda een rood waas voor haar ogen. Ze klom de trap op en toen ze op dezelfde hoogte was als Barbara, gaf ze haar een harde zet.

Barbara gaf een gil, toen klonk er gestommel. Hilda liep door alsof het haar niet interesseerde, maar op haar lippen lag een brede glimlach.

38

Een lome middag liep ten einde. Terwijl ze met een paar vrouwelijke gasten theedronk, was Johanna met haar gedachten voortdurend bij Peter geweest – en bij wat hij haar geschreven had. Kon ze hem geloven als hij beweerde dat de vrouw met wie hij aan het wandelen was, niets voor hem betekende? Of was het maar een uitvlucht, omdat hij vermoedde dat ze hem niet zou volgen?

Telkens weer had ze haar gedachten erover laten gaan hoe ze het moest aanpakken. Moest ze Peters huwelijksaanzoek op het bal aannemen en daarmee een affront veroorzaken? Moest ze nee zeggen tegen Berthold von Kahlden? Beide mannen teleurstellen?

Of moest ze hiervandaan verdwijnen?

Ze wist dat ze niet zonder Peter kon, maar wat had het voor zin als die liefde tot chaos leidde? Als ze alles verloor?

Evenzeer wist ze dat Berthold von Kahlden haar nooit gelukkig zou maken. Aan Albert Vormstein dacht ze al helemaal niet meer.

Christian had het zoals altijd veel beter. Omdat zijn aanwezigheid die dag niet vereist was, had hij zijn tijd gebruikt om Barbara de hut van de oude visser te laten zien.

Hopelijk had hij de moed gehad haar te zeggen hoeveel ze voor hem betekende.

Johanna wilde net haar japon uittrekken toen ze stampende voetstappen in de gang hoorde. Eerst dacht ze daar niets bij, maar toen hielden de stappen op bij haar deur.

'Juffrouw Johanna!' zei Trude volkomen ontredderd. 'Barbara is van de trap gevallen.'

'Wat zeg je?' Johanna zette grote ogen op van schrik.

'Ze is gevallen. En ze ligt onder aan de trap en beweegt niet meer.'

Johanna sprong op en rende haar kamer uit, zonder er acht op te slaan dat haar japon openhing. Op de gang dacht ze er weer aan, maar dat was geen reden om te blijven staan. Al hollend knoopte ze hem weer dicht en maakte zich er niet druk om dat ze een knoop oversloeg. Op dat moment was het belangrijker om te weten te komen hoe Barbara eraan toe was.

Toen ze de jonge vrouw bewegingloos onder aan de trap zag liggen, gaf ze een gil. Elsa was bij haar, maar al haar pogingen Barbara bij bewustzijn te brengen leken vergeefs te zijn geweest.

'Barbara!' riep Johanna, en ze boog zich over haar heen. Natuurlijk hoorde die haar stem niet. Maar Johanna wist niet wat ze anders moest doen. Haar hoofd suisde en angst om haar vriendin sloeg haar om het hart. Alles in haar schreeuwde: waarom? Waarom was Barbara gevallen? 'Er moet een dokter komen!'

'Friedrich is al onderweg!' meldde Elsa, die met een bezorgd gezicht bij de trapleuning stond.

'Hoe kon ze nou van de trap vallen?' vroeg Johanna vertwijfeld terwijl ze Barbara's hand vasthield. De tranen stroomden over haar gezicht en drupten op Barbara's jurk. Ze moest net terug zijn van de rijtocht, want ze had haar dienstmeisjesuniform nog niet aan.

'Nou, ja, ik... ik heb gezien dat Hilda...' Trude keek naar de meisjes, die zich intussen hadden verzameld. Een paar van hen sloegen van schrik hun hand voor hun mond.

Voor ze meer kon zeggen, kwam Christian de trap af. Hij keek verrast naar de groep mensen.

'Wat is er...' De woorden bleven hem in de keel steken toen hij zag om wie ze heen stonden.

'O mijn god, Barbara!' Meteen zakte hij naast haar neer op zijn hurken en begon haar gezicht te strelen. 'Leeft ze nog? Wat is er gebeurd? We moeten direct de dokter laten komen!'

Hij hield zijn hoofd boven haar gezicht. De ademtocht die langs zijn wang ging was maar zwak. Hij raakte in paniek, Johanna zag duidelijk dat hij beefde.

'De dokter komt eraan,' zei ze.

Hij begon te snikken. 'Dit kan toch niet! Ze kende de trap, ze zou nooit zomaar vallen...'

'Juffrouw Baabe...' zei Trude. Johanna was haar bijna vergeten. 'Wat is er, Trude?' vroeg ze. 'Wat wilde je ons vertellen?'

'Nou, ik... ik heb gezien dat Hilda haar duwde.'

'Wát zeg je?' zeiden Christian en Johanna tegelijk.

'Ze heeft haar een duw gegeven. Toen ze de trap opstormde.' Het meisje werd rood.

'Weet je dat zeker?' vroeg Elsa.

Trude knikte. 'Ja, ik zag haar toen ik op weg was naar de eetkamer. Daarna heb ik meteen Friedrich geroepen.'

Op dat moment kwam Ludwig Baabe de hoek om.

'Wat is hier...' De woorden bleven hem in de keel steken toen hij het meisje op de vloer zag.

'Barbara is van de trap geduwd,' verklaarde Christian. 'Door Hilda. Alsof die vandaag niet al genoeg schade heeft aangericht.' Hij perste zijn lippen op elkaar, woede flakkerde op in zijn ogen. Ook vader Baabe keek kwaad.

'Wat is er precies gebeurd?' vroeg hij. Johanna legde het hem uit.

'Waar is Hilda nu?' Ludwig keek naar de dienstmeisjes bij de deur.

'In haar kamer, neem ik aan,' zei Elsa.

'Ga dat even controleren! En sluit haar desnoods op! Ik wil nog een keer met haar praten, ze mag er niet tussenuit knijpen!'

Elsa rende weg en nam een van de invalkrachten mee.

Op dat moment kwamen Friedrich en dokter Winter binnenstormen. 'Waar is ze?' hijgde de dokter.

'Hier,' zei Ludwig en hij wees op het roerloze lichaam onder aan de trap. 'We hebben haar zo laten liggen.'

'Dat is in principe juist, maar hier kan ik haar niet onderzoeken.'

Hij ging naast Barbara staan, hurkte neer en voelde haar pols.

'Ze leeft,' constateerde hij opgelucht. 'Maar ik moet de ernst van het letsel vaststellen.'

Voorzichtig draaide hij haar hoofd opzij, toen kwam hij overeind. 'We hebben een draagbaar nodig. Of een uit zijn hengsels gelichte deur. In elk geval iets waar we haar op kunnen leggen en mee kunnen vervoeren.'

'Wilt u haar naar het ziekenhuis laten brengen?' vroeg Ludwig Baabe.

'Dat zou wel het beste zijn. Tenslotte weet ik niet hoe zwaargewond ze is.'

'We gaan iets halen!' riep Christian en hij kwam overeind. Hij was nog steeds bleek, maar zijn ogen stonden vastberaden. 'Friedrich, help me een deur uit zijn hengsels te lichten.'

De loopjongen knikte en liep achter Christian aan.

Dokter Winter hield Barbara's hand vast en voelde haar pols. Hij keek bezorgd.

'Zal ze het overleven?' vroeg Ludwig Baabe.

'Eerst moet ik vaststellen wat haar scheelt. Ik weet niet of haar nek beschadigd is. Zo'n val van de trap kan heel gevaarlijk zijn. Daarom is het belangrijk haar zo weinig mogelijk te bewegen.'

Ludwig Baabe knikte, toen keek hij weer naar zijn dochter.

Johanna kon aan hem zien dat hem nog iets dwarszat. Woede op Hilda? Nee, het moest iets anders zijn. Maar wat dan?

'Kunt u het hier alleen af, dokter?' vroeg Ludwig uiteindelijk, waarop Winter knikte. 'Ja, als de jongemannen me de draagbaar brengen.'

Baabe knikte, toen wendde hij zich tot zijn dochter. 'Johanna, wil je even meekomen?'

'Maar vader, ik...'

'Kom mee! Dokter Winter zorgt voor Barbara. Je kunt haar in het ziekenhuis bezoeken.'

De toon van haar vader liet er geen twijfel over bestaan dat het beter was te doen wat hij zei. Ze liep achter hem aan, zich afvragend wat hij van haar wilde.

Ze had verwacht dat hij met haar naar zijn werkkamer zou gaan, maar in plaats daarvan liepen ze naar de bibliotheek. Omdat de gasten zich om deze tijd klaarmaakten voor het avondeten, was de zaal leeg. Op een chaise longue lag nog een vergeten boek, meer sporen hadden de gasten niet achtergelaten.

Johanna keek haar vader vragend aan nadat hij naar de globe in het midden van de zaal was gelopen.

'Het is een veelbewogen middag,' mompelde hij terwijl hij de bol langzaam ronddraaide. De flesjes erin rinkelden zachtjes. 'En ik dacht nog wel dat jouw aanstaande verloving en het kerstbal mijn grootste zorg waren.'

'Ik begrijp niet waarom Hilda het heeft gedaan,' ging Johanna in op wat hij zei. Bij de angst om Barbara schaarde zich een ander onaangenaam gevoel. Ze vermoedde dat het niet om Hilda ging. Er moest nog iets gebeurd zijn. Maar wat?

Het viel Johanna zwaar de gebeurtenissen van de afgelopen middag te reconstrueren. Haar moeder was op een gegeven moment verdwenen en pas na meer dan een uur teruggekomen. Johanna had erom willen wedden dat ze een lichte migraineaanval had gehad toen ze met rode ogen weer in de salon verscheen. Of had ze misschien gehuild? Maar waarom dan?

'Tja, ik denk dat een lange reeks gebeurtenissen tot dit moment heeft geleid. Helaas is het zo dat jij daar ook toe hebt bijgedragen.'

'Ik? Hoezo dan?' Hoe kon haar vader zoiets zeggen? Wat was er aan de hand?

Ludwig Baabe liet de globe voor wat hij was en ging voor haar staan.

'Ik zou graag willen dat je eerlijk tegen me bent.'

'Maar papa, dat ben ik.'

'Echt waar?' Onder Ludwig Baabes rustige toon laaide de woede. Johanna's maag verkrampte. Ze kreeg een kwaad vermoeden.

'Geef me dan eerlijk antwoord: hoe lang heb je al een relatie met Peter Vandenboom?'

Johanna had het gevoel dat de aarde onder haar voeten openbarstte. Duizelig wankelde ze naar de chaise longue en zakte ze erop neer. Er spookten allerlei gedachten door haar hoofd, maar op geen ervan kreeg ze vat.

'Al die jaren dacht ik dat jullie naar me luisterden,' zei Ludwig Baabe, toen haar antwoord uitbleef. Haar zwijgen leek voor hem al voldoende. 'Maar ik zie dat ik niet eens mijn kinderen kan vertrouwen!'

Johanna liet de woorden langs zich heen gaan. De hele tijd had ze gevreesd dat dit moment zou aanbreken. Maar ze had eerder verwacht dat haar moeder het zou ontdekken.

'Waarom doe je ons zoiets aan?' vroeg Ludwig Baabe terwijl hij door de bibliotheek begon te ijsberen. Hij klonk nog kwader. 'Waarom?'

'Omdat ik van hem hou!' flapte ze er uit. Ze schrok er zelf van. Een paar minuten eerder had ze zich in haar stoutste dromen nog niet kunnen voorstellen dat ze dat tegenover haar ouders zou uitspreken.

'Van hem hou?' Baabes stem sloeg over. 'Je houdt van een vijand van de familie! Is dat duidelijk?'

Johanna schrok. Haar vader had nog nooit tegen haar geschreeuwd. Nu stond hij voor haar, met een van woede vertrokken gezicht, en zag eruit alsof hij haar elk moment het huis uit kon gooien.

Maar ze was niet van plan ook maar een woord terug te nemen.

'Hij is geen vijand!' zei ze ter verdediging. 'Hij is hoogstens de kleinzoon van de man die schade heeft aangericht in onze familie.' Ze dacht even na of ze haar vader zou vertellen wat ze wist. Voor hij iets kon zeggen, voegde ze eraan toe: 'Maar hij zou mij zelf nooit iets aandoen! Hij zou onze familie nooit iets aandoen! Hij weet niet eens waarover de vete gaat!'

Ludwig Baabe leek elk moment te kunnen ontploffen. Zijn gezicht was vuurrood en zijn lippen trilden.

'De grootvader van die man heeft mijn moeder, jouw grootmoeder, in het verderf gestort! Hij is er verantwoordelijk voor dat zij zelfmoord heeft gepleegd!'

Eindelijk was het eruit. Ook dat had Johanna niet verwacht. Dat hij zo ruiterlijk zou toegeven dat zijn moeder zelfmoord had gepleegd. Na al die jaren dat hij het vergrijp van de Vandenbooms zorgvuldig had verhuld, sprak hij het nu eindelijk openlijk uit.

Johanna aarzelde nog een moment, toen zei ze: 'Grootmoeder heeft niet vanwege Vandenboom zelfmoord gepleegd. Ze heeft het gedaan omdat ze haar kindje verloren was. En omdat haar man haar de enige mens van wie ze hield had afgenomen!'

Toen ze dat zei staarde haar vader haar aan alsof de bliksem was ingeslagen. Zijn lippen bewogen, maar hij kon geen woord uitbrengen.

Johanna besefte dat ze hiermee alle kans om haar leven met Peter door te brengen had verspeeld. Haar vader zou het nooit toestaan. Ze kon alleen nog maar vluchten. Precies zoals Peter haar dat had voorgesteld, maar zou hij nu nog meegaan? Zijn familie had toch ook plannen met hem. En als zij bij haar familie wegging, zou hij dat dan ook echt bij de zijne doen?

‘Ga uit mijn ogen!’ foeterde haar vader en hij wees naar de deur.

Johanna knikte en stond op. Haar knieën waren vreselijk slap. Even dacht ze dat haar benen haar niet zouden kunnen dragen. Maar toen kwam ze bij de deur en liep de bibliotheek uit. En hoewel ze wist dat dit niet het laatste woord van haar vader was en dat dit muisje nog een staartje zou krijgen, voelde ze zich enorm opgelucht.

Toen ze bij de trap kwam, zag ze dat Barbara al weggehaald was. Waar Hilda was, wist ze niet. Waarschijnlijk had Elsa haar inderdaad in haar kamer opgesloten.

Johanna voelde zich als verdoofd. Waar is de magie van de Barbaratakken? vroeg ze zich af. Waarom helpen ze mij noch Barbara?

Het volgende moment kreeg ze een idee. Nee, ze zou niet op haar kamer gaan zitten wachten tot haar ouders bij haar kwamen om haar met verwijten te overladen. Ze ging bij Barbara kijken. Ze zou de takken bij haar ziekenhuisbed neerzetten. Als ze hun al geen geluk in de liefde brachten, dan zouden ze misschien wel het wonder laten gebeuren Barbara weer tot leven te wekken.

39

Ziek van bezorgdheid om Barbara liep Christian op de gang heen en weer. Luid weerkaatsten zijn voetstappen tegen de muren.

De deur van de onderzoekskamer was dicht. Inmiddels was er ruim een uur verstreken zonder dat dokter Winter of een verpleegster zich had vertoond. In deze tijd van het jaar was het kuuroord maar spaarzaam bezet. Eigenlijk had er in het ziekenhuis in Bad Doberan naar Barbara's verwondingen moeten worden gekeken, maar het had de dokter te riskant geleken haar per koets over de landweg te vervoeren. Daarom waren nu dokter Winter, een jonge arts met de naam Clemens Meyer en een van de verpleegsters in de kamer bezig Barbara te onderzoeken.

Stel dat ze echt haar nek had gebroken? Dat ze het overleefde, maar voor de rest van haar leven verlamd bleef? Christian wist dat zo'n val zo kon eindigen. Soms zaten de ongelukkigen de rest van hun leven in een rolstoel. Dat idee was bijna net zo onverdraaglijk als de gedachte Barbara helemaal te verliezen.

Woede op Hilda beving hem. Was het dan niet genoeg geweest om Barbara en hem bij zijn moeder zwart te maken? Waarom had ze haar ook nog eens moeten verwonden?

Wat was daar eigenlijk de reden voor?

Toen kreeg Christian een ingeving. Hilda was verliefd op hem. Een andere verklaring was er niet. Hilda had beide keren uit jaloezie gehandeld.

Hij werd er misselijk van. Nooit had hij moeite gedaan toenadering tot Hilda te zoeken. Hij had haar behandeld als alle anderen. Maar blijkbaar had zij daar anders over gedacht. En toen ze zag dat hij met Barbara was gaan rijden...

De deur van de onderzoekskamer ging open. Zijn hoofd was op slag leeg. Toen hij het gezicht van dokter Winter zag, kon hij aan maar één ding denken.

'Hoe is het met haar? Leeft ze nog?' ontschoot hem. Zijn oren suisden zo sterk dat hij de stem van de dokter nauwelijks kon horen.

'Ze leeft nog. En ze heeft voor de tweede keer enorm geluk gehad.'

Pas nu merkte Christian dat hij zijn adem had ingehouden. Hortend en stotend ademde hij uit. Hij had zich nog nooit zo opgelucht gevoeld! Zijn handen trilden, ja, zijn hele lijf leek zich ineens door te trillen van de spanning te willen bevrijden. Het liefst was hij de dokter om de hals gevlogen, maar daar was hij niet toe in staat.

'Hoe zwaar is ze gewond?' vroeg hij toen hij zichzelf weer een beetje onder controle had. 'Is ze bij? Zal ze er blijvend letsel aan overhouden?'

'Dat laatste kan ik nu nog niet inschatten, daarvoor moeten we de nacht afwachten. Haar bewusteloosheid is naadloos in de slaap overgegaan. Naar onze bevindingen heeft ze een hersenschudding. Maar haar nek lijkt niet gebroken te zijn. We moeten het afwachten.'

Elk woord van de dokter was een klap in Christians gezicht. Ja, Barbara leefde nog, maar ze was er slecht aan toe. En wie weet wat er die nacht nog zou gebeuren?

'U kunt het best naar huis gaan, ik laat het uw familie weten als er nieuwe ontwikkelingen zijn.'

'Is het niet mogelijk dat ik hier blijf? Een bank waarop ik kan slapen zou al genoeg zijn. Nee, de vloer zelfs! Ik wil bij haar in de buurt blijven, alstublieft!'

De dokter keek hem onderzoekend aan, en knikte toen. 'Goed. U kunt blijven. Maar ik zal de directeur vragen of hij u een kamer kan geven. Ik kan het niet verantwoorden u op de vloer te laten slapen!'

Christian lachte opgelucht. 'Dank u, dokter Winter. Dat is heel aardig van u! Ach, mag ik misschien even kort bij haar kijken? Een snelle blik...'

'Het is beter als ze nu rust krijgt,' antwoordde de dokter. 'Gaat u een poosje in de foyer zitten. Zodra ik de directeur gesproken heb, kom ik weer bij u.'

'Dank u wel.' Teleurgesteld draaide Christian zich om en begaf hij zich naar de foyer. De meeste gasten waren nu op hun kamers, er was niemand te zien en dat vond hij wel best.

Het is allemaal mijn schuld, schoot het door hem heen toen hij op een bank neer was gezonken en naar de punt van zijn schoenen zat te staren. Ik had niet met haar moeten gaan rijden. Ik had voorzichtiger moeten zijn.

Maar hoe had hij ook kunnen weten dat de vijand in hun eigen huis woonde? Dat Hilda uit jaloezie zo ver zou gaan dat ze Barbara voor zijn moeder bespioneerde en vervolgens de trap af duwde?

Hij reageerde niet toen de toegangsdeur openging. Pas toen hij een stem hoorde vragen: 'En, hoe gaat het met haar?' keek hij op en zag zijn zus. In haar hand hield ze iets wat in een grove doek was gewikkeld.

'Ze heeft een hersenschudding en slaapt nu,' gaf Christian weer wat de dokter had gezegd. 'Dokter Winter zei dat na de nacht duidelijk zal worden of ze blijvend letsel houdt. Maar ik mag in elk geval hier wachten.'

'Wat kom jij hier eigenlijk doen?' vroeg Christian na een tijdje. 'Moeder zal vast willen dat je weer met die oude dames converseert.'

Johanna schudde haar hoofd. 'Ik weet zeker dat moeder op dit moment iets heel anders van me wil.'

Christian richtte zich op. 'En dat is?'

'Vader is erachter gekomen dat ik iets met Peter heb. Hij vroeg me hoe lang het al aan de gang is en heeft me voorgehouden welke erge dingen Peters grootvader heeft gedaan.'

'Is vader erachter gekomen?' vroeg Christian verbaasd. 'Hoe...' Plotseling werd het hem duidelijk. 'Hilda.'

'Hilda?' antwoordde Johanna. 'Denk je dat ze...'

'Ze heeft lopen spioneren. Blijkbaar al de hele tijd, en dat in opdracht van mama.'

Johanna schudde haar hoofd. 'Dat kan toch niet.'

'Toch wel, helaas,' antwoordde Christian en hij vertelde wat er na de rijtocht met Barbara was gebeurd.

'Als Hilda mij en Barbara in de gaten hield, is het ook denkbaar dat ze jou heeft bespioneerd. Maar misschien heeft ze het toevallig opgevangen. Wie één keer afluistert, doet dat ook een tweede keer.'

Johanna keek hem geschokt aan. Christian kon wel raden wat er in haar omging.

Ook hij had nooit gedacht dat zoiets in hun familie mogelijk was – en dat allemaal omdat hij een onbekend meisje op het strand had opgeraapt. Omdat hij verliefd op haar was geworden.

Een hele tijd zwegen ze. Johanna zakte achterover op de bank. Haar blik dwaalde de leegte in.

'Wat is dat?' vroeg Christian wijzend op de ingepakte kruik.

Johanna bleef nog even in de leegte staren, toen kromp ze in elkaar en vroeg: 'Wat?'

'Ik wilde weten wat dat is. Bloemen voor Barbara?'

'De Barbaratakken,' antwoordde Johanna. 'Ik wilde ze haar brengen, want ze kan wel wat geluk gebruiken.'

'Wat dat betreft moeten de takken nog een behoorlijke inspanning leveren,' zei Christian met een scheef glimlachje.

Johanna lachte even terug. Toen legde ze met een zucht haar hoofd op de schouders van haar broer.

40

Maandag 22 december 1902

Duisternis. Vergeten. En dan weer licht. Het gekwetter van mussen klonk voor haar raam. Stemmen drongen tot haar door, maar ze verstond ze niet. Er sloop iemand over de gang. Een plank kraakte, toen werd het stil.

Toen ze weer bij bewustzijn kwam, bevond ze zich in een kleine, spartaans ingerichte kamer. Het dekbedovertrek rook licht naar lavendel. Madame Löfvendahl stond erop dat er zakjes met gedroogde bloemen in de linnenkasten werden bewaard. Nog tot ver in de zomer zouden de bloemen hun geur behouden.

Het was de laatste dag die ze op het internaat zou doorbrengen. De grote kastkoffer waarmee ze zeven jaar geleden naar Stockholm was gereisd, stond ingepakt in haar kamer. Er hoefden nog maar een paar dingen te worden ingepakt.

Ze sloeg het dekbed opzij en stond op. De plankenvloer was koud en er stonden ijsbloemen op de ramen. Kleumend liep ze naar de waskom en waste zich vlug, toen trok ze de kleren aan die ze de avond tevoren had klaargelegd.

Weemoed beving haar. Na al die jaren die ze hier had doorgebracht zou ze haar vaderland terugzien – ditmaal voor altijd. Ze had er vaak naar verlangd weer naar huis te gaan, maar nu het zover was, begon ze het internaat te missen. Het gebouw waar ze op de eerste dag een hekel aan had gehad, was een tweede thuis voor haar geworden. Misschien ging ze nog eens terug naar Stockholm, maar dan zou ze waarschijnlijk getrouwd zijn. De zorgeloze dagen van haar jeugd lagen dan achter haar.

Haar vertrek maakte haar echter niet alleen melancholisch, maar gaf haar ook hoop. Haar relatie met haar vader was moeizaam en door haar afwezigheid had ze nooit de gelegenheid gehad die te verbeteren. Vader werd steeds door zaken in beslag genomen en schreef slechts zelden.

Ze had hem nooit vergeven dat hij haar op haar elfde naar het internaat had gestuurd. Zogenaamd omdat het beter voor haar was, maar ze kende de ware reden. Ze had de verhouding tussen hem en haar niet-adellijke gouvernante ontdekt. Het was de straf voor het feit dat ze hun affaire niet konden voortzetten.

Van haar juffrouw had ze nooit meer iets gehoord en in haar schaarse brieven had ze ook niet naar haar durven vragen.

Mogelijk was het beter haar voorlopig niet te noemen om geen wonden open te halen.

'Helena, waar blijf je!' riep een stem van beneden. Zweeds. De taal van het internaat, hoewel er voor de helft ook Duits werd gesproken. Maar meestal alleen met leraren die het Duits beheersten. Madame Löfvendahl behoorde niet tot hen en ze stond erop dat de meisjes de taal van haar koningshuis spraken.

Ook in andere dingen was madame heel streng. Ze hield er bijvoorbeeld niet van als je haar liet wachten.

Helena stopte haar kam en het spiegeltje dat op de ladekast lag in haar handtas, controleerde nog eenmaal of haar kleding goed zat en liep toen de kamer uit.

Madame Löfvendahl stond onder aan de trap te wachten.

'Daar ben je dan!' zei ze. 'Dat werd ook wel tijd! Over een paar uur meert het schip aan en we willen het toch niet missen, nietwaar?'

Helena glimlachte inwendig. Als madame Löfvendahl het over een van haar pupillen had, repte ze altijd van 'wij', alsof ze een deel van hen was. Vroeger had de vrouw met haar in een knot opgestoken blonde haar altijd streng en onbenaderbaar geleken. Maar na enige tijd werd het Helena duidelijk dat madame alleen maar zo streng deed omdat ze wilde dat haar leerlingen fatsoenlijke mensen werden.

'Hier is je reisbiljet,' zei de directrice van het internaat en ze stopte een envelop in haar hand. 'Je vader heeft geld gestuurd voor de overtocht.'

'Dank u wel.' Helena stak de envelop in de zak van haar mantel.

'Het eten voor de reis heb ik al laten inpakken. Is er nog iets wat je hier zou willen doen?'

Bijna had Helena nee gezegd, want de meisjes van wie ze afscheid had willen nemen waren de vorige dag al weggegaan en hadden haar goede wensen meegenomen.

Maar toen viel haar iets in.

'Staat u me toe om een tak uit de tuin mee te nemen? Tenslotte is het vandaag Barbaradag.'

Madame Löfvendahl was niet erg op heiligen gesteld, maar omdat Helena altijd op die dag om een tak had gevraagd, die ze tot Kerstmis goed verzorgde, hield ze haar ook ditmaal niet tegen.

'Haal je tak gerust. Maar daarna moet je naar de koets, begrepen? Ik laat je koffer alvast halen.'

Helena knikte, toen liep ze naar madame Löfvendahl en omhelsde haar. 'Hartelijk bedankt voor alles!'

Verbouwereerd keek de directrice haar aan, maar toen glimlachte ze. 'Het beste, kind.'

In de tuin vond Helena algauw wat ze zocht. De kersenboom was al honderd jaar oud. Bij een blikseminslag was hij gespleten, maar dat had geen einde gemaakt aan zijn levensdrang. Hij stond wel een beetje scheef, maar daardoor kon je aan één kant goed bij de onderste takken komen. Helena haalde een klein mes uit haar tas en sneed een tak af die haar geschikt leek. Zachtjes bedankte ze de boom voor het geschenk, toen borg ze het mes weer weg en nam de tak mee.

Toen ze in de koets zat, wikkelde ze hem in een doek. Eigenlijk zou hij in het water moeten worden gezet, maar dat kon niet. Het zou gelukkig niet lang duren voor ze bij de haven kwamen.

Terwijl de koetsier de zweep liet knallen, keek ze door het achterraampje naar het hoge gebouw, dat gaandeweg kleiner werd. Toen ze het voor het eerst zag, met al zijn torens en erkers, had het haar angst ingeboezemd. Maar nu voelde ze weer lichte weemoed. En ook een beetje angst. Stel dat het niet lukte toenadering tot haar vader te vinden? Terug naar het internaat kon ze niet. Madame Löfvendahl had vaak gezegd dat het jammer was dat ze vanwege haar afkomst niet in aanmerking kwam voor een aanstelling. Ze bedoelde dat ze het uitgesloten achtte dat haar vader daarmee akkoord zou gaan. Maar als hij nu blij was weer van haar af te zijn?

Bij de haven was het erg druk. Velen wilden voor de kerst weggaan – terug naar hun vaderland, of naar een land waar ze vrienden of familie hadden. Er lagen talloze passagiersschepen voor anker.

De koetsier begeleidde haar nog naar haar schip, toen nam hij afscheid.

Helena keek naar de steven. Ingwarsdotter stond er op de boeg – Ingwars dochter. Glimlachend liep ze naar de man in uniform die de reisbiljetten aannam en stak hem de inhoud van de envelop toe...

Toen ze weer wakker werd, was ze in eerste instantie verward. Daarnet had ze nog aan boord van een schip willen gaan. En nu bevond ze zich in een gelig verlichte kamer.

Toen besefte ze dat haar vertrek bij het internaat maar een droom was geweest – of nee, geen droom. Het was een herinnering geweest! Een herinnering die zo duidelijk, zo realistisch had geleken dat ze even had geloofd het echt te beleven.

Toen ze haar hoofd voorzichtig optilde, keek ze in het bezorgde gezicht van Johanna Baabe. Het leek of ze gehuild had – maar waarom?

Het volgende ogenblik dwong een dof dreunen in haar hoofd haar weer terug in de kussens. Nu kwamen latere herinneringen weer terug.

Ze was de trap afgelopen en Hilda tegengekomen. En toen had iemand haar geduwd en was ze gevallen.

'Barbara!' riep Johanna blij toen ze merkte dat ze wakker was. 'Godzijdank! Hoe gaat het met je?'

Barbara? O ja, dat was de naam die ze in het hotel had gekregen – van Johanna.

Maar nu wist ze hoe haar echte naam was.

'Ik heet Helena,' zei ze met een zwak glimlachje. Haar lippen voelden aan alsof ze gebarsten waren. Hoe lang was ze bewusteloos geweest? En waar was ze? Het rook naar ziekenhuis, en in het hotel was er geen kamer zoals deze...

'Helena?' vroeg Johanna verbaasd.

'Ja, zo heet ik,' antwoordde ze en ze wilde weer overeind komen, maar plotseling werd ze overvallen door duizeligheid, waardoor ze weer in de kussens terugzakte.

'Kalm aan, kalm aan!' zei Johanna terwijl ze haar hoofdkussen goed legde. 'Liggen blijven. De dokter zegt dat je je niet mag bewegen.'

Helena schikte zich in haar lot. Helena. Wat was het fijn je eigen naam te weten. Ook al kwam die haar op het moment nog vreemd voor.

'Waar ben ik eigenlijk?' vroeg ze en ze draaide haar hoofd voorzichtig opzij.

'In het kuuroord. Dokter Winter heeft je na je val hierheen laten brengen omdat hij niet kon zien hoe zwaar je gewond was.'

'Ik ben van de trap gevallen,' zei Helena, waarop Johanna knikte.

'Ja, en het ziet ernaar uit dat Hilda je een zet heeft gegeven.'

Helena gaf een licht knikje. 'Dat herinner ik me – en niet alleen dat,' zei ze. 'Toen ik bewusteloos was, zag ik weer de dag voor me waarop ik uit Stockholm vertrok.' Johanna trok haar wenkbrauwen op. 'Is je geheugen terug?'

'Niet helemaal, maar ik herinnerde me de dag waarop ik de tak heb afgesneden. En dat ik aan boord van het schip ging...'

'En je naam.'

Helena knikte en kneep toen haar ogen dicht, want er schoot een stekende pijn door haar slaap.

'Ja, mijn naam. En dat ik in Stockholm op een internaat zat. Het was mijn laatste dag daar.'

'Dan ben je dus toch een dochter uit een goede familie!' Johanna leek opgelucht.

'Ik weet het niet. Ik denk het. Ik kan me alleen nog maar mijn voornaam herinneren. En dat ik...'

Voor ze meer kon zeggen werd er geklopt, en even later kwam dokter Winter binnen.

'Ha, hoe gaat het met onze patiënte?' vroeg hij en hij haalde zijn horloge uit de zak van zijn vest.

'Ze heeft een herinnering gehad!' riep Johanna.

'Zo, echt? Wat herinnerde u zich?' vroeg de dokter goedmoedig terwijl hij Helena's pols voelde.

'Mijn voornaam: Helena. Stockholm, en dat ik op een internaat zat. En dat ik achttien ben en aan boord van een schip zou gaan dat Ingwarsdotter heette.'

De dokter trok verbaasd zijn wenkbrauwen op. 'Nou, dat is behoorlijk wat. Waarschijnlijk hebt u door de val een deel van uw geheugen teruggekregen.'

'Ja, dat denk ik ook. In dat opzicht mag ik Hilda wel dankbaar zijn...'

'Nee, geen sprake van,' antwoordde de dokter terwijl hij haar arm weer losliet. 'Het had ook anders kunnen aflopen. Ik heb meer dan eens meegemaakt dat iemand bij een val van de trap zijn nek had gebroken. U hebt voor de tweede keer geluk gehad.'

Er ging een rilling door Helena heen. Ze was dus al tweemaal aan de dood ontsnapt. Wat zou er nog meer gebeuren? En zou ooit de rest van haar geheugen terugkomen? Zou het genoeg zijn om haar vader op te sporen?

'In elk geval houd ik u tot na de kerst hier. U moet zich een paar dagen ontzien en mag niet nog eens vallen, anders kan ik niet voor uw gezondheid instaan.'

'Ze zal uw instructies nauwgezet opvolgen, nietwaar, Helena?' vroeg Johanna.

'Ja, natuurlijk,' antwoordde Helena. Het beviel haar niet dat ze weer in een kamer opgesloten zat. Maar op dat moment deed haar hoofd nog te veel zeer om te kunnen protesteren.

Toen dokter Winter weg was, bleef Johanna nog even aan haar bed zitten.

'Je ziet er moe uit,' zei Helena loom. Het kalmeringsmiddel dat de dokter haar had toegediend begon al te werken.

Johanna was inderdaad moe, maar ook heel gelukkig. Barbara – of beter gezegd Helena – leefde! Dat was het enige waaraan ze momenteel kon denken.

'Ach wat, ik ben niet moe. De tijd voor Kerstmis is alleen een beetje enerverend geweest. En ik maakte me zorgen om jou. Ik weet zeker dat papa Hilda zal ontslaan – na alles wat ze je heeft aangedaan, zou dat alleen maar terecht zijn.'

Helena wist niet wat ze daarop moest zeggen. Ze voelde zich duizelig en moe en haar oogleden waren vreselijk zwaar.

'Christian beweert dat ze jullie bespioneerd heeft. En ten overvloede is Hilda te weten gekomen dat ik iets met Peter heb. Ze heeft het aan mijn vader verteld. Ik heb geen idee wat me te wachten staat wanneer ik thuiskom...'

Toen ze opzijkeek, zag ze dat Helena in slaap was gevallen. Johanna bleef nog even naar haar kijken, daarna dwaalde haar blik naar de takken, die in de aarden kruik op de vensterbank stonden. Helena was buiten levensgevaar, en de val had ten minste één positief effect gehad: ze had weer een stukje herinnering teruggekregen. Zou de kracht van de takken daarmee zijn uitgeput?

Toen Johanna de kamer uit ging, liep ze Christian tegen het lijf. Toen zij bij Helena waakte, was hij thuis geweest.

'En, hoe gaat het met de zieke?' vroeg hij.

'Ze slaapt. De dokter heeft haar een kalmeringsmiddel gegeven, zodat ze ook echt blijft liggen en rust houdt. Maar het ziet ernaar uit dat ze over een tijdje weer op de been zal zijn.'

Christian haalde opgelucht adem. 'Dat is mooi. Heel mooi.'

'Ze heeft me verteld dat ze zich haar naam herinnert. En de naam van het schip waarop ze reisde.'

'Echt? Dat is geweldig!'

Johanna knikte en merkte nu duidelijk dat de vermoeidheid nu ook bij haar toesloeg.

'Ze heet Helena. En het schip was de Ingwarsdotter.'

'Dat klinkt Zweeds.'

'Ja, ze zat op een internaat in Stockholm. Moeder had ongelijk toen ze zei dat Helena een landloopster was. Het is goed te weten dat ze het mis heeft.' Johanna stak haar arm door die van haar broer. 'We moesten nu maar gaan. Helena is hier in goede handen en ik moet naar huis om mijn donderpreek in ontvangst te nemen. Heeft papa of mama nog iets gezegd?'

'Nee, die praten niet met elkaar.'

'En hoe zit het met de gasten? Hebben ze iets gemerkt?'

'Geen idee. Zo ja, dan kunnen ze er mooi over roddelen. Maar ik geloof niet dat het ze interesseert. Morgen arriveert de hertog, dan hebben ze wel wat anders te doen.'

Johanna knikte vaag, toen liet ze zich door Christian mee naar buiten nemen.

41

Kleumend stond Augusta Baabe voor het raam van haar slaapkamer naar buiten te kijken. Ze had het gevoel dat haar leven als oude koek verbrokkelde.

Het nieuws dat Hilda Barbara van de trap had geduwd, had haar lang niet zo getroffen als het feit dat haar dochter precies had gedaan waarvoor haar familie had gevreesd. Nog erger was het dat Hilda wist wat er gebeurd was. Nu ze er door Ludwig uit werd gegooid, zou ze het waarschijnlijk overal in de stad rondbazuinen.

Augusta's gedachtestroom hield op toen ze voetstappen voor haar deur hoorde. Even later werd er geklopt en kwam Ludwig binnen.

'Johanna is terug,' zei hij zonder haar aan te kijken. Sinds hun woordenwisseling de vorige avond ontweek hij haar blik. Augusta had hem graag gezegd dat ze spijt had, maar waarschijnlijk zou hij dat niet willen horen. 'We moeten met haar praten.'

Augusta knikte. Toen ze zich omdraaide, had ze het gevoel dat er een zware steen op haar borst lag.

'Het spijt me,' zei ze. 'Ik had Hilda niet moeten opdragen het meisje te bespioneren.'

Het was het eerste wat ze sinds het nieuws van gisteravond tegen hem kon zeggen. Hij had haar kort laten weten wat er gebeurd was en was meteen weer verdwenen. De nacht had hij op de bank in zijn kleedkamer doorgebracht.

Hoe lang zou het duren voor het personeel het merkte en erover ging smiespelen?

'Tja, er zit ook een goede kant aan, nietwaar? Nu weten we eindelijk wat onze dochter echt van plan is.'

Vroeger zou Augusta driftig zijn geworden en hebben gezegd dat het nooit tot een verbintenis tussen hen zou komen. Maar intussen was ze daar niet meer zo zeker van. Haar hart werd zwaar toen ze haar man gadesloeg. De ogen waarmee hij haar anders zo liefdevol had aangekeken, leken nu vermoeid, teleurgesteld en uitgeput.

'Ze mag niet met die Vandenboom trouwen,' zei Augusta zwakjes. 'Ik hoop dat we het daar nog steeds over eens zijn.'

'Dat zijn we.' Ludwig keek haar nu wel aan, maar het waren niet de liefdevolle ogen van de man die haar een paar weken geleden had bericht dat de hertog naar de stad kwam en hen uitnodigde voor het bal. 'En wat je verontschuldiging betreft, daar denk ik nog over na. De afgelopen avond zijn toch bijna twee levens verwoest. Dat van Barbara en dat van Hilda. Ik heb intussen de dokter gesproken en we kunnen ons gelukkig prijzen dat het meisje niets ergers is overkomen. Dus hoeft ook Hilda geen zwaarwegende consequenties te vrezen. Jouw ongegronde wantrouwen heeft hen allebei bijna in het verderf gestort.'

Ludwig haalde diep adem.

'Maar daar komen we ook wel overheen, nietwaar? Het bal is over twee dagen, en tot zolang doen we net alsof er niets is gebeurd.'

Met die woorden draaide hij zich om. Augusta volgde haar man de kamer uit.

Uitgeput zakte Johanna neer op haar bed. De afgelopen nacht had haar enorm aangegrepen, maar ze was opgelucht dat Helena weer bijgekomen was. Haar hervonden herinneringen waren een geweldig resultaat.

Maar wat haar eigen situatie betreft was ze allesbehalve optimistisch. Toen ze met Christian thuiskwam, had ze verwacht dat haar ouders meteen over haar heen zouden vallen. Maar noch haar vader noch haar moeder had zich vertoond. Christian had haar naar haar kamer gebracht en was meteen weer weggegaan; ook hij had slaap nodig.

Nu lag ze naar het plafond te staren, en hoewel ze doodmoe was, wilde de slaap maar niet komen – net zomin als haar ouders.

Toen ze in het kuuroord was, had ze erover nagedacht wat ze moest doen als haar ouders haar het huis uit gooiden. Ze had naar de verpleegster gekeken die voor Helena zorgde, en had bedacht dat dat beroep misschien ook wel iets voor haar was. Ze zou toch ergens mee in haar levensonderhoud moeten kunnen voorzien wanneer ze bij haar familie wegging.

Er werd geklopt. Johanna kwam overeind, haar maag verkrampte. Christian kon het niet zijn, die lag vast in zijn kamer te slapen. En de kamermeisjes kwamen om deze tijd niet hier boven – het moesten wel haar ouders zijn die haar wilden zien.

Het was zover.

'Binnen,' riep ze.

Het volgende ogenblik kwamen haar ouders binnen. Ze trokken allebei een ernstig gezicht. Haar vader zag er teleurgesteld uit.

'Johanna, je kunt je waarschijnlijk wel indenken waarom we hier zijn,' begon hij. De onrustige nacht had duidelijk sporen op zijn gezicht nagelaten.

Johanna knikte benepen en keek naar haar moeder. Het verbaasde haar een beetje dat niet zij met de preek begon. Augusta Baabe leek er met haar gedachten niet bij. Alsof er de afgelopen avond iets was gebeurd waardoor het huwelijk onbelangrijk was geworden.

'Om diverse redenen is het niet acceptabel dat je bij je verhouding met Peter Vandenboom blijft.'

Johanna merkte duidelijk hoeveel moeite het hem kostte alleen al Peters naam uit te spreken.

'Je moet die liaison opgeven. Je gaat Vandenboom vandaag nog schrijven om de affaire met hem te beëindigen.'

Johanna schudde ongelovig haar hoofd. Dat konden ze toch niet van haar verlangen! Ze was toch al bijna meerderjarig!

'Bovendien zul je op het bal het aanzoek van een van je aanbidders aannemen. Wie je kiest, laten we aan jou over.'

Johanna keek naar haar moeder. Die stond zwijgend achter haar man naar de vloer te kijken.

Eindelijk heb je het voor elkaar, dacht ze.

'En dan?' vroeg Johanna verdrietig. 'Moet ik dan van ellende de zee in lopen, zodat jullie een nieuwe reden hebben om de Vandenbooms te haten, terwijl er sindsdien tussen jullie niets meer gebeurd is? Willen jullie tot in de eeuwigheid blijven wrokken omdat grootmoeder op een andere man verliefd was?'

Augusta's ogen werden groot van schrik, terwijl haar vaders gezicht onbewogen bleef. Het verraste Johanna dat hij zich niet door haar liet provoceren.

'Mijn besluit staat vast. Ik zal je nooit toestemming geven om met hem te trouwen. En als het welzijn van onze familie je aan het hart gaat, zul je overmorgen op het bal de juiste keuze maken.'

Johanna staarde haar vader aan. Natuurlijk, ze had niet anders verwacht. Toch voelden zijn woorden als slagen.

Peter opgeven en met Berthold trouwen was voor haar absoluut niet aan de orde.

'Heb je daarop nog iets te zeggen?' vroeg Ludwig, maar Johanna schudde haar hoofd. Ze was gewoon te moe om nu ruzie te maken. En ze moest nadenken wat haar te doen stond.

42

Dinsdag 23 december 1902

Hoewel de nacht Christian niet in de koude kleren was gaan zitten, ging hij in alle vroegte het huis uit om bij Helena op bezoek te gaan.

Vandaag zou de naaister Johanna's baljurk komen brengen en dan hoefde zijn moeder hem niet zo nodig te zien. En zijn vader was met andere dingen bezig.

Niemand had het er nog over dat hij met Helena was gaan rijden. En ook Johanna's liefde voor Peter Vandenboom was geen onderwerp van gesprek.

Toen hij vertelde dat Helena zich weer haar eigen naam en die van het schip herinnerde, had zijn vader heel normaal gereageerd. Zijn moeder daarentegen had gezwegen en niet zoals gewoonlijk wantrouwige vermoedens geuit. Waarschijnlijk was ze blij dat het meisje niet meer in hun hotel verbleef. Of deed het haar meer dat haar dochter verliefd was op een vijand van de familie.

In het kuuroord was er rond die tijd weinig bedrijvigheid. Een oude man wandelde een rondje om het huis, in de ramen glansden zwakke lichtjes.

Hij klom het bordes op en liep naar binnen. Zijn voetstappen weerklonken luid in de foyer.

Voor Helena's kamer bleef hij staan en hij klopte aan.

'Binnen!' klonk het van binnenuit.

Christian deed de deur open en zag Helena met een dienblad met haar ontbijt op schoot in bed zitten.

'Stoor ik?' vroeg hij voorzichtig.

'Christian! Kom binnen. Dokter Winter heeft net naar me gekeken en bevestigd dat het heel goed gaat.'

Stralend keek ze hem aan. Christian pakte haar hand en kuste hem zacht.

'Ik ben zo bang geweest,' bekende hij. 'Ik dacht dat je dood zou gaan.'

'Eerlijk gezegd heb ik dat ook even gedacht,' antwoordde Helena. 'Maar toen kwam die droom... Op dat moment wist ik dat ik nog leefde. En even later werd ik wakker.'

'Hilda is in hechtenis genomen,' zei Christian. 'Je moet erover nadenken of je aangifte tegen haar wilt doen voor het toebrengen van lichamelijk letsel.'

Helena aarzelde. 'Ze kan beweren dat het een ongeluk was.'

'Een van de meisjes heeft gezien dat ze je duwde. Maar ze kan nu tenminste niet meer achter je aan sluipen.'

Helena knikte, maar ze merkte dat ze niet blij werd van het bericht. Het was haar liever geweest als het allemaal niet was gebeurd – ook als dat inhield dat ze de nieuwe flarden herinneringen niet had gekregen.

'En hoe is het met je moeder? Is ze weer gekalmeerd?'

'Zoals altijd.'

'Ook met betrekking tot Johanna?'

Christian glimlachte zoetzuur. Dat met Johanna was een ander verhaal.

'Ook wat dat betreft zal ze wel weer kalmeren. Op het moment is natuurlijk bij ons de hel losgebarsten. Vader praat niet met moeder, Johanna met geen van beiden en ik word momenteel behandeld alsof ik er niet ben. Intussen moeten we voor de gasten doen alsof alles in orde is, en morgen is het bal van de hertog. Daarom houdt iedereen zich nog rustig.' Hij drukte zachtjes haar hand. 'In zekere zin mag je blij zijn dat je niet meer bij ons thuis bent. Het zware onweer komt nog, geloof me. Misschien moet ik maar op reis gaan en jou meenemen.'

'Dat zou heerlijk zijn,' antwoordde Helena, waarop Christian haar voorzichtig in zijn armen nam.

'Je zou dus meegaan?'

'Jazeker. We zouden alleen nog moeten bedenken waarnaartoe.'

'Misschien niet de Oostzee over. Maar wat zou je denken van Venetië?'

'Venetië klinkt geweldig!'

'Ben je daar dan nog nooit geweest?'

'Ik weet het niet,' antwoordde Helena. 'Maar zo wel, dan herken ik het zodra we door de straten lopen of door de kanalen varen.'

Klara Mertens verscheen stipt op tijd met twee meisjes op sleeptouw die moesten helpen bij het passen. In de grote ronde dozen die ze op een bolderkar vervoerden, zaten naaigerei en Johanna's baljurk.

Augusta zuchtte diep. Hoe moest ze een glimlach op haar gezicht toveren terwijl alles in een paar dagen anders was geworden? Ze had zich op het passen verheugd, maar nu wilde ze alleen nog dat de dag eindelijk voorbij was. Het gesprek met Johanna was niet zo verlopen als ze had gewenst. Hun dochter had hen koppig aangekeken en niets gezegd. Ook had ze geen begrip getoond.

En Ludwig was nog altijd niet de oude. Na het gesprek met hun dochter waren ze ieder huns weegs gegaan en ze had hem pas vanmorgen bij het ontbijt weer gezien. Ze hadden kort een paar huishoudelijke zaken uitgewisseld, meer niet. Geen woord over de kerstboom, geen woord over wat ze hem op het bal moest laten zeggen. Zwijgend had hij zijn koffie opgedronken en daarna was hij verdwenen.

En Christian en dat meisje?

Haar zoon had bij het avondeten verteld dat het meisje zich herinnerde hoe ze heette en met welk schip ze had gereisd. Ludwig had meteen een paar notities gemaakt en aangekondigd dat hij het aan Martin Wagner zou laten weten.

Het had Augusta weer op de tong gelegen dat het meisje, dat nu Helena heette, het allemaal gewoon verzonnen had, maar ze had zich ingehouden. Niet omdat ze van mening was veranderd, maar omdat ze inzag hoeveel trammelant het laten bespioneren van het meisje haar had opgeleverd.

En Johanna... die had de indruk gewekt dat ze er helemaal niet bij was.

En het was morgen al kerstavond...

Slechts enkele ogenblikken nadat er bij de dienstingang was aangebeld, verscheen Elsa met de drie vrouwen in de privésalon.

'Goedemorgen, mevrouw Mertens, fijn dat u er bent!'

'Ik heb beloofd u de japon te brengen, en ik houd me aan mijn beloften.'

Ze gebaarde naar haar helpsters dat ze de jurk moesten uitpakken.

'Elsa, wil je alsjeblieft mijn dochter laten weten dat ik haar hier verwacht om te passen?'

'Natuurlijk, mevrouw Baabe!' antwoordde Elsa en ze verliet de salon.

Augusta wierp een blik op de robe. Hij was prachtig geworden, precies zoals ze van de naaister gewend was. De eerbiedwaardige dames deden haar onrecht als ze een andere aanbevalen. Een bruidsjapon van mevrouw Mertens zou beslist oogverblindend zijn.

Maar eigenaardig genoeg maakte de gedachte daaraan haar juist treuriger. Ludwig had Johanna duidelijk gemaakt dat ze uit slechts twee mannen kon kiezen – en onder hen was niet Peter

Vandenboom. Maar inmiddels wist Augusta dat hun dochter geen van tweeën wilde. Als ze hen plezierde, zou ze een ongelukkige bruid in een prachtige jurk zijn.

Misschien was het wel beter als dat huwelijk er helemaal niet kwam. Als ze haar de tijd lieten om over haar beslissing na te denken. Wat maakte het uit of ze in het voorjaar trouwde of in de herfst?

Toen de deur opengeng schrok Augusta op uit haar overpeinzingen. De naaister en haar meisjes waren nu bezig hun naaigerei op de tafel uit te stallen. Het gebeurde zelden dat mevrouw Mertens achteraf nog iets moest aanpassen, maar ze wilde altijd goed voorbereid zijn om een perfect resultaat te krijgen.

'Pardon, mevrouw Baabe, maar uw dochter is niet in haar kamer,' zei Elsa en toen haalde ze iets uit de zak van haar schort. 'Haar bed was opgemaakt en daarop heb ik dit aangetroffen.'

Augusta werd warm van schrik toen ze de brief aanpakte. Bij het openmaken verscheurde ze de envelop bijna, daarna zag ze het handschrift van haar dochter op het blaadje.

Lieve moeder, lieve vader,
Omdat ik niet kan trouwen met de man die ik liefheb, ben ik weggegaan om ergens anders een nieuw leven te beginnen.
Met liefs,
Johanna

Augusta sloeg haar hand voor haar mond en slaakte een schelle kreet.

Nogmaals vlogen haar ogen over de woorden, toen keek ze Elsa aan. 'Wanneer is mijn dochters kamer opgeruimd?'

'Vandaag nog niet,' antwoordde Elsa. 'Ze moet het zelf hebben opgemaakt. Is er iets gebeurd?'

'Ze is verdwenen!' zei Augusta. 'Ze moet vanmorgen zijn weggegaan!' Ze staarde nog even naar het blaadje, toen keek ze het dienstmeisje aan.

'Elsa, vraag de andere meisjes en de jongens wanneer ze Johanna voor het laatst hebben gezien.'

'Uitstekend, mevrouw Baabe.' Elsa draaide zich vlug om en stoof de salon uit.

Even later ging Augusta haar achterna. Dat de naaister en haar assistentes haar verbaasd nakeken merkte ze niet.

Met suizende oren liep Augusta naar de werkkamer van haar man. Ze klopte en trok zonder te wachten de deur open.

Ludwig was er niet. Had hij soms een afspraak buitenshuis? In paniek maakte Augusta rechtsomkeert en rende terug naar de foyer. Daar zag ze haar man, die net in rijkleding op weg was naar de deur.

'Ludwig!' riep ze wapperend met de brief. 'Johanna is weg!'

Haar man trok zijn wenkbrauwen op. 'Weg? Maar waarheen dan?'

'Hier, lees!'

Augusta drukte Ludwig het blaadje in de hand. Met gefronst voorhoofd vloog hij eroverheen.

'Dat kan toch niet! Waar is Christian?' Augusta haalde haar schouders op. Op dat moment kwam Friedrich de foyer in lopen.

'Friedrich, weet je waar Christian is?'

'Uw zoon is een uur geleden naar het kuuroord gegaan.'

'Dank je.' Ludwig liep naar de deur.

'Waar ga je heen?'

'Naar het kuuroord. Misschien weet hij waar Johanna naartoe kan zijn gegaan. Friedrich, maak snel twee paarden klaar!'

'Jawel, meneer Baabe.' Friedrich stormde weg.

'Augusta, blijf hier om voor alles te zorgen. Ik vind haar wel.'

Met die woorden stevende hij af op de deur.

Augusta keek hem na, toen keek ze weer naar het briefje in haar hand. Hun dochter was verdwenen omdat ze niet de man kon krijgen van wie ze hield.

Onder haar tranen vervloeide het handschrift. Toen een paar

gasten de trap afkwamen, vluchtte ze naar de privévertrekken. De naaister vergat ze helemaal.

Alleen onderbroken door de visite van dokter Winter zaten Helena en Christian voor het raam naar de bedrijvigheid op het erf van het kuuroord te kijken. Een paar jongens sleepten dozen aan die ze overdroegen aan het personeel.

'Dat zijn vast cadeaus voor de patiënten. In deze tijd van het jaar heeft de post extra werk.'

'Het lijkt anders niet of hier zo veel patiënten zijn,' zei Helena. 'Het is zo rustig.'

'Dat klopt, in de zomer is het drukker. Maar ook in de winter komen er patiënten vanwege het klimaat. De zilte lucht schijnt goed voor de huid en de longen te zijn.' Christians blik viel op de takken in de aarden kruik. 'Er is een boomgaard bij het kuuroord. Daar heeft Johanna haar tak afgesneden.'

'Het was heel lief van je zus om me mijn en haar tak te brengen. Ze gelooft alleen zelf niet zo in hun magische kracht. Na wat er is gebeurd valt haar dat niet kwalijk te nemen.'

'En jij? Geloof jij erin?'

'Ik weet het niet. Voor zover ik me kan herinneren heb ik elke vierde december een tak afgesneden en in een vaas gezet. Misschien schieten me ooit weer de wensen te binnen die door de Heilige Barbara in vervulling zijn gegaan.'

Buiten hoorden ze gestommel, en even later werd er aangeklopt.

'Binnen!' riep Helena..

Haar ogen werden groot van verrassing toen ze Ludwig Baabe in de deuropening zag staan.

'Mijn excuses dat ik zo kom binnenvallen,' zei hij terwijl hij zijn blik op zijn zoon richtte. 'Christian, kan ik je even spreken?'

'Ja, natuurlijk.' Hij wisselde een blik met Helena, toen stond hij op en liep met zijn vader de kamer uit.

'Wat is er gebeurd?' vroeg hij. Zelden had hij zijn vader zo opgewonden gezien.

'Johanna is weggelopen. Je moeder wilde haar laten halen om haar baljurk te passen, maar... Ze heeft een brief achtergelaten. We hebben geen idee wanneer ze vertrokken is. Waarschijnlijk was ze al weg voor jij vertrok.'

Christian ging het bij zichzelf na. Was het stil geweest in Johanna's kamer toen hij door de gang sloop? Ja. Maar hij had niet het gevoel gehad dat haar kamer leeg was.

'We moeten haar gaan zoeken! Schreef ze waar ze heen ging?'

'Nee, er stond alleen dat ze een nieuw leven wil beginnen.'

'Misschien moeten we het Helena vragen.'

Christian stormde de ziekenkamer weer in. Helena keek hem verrast aan.

'Helena, heb je enig idee waar Johanna kan zijn?'

Helena schudde verward haar hoofd. 'Nee, ik... Wat is er dan gebeurd?'

'Ze heeft een brief achtergelaten en alleen geschreven dat ze wegging,' antwoordde Christian, en Ludwig Baabe voegde er briesend aan toe: 'Omdat ze niet mocht trouwen met de man van wie ze houdt.'

'Dan is ze misschien bij de Vandenbooms,' zei Helena. 'In elk geval was er ooit sprake van dat Peter er met haar vandoor wilde gaan.'

'Lieve help!' riep Ludwig uit en hij trok zijn zoon aan zijn arm naar buiten. 'Excuseer ons!'

Helena staarde een paar minuten naar de deur. Wat ze had gehoord, kon ze niet vatten. Johanna verdwenen! Dat paste eigenlijk helemaal niet bij haar! Wat was er gebeurd dat ze die stap had gewaagd – en dat zonder het haar te laten weten?

Een golf van bezorgdheid overspoelde haar. Dokter Winter had haar verboden de kamer te verlaten, maar moest ze dan lijdelijk toezien?

Ze moest weten wat er aan de hand was! Als ze nu eens achter Christian en zijn vader aan ging naar de Vandenbooms!

Licht duizelig liep ze naar de stoel waarop haar spullen lagen. Ze trok haar jurk aan en bukte om haar laarzen te pakken, maar dat moest ze bekopen met een hevige duizeling, waardoor ze op haar knieën zakte.

Hijgend deed Helena haar ogen dicht. Het duurde een poosje voor ze ze weer open kon doen – maar het bracht haar niet van haar plan af. Ze droeg haar laarzen naar het bed, ging op de rand zitten en trok ze aan.

Toen ze klaar was sloop ze naar de deur, deed hem open en keek spiedend door de gang. Ergens vandaan drongen stemmen tot haar door, maar die waren zo ver weg dat de mensen haar niet zouden kunnen opmerken.

Voorzichtig liep Helena tastend langs de muur in de hoop dat de gang naar de foyer leidde. Als ze dokter Winter tegenkwam, zou hij haar zeker naar haar kamer terugsturen.

Maar ze had geluk. Even later zag ze de entree.

De mensen die daar met elkaar stonden te praten namen geen notitie van het meisje in de enigszins afgedragen mantel dat naar de deur liep en naar buiten glipte.

De koude lucht verdreef het wattige gevoel in haar hoofd een beetje, en ze werd wat minder duizelig. Helena kwam langs een paar pensions en bereikte uiteindelijk het hotel van de Vandenbooms.

Daar zag ze Christians appelschimmel bij de deur staan. Het paard ernaast was waarschijnlijk dat van zijn vader.

Even overwoog ze of ze wel naar binnen moest gaan, maar toen vermande ze zich en klom de trap op. Eerst wilde ze aanbellen, maar ze besloot dat niet te doen en liep gewoon naar binnen.

Luide stemmen klonken haar tegemoet. Een ervan behoorde duidelijk toe aan Ludwig Baabe, en de andere moest die van Peter Vandenbooms vader zijn.

'Kalmeer alstublieft, zo komen we niet verder!' zei hij, maar Ludwig Baabe dempte zijn stem niet.

Helena wist eerst niet wat ze moest doen. Toen er een paar mensen in de foyer verschenen, vluchtte ze achter een kamerpalm in een enorme pot. Ludwig Baabe begon te schreeuwen en de hotelgasten draaiden hun hoofd naar hem toe, maar even later richtten ze zich weer op hun eigen bezigheden.

Helena zag in dat het dom was geweest hierheen te gaan. Blijkbaar was Johanna niet hier, want anders had meneer Baabe niet zo staan bulderen. Of weigerde zijn dochter met hem mee te gaan?

Nadat de bezoekers het hotel hadden verlaten, kwam Helena weer achter de palm vandaan. Zweet parelde op haar voorhoofd. De dokter zou vast boos zijn als hij merkte dat ze het kuuroord uit was gegaan. Het zou beter zijn om terug te keren.

'Helena?' vroeg een zware stem toen ze naar de deur wilde lopen.

Ze draaide zich vlug om. De man die uit de gang naar haar toe kwam, had ze over het hoofd gezien. Zijn baard was, net als zijn haar, grijs geworden, zijn voorhoofd zat vol rimpels. Hij zocht steun tegen het wandtapijt en leek niet te geloven wat hij zag.

'Bedoelt u mij?' vroeg Helena, en tegelijkertijd begon zich iets in haar te roeren. Als gehypnotiseerd liep ze op de man af, die een donker pak droeg en bovendien een rouwband om zijn arm had.

Hij knikte, maar zei niets. In plaats daarvan kwam hij dichterbij, stak zijn hand naar haar uit, maar hij waagde het niet haar aan te raken.

'Helena,' zei hij zachtjes. 'Is dit een droom?'

'Waarom zou u dromen?' Ineens had ze spijt dat ze zo dicht bij hem was gekomen. Er was iets niet in orde met hem, want er sprongen tranen in zijn ogen.

'Herken je me dan niet?' vroeg de man; zijn stem viel in het niet bij het gekijf en gescheld van even eerder.

Helena keek hem aan, bestudeerde zijn vermoedelijk vermagerde gelaatstrekken, en daarna zijn ogen.

Die ogen.

Ergens had ze die al eens gezien. Kon ze zich maar herinneren waar...

Toen sloeg de bliksem in. Op het moment dat ze besefte wie er voor haar stond, verloor ze het bewustzijn.

43

'Het is een ramp!' riep Ludwig kwaad toen hij de deur uit stormde. Peter Vandenboom was al verdwenen op het moment dat hij hoorde dat er naar Johanna werd gezocht.

Het had hun helemaal niets opgeleverd om hier te verschijnen. Alleen verwijten en scheldwoorden.

'Als Augusta niet dat onmogelijke mens had opgedragen te gaan spioneren, was er niets aan het licht gekomen,' vervolgde Ludwig zijn gefoeter. 'En dan was onze dochter niet verdwenen.'

'Denkt u dat echt?' vroeg Christian, die zijn vader probeerde bij te houden. 'Ze was al een hele tijd verliefd op Peter Vandenboom. En ik weet niet wat er op het bal zou zijn gebeurd.'

Ludwig pakte zijn zoon bij zijn arm. 'Wat zeg je daar? Je wist het dus?'

'Ja, ik wist het,' antwoordde Christian. 'En ik zag ook dat Johanna het meent.'

'En je bent niet op het idee gekomen ons iets te vertellen?'

Christian kreeg meteen spijt dat hij zijn mond had opengedaan. 'Ze is mijn zus. Had ik haar dan moeten verraden?'

'Mooie opvolger heb ik.'

'Papa, die vete is toch compleet onzinnig!' antwoordde Christian. 'Niets of niemand kan grootmoeder weer levend maken. En mogelijk is ze helemaal niet vanwege Vandenboom de zee in gelopen. Misschien was ze ook wel vertwijfeld vanwege het kind dat ze had verloren.'

Ludwig werd kwaad. 'Begin jij nu ook al? Heb jij het je zus verteld? Waar heb je dat vandaan?'

'Van onze dominee. Ik heb met hem gepraat toen we die afspraak met Brockmann hadden.' Christian haalde diep adem. Misschien was het voor hem ook beter als hij zich de komende uren uit de voeten maakte.

'Hoe kwam je erbij om daarnaar te informeren?'

'Ze was mijn grootmoeder. Ik wilde het weten. Ik wilde het begrijpen. Dus heb ik het nagevraagd, omdat ik wilde weten waardoor de tweespalt tussen onze families is veroorzaakt. Na het bezoek bij de dominee wist ik het. U hebt het er nooit over gehad dat u een zusje hebt gehad.'

Ludwig Baabe hapte naar adem. Antwoord kon hij niet geven.

'Maar nu moeten we opschieten om Johanna te vinden,' zei Christian terwijl hij zich uit zijn vaders greep bevrijdde. 'Ze kan overal zijn, dus kom mee, voor die onzinnige vete nog meer voeding krijgt.'

Zijn woorden misten hun uitwerking niet. Zijn vader kwam weer in beweging. Nu nog sneller, zodat Christian moest hollen om hem bij te houden.

Ze liepen naar de paarden en sprongen in het zadel.

'Vooruit, laten we eerst in westelijke richting gaan,' gebood zijn vader. 'Mogelijk heeft ze meteen de provinciale weg genomen, hier in de stad hadden de mensen haar gezien.'

'Goed, we proberen het daar,' antwoordde Christian.

Hij geloofde niet dat ze zichzelf vanwege Peter iets zou aandoen – maar wie kon weten wat er in zijn zus omging? Bovendien was ze vertwijfeld omdat morgen de dag was waarop ze een huwelijksaanzoek van Berthold von Kahlden zou krijgen. Een aanzoek waaraan ze alleen kon ontkomen als er iemand was die het waagde haar vóór Von Kahlden om haar hand te vragen.

Vastberaden liep Johanna over de provinciale weg, die bijna verdween onder een grijs glanzend sneeuwdek. Het handvat van haar stoffen reistas sneed in haar hand, maar die was toch al praktisch gevoelloos van de kou.

Het besluit om weg te lopen was spontaan bij haar opgekomen. Eerst had ze zich voorgenomen naar Peter te gaan, maar toen besefte ze dat dat niet mogelijk was. Net zoals haar ouders erop stonden dat ze met Berthold von Kahlden trouwde, zouden zijn ouders erop staan dat hij hun uitverkorene huwde. Het was zinloos. Misschien was het beter als ze verdween en een nieuw leven begon. Zoals ook voor Helena een nieuw leven was begonnen – met dien verstande dat zij wist wie ze was. Maar misschien kon ze dat bewust vergeten...

Hoefgetrappel schrikte haar op uit haar gedachten. Ze keek achterom, voor het geval dat ze voor de ruiter opzij moest gaan. Maar toen zag ze dat de ruiter vaart minderde – en recht op haar afkwam.

Even later herkende ze het gezicht achter de dikke sjaal. Peter Vandenboom.

'Johanna, wat heb je je in vredesnaam in je hoofd gehaald!' Hij sprong uit het zadel en rende naar haar toe.

Hij klonk opgelucht. En was kwaad. Zijn stem trilde.

Even later sloten zijn armen zich om haar heen en haar gezicht zonk weg in zijn zachte bontkraag.

'Liefste,' zei hij, toen keek hij haar aan en kuste haar.

Johanna had het gevoel dat de grond onder haar voeten golfde. Ze klampte zich vast aan zijn armen, en nu pas merkte ze hoe verkleumd ze was – en hoe Peters warmte en kussen haar goeddeden. 'Waarom ben je weggelopen? Waarom ben je niet naar mij toe gekomen?'

'Weet je wat er gebeurd is?'

Peter knikte. 'Ja, je vader en je broer waren bij ons. Een dienstmeisje heeft hun over ons verteld. Ze waren erg van streek omdat je was weggelopen.'

'Echt waar?' Johanna vertrok haar gezicht. 'En, zei mijn vader ook dat hij wilde dat ik jou opgeef? En dat ik met Berthold trouw?'

'Nee. Of beter gezegd, ik ben niet lang genoeg gebleven om daarachter te komen. Mijn vader en jouw vader hebben tegen elkaar staan schreeuwen, dat kon ik nog horen, maar waarschijnlijk ging het weer over de oude kwestie.'

Peter keek haar even in de ogen, toen zei hij: 'Ik was zo bang om jou. Ik dacht dat je jezelf iets zou aandoen.'

'Ik ben mijn grootmoeder niet,' antwoordde Johanna, maar ze kreeg daar spijt van toen ze Peters gezichtsuitdrukking zag. Hij wist het. Op een of andere manier moest hij te weten zijn gekomen wat er indertijd gebeurd was.

'Je had naar mij toe moeten komen en me alles vertellen.'

'Daar heb ik ook even over gedacht, om dat te doen. Maar toen bedacht ik welk gezicht jouw ouders zouden zetten als ik was verschenen. Of zouden zij het goedgevonden hebben?'

Peter schudde zijn hoofd. 'Nee, beslist niet. Wat er vroeger is gebeurd, vind ik heel erg. Dat je grootmoeder zelfmoord heeft gepleegd vanwege mijn grootvader.'

'Zo simpel is het niet,' zei Johanna. 'Mijn grootmoeder heeft blijkbaar een kind van je grootvader gekregen, dat vlak na de geboorte is gestorven. Daarop verviel ze in een depressie en pleegde zelfmoord omdat ze geen uitweg meer zag nadat haar man haar met hem had betrapt en hem ter verantwoording had geroepen. Het was niet omdat jouw grootvader mijn grootmoeder in de steek heeft gelaten.'

'En hoe zit het met jou? Zie jij nog een uitweg?'

'Tot voor een paar minuten zag ik er maar één: weg van mijn familie.' Johanna werd rood.

'En waar wilde je dan heen?' Hij streelde teder haar wang.

'Ergens heen. Een dorp. Een andere stad. Ik had als dienstmeisje kunnen gaan werken. Of als verpleegster.'

Peter glimlachte. 'Als verpleegster kan ik me jou niet goed

voorstellen. Maar misschien onderschat ik je. We kennen elkaar tenslotte pas een paar maanden. Ik zou wel heel graag ontdekken waar je allemaal toe in staat bent.'

Johanna vlijde zich tegen zijn borst. Het liefst was ze hier gebleven, ver van haar ouderlijk huis. Maar ze wist dat ze terug moest. Tenzij Peter besloot er nu met haar vandoor te gaan. Tenslotte was dat zijn voorstel geweest.

Waarom niet, dacht ze. Wat houdt me nog hier? Zolang ik in Heiligendamm blijf, zal ik niet met Peter samen kunnen zijn. En dat allemaal vanwege die stomme familiegeschiedenis...

'Nou, als het toch allemaal uitgekomen is, zouden we...' begon ze, toen stokte ze omdat ze hoefgetrappel hoorde.

Er kwamen nog twee ruiters aan.

'Handen af van mijn dochter!' snauwde een stem. Ze herkende haar vader en Christian.

Peter liet haar niet los.

'Heb je me niet gehoord?' vroeg haar vader woedend en hij sprong van zijn paard.

'Meneer Baabe, ik verzeker u dat ik uw dochter geen kwaad wil doen. Ik wil u om haar hand vragen!'

'Ben je helemaal gek geworden!' antwoordde Ludwig onbewogen. 'Laat haar los, ze gaat met ons mee naar huis!'

Ludwig pakte haar arm en trok haar weg bij Peter.

'Nee!' riep ze. 'Ik blijf bij Peter!'

'Jij gaat met ons mee,' antwoordde Ludwig onaangedaan, toen wendde hij zich tot Peter. 'En jou, jongeman, spreek ik nog wel!'

'Ja, ga met je vader mee,' zei Peter nu ook. Hij scheen in te zien dat het geen zin had dit langs de weg uit te vechten.

Maar Johanna wilde het niet horen. 'Ik wil bij jou zijn, meer niet.'

'Ik wil ook dat je bij mij bent,' zei Peter. 'We zien elkaar gauw weer, dat beloof ik!'

'Johanna, wees verstandig,' begon Christian nu op haar in te praten. 'Laten we naar huis gaan. En jij, Peter, moet ook terug naar je ouders, je hebt ze het een en ander uit te leggen.'

Peter keek hem aan, daarna keek hij naar Johanna, die zich nog steeds uit de greep van haar vader probeerde te bevrijden.

'Goed. Ik rij naar huis. Maar ik blijf bij mijn voornemens!' zei hij. 'Ik ben niet net als mijn grootvader, en Johanna is niet getrouwd. Het is niet zoals vroeger, meneer Baabe, en noch uw dochter, noch ik hoeft ervoor te worden gestraft dat we verliefd op elkaar zijn geworden.'

Bij die laatste woorden kromp Ludwig Baabe in elkaar alsof hij met ijswater werd overgoten. Hij zei niets, maar wierp Peter een woedende blik toe. Christian tilde de huilende Johanna op zijn paard, terwijl zijn vader haar tas meenam.

Peter liet de Baabes een eindje vooruitgaan, toen reed hij hen achterna.

Al die tijd zat Augusta Baabe voor het raam van de salon na te denken over de vete met de Vandenbooms.

Was het eigenlijk wel iets wat hen aanging? Of was het maar een oude geschiedenis waar Ludwig aan vast bleef houden? Natuurlijk, het betrof zijn moeder, die bereid was geweest ervandoor te gaan met een andere man. En die haar leven voor die man had gegeven. Dat Ludwig geen moeder had gehad moest zwaar voor hem zijn geweest. Maar in feite ging die hele zaak slechts drie mensen aan: Heinrich Baabe, zijn vrouw en Karl Vandenboom. Behalve de oude Karl was geen van hen nog in leven – en hun kinderen waren betrokken bij een strijd waarvan zij de zin niet zagen.

Nee, erger nog: nu was hun dochter verdwenen. En de angst dat de geschiedenis zich zou herhalen, verlamde haar.

Wat kon ze doen?

Terwijl ze daar zat te wachten tot haar man met nieuws kwam, vroeg ze zich af hoe die Peter Vandenboom eigenlijk was. Hun dochter was gewoon een aardig meisje, en dat de jongeman geslaagd was waar Albert von Vormstein en Berthold von Kahlden hadden gefaald, pleitte voor hem.

Maar er was ook Ludwigs koppigheid. Zelfs als zij zich liet vermurwen, zou zij hem dan ook daartoe kunnen brengen?

Augusta keek naar de grijze wolken die boven het hotel wegdreven. Was dit alles de straf voor haar wantrouwen jegens het meisje en haar man? Hoe kon ze dat weer goedmaken?

In geen geval mocht ze weer zo wantrouwend zijn. Ze mocht niet iemand die ze niet kende verdenken – en zeker niet iemand die haar dierbaar was. Wat haar eigen vader had gedaan, was erg, maar haar echtgenoot was niet zoals hij.

Zou ze de schade die ze had aangericht nog kunnen herstellen?

Hoefgetrappel haalde haar uit haar gedachten. Vanwaar ze zat kon ze het niet zien, maar ze voelde dat haar man terug was. Vlug stond ze op en liep de salon uit. Haar hart bonsde en haar handen trilden. Hadden ze Johanna gevonden?

In de lobby bevonden zich een paar gasten. De heren verscholen zich achter hun krant, terwijl twee dames levendig converseerden. Er was geen dienstmeisje te bekennen.

Toen ze besefte dat ze niet de hoofdingang zouden nemen, snelde Augusta naar de achterdeur. Ze was net voorbij de keuken, waar Emma de meisjes sommeerde de aardappelen niet te dik te schillen, toen de achterdeur openging. Eerst zag ze alleen Ludwig, die behoorlijk geërgerd leek.

'Hebben jullie haar gevonden?' vroeg Augusta, waarop Ludwig haar duister aankeek. Maar het volgende ogenblik verscheen hun dochter achter hem.

'Johanna!' riep Augusta uit. 'Kindje, wat ben ik blij je te zien!'

Ze viel haar om de hals en begon te snikken. 'Ik dacht dat er iets met je was gebeurd. O god!'

Johanna stond er in eerste instantie wat stijfjes bij, maar toen liet ze haar tas vallen en sloeg haar armen om haar huilende moeder heen.

44

Johanna voelde zich opgewonden. Niet alleen van angst, maar ook van vreugde. Haar moeder had zich zorgen gemaakt! Peter was gekomen! Hij had naar haar gezocht. En hij had tegenover haar vader verklaard dat hij haar tot vrouw wilde.

Wat zou er nu gaan gebeuren? Haar vader zou haar natuurlijk straffen omdat ze was weggelopen. Maar zou hij dat nog wel kunnen doen? Moest hij dan niet bang zijn dat ze weer wegliep – en dan misschien met Peter, voor altijd?

Zuchtend zette ze haar tas op het bed.

Het vreugdevolle weerzien met haar moeder klonk nog altijd in haar na. Na weken waarin haar dochters persoonlijke welzijn Augusta koud had gelaten en het er alleen maar om had gedraaid met welke man ze zou trouwen, was ze weer de vrouw geweest die echt om haar kind gaf. Of had Johanna het misschien verkeerd begrepen? Was ook de gedrevenheid van haar moeder ten aanzien van een huwelijk met een goed gesitueerde man een uiting van zorgzaamheid geweest?

Peinzend keek ze naar haar tas.

Toen draaide ze zich om. Ze moest met Helena praten! Ze moest haar vertellen wat er was gebeurd. Omdat haar vader noch haar moeder het over huisarrest had gehad, kon ze gaan en staan waar ze wilde.

Op de gang kwam ze Elsa tegen, die net op weg was naar de kamer van Christian.

'O, juffrouw Johanna, u bent weer terug!' zei ze blij. 'We maakten ons al zorgen.'

'Dat is heel aardig van je, Elsa,' antwoordde Johanna. 'Ik had zin in een wat langere wandeling.'

'Nou, toch is het goed dat u er weer bent. U moet naar uw jurk gaan kijken die de naaister heeft gebracht. Hij is prachtig.'

'Dat geloof ik graag. Daar kijk ik later nog naar. Eerst wil ik naar Helena.'

Toen ze de vragende uitdrukking in Elsa's ogen zag, bedacht ze dat de dienstmeisjes nog helemaal niet wisten dat Helena zich weer iets had herinnerd.

'Barbara herinnerde zich haar echte naam weer. Dat heeft haar val tenminste opgeleverd. Maar ze moet nog een tijdje in het kuuroord blijven.'

Elsa knikte. 'Dat is een hele opluchting. Ook om haar hebben we ons grote zorgen gemaakt sinds ze uit het hotel is weggedragen.'

'Dat zal ze vast fijn vinden om te horen. Ik zal haar de groeten van je doen, goed?'

Johanna zag duidelijk dat Elsa graag meer wilde weten. Maar dat moest Helena de meisjes maar zelf vertellen wanneer ze terugkwam.

Beneden aangekomen zag ze Christian net binnenlopen. Hij leek uitgeput, maar hij glimlachte toen hij zijn zus zag.

'O, je bent nog hier! Dat had ik niet verwacht.'

Johanna lachte verlegen. 'Het spijt me dat ik zo'n trammelant heb veroorzaakt.'

'Nou, normaal gesproken kwam je altijd naar me toe om met me te praten wanneer je niet meer wist wat je moest doen.' Christian keek naar een groepje vrouwen dat hen aandachtig in de gaten hield. Zouden de gasten iets hebben gemerkt? Zo ja, dan hadden ze op het bal iets te vertellen.

'Je ziet eruit alsof je ergens naartoe gaat. Een nieuwe vluchtpoging?' Christian begon te grijnzen.

'Nee, ik wilde naar Helena. Haar vertellen wat er gebeurd is.'

'Heb je er bezwaar tegen als ik met je meega?'

'Om er zeker van te zijn dat ik niet nog een keer wegloop?'

'Nee, ik wil alleen van de gelegenheid gebruikmaken het verhaal te horen zoals meisjes het aan elkaar vertellen.'

Johanna glimlachte. 'Goed, kom dan maar mee.'

Toen ze het kuuroord in liepen, werd net de hoge dennenboom neergezet die de foyer in de kersttijd moest opluisteren. Verpleegkundigen en ander personeel stonden klaar om de boom te versieren.

Ook bij de Baabes zou de kerstboom die dag zijn neergezet. Als ik niet was verdwenen, voegde Johanna er in gedachten aan toe.

Ze liepen langs de nieuwsgierige toeschouwers en kwamen even later bij de ziekenkamer.

Toen ze klopten, kwam er geen antwoord.

'Helena?' vroeg Johanna, maar het bleef stil.

Voorzichtig deed ze de deur open. Het bed was leeg!

'Misschien maakt ze net een wandelingetje,' zei Christian, maar hij wekte de indruk dat zelf niet te geloven.

'De dokter heeft haar verboden de kamer uit te gaan.'

Johanna dacht even na, toen kreeg ze een vermoeden. En meteen voelde ze zich schuldig.

'Wist ze dat ik verdwenen was?'

'Ja, dat heeft ze gehoord.'

Johanna draaide zich razendsnel om en rende de gang door.

'Wacht!' riep Christian en hij probeerde haar in te halen.

'Ze kan overal zijn,' zei Johanna paniekerig. 'Misschien is ze flauwgevallen!'

Zoekend liet ze haar blik door de gang gaan.

'Ik denk niet dat ze nog hier is,' zei Christian. 'Mogelijk is ze naar de Vandenbooms gegaan.'

'Wat?'

'Vader is hiernaartoe gekomen om mij te laten weten dat je verdwenen was. Vermoedelijk dacht hij dat je hier was, maar toen zag hij dat alleen ik er was...'

'Kom ter zake!' viel Johanna tegen hem uit. Ze greep hem bij zijn jas.

'We hebben haar gevraagd waar je zou kunnen zijn. En toen zei ze: misschien bij Peter. Daarop zijn vader en ik meteen...'

'O, mijn god, ze is mij toch niet gaan zoeken!' Johanna werd krijtwit. 'We moeten haar vinden, ze kan wel hulpeloos ergens liggen!'

Die woorden troffen haar broer als een zweepslag.

'Blijf hier,' zei hij en hij duwde Johanna van zich af. 'Ik ren erheen.'

'Ik ga mee!'

'Nee, wacht jij maar hier, voor het geval dat ze weer opduikt.'

Johanna wilde hem nog iets achternaroepen, maar hij was al weg. Ze keek de gang waaruit ze gekomen was in. Ze wilde niet alleen maar zitten wachten, dus begon ze het kuuroord te doorzoeken.

45

Zo hard hij kon rende Christian naar het hotel van de Vandenbooms.

Toen het eindelijk voor hem opdoemde, was hij helemaal buiten adem. Hij had even nodig om weer bij te komen, toen belde hij aan.

Het was Arno Vandenboom in eigen persoon die opendeed. Blijkbaar wilde hij net een boodschap gaan doen, want hij droeg zijn mantel en hoed. Toen hij Christian herkende, verduisterde zijn gezicht.

'Goedendag, meneer Vandenboom,' zei Christian.

'Aha, de jonge Baabe!' zei Arno Vandenboom. 'Komt u met nieuwe verwijten aan het adres van mijn familie?'

'Meneer Vandenboom, het gedrag van mijn vader spijt me zeer,' antwoordde Christian. 'Zoals u vast al van uw zoon hebt gehoord, is Johanna weer thuis.'

'Dat heb ik gehoord, ja. En ook dat hij uw zus een huwelijksaanzoek heeft gedaan. Blijkbaar is mijn familie eropuit me bij dit kerstfeest tot waanzin te drijven.'

Christian was ervan overtuigd dat zijn vader hetzelfde zou beweren.

'Wat is er?' vroeg Peter op de achtergrond, en hij kwam naast zijn vader staan. 'Is er iets met Johanna?'

Christian schudde zijn hoofd. 'Nee, het gaat om een jonge

vrouw die bij ons heeft gewerkt.' Zou het helpen als hij Helena's verhaal vertelde? Maar daar zouden de twee mannen niets mee kunnen beginnen. 'We vermoeden dat ze naar jullie hotel is gegaan. Heb jij haar gezien?'

'Bedoel je het dienstmeisje dat de brief heeft gebracht?'

'Ja,' flapte Christian er uit voor hij wist waar het om ging.

'Hier is niemand behalve onze gasten en hun familie,' zei Arno Vandenboom. 'En nu kun je maar beter gaan voordat je vader me gaat verwijten dat ik jou ook aan onze kant heb weten te krijgen.'

Christian knikte en zette een stap naar achteren, toen zei hij: 'Meneer Vandenboom, u mag over mijn vader denken wat u wilt, maar hij was alleen bezorgd om zijn dochter. En die vete tussen onze families is volkomen onzinnig. Zo zie ik het tenminste. Goedendag.'

Met die woorden draaide hij zich om en liep weg.

'Wacht!' riep Peter Vandenboom hem achterna. 'Ik ga met je mee! Samen vinden we haar misschien eerder.'

Voor zijn vader iets kon zeggen, stormde hij weer naar binnen. Even later verscheen hij met zijn paard bij de poort van de binnenplaats.

Christian wilde hem eerst nog afwijzen, maar hij hield zich in. Het zou de eerste keer zijn dat een Baabe en een Vandenboom iets samen deden. Misschien werd het tijd dat de stad dat zag – en dat ook hun familie het te weten kwam.

'Ik moet mijn paard nog halen,' zei hij toen Peter naast hem kwam rijden.

Die reikte hem daarop de hand om hem achter op zijn paard te helpen. 'We rijden er samen heen, dat gaat sneller. Erger dan nu kan het met onze vaders toch niet meer worden, denk je niet?'

Bij het hotel van de Baabes aangekomen sprong Christian van het paard en liep de binnenplaats over om zijn schimmel te halen. Hij zag ervan af Bruno te zadelen en deed hem alleen een halster om. Toen zwaaide hij zich op de rug van de hengst.

'Ik stel voor dat we splitsen,' zei Peter. 'Heb je misschien een foto van het meisje?'

'Jazeker!'

Christian liet Bruno aan Peters hoede over en rende het hotel in. Daar oogstte hij verbaasde blikken van de dienstmeisjes, maar daar bekommerde hij zich niet om. Met grote passen liep hij de trap op naar de kamer van zijn zus. Een paar dagen geleden had ze hem de fotoplaat laten zien waarop zij en Helena stonden. Hij vond hem op een stapeltje brieven in de la van haar bureautje en stak hem bij zich.

Buiten liet hij Peter de foto zien.

'Ja, dat is het meisje dat me de brief overhandigde,' zei hij na even te hebben gekeken. 'Mooi, het zal me geen moeite kosten haar te herkennen.'

'Helena heeft een hersenschudding. Mogelijk is ze ergens flauwgevallen en in een huis opgenomen.'

'Ik zal rondvragen. Jij kunt het best de westelijke kant afzoeken, en ik de oostelijke – feitelijk ons eigen domein, nietwaar?'

'Goed, laten we het zo doen.'

Peter Vandenboom knipoogde naar hem, stak de fotoplaat in zijn jaszak en reed weg.

Ook Christian sprong op zijn paard.

Hij was vreselijk ongerust – en ook kwaad op zijn moeder. Mogelijk had ze het goed bedoeld, maar het resultaat was desastreus.

Dat Peter hem hielp met zoeken was echter een goed teken. Misschien moesten ze zich echt over de vete tussen hun ouders heen zetten en zich er niet langer door laten leiden.

Nadat ze heel Heiligendamm hadden afgezocht, reed Christian naar Bad Doberan. Misschien had iemand haar daar mee naartoe genomen nadat hij haar langs de kant van de weg had opgepikt.

Hier en daar informeerde hij in een hotel of pension of bij mensen die hij onderweg tegenkwam. Maar niemand had een meisje gezien dat aan zijn beschrijving voldeed.

Inmiddels begon het donker te worden en het licht van de huizen en op straat was niet sterk genoeg om in alle hoeken en gaten te kunnen kijken.

Toen hij totaal verkleumd op het punt stond het op te geven, bedacht hij dat hij op één plaats nog niet had gekeken. Was ze daar misschien?

Voor hij zijn paard kon keren, hoorde hij hoefgetrappel achter zich. Peter Vandenboom kwam op hem af rijden.

'Heb jij haar gevonden?' vroeg hij terwijl hij zijn paard inhield.

'Nee, helaas niet. En hoe ziet het er bij jou uit?'

Peter schudde zijn hoofd. 'Niets. Ze lijkt van de aardbodem te zijn verdwenen. Misschien moet je nog eens in het kuuroord gaan kijken.'

'Daar is Johanna. Ik wil nog ergens anders heen.'

'Misschien heb je dan geluk.' Peter zweeg even, toen voegde hij eraan toe: 'Ik hoop dat je zus niet al te veel last heeft gekregen.'

'Daar komt ze wel overheen,' antwoordde Christian met een scheef lachje. 'Maar je kunt nu beter niet meer terugkrabbelen. Ze zal op het bal een aanzoek van Berthold von Kahlden krijgen en misschien ook een van Albert von Vormstein. Je moet je aanzoek beslist nog een keer doen als je haar echt wilt.'

'Dat wil ik. Ik hou van haar. Meer dan van alles ter wereld. Blijkbaar hebben de mannen uit onze familie een zwak voor de vrouwen van jullie familie, en wat kun je daar nou tegen doen?'

'Stel haar niet teleur,' antwoordde Christian waarschuwend, toen reikte hij hem de hand. 'Bedankt dat je me hebt helpen zoeken.'

'Graag gedaan. Ik zal mijn ogen open blijven houden en desnoods verder naar haar zoeken. Maar ik weet zeker dat het allemaal nog wel duidelijk zal worden. En ik ben niet van plan je zus teleur te stellen!'

Daarmee nam hij afscheid en verdween in de duisternis.

Toen Christian bij de vissershut kwam, was het al helemaal donker. Hij hoopte maar dat Johanna al thuis was en hun ouders uitlegde waarom hij op pad was – zodat ze niet ook voor hem een opsporingsexpeditie op touw zouden zetten.

'Helena!' riep hij, de wind droeg zijn stem ver over de zee en het strand. Hij liep naar de hut, keek door de deur, maar hoorde niets anders dan boos geblaas. Even flitsten de ogen van de kat op, toen verdween ze in de duisternis. Waarschijnlijk had hij haar bij haar avondmaaltijd gestoord.

Er liep ineens een rilling over zijn rug toen hij de zwarte golven zag waarop de weerspiegeling van de maan meedeinde.

Daar buiten was ze in zee gevallen, ze was aan de dood ontsnapt en bij hen beland. Zij had alles aan het rollen gebracht. Zonder haar was zijn moeder niet zo getroebleerd geweest dat ze over de Vandenbooms was begonnen. Zonder dat had hij nooit geprobeerd meer over die geschiedenis te weten te komen. Zonder Helena had hij waarschijnlijk nooit meer ervaren hoe het was om verliefd te zijn. En hoe het was als je in iemands huis werd verraden door iemand die heimelijk verliefd was.

En nu was Helena weg.

Hij ging weg bij de hut en reed weer naar Heiligendamm. Zijn handen waren inmiddels net zo gevoelloos als zijn gezicht.

Hij zocht nog een tijd het strand af voor hij, laat in de avond, terneergeslagen terugging naar huis. Moe sleepte hij zich naar binnen. Op de plaats waar Helena na haar val had gelegen, bleef hij staan. Weer liep er een rilling over zijn rug. Als ze nou eens anders terecht was gekomen...

Hoofdschuddend verdreef Christian die vreselijke gedachte. Nee, er is niets gebeurd, zei hij tegen zichzelf met het laatste beetje helderheid waar hij nog over beschikte. En morgen zoeken we verder.

Ludwig Baabe zat achter zijn bureau, maar ditmaal was zijn aandacht niet gericht op de boekhouding of rekeningen. Ook hield hij zich niet bezig met het reilen en zeilen in het hotel. Met een glas cognac in zijn hand keek hij het donker in, en zijn gedachten dwaalden af naar de tijd dat hij nog een kind was. Hij had nauwelijks herinneringen aan zijn moeder. Als de foto in de la er niet was geweest, zou hij zich haar niet eens herinneren.

Maar wat hij zich wel herinnerde was de haat waarmee zijn vader op de dood van zijn vrouw had gereageerd. Ludwig had als kind nooit over haar mogen praten. En later, toen zijn vader op sterven lag, had hij gemerkt dat zijn vader het nog altijd niet was vergeten.

Ludwig wist niet meer precies wanneer de haat van zijn vader ook de zijne was geworden. Het was een kwestie van familie-eer, had hij zichzelf aangepraat. Waarschijnlijk om zijn vader te behagen. Waarschijnlijk ook om iemand te hebben die er verantwoordelijk voor was dat zijn vader altijd zo koel tegen hem deed.

Maar was de vete met de Vandenbooms nog wel hun vete?

Hij gaf het voor zichzelf niet graag toe, maar Johanna en Peter vormden een mooi paar. En wat de financiën betreft waren de Vandenbooms misschien niet zo vermogend en invloedrijk als de Von Kahldens, maar ze hadden genoeg geld om Johanna een aangenaam leven te bezorgen.

Ludwig wist dat zijn vader zich in zijn graf zou omdraaien als hij wist wat hij nu dacht. Maar tenslotte kon hij hem niet meer berispen. En zijn kinderen kenden hun grootvader niet eens.

Geklop haalde hem uit zijn gedachten.

'Ja?' zei hij vermoeid en hij zette zijn glas neer. Op een of andere manier was zijn zin in alcohol verdwenen.

In het zwakke lichtschijnsel van zijn bureaulamp verscheen

Augusta. Ze droeg een ochtendjas over haar jurk en had haar haar losjes samengebonden. Zo had ze zich nog nooit in zijn kantoor vertoond.

'Johanna vertelde me dat het meisje verdwenen is,' begon ze een beetje beschroomd.

Ludwig trok zijn wenkbrauwen op. 'Nou, dan heb je bereikt wat je wilde, nietwaar?'

Toen hij de gekwetste uitdrukking op haar gezicht zag, had hij spijt van zijn snijdende opmerking.

'Pardon, dat was niet billijk. Waar is ze naartoe gegaan?'

Augusta perste haar lippen op elkaar en keek hem even aan, toen antwoordde ze: 'Dat weet niemand. Johanna heeft met dokter Winter gepraat. Christian heeft haar met Peter Vandenboom gezocht. Niets. Niemand heeft haar gezien. En in het bos hebben ze haar ook niet gevonden.'

'Het arme ding. Is de politie ingelicht? Misschien heeft iemand haar bij zich opgenomen.'

'Dat weet ik niet.' Augusta sloeg haar handen om haar schouders. Ludwig zag dat ze licht trilde. 'Christian is net teruggekomen. Ik heb geprobeerd met hem te praten, maar hij is moe en heeft geen zin in een gesprek.'

'Dat valt hem niet kwalijk te nemen na alles wat er de afgelopen dagen is gebeurd.' Ludwig slaakte een diepe zucht. De boosheid op zijn vrouw en Hilda kwam weer naar boven. Wie zou er last van hebben gehad als ze de schipbreukelinge nog een tijdje onderdak hadden verleend? Het had allemaal vreedzaam kunnen aflopen als Augusta niet die wrok tegen het meisje had gekoesterd.

Augusta merkte dat. En ze wist ook dat woorden alleen niet genoeg waren. Toch zei ze: 'Het spijt me, Ludwig. Ik had jullie niet mogen laten bespioneren.'

'Dat heb je al eens gezegd.'

'En blijkbaar heb je me niet geloofd.'

Even zwegen ze allebei, toen zei Ludwig: 'Ik heb over de hele kwestie nagedacht. Over jou, mij, mijn vader en de Vandenbooms.'

'En?' vroeg Augusta.

'Het is zinloos om ruzie te maken over zaken die ons niet direct betreffen, nietwaar?' antwoordde Ludwig. Alles in hem verlangde ernaar zijn vrouw naar zich toe te trekken en warmte te geven. De afgelopen dagen waren hem zwaar gevallen, want eigenlijk wilde hij haar graag vergiffenis schenken. Maar zou ze er een volgende keer wel van afzien hem te wantrouwen?

'Vind je dat we haar met Peter Vandenboom moeten laten trouwen?' vroeg Augusta, en even leek ze weer de oude te zijn.

'Nou ja, er zijn dingen die je niet kunt verhinderen.' Ludwig haalde een beetje vermoeid zijn schouders op. 'Mijn moeder hield van de oude Vandenboom, maar haar man stond erop dat ze zijn echtgenote bleef. Als hij haar had laten gaan, was ze blijven leven.'

'Maar dan had jij haar toch verloren. Of denk je dat je vader het zich had laten welgevallen dat ze zijn stamhouder meenam? En dan de woede van je vader. Die zou levenslang zijn blijven bestaan, want gehaat had hij haar toch, omdat ze hem bedrogen en verlaten had.'

'Ja, dat klopt. Maar als ik naar Johanna kijk... Het is alsof het juist zo moest zijn dat ze op die vent verliefd werd. En toen ik hen tweeën samen zag... Natuurlijk heb ik gefoeterd, en natuurlijk had ik ook in mijn hoofd wat mijn vader daarover zou hebben gezegd, maar... Het voelde niet verkeerd, weet je. Johanna is niet verloofd, en dat die twee knapen haar het hof maken betekent nog niets. We weten allemaal waarom ze in Johanna geïnteresseerd zijn. Ze is immers een goede vangst. Von Kahlden speculeert op ons hotel en ook de Vormsteins komt een huwelijk van pas. Het klinkt misschien raar, maar Peter Vandenboom weet dat hij vanwege de vete niets te hopen heeft. Hij weet ook hoe zijn familie over ons denkt. Toch is hij verliefd geraakt op Johanna, en zij op hem.'

Hij zweeg even, toen boog hij voorover en pakte Augusta's hand. 'De afgelopen uren heb ik me afgevraagd wat wij zouden hebben gedaan. Als jij een Vandenboom was geweest en ik gewoon wie ik ben. Met mijn vader en zijn niet-aflatende haat in mijn nek.'

'Maar ik ben geen Vandenboom.'

'Nee, maar als je dat wel was geweest... Ik zou toch verliefd op je zijn geworden. Sommige dingen gebeuren nu eenmaal, of we het willen of niet.'

Augusta knikte, toen vroeg ze: 'Dus je vindt het goed als ze Peters aanzoek aanneemt? Wat zullen de Von Kahldens zeggen?'

'Die vinden voor Berthold wel iemand anders. En bij de jonge Vormstein heb ik toch al het gevoel dat hij nog helemaal niet wil trouwen. Bovendien had Berthold toch ook aan het kortste eind kunnen trekken. Ik geloof niet dat we last met zijn familie krijgen alleen maar omdat onze dochter niet voor hem kiest.'

'En stel dat de oude Vandenboom Peter belet Johanna verder het hof te maken?'

'Nou, als Peter een echte kerel is, zal hij zijn aanzoek op het bal herhalen. Het was al behoorlijk moedig van hem om het me te vragen toen ik woedend voor hem stond.' Hij bracht Augusta's hand naar zijn lippen en kuste hem. 'We leven eigenlijk niet meer in een tijd waarin de ouders moeten bepalen van wie hun kinderen behoren te houden. Johanna is volwassen. En de tijden veranderen. We moeten haar laten beslissen en ons er niet om bekommeren wat de mensen zeggen. Gekletst wordt er toch altijd.'

Hij stond op zonder haar hand los te laten en keek zijn vrouw in de ogen.

Er gleed een onzeker lachje over Augusta's gezicht. 'Gelijk heb je.'

Ludwig lachte terug, toen trok hij haar in zijn armen en kuste haar.

46

Kerstavond 1902

Op de ochtend van het bal was er nog altijd geen spoor van Helena. 'We moeten het zoeken aan de politie overlaten,' zei Ludwig Baabe tegen zijn zoon toen hij hem op de gang tegenkwam. Intussen hadden Friedrich en de andere jongens de kerstboom neergezet, en de dienstmeisjes stonden op het punt hem op aanwijzing van de vrouw des huizes op te tuigen. 'Ik ben ervan overtuigd dat de politie haar eerder vindt dan wij wanneer wij doelloos gaan rondlopen.'

Christian knikte en liep met hangende schouders naar boven naar de kamer van Johanna, die peinzend haar japon bekeek.

'Is er nieuws?' vroeg ze.

Christian schudde zijn hoofd. 'Nee, helaas niet. Zo te zien heb jij de Barbaratakken meegenomen.'

Christian wees op de aarden kruik voor Johanna's raam. De takken stonden in volle bloei. Maar van de vervulling van de wensen die erbij hoorden schenen ze mijlenver verwijderd te zijn.

'Iemand moet er toch voor zorgen...' Johanna zuchtte diep. 'Ik wou dat ik wist waar ze was.'

'Dat geldt ook voor mij.' Christian liep naar haar toe, en ze pakte zijn hand. 'Ik heb geen idee hoe ik het bal moet doorkomen zonder te weten wat er met haar gebeurd is...'

Stappen achter hen zorgden ervoor dat Christian zijn zin afbrak.

'Pardon,' zei Elsa terwijl ze iets uit de zak van haar schort haalde. 'Dit is zojuist afgegeven.'

Ze overhandigde Johanna een kleine envelop met haar naam erop.

'Dank je wel,' zei Johanna en ze scheurde hem meteen open. Haar vingers trilden.

'Wat is er?' vroeg Christian nerveus.

Johanna sloeg haar hand voor haar mond.

'Wat is er gebeurd?' Christians maag verkrampte. Was het een bericht dat Helena gevonden was? Even schoten er honderden angstaanjagende gedachten door zijn hoofd, toen zei Johanna: 'Met Helena gaat het goed. Ze schrijft dat ze in veiligheid is. En dat ze vanavond alles zal uitleggen.'

'Godzijdank!' riep Christian. 'Waar is ze? Ik moet naar haar toe!'

'Ze schrijft niet waar ze is. Maar het ziet ernaar uit dat ze naar het bal komt.'

Christian begon onrustig heen en weer te lopen. 'Waarom schrijft ze niet waar ze is? Ze weet toch dat ik me zorgen om haar maak!'

'Weet ze dat echt?' vroeg Johanna plagend, toen drukte ze de brief tegen haar borst. 'Ze leeft en er lijkt niets ernstigs te zijn gebeurd. Dat is toch reden tot vreugde, nietwaar?'

Christian haalde diep adem. Het was inderdaad reden tot vreugde. Toch was hij verontrust. Waarom was ze niet naar het kuuroord teruggegaan? Waarom stuurde ze pas vandaag bericht, terwijl ze toch gisteren al was verdwenen?

'Ik denk dat ik nu zin heb naar de boom te gaan kijken,' zei Johanna blij terwijl ze de brief in de la van haar schrijftafel liet verdwijnen. 'Jij niet?'

Christian knikte en sloot zich bij haar aan. Zijn hart ging als een razende tekeer en hij wenste vurig dat de uren sneller zouden verstrijken.

Helena bekeek zichzelf in de spiegel. De persoon die haar aankeek leek afkomstig uit een ander leven. Ze kon nog steeds niet geloven wat er gebeurd was. Jammer dat ze het Johanna en Christian niet meteen had kunnen vertellen. Maar dat zou ze vanavond alsnog doen.

Toen de deur openging draaide ze zich om. De man die ze in de foyer van het hotel van de Vandenbooms tegen het lijf was gelopen, glimlachte naar haar. Die glimlach van haar vader was ook uit haar herinnering verdwenen geweest, maar nu ontdekte ze hem weer.

'Gaat het goed met je, kindje? Of laat je het bal liever schieten?'

'Nee, in geen geval!' antwoordde ze. 'Ik wil graag Johanna en Christian zien. Ik heb hun zo veel te vertellen.'

'Heb je hun geschreven?'

'Ja, maar alleen dat het goed met me gaat. De rest moeten ze uit mijn mond horen.'

Haar vader knikte, legde zijn handen op haar armen en bekeek haar trots in de spiegel.

'Je lijkt echt erg op je moeder. Ik had je niet weg moeten laten gaan. Eigenlijk... Ik... ik dacht dat het makkelijker voor me zou zijn als ik...' Hij brak af en boog zijn hoofd. 'Ik had nooit met iemand anders kunnen trouwen. Ook niet met de juffrouw. Maar ik voelde me eenzaam en jij was nog zo jong, ik dacht dat je een vrouw nodig had, een die je hielp grootbrengen. Ik voelde me overbelast en...'

Helena draaide zich om en legde haar hand op zijn mond. 'Het is goed, papa. Ik ben hier. Door wat er is gebeurd, ben ik een nieuw mens geworden. De andere herinneringen komen vast ook terug, maar wat ik de afgelopen dagen heb meegemaakt, zou ik ook niet meer willen missen.'

‘Goed. Dan moesten we maar gaan, nietwaar? Ik kan haast niet wachten om iedereen te laten zien dat mijn dochter teruggekomen is!’

Hij gaf haar een kus op haar slaap en liep de kamer uit.

Helena keek naar haar chique japon, die ze op de valreep uit de garderobe van een andere dame hadden geleend. Toen draaide ze zich om en liep achter haar vader aan.

47

Bij kasteel Hohenzollern verdrongen zich de koetsen en huurrijtuigen. Sommige heren kwamen in moderne automobielen voorrijden en baarden daarmee opzien bij degenen die al aanwezig waren.

'Zo'n wagen moest ik me ook maar aanschaffen,' zei Ludwig Baabe enthousiast.

'En wie moet hem dan besturen?' vroeg Augusta sceptisch, maar daarbij glimlachte ze naar haar man.

'Ik zou kunnen leren rijden,' voerde Christian aan. 'Daar zouden mijn vrienden van opkijken! En we kunnen de gasten comfortabeler en sneller afhalen van het station.'

'Daar moeten we het in het nieuwe jaar maar eens over hebben,' zei Augusta. Toen viel haar blik op Johanna, die nerveus haar handen wrong.

'Voel je je niet goed, lieve kind?'

'Jawel, mama, alles is in orde,' antwoordde Johanna, nog steeds handenwringend terwijl ze de entree afzocht. Christian probeerde haar blik te volgen, maar hij zag noch Peter, noch Helena.

'Misschien kun je die rare tak maar beter wegdoen, straks bederft hij je japon nog.'

'Maak je niet ongerust, ik heb hem goed vastgestoken,' antwoordde Johanna. 'En niets wat je zegt kan me ertoe brengen hem eraf te halen.'

'Als jij het zegt. Maar ik weet niet wat het moet betekenen.'

'Het lot,' zei Johanna. 'Vanavond beslist het lot.'

Augusta schudde haar hoofd, maar liet het voor wat het was.

Ten slotte begaven ze zich naar de grote zaal van het kasteel. Een hoge dennenboom schitterde in het midden van de ruimte, de tafels langs de dansvloer waren versierd met gouden linten en kerststukken met witzijden bloemen en dennentakken. Een orkestje speelde zachtjes op een podium, maar de muziek werd bijna overstemd door het geroezemoes.

Geleidelijk aan stroomde de zaal vol.

De Von Kahldens liepen de Baabes voorbij en groetten met verwachtingsvolle blik. Ook de Vormsteins kruisten hun pad. Christian merkte dat Johanna zich kleinmaakte. Ongeacht of Peter Vandenboom de moed zou hebben haar om haar hand te vragen, ze zou noch Bertholds, noch Alberts aanzoek aannemen. Aan het gedonder dat dat zou geven, dacht ze maar liever niet.

De tafel waaraan de familie plaatsnam, was getooid met een prachtig boeket van dennentakken en kerstrozen.

Nu keek ook Christian rond – maar Helena was nergens te zien. Was ze misschien hier gaan werken? Nee, dat geloofde hij niet. Dokter Winter had haar verboden om zich in te spannen.

Plotseling ging er gemompel door de zaal.

Christian vroeg zich af wat daarvoor de reden mocht zijn, toen zag hij dat zijn ouders verstarden.

'Kijk dan!' zei Johanna en ze trok aan zijn arm.

Een paar chic geklede personen kwamen de zaal in. Onder hen was een lange, grijsharige man die een sjerp droeg over de borst van zijn zwarte rok.

De jonge vrouw met wie hij gearmd liep, was onmiskenbaar Helena.

'Dat bestaat niet!' mompelde Ludwig Baabe.

'Dat is Helena!' zei Johanna luid en ze wilde al naar haar toe lopen, maar Christian hield haar tegen.

Van pure verbazing wist hij geen woord uit te brengen.

De gelijkenis tussen Helena en de man die blijkbaar haar vader was, sprong duidelijk in het oog. Ze had zijn ogen en ook zijn neus, zij het in een kleinere versie. Haar vader had een baard. Zijn gezicht zag er vermoeid en bleek uit, maar zijn ogen schitterden van ongekende opluchting – en trots. Dat was dus de reden voor Helena's verdwijning: ze had haar vader gevonden!

Het kwam Christian voor alsof zijn hart op dat moment zo groot werd als een heteluchtballon die op het punt stond op te stijgen. Tegelijkertijd stond hij daar als een zoutpilaar.

Het gemompel hield aan. Aller ogen waren gericht op Helena, die er in haar donkerrode zijden japon uitzag als een prinses.

'Lieve help!' mompelde Ludwig Baabe, die Helena nu ook herkend had. 'Ik wist het! Ik wist dat ze geen landloopster was.'

Christian keek om. De gelaatskleur van zijn moeder werd afwisselend sneeuwwit en purperrood. Licht bevend pakte ze de hand van haar man vast. Ludwig keek haar aan. Leedvermaak verscheen op zijn gezicht.

'Voel je je niet goed, lieve?' vroeg hij, waarop Augusta haar hoofd schudde.

'Nee, het gaat wel, ik ben alleen... verrast.'

'Daar kan ik inkomen,' antwoordde Ludwig. 'Misschien zie je de volgende keer niet alleen maar het slechte in een mens.'

Christian had alleen maar oog voor Helena. Hij zag hoe mooi ze was. Wat fantastisch dat ze haar vader had gevonden! Wanneer zou dat zijn gebeurd? Toen ze op zoek waren naar Johanna?

Toen ze Christian zag, fluisterde Helena iets tegen haar vader. Daarop kwam hij meteen naar hun tafel toe.

'O mijn god,' ontsnapte Augusta terwijl haar man opstond. Ook Christian stond op.

'Goedenavond, dames en heren,' zei de man. 'Ik ben graaf Maximilian von Hettstedt, en u moet de jongeman zijn die mijn dochter uit het water heeft gered.' Met die woorden reikte hij Christian de hand.

Naast hem hield Augusta haar adem in.

Vermoedelijk schrok ze van het besef dat ze de dochter van een graaf als dienstmeisje had laten werken. Maar daar dacht Christian niet over na toen hij de graaf een hand gaf.

'Christian Baabe,' stelde hij zichzelf voor en hij voegde eraan toe: 'Uit het water gered is niet helemaal juist. Ik heb uw dochter op het strand gevonden. En het doet me echt bijzonder plezier dat u haar teruggevonden hebt.'

'Ja, maar dat was me zonder u niet vergund geweest. Toen ik bericht kreeg dat mijn dochter na zwaar noodweer vermist werd, stortte mijn wereld in. De Ingwarsdotter kwam op 5 december in Rostock aan, maar niemand kon me vertellen wat er was gebeurd. Er werd alleen gezegd dat mijn dochter vermist werd en dat al haar spullen nog aan boord waren. We gaan er inmiddels van uit dat ze aan het slaapwandelen was en bij sterke deining overboord is geslagen. Iets dergelijks is al eens eerder gebeurd; als kind is ze onder het slaapwandelen eens van de trap gevallen. Onze dokter vermoedt dat sterke spanning dat kan oproepen.'

Hij keek liefdevol naar zijn dochter. 'Helaas kan Helena zich nog niet herinneren wat er gebeurd is. Ze zei dat er zeildoek om haar benen gewikkeld zat, misschien heeft ze onbewust geprobeerd zich daaraan vast te klampen toen ze viel. Maar net als destijds had ze een beschermengel. Ze heeft haar familie teruggevonden. Dat is meer dan ik de afgelopen weken had durven hopen.'

Helena glimlachte naar Christian.

'En u moet de ouders en de zus van deze wakkere jongeman zijn,' zo richtte de graaf zich tot de Baabes. 'Mijn dank dat u mijn dochter zo goed hebt opgevangen.'

Johanna begon te proesten, maar ze herstelde zich vlug.

Toen Christian Helena aankeek, wist hij dat ze haar vader

niet had verteld dat zijn moeder haar als dienstmeisje had laten werken en haar het leven zuur had gemaakt.

'Het was ons een grote eer,' bracht zijn moeder timide uit. Haar gezicht gloeide alsof ze koorts had.

'Ja, en ik hoop dat u ons vergeeft dat we uw dochter...' Ludwig Baabe stokte toen hij zag dat Helena lichtelijk haar hoofd schudde. '... niet eerder bij u hebben teruggebracht.'

'Dat was niet mogelijk, en dus valt er voor mij niets te vergeven. Mijn dochter vertelde me dat haar herinneringen pas beetje bij beetje zijn teruggekomen en sommige heeft ze tot de dag van vandaag nog niet hervonden. Maar voor het deel dat ons samen betreft zal ik haar kunnen helpen.'

Weer keek hij liefdevol naar zijn dochter, toen nam hij afscheid en liep met haar naar zijn tafel in de buurt van de hertog.

Christian stond er als door de bliksem getroffen bij. Helena was een jonge gravin. En hij had haar van het strand geplukt. Dat had hij nooit van zijn leven gedacht!

Even later werd het bal door de groothertog van Mecklenburg-Strelitz geopend. Hij hield een korte toespraak waarin hij verwees naar de tradities die zijn vorstenhuis met Heiligendamm verbonden en wenste alle aanwezigen vrolijk kerstfeest. Daarna leidde hij zijn gemalin de dansvloer op voor de openingsdans.

Ludwig Baabe had ook graag met zijn echtgenote gedanst, maar hij had er zijn handen vol aan haar te kalmeren.

'Het is niet het einde van de wereld, Augusta. Zoals je hebt gemerkt, is de graaf niet boos.'

'Maar dat ik haar voor me heb laten werken... Als hij dat merkt, dan...'

'Wat zou er dan gebeuren, moeder?' vroeg Christian. 'Ik geloof niet dat Helena je dat betaald zal gaan zetten. Ze had het haar vader meteen kunnen vertellen, maar dat heeft ze niet gedaan. Je moet van mensen niet altijd meteen het ergste verwachten.'

Daardoor werd Augusta echter niet gekalmeerd, maar barstte ze juist in tranen uit. Terwijl zijn vader verder op haar inpraatte, wendde Christian zich tot Johanna.

'Wat denk je ervan als wij een dansje zouden wagen?'

'Je kunt beter Helena vragen.'

'Dat zou ik graag doen, maar zal haar vader dat toestaan?'

'Sinds wanneer ben jij zo onzeker?' vroeg Johanna. 'In zijn ogen heb je haar leven gered, en Helena zal met alle plezier...'

Johanna stokte en werd bleek. Toen Christian zich omdraaide zag hij Berthold von Kahlden naar hun tafel komen.

'Goedenavond, ik hoop dat u zich vermaakt.'

In zijn rokkostuum en met zijn gepommadeerde haar zag hij er heel chic uit en bovendien ongelofelijk zelfverzekerd.

'Het bal is schitterend,' antwoordde Ludwig. 'Ik neem aan dat uw oom en tante ook hier zijn?'

'Een gebeurtenis als deze zouden ze zich nooit laten ontgaan,' antwoordde Berthold, terwijl hij zijn blik op Johanna liet vallen.

Die had opeens het gevoel te krimpen. Hulp zoekend keek ze naar Christian. Ze was niet vergeten wat haar ouders van haar wilden. En sinds haar vader haar terug had gehaald, was niet meer ter sprake gekomen welk aanzoek ze zou moeten aannemen. Christian haalde licht zijn schouders op. Hij had haar graag geholpen, maar hij wist dat ze deze strijd alleen moest uitvechten.

'U kunt zich zeker wel indenken waarom ik hier ben,' zei Berthold en hij wierp een veelzeggende blik naar Augusta, en vervolgens naar Johanna.

Christian meende medelijden in de ogen van zijn moeder te zien. Ze keek naar Johanna en het leek of ze al wist wat er zou komen.

'Johanna, wil je mijn vrouw worden?' vroeg Berthold en hij haalde een klein fluwelen doosje uit zijn zak.

Johanna staarde hem aan. Haar gezicht was krijtwit.

'Berthold, ik...'

‘Ik geloof dat ik ook een woordje mee te spreken heb!’

Achter Berthold dook plotseling Peter Vandenboom op. Hij droeg een chic rokkostuum met een blauwe buikband. Op zijn revers zat een takje kersenbloesem, waarvan de bloemen als sneeuwvlokken glanzend afstaken tegen de donkere achtergrond.

Berthold keek vragend om.

‘Wat heb jij hier te zoeken?’ vroeg hij.

‘Nou, ik neem aan hetzelfde als jij,’ antwoordde Peter en vervolgens wendde hij zich tot Ludwig. ‘Meneer Baabe, ik weet dat er meningsverschillen tussen onze families zijn, maar toch wil ik u om de hand van uw dochter vragen. De oude vete tussen mijn grootvader en uw vader mag misschien gerechtvaardigd zijn geweest, en ik kan ook niet voor mijn grootvader spreken en de kwestie uitleggen. Maar ik hou van uw dochter en ik verzeker u dat ik altijd goed voor haar zal zorgen.’

Ludwig perste zijn lippen op elkaar. Blijkbaar geloofde hij de jongeman niet.

‘Maar ik kan wel voor mezelf spreken,’ zei een oude man die nu ook bij de tafel van de Baabes was komen staan. Hij steunde op een stok en wekte de indruk dat hij zich slechts met moeite op de been hield.

Christian probeerde zich te herinneren wanneer hij Karl Vandenboom voor het laatst had gezien, maar het wilde hem niet te binnen schieten. Ze hadden de familie altijd gemeden, en wanneer ze hen toevallig zagen, was de oude man er nooit bij geweest. Waarom had hij nu de moeite genomen om naar het bal te komen?

‘Ik weet van de wrok tussen onze families,’ begon hij. ‘En ik weet ook heel goed dat ik daarvan de aanstichter ben. Of beter gezegd, wij.’

Zijn gerimpelde gezicht kreeg een weemoedige uitdrukking.

‘Ik heb je moeder nooit willen kwetsen, Ludwig. Dat ik verliefd op haar ben geworden, was toeval. Het lot. Ze hield niet van je vader, haar ouders hadden haar gedwongen om met hem te trouwen. Maar van mij hield ze, dat weet ik. En als ik ergens schuldig aan ben, is het dat ik er niet was om hen van hun plan af te houden. Al die jaren heb ik mezelf verweten dat ik haar niet heb kunnen redden.'

Hij zweeg even, streek met bevende handen over zijn ogen en veegde een traan weg.

'Weet je, Ludwig, vlak voor haar dood kwam ze nog eenmaal bij me, om afscheid te nemen. Ze was erg in de war, maar op één punt was ze volkomen duidelijk: ze wilde me verlaten om jou. Jij was alles voor haar en ze wilde jou in geen geval verliezen nu ze haar dochtertje had verloren. Ik heb geen idee wat je vader haar heeft aangedaan. Maar als ze een ware liefde had, dan was jij dat, haar zoontje.'

Hij zuchtte diep, toen vermande hij zich.

'Al die jaren heb ik bij haar graf gestaan en mocht ik niet officieel rouwen omdat je vader zijn vrouw tot een uitgestotene had gemaakt! Ik smeek je nu omwille van onze kinderen en kleinkinderen: laat die wrok tegen ons varen. Mijn kleinzoon houdt van jouw dochter, anders was hij niet tegen onze instructies ingegaan. En omgekeerd geldt hetzelfde.'

Zijn blik viel op Johanna, die meteen opsprong.

'Zo is het! Ik hou van Peter. En als ik een huwelijksaanzoek aanneem, dan is dat alleen het zijne.'

Ludwig haalde diep adem. Toen stond hij op en liep weemoedig glimlachend naar de oude man.

'U hebt gelijk. Het is niet aan mij de strijd van mijn vader uit te vechten. Al die jaren was ik ervan overtuigd dat het de schuld van uw familie was. Maar mijn kinderen hebben me laten zien dat de oorzaken veel complexer zijn.' Hij reikte hem de hand. 'Bedankt dat u me dat van mijn moeder hebt verteld. En aanvaard alstublieft mijn excuses.'

'Nee, jij moet de mijne aanvaarden, Ludwig. En je kunt er zeker van zijn dat je moeder daar blij om zou zijn.'

De oude man wisselde de hand waarmee hij op zijn stok steunde en stak Ludwig zijn rechterhand toe.

Even scheen het stiller te worden in de zaal, maar dat kwam alleen doordat het orkestje was opgehouden met spelen.

'Zo, nu dat is opgehelderd, ruim ik het veld voor mijn kleinzoon.'

De oude Vandenboom klopte Peter op zijn schouder, en die keek daarop Ludwig Baabe aan.

'Als u me toestaat, herhaal ik graag mijn verzoek. Ik...'

'Al goed, al goed,' bromde Ludwig. Hij maakte een wegwuivend gebaar en keek naar zijn vrouw, die zichtbaar ontdaan was door wat ze zojuist had meegemaakt. 'Je moet het niet aan mij vragen, maar aan de vrouw die het aangaat.'

Peter staarde hem verrast aan, toen ging hij voor Johanna op de knieën en reikte haar een doosje aan, waarin een smalle gouden ring glansde.

'Wil je mijn vrouw worden, Johanna?'

'Ja,' flapte ze er uit, daarna boog ze zich naar hem toe en kuste hem.

Toen ze weer opkeek, was Berthold von Kahlden verdwenen.

48

Later, toen het bal het hoogtepunt naderde, merkte Christian dat Helena van tafel opstond. De hele avond had hij al op een gelegenheid als deze zitten wachten, nu was het eindelijk zover.

Hij stond eveneens op en liep naar haar toe.

'Ik hoop dat je nog niet weggaat,' zei hij toen hij bij haar was.

'Nee, ik wilde alleen een frisse neus halen.'

'Mag ik met je mee?'

'Heel graag,' antwoordde ze en ze gaf hem een arm.

Een frisse neus halen was er gezien de temperatuur niet echt bij, maar in de foyer van het kasteel was het wat rustiger en koeler dan in de zaal.

Ze zochten een bankje naast het raam op waarvandaan je overdag een goed uitzicht op zee had.

'Ik heb mijn vader in hotel Vandenboom getroffen op de dag dat je naar Johanna zocht,' verklaarde Helena. 'Ik ben jullie heimelijk gevolgd en heb ook gehoord hoe jullie met meneer Vandenboom ruziemaakten.'

'Een glorieus moment, nietwaar?' Christian trok een scheve glimlach.

'Je vader was een beetje luidruchtig, daar kwamen een paar gasten op af.'

'O god, het wordt steeds erger!'

'Maar toen... toen me duidelijk werd dat Johanna niet bij de

Vandenbooms was, wilde ik terug naar het kuuroord. Maar op dat moment verscheen er achter me een man.'

'Je vader?'

Helena knikte. 'Ik wist dat alleen eerst nog niet. Hij sprak me aan en alles werd donker. Toen ik wakker werd, lag ik in een kamer en boog een man zich over me heen. Dat was de lijfarts van de hertog, die toevallig in hetzelfde hotel verbleef als mijn vader. Ik vertelde hem over mijn hersenschudding, die dokter Winter bij me heeft gediagnosticeerd, en hij gaf me het advies rust te nemen.'

'Daarom konden we je niet vinden!' zei Christian. 'Ik heb samen met Peter Vandenboom de hele stad binnenstebuiten gekeerd.'

Helena streelde teder over Christians wang. 'Het spijt me dat ik jullie zo ongerust heb gemaakt.'

Christian deed even zijn ogen dicht. Het liefst had hij dit ogenblik voor altijd vastgehouden. Toen ze haar hand weer wegtrok, keek hij haar aan.

'Dat is niet nodig. En om precies te zijn... hebben we veel aan je te danken.'

'Aan mij?'

'Nou ja, zonder jou was het allemaal anders gelopen. Heb je gezien dat Peter Vandenboom bij onze tafel was? En zijn grootvader?'

'Ja, dat heb ik gezien. En ik heb ook gezien dat Peter Johanna een aanzoek deed.'

'Mijn vader keek alsof hij een steen moest inslikken!' Christian lachte. 'Na het relaas van de oude man dacht ik dat hij zijn zelfbeheersing zou verliezen. Maar hij stond op, bood zijn excuses aan en reikte de oude Vandenboom de hand. Ik heb geen idee hoe lang hij daar al over had nagedacht, maar blijkbaar was zijn besluit om zich met de Vandenbooms te verzoenen niet van vandaag of gisteren.'

'Maar hij zal beslist niet vanwege mij op andere gedachten zijn gekomen,' zei Helena.

'Wie weet. Misschien heeft hij ingezien dat er belangrijker dingen zijn dan een vete waarbij hij niet echt betrokken was. En waarvan hij de achterliggende redenen niet kende. Ik betwijfel dat ooit het idee bij hem is opgekomen dat zijn moeder vanwege haar man en het verlies van haar kind het water in kon zijn gelopen. Altijd was Vandenboom de schuldige. Maar hij had niet met mijn grootmoeder willen breken. Hij heeft haar niet in de steek gelaten.'

Christian viel stil, toen pakte hij Helena's handen en kuste ze. 'Hoe gaat het nu verder?' vroeg hij toen. 'Jij gaat zeker met je vader mee?'

Helena knikte. 'Ja, dat moet wel. Maar dat betekent bij lange na niet dat wij elkaar niet terugzien.'

'Echt?'

'Nu ik begin te begrijpen wie ik ben, moet ik erover nadenken wat ik met mijn leven wil. Ik herinner me nog lang niet alles, maar één ding weet ik: dat ik jou in mijn leven niet wil missen.'

'En ik wil jou ook niet missen.'

Christian trok haar naar zich toe en kuste haar. Het kon hem niet schelen wie dat zag en wat ze ervan zouden denken. Hij hield haar nog even in zijn armen, toen vroeg hij: 'Wat denk je, zal je vader me toestaan je het hof te maken? Tenslotte ben ik niet van adel.'

'Probeer het gewoon!' antwoordde Helena. 'Dan zien we het wel.'

'En als hij het niet wil?'

'We moeten het erop laten aankomen,' antwoordde ze. 'Ik ben weliswaar zijn enige kind, maar mogelijk gaat mijn geluk hem meer aan het hart dan ik vroeger altijd dacht. Misschien heeft hij intussen ingezien dat het verkeerd was me op afstand te houden, alleen maar omdat ik op mijn moeder lijk en hij daardoor niet over het verlies heen kon komen. En omdat ik hem betrapte terwijl hij mijn gouvernante kuste.'

'Heeft je vader je gouvernante gekust?'

'Ja, ze hadden een affaire. Na de dood van mijn moeder. Hij wilde niet hertrouwen, maar hij had blijkbaar de nabijheid van een vrouw nodig. Ik ben als kind daarom heel boos op hem geweest, en ik werd nog bozer toen hij me naar het internaat stuurde, maar nu zie ik in dat hij gewoon alleen maar liefde nodig had. En dat ik deels ook schuld had aan zijn gedistantieerde houding...'

Helena zweeg toen ze Christians vragende blik zag.

'Wat is er?' vroeg ze.

'Ik vind het fijn als je me over je leven vertelt. En dat je inmiddels al zo veel herinneringen hebt.'

Helena lachte verlegen. 'Ja, sinds de val lijkt de ene na de andere terug te komen. Wat is er eigenlijk met Hilda gebeurd?'

'Ze is kort in hechtenis gehouden, maar inmiddels is ze weer op vrije voeten en zit ze bij haar familie. Het hangt er nu verder van af of jij haar aangeeft.'

Helena knikte, en haar glimlach verdween. 'Ik wil niet dat ze bestraft wordt.'

'Wat zeg je nou?' Christian schudde zijn hoofd. 'Ze heeft je bijna vermoord!'

'Maar ik leef nog! Ze was alleen maar jaloers. Ik wil niet dat haar leven voor altijd verwoest wordt.' Helena pakte zijn hand. 'Begrijp je dat?'

'Nee, niet bepaald,' antwoordde hij nog een beetje geërgerd, toen glimlachte hij. 'Je bent gewoon te goed voor deze wereld.'

'Wie weet, misschien ook niet. Wat ik allemaal heb uitgehaald, kan ik me nog niet herinneren.' Helena lachte, en haar ogen straalden als sterren.

Christian had haar graag nog eens gekust, maar toen hoorde hij haastige voetstappen.

Op hetzelfde moment hoorde hij zijn zus roepen: 'Helena!'

Johanna moest hebben gemerkt dat ze de zaal hadden verlaten, want ze kwam naar hen toe lopen.

Even later sloot ze Helena in de armen.

'Ik ben zo blij dat je niets is overkomen!'

'Ik ook,' antwoordde Helena. 'Het ziet ernaar uit dat de Barbaratakken ons toch geluk hebben gebracht.'

'O god, die was ik bijna vergeten. Maar hier!' Johanna stak Helena haar hand toe, waaraan Peters ring prijkte. 'Ik ben nu officieel verloofd. Met de man van wie ik hou!'

'Mijn hartelijke felicitaties!'

Christian stond op. 'Ik denk dat ik jullie nu maar alleen laat. Straks zal ik een poging wagen je ten dans te vragen. Is dat goed?'

Helena straalde. 'Ja, dat is goed. En wee je gebeente als je het niet doet!'

'Wees maar gerust, je vader zal me wel heel laten!'

Hoewel de vermoeidheid toesloeg, voelde Johanna zich levendig als nooit tevoren. Wat een avond! In gedachten zag ze weer voor zich hoe Peter voor haar op de knieën was gegaan. Ze kon nog steeds niet geloven dat ze nu echt met hem verloofd was!

En ook Helena's terugkeer vervulde haar met groot geluk. Toen Christian met Helena danste, had Johanna zich in de zevende hemel gevoeld. Het takje op haar japon moest echt over magische krachten beschikken.

'Johanna, stap toch in alsjeblieft, het is koud!' zei haar moeder, die al in de koets zat. De meeste gasten hadden al afscheid genomen en waren terug in hun hotel. Dat zij nog hier waren, kwam doordat Ludwig nog met de Vandenbooms aan het praten was. Blijkbaar hadden ze elkaar veel te vertellen, want hij liet zijn vrouw en dochter al een kwartier wachten.

Ook Christian was er nog niet. Waarschijnlijk maakte hij van de gelegenheid gebruik om Helena nog een keer te zien. Of met haar vader te praten.

Johanna stapte in de koets en deed de deur dicht. Echt warmer werd het daardoor niet.

Augusta keek even naar de kasteeltuin, toen wendde ze zich tot haar dochter.

‘En, kind, ben je gelukkig?’

Die vraag had Johanna niet van haar moeder verwacht. Verrast keek ze haar aan.

‘Ja... zeker,’ antwoordde ze aarzelend. Eigenlijk had ze het de hele wereld wel luidkeels willen laten weten, maar de vraag van haar moeder maakte haar wantrouwig.

Natuurlijk had ze haar deze avond teleurgesteld. Alles waar Augusta maandenlang naartoe had gewerkt, was verstoord. En nu kreeg ze een schoonzoon die ze een paar dagen geleden nog verboden had.

‘Ik heb er spijt van dat ik me de laatste tijd zo heb gedragen,’ zei Augusta Baabe. ‘Ik dacht echt dat je verliefd op Berthold zou kunnen worden. Eerlijk gezegd heb ik op Albert nooit echt gerekend, ik wist dat het zijn ouders waren die wilden dat hij met je trouwde. Maar Berthold... Ik was ervan overtuigd dat hij de ware voor je was.’

‘Maar Peter had mijn hart al veroverd,’ zei Johanna en ze voegde er beschroomd aan toe: ‘Ik had het u zo graag verteld. Maar de vete tussen jullie en de Vandenbooms zat in de weg. Ik wist dat u ontsteld zou zijn. Maar tegelijkertijd kon ik niet anders. Ik kon Peter niet opgeven. En ik kon niet van Berthold houden.’

‘Nu, dan mogen we blij zijn dat het allemaal zo gelopen is. Ik wil alleen maar dat je gelukkig bent. En als je dat geluk bij Peter vindt, is het mij best.’

Met die woorden omhelsde Augusta haar dochter en Johanna beantwoordde haar omhelzing met tranen in haar ogen.

Even later verscheen Christian. Hij had rode wangen en zijn strikje zat los. Een krul hing weerbarstig in zijn gezicht en op zijn lippen lag een brede glimlach.

‘En wat doet je jonge gravin?’ vroeg Johanna en ze zag dat haar moeder onwillekeurig in elkaar kromp. Blijkbaar zat het feit dat ze zo slecht met Helena was omgegaan nog diep.

‘Ze is net met haar vader weggegaan. Het is verbazingwekkend dat ze het in haar toestand zo lang heeft uitgehouden.'

'Je vergeet dat ze op zee overboord is geslagen en het koude water heeft overleefd. Onze Helena is heel taai. En waarschijnlijk wilde ze ook blijven vanwege jou.'

Christian glimlachte. Blijkbaar was dat de spijker op zijn kop.

'Je had moeten zien hoe de jonge mannen om haar heen draaiden. Ook jouw Berthold trouwens.'

'Die heeft zich wel vlug van zijn nederlaag hersteld,' antwoordde Johanna spottend.

'Het heeft er alle schijn van, en omdat hij ook van adel is, denkt hij kans te maken. Maar ik zorg er wel voor dat de lust daartoe hem vergaat.'

'Nou het laatste wat we kunnen gebruiken is een nieuwe familievete – vooral met degenen aan wie bijna heel Heiligendamm toebehoort.'

Christian lachte, toen stapte hij in en kwam naast Johanna zitten.

'Wees gerust, er zijn nog veel welgestelde of adellijke vrouwen in Mecklenburg. Hij zal zeker iemand vinden.'

'Ze zal het me nooit vergeven,' verzuchtte Augusta zwaarmoedig. 'Als ik het allemaal geweten had...' Ze had die avond wel gelegenheid gehad om zich bij Helena te verontschuldigen, maar ze had het niet aangedurfd.

'U moet met haar praten, mama. Ik weet zeker dat u haar daarmee een plezier doet. En als ze Hilda kan vergeven, waarom dan u niet ook?'

Christian kneep in zijn moeders hand en glimlachte. Toen leek hem iets te binnen te schieten en hij wendde zich tot zijn zus.

'Ach ja, ze wil graag haar Barbaratak hebben. Kun je die haar morgen misschien brengen? En kan mama dan misschien meegaan?'

Hij wierp een blik op zijn moeder, die eruitzag alsof hij haar net gevraagd had een kikker te kussen. Maar toen knikte ze.

Epiloog

Al dagen wandelde Johanna regelmatig langs de fruitbomen in de tuin van het kuuroord. Ook op die zachte lentedag bleef ze even staan om naar de bomen te kijken.

Ongeveer een week geleden had ze gezien dat de eerste knoppen begonnen uit te komen, en nu wachtte ze erop dat de kersenbloesem in sneeuwballen veranderde.

Ze moest Helena daar beslist over vertellen!

Sinds die teruggekeerd was naar het landgoed van haar vader, hadden ze elkaar steeds geschreven. En ze wist dat ook Christian een drukke correspondentie met haar voerde. Helena's vader had hem bij hen thuis uitgenodigd, en het zag ernaar uit dat hij er niets op tegen had dat een burger zijn dochter het hof maakte.

Maar hij had bepaald dat Helena pas mocht trouwen wanneer ze twintig was. Dus zouden ze nog een tijdje moeten wachten. Maar dat leek aan hun verliefdheid geen afbreuk te doen.

'Is het niet een beetje vroeg in het jaar om een tak af te snijden?'

Johanna draaide zich spoorslags om en kreeg Helena in het vizier, die niet ver van haar op de boulevard stond.

'Ben je al hier?' vroeg Johanna verrast. 'Ik dacht dat je pas in het weekeinde zou komen!'

'Ik heb mijn vader weten over te halen om me wat eerder weg te laten gaan. En daar ben ik dan. Gelukkig heeft je moeder een kamer voor me.'

De twee vriendinnen vielen elkaar in de armen. Ze hadden elkaar sinds het kerstfeest niet meer gezien. Helena was helemaal veranderd en opgebloeid. Hetzelfde gold voor Johanna.

'Wat ben ik blij dat je er bent,' zei Johanna terwijl ze Helena nog eens stevig tegen zich aan drukte. 'Ik had niet gedacht dat deze dag ooit nog zou komen.'

'Maar je wist toch dat ik kwam!' zei Helena lachend.

'Dat bedoelde ik niet. Ik bedoel de bruiloft!'

'Nou, de kerst is al een tijdje geleden,' merkte Helena op. 'Eigenlijk heb je toch tijd genoeg gehad om aan het idee te wennen.'

'Ja, dat is zo. Maar het komt me nog steeds zo onwerkelijk voor.'

'Tja, dat is de magie van de Barbaratakken.'

Helena keek nog even peinzend naar de kersenbomen, toen gaf ze Johanna een arm en keek naar de zee die haar bijna het leven had ontnomen, maar die haar ook de liefde had geschonken.

Lieve lezeressen en lezers,

Hartelijk dank dat jullie mijn roman hebben uitgekozen. Ik hoop dat jullie net zo veel plezier aan het lezen hebben beleefd als ik aan het schrijven.

Al vroeg ben ik in aanraking gekomen met een bijzondere kersttraditie. Op het platteland snijden veel mensen op 4 december een Barbaratak af en zetten hem in het water. Bloeit hij op kerstavond, dan gaat er een wens in vervulling, en brengt hij de bewoners van het huis in het nieuwe jaar geluk.

Dit gebruik is al heel oud. De Heilige Barbara leefde in de derde eeuw in Nicomedia, een stad uit de oudheid – tegenwoordig Izmit in Turkije. Volgens de overlevering zou ze in de kerker worden gegooid vanwege haar bekering tot het christendom.

Ze vluchtte, maar werd verraden. Onderweg naar de kerker bleef er een tak aan haar gewaad hangen. Ze nam hem mee en zette hem in een aarden kruik met water in haar cel.

Weken later, op de dag van haar executie, bloeide de tak als teken van goddelijke macht en van de onschuld van de Heilige Barbara.

Het einde van deze vrouw was gruwelijk, maar ze werd niet vergeten.

Eeuwen na haar dood werd ze de schutspatroon van verschei-

dene beroepsgroepen, zoals smeden, mijnwerkers, steenhouwers, metselaars, schutters en vele anderen. Dat is niet meer zo bekend – maar de Barbaratakken staan tegenwoordig weer in de publieke belangstelling, zoals het reclamespotje van een bekende bonbonfabrikant aantoont.

Probeer het gewoon eens en snijd op 4 december een tak van een kersen- of appelboom of een forsythiastruik af. En zet hem met een hartenwens in het water. Misschien gaat hij dan in vervulling.

Jullie
Corina Bomann

LEES MEER VAN

Corina Bomann

Als jonge bruid zag Solveig een stralende toekomst tegemoet, maar een tragisch ongeval maakt een einde aan haar geluk. Verdrietig trekt zij zich terug op de Leeuwenhof, bij haar moeder en oma. Daar is ze hard nodig, want het eerbiedwaardige landgoed verkeert in slechte staat. Solveig heeft wel allerlei ideeën, maar welke zijn goed en haalbaar?

Als er een gast uit Amerika en een aantrekkelijke zakenman uit Stockholm op de Leeuwenhof arriveren, openen die voor Solveig de deur naar de wijde wereld. Ze wil niets liever dan een nieuwe start maken, voor de Leeuwenhof en voor de liefde. Maar kan ze haar verdriet om haar verloren geluk echt al achter zich laten?

VERSCHIJNT FEBRUARI 2021

Verkrijgbaar als
e-book
& papieren boek